AF144853

Rebecca Ramlow

Die Leiden des mittelalten Herbies

(Be-)Gattungslos

novum ▲ pocket

Bibliografische Information
der Deutschen Nationalbibliothek:

Die Deutsche Nationalbibliothek
verzeichnet diese Publikation in der
Deutschen Nationalbibliografie.
Detaillierte bibliografische Daten
sind im Internet über
http://www.d-nb.de abrufbar.

Gedruckt in der Europäischen Union
auf umweltfreundlichem, chlor- und
säurefrei gebleichtem Papier.

© 2023 novum Verlag

ISBN 978-3-903468-08-5
Umschlagfoto und Innenabbildung:
Rebecca Ramlow
Umschlaggestaltung, Layout & Satz:
novum Verlag

www.novumverlag.com

Climate neutral
Print product
ClimatePartner.com/16547-2201-1002

Achtung! Kritisch gegenüber Deutschland, den USA, ganz Schwaben und allen Katholiken. Ironie off. Man muss nicht alles lesen. Fehler und neue Wortbildungen inklusive.

Gefördert durch ein Stipendium durch die Kulturförderung NRW für freischaffende Künstler in Zeiten Coronas.

Prolog/Vorwort: Hätte der Leser mitentscheiden dürfen, klänge der Text vielleicht eher so:

„Die halb erträumte Wunschwelt" – die leider nie vollzogene Rache des mutierten frustrierten und isolierten Zoo-Affen

Im Zoo, wo Max-Heinrich und Jean-Luca sich durch die von Kratzern durchzogene, matte Panzer-Scheibe hindurch zunächst
gelangweilt, dann schielend begrüßten, um ihr Echo in einem bunten, frivol lauter werdenden Schrei-Wettbewerb zu
erproben,
bevor sie Abdrücke ihrer Zungen an eben jenem Fenster imposant hinterließen,
während der
Vater Max-Heinrichs
manisch, stolz und stoisch
Fotos mit seiner funkelnagelneuen Kamera
verliebt
im vermeintlich rechten Winkel schoss
mit den Worten „Nun gehen Sie doch mal aus dem Bild! Ich muss hier schließlich die gesamte Szene abgrasen, um alle Momente für die Ewigkeit einzufangen!",
dabei gewagt nah an die eingesperrten Tiere herantretend,
plante der
mutierte frustrierte
und isolierte
Bonobo-Affe

heimlich eine
leider nie vollzogene Rache.

**

Entschuldigen Sie – wir warten noch immer auf Herbert.
Herbert ist noch nicht ganz fertig. Herbie – kommst du mal?
Offenbar hat unser Protagonist bereits massive Probleme,
das Buch überhaupt zu betreten.

**

Das Kind konnte sich nicht entscheiden.
Heimlich wurde es in eine Familie
hineingerammscht.

**

1) Rückblick

Während die Eltern Herberts – Bernadette und Uwe – sich vor der Geburt ihres Sohnemannes in einem siebeneinhalbtägigen Marathon ausführlich darüber berieten, ob ihr Kinde in spe in blickdichten Stabilitätsstrümpfen zur Welt gebracht werden sollte oder nicht – und die Niederkunft seinesgleichen detailliert und akribisch mit einer To-do-Liste minutiös planten, tausend Dinge für jenes pränatal besorgten – brach indessen in Bosnien und Herzegowina ein Krieg aus, für den sich aber niemand zu interessieren schien. Auch die Amerikaner nicht. Der flapsige Grund: Es gab einfach nicht viel zu holen.

Kapitel 2) „Eingesaugte Muster"

Die strenge deutsche Bügel- und Saugmafiaqualität
der 80er konnte keine echten Freudentränen hervorrufen. Auch bei Kindern nicht.
Als der Bankangestellte das Kind hyperdynamisch fragt,
ob es wichtige, da wertvolle Deutsche Mark in einer
frivolen Spardose bis an sein Lebensende zur Seite legen
möchte, wird dem Kind auf dem klassischen Rauten-
Teppich in der Bank einer mittelgroßen deutschen
Stadt schier schwindelig.
Seien es die verwirrenden Tanzmuster,
die sich mit denen auf dem Jackett des Bankberaters
auf klaustrophobische Weise kombinieren,
gar zu einem halluzinativen Puzzle vermischen,
oder der Duft des zu gewienerten Sparbuch-Tisches
– dem Kinde drückt es vehement in der Magengegend.
Ob der plötzlichen Übelkeit, über die es keine
Kontrolle zu haben scheint, kann es schließlich nicht
anders,
als frontal auf den Nadelstreifen-Muster-Anzug
des Geldinstitut-Beraters bergauf zu speien.
Das Einzige, was bei dem Kinde in diesem Moment
lebendig erscheint, sind die Bröckchen, die heiter, wild und
mobil durch die Lüfte sausen,
bevor sie auf dem Sakko des Bankbeamten
fast poetisch mit einer gewissen verzweifelten Zärtlichkeit landen.
Reflexhaft versucht der von dem Kinde angespuckte
Angestellte, Herr Helmut Hillebrand, den Anzug penibel sauber zu reiben,

als sei nie etwas geschehen. Denn: Darum
und nur darum geht es in Deutschland.

Ihm zu Hilfe springt seine antrainierte Assistentin,
Brigitta Weidenbruch-Biechlich. Von Anbeginn sind
die beiden ein eingeschweißtes Team. Diese muss nur
gar nicht

hechten, sind die beiden doch inzwischen so verlotet,
dass es sie überhaupt gar nicht mehr als Individuen
gibt. Man kann sie jetzt

nur noch als Doppelpack zum Sonderpreis ergattern.
Dual-bis-in–alle-Ewigkeit-als-Koalition-systematisiert
lugen vier Augen aus dem Hüftkorsett einer wunderlichen deutschen Körperschafts-Liga-GmbH &
Co. e.V. KG. u. v. a.

grausam objektiv auf das sich entleerende, nun krampf-
fende,

da seine erste Psychose durchlebende, Kinde hernieder.
Ein Schmäh ist es jedoch zu glauben, die größte aller
Aufgaben eines Geldberaters bestehe lediglich darin,
schnöde Aktien zu verkaufen. Geschäfte abzuwickeln.
Die weit schwerere Herausforderung, die quasi-See-
le des Sektors,

für die sein gesamtes Herz lodert, für die er sich täglich in aller Frühe aufrafft, seinen Anzug in aller Zu-
verlässigkeit anzieht, die Krawatte der Norm entsprechend bindet, ist hingegen jene,

das Gesamtbild zurechtzurücken,

zu wischen, was das Zeug hält.

Selbstredend neutral Brocken zu entfernen.

Im rein funktionalen, doppelbeschichteten
Kompressionsstrumpf der aufstrebenden West-Republik

kann das gefühlsentleerte Kind keine echte Poesie finden.

„Ich will keine D-Mark sparen. Viel lieber möchte ich eine Geschichte kaufen", sagt das Kind, als es nach dem Würgereiz erstmals seine Sprache wiederfindet.

„Das kann man hier nicht", informiert der Angestellte neutral-kopfschüttelnd -im Duktus einer Computer gesteuerten Fachstimme. Während die beiden sich erneut negierend dual im Zwiegespräch beraten, beschließt das Kind, ihre Augen non-verbal nach Herzenslaune für immer herauszustanzen.

Wohin mit der Phantasie in einem einschnürenden Schutz-Bunker?

Wart eines der kindlichen Monster hier bereits auf dem Teppich geboren?

Sind Banküberfälle auch das Ergebnis zweistelligen Verneinens?

Der Frust bei dem Kind ist schier groß:

Auf diesem einen Rautenteppich
in dieser einen Bank
in dieser einen deutschen mittelgroßen Stadt
fällt es ihm jäh
– wie Rauten – von den Augen,
in welchem Land
es tatsächlich geboren wurde.

Zutiefst enttäuscht fragt jenes sich, ob es die Heimat vielleicht tauschen könne – z. B. in ein Eis.

Jenes, welches es einst verlor. Dessen Verlust es noch immer hinterhertrauert.

Nichts wünscht sich das frustrationsgeplagte Kind in diesem Augenblick mehr und sehnlicher, als jetzt und gleich in den Unterleib seiner Mutter, in den paradiesischen pränatalen Ur-Zustand zurückzukehren, nein – geschossen zu werden.

***

„Wenn Ämter anrufen, pupst jedes Mal ein Gartenzwerg irgendwo heimlich, um sich von seiner schweren Last zu befreien. "

Kapitel 3) Teil I „Marshmallow Dreams/ Militantes romantisches Einheizen: If you don't marry me I'll kill you/ The power of being not amazing"

Wir befinden uns in der krisenhaften Gegenwart. Herbie Bräutigam wurde von seiner Mutter in die schöne neue Welt verpflanzt, um dort möglicherweise seine Abwehrhaltung gegen Fortpflanzung abzubauen und stattdessen gefühlig voranzutreiben. Statt Romantik findet er aber eher Miltantismus vor.

Bernadette (*via Skype*): „Ich habe für dich, Herbert – HEUTE NUR AUF HOCHDEUTSCH – anlässlich der DRINGLICHKEIT – via Google Map den Ort des nächsten und letzten Dates in der neuen Welt MARKIERT – schaue bitte dringend in dein Poschdfächele. Dies erscheint mir die ALLERLETZTE Möglichkeit zu sein, dass ein solistisches Exemplar wie du doch noch verheiratet werden und Kinder bekommen kann. Also – GIB DIR NUR EINMAL MÜHE. LETZTE CHANCE! Und komme uns nicht wieder mit Verhaftungen oder irgendwelchen deieren Freikauffa! Herbie Bräutigam, nicht heiraten wollend, im genervten Zustand sich einbildend, dass seine Mutter frozen Vicky – alike nun sage, sonst, so warne ich dich, dass sich der Mund seiner Mutter mit des der eisernen Consultant Vicky vermische – schläft im Folgenden fiebrig-traumatisch, offensichtlich belastet, beinahe ein.

Bernadette (*nervös gegen ihr iPad klopfend*): „Tock, tock – Nedd einigga! Hast keine Zeit mehr. GEHE NUN!"

Herbie: „Um, bitte was zu tun?"

Bernadette: „In einem Vorort einen öffentlichen Antrag auf einem Platz vor aller Augen und Ohren zu machen. Das ist der Wunsch des Vaters der zu gelingenden Eroberung."
Herbert: „Niemals! Als ob ich so etwas jemals täte. Das ist das Allerletzte. Was bitte für eine Veranstaltung denn?"
Duale Mixed frozen Berna-Vicky-Kopie: „Cheerleaders. Die Verbindung ist schlecht – bye-bye! Viel Glück! Du kommst noch zu spät!"

Also rennt Herbie, was sein Körper an dieser Stelle noch herhält, auf den Wunsch seiner Mutter hin zu dem öffentlichen Rasen in den kleinen Suburb, an durchstrukturierten Cheerleaders vorbei, die einheitlich im Takt ihre Körper mit weißen, leuchtenden Kniestrümpfen elastisch hin- und herrenken, strahlend winkend.
Einer Leiter ähnlich
perfekt aufeinander aufgebaut.
Als sei es nicht eine Gruppe,
sondern eine einzige,
staatlich geförderte,
Kunst-
Puppe.
Als Waffen brillieren an ihren Händen hellblaue, makellose Bommel, ihre Gesichter perfekt geschminkt, abgerundet durch pinke Haarschleifen.
Schlaufen
von solcher
Festigkeit,
dass sie nie wieder aufgehen werden.

Denn diese halten für immer.

Das und nur das kann dieses Land ihnen versprechen.

Als der niemals ehelichen wollende Herbie Bräutigam in abgewetzten Klamotten an ihnen vorbeihechtet – zu martialistischem Trommelwirbel – schauen ein paar der Turm-Anwärterinnen ihm hinterher, wenngleich noch immer lächelnd.

Denn dieses Strahlen ist eingraviert.

Auf der Zielgeraden ohne Plan rennt er versehentlich in einen der Cheerleader-Türme hinein. Ominöserweise scheint dieser jedoch zu halten. Niemand purzelt hinunter. Nur sein Schuh steckt verdrießlicherweise in jenem fest.

Herbie möchte kurz anhalten, um zu fühlen, ob dieser echt ist. Bis er sich entsinnt, dass er das nicht darf. Denn dann wird er wegen Schlüpfrigkeit, ohne je anrüchig gewesen zu sein, verhaftet. Barfuß, in Gänze durchgeschwitzt und völlig aufgelöst kommt er verspätet an.

Marshmallow Dreams — Teil II — der gewagte Nicht-Antrag: „If you don't marry me I'll kill you/The power of being not amazing"

In pinkfarbenen Klängen schwirrt
das grelle Gezwitscher der amerikanischen,
stets gut gelaunten Cheerleader
aus ihren gleichzeitig fulminant Kaugummi kauenden Mündern
– es ist die einzige Vulgarität, die die Armen praktizieren dürfen,
ohne gleich abgeführt oder direkt erschossen zu werden –
wie ein Schwarm strebsamer, kreischender Möwen
an Wolkenkratzern vorbei.
Solchen,
die in Wirklichkeit
nur von Playmobil
gestohlen
sind in den zum Türkis verdonnerten, kitschigen Himmel empor,
wo es langsam,
sich an Wolken aus mindestens dreißigtausend Tonnen
weißer klebriger Zuckerwatte labend,
irritierend
ergebnislos
sang-
und klanglos
verpufft.
Herbert, dem seit über hundertfünfundfünfzig angeblichen Kriegsjahren
militant eingetrichtert wurde,

er müsse jetzt und gleich
der Bubblegum kauenden Cheerleaderin dringend auf
der Stelle
einen Heiratsantrag auf dem hiesigen Feld machen,
sonst würde er ebenfalls ad hoc getötet,
zieht ihn zum Entsetzen aller zurück.
Das Spiel ist sehr früh aus, hat es doch noch gar nicht
angefangen.
Nicht wissend, wohin mit so viel verstörender
Ergebnislosigkeit
klaffen die Münder weit, beinahe obszön auf.
Lustlos, ja brüskiert, lässt die einst selbstsicher anmutende Flagge
ihren Kopf traurig hinunterhängen,
sich dabei unwiderruflich in der Trommel verhakend.
Deprimiert purzelt die geschredderte Trommel hinab,
ein letztes klägliches Geräusch der
totalen Selbstaufgabe von sich gebend.
Die nach dem verhunzten Cheeri-Tusch flink eingeschal-
tete,
zu drüber klebende, allgemein gehaltene Country-Musik ist
quälend positiv.
Auf der Suche nach einer Ablenkung
flitzen die Augen der Zuschauer wie wild hin- und her,
den künstlichen Rasen
unersättlich nach Genugtuung
abgrasend,
die sie nie finden werden.
Sie dürfen ihre Münder
ja nicht nach unten bewegen (!),
sonst müssen sie sofort bis in alle Ewigkeit

tanzen.

„It is not amazing“,

wagt Herbert zu piepsen,

der seine nicht rührselige Seite tapfer, schweißgebadet
und schuhlos preisgab.

Nervös zittert die vorgeblich gefühlskalte Peinlichkeit
über dem

vermeintlich anrüchigen Liebes-Vorspiels-Abbruch.

Das Land des biederen Patriotismus’ hat den romantischen

Wannabe-Feldzug für immer verloren.

Dabei hat jener niemals begonnen.

Bis in alle Ewigkeit soll der mittelalte, noch immer hei-
ratsunwillige Junge trotz des Namens Bräutigam

in den lästigsten aller unangenehmen

Vororte verbannt werden.

Krise in Deutschland bedeutet,

dass ausschließlich der Rasenmäher erlaubt ist.

Der Rest wurde minutiös eingesaugt.

Laienartig prescht er derbe polternd vor, um einen

arroganten

Orgasmus vorzutäuschen,

bevor er

kontrastiv dazu

äußerst rückwärtsgewandt

und schief

für immer

nicht

einparkt.

Kapitel 4) „Bio-Wollstrumpf-Eminenz"

Trotz sexueller Revolution und schriller Pop-Musik scheinen die Eltern des Kindes die 68er erfolgreich übersprungen zu haben. Stattdessen dockten sie nahtlos an die 50er an.

Staubsauger fein säuberlich geparkt an Staubsauger.
Wie konnte das gelingen?
Und: Wer ist schuld?
Die Vokuhila-Frisuren, die nicht zuließen zu denken?
Die RAF? Generation Golf oder einzig und allein die Erschaffung des Schimanskis?
Während der Vater durch sein Kinde hindurchblickt, als sei es inzwischen Mörder,
dabei spie es nur Krümelchen, saugt die Mutter wie üblich die Scherben nach dem Streit ein.
Schließlich muss die Oberfläche rein bleiben!
Das Kind will aber nicht eingesaugt werden.
Zunehmend macht sich im Herzen des Kindes akute Platzangst breit.
Des Nachts träumt es von seiner Geburt.
Es dachte, es sei aus dem Ei längst herausgeklettert, aber offenbar steckt es noch mittendrin.
Alles ist im Traum voller gelbem, zähen Dotterschleim.
Als das Kind aufwacht, schlüpft der schmierige Dotter-Alptraum einbeinig weg.
Eines Tages geschieht das Unfassbare: Die Mutter saugt den kindlichen Fuß
versehentlich ein. Bestimmt meint sie es aber nur gut.
Das nunmehr unbewegliche Kind schreit lauthals auf.
Der kompliziert eingeklemmte Fuß des Kindes wird

in der Klinik chirurgisch in einer

Not-Operation umständlich und stundenlang her-
ausoperiert.

Das Ergebnis ist jedoch niederschmetternd:

Einzig überlebt hat der Biowollstrumpf.

Der Fuß scheint hinüber.

Auch der Staubsauger hat seinen Geist offenbar aufgegeben.

Viel zu neugierig quillt ein Blutstropfen

aus dem Gipse heraus, das nach Lammwolle riechen-
de Sitzpolster des

Familienwagens keck und wild beschmutzend.

Das Kind soll sich nicht so anstellen, schimpft der Vater
wütend, und ja nichts verunreinigen.

Die Mutter ist indessen urstolz, wenigstens den Bio-
Strumpf gerettet zu haben.

Qualität geht augenscheinlich doch vor Quantität,
lautet ihr triumphaler Sparmodus.

Akribisch hängt sie alsbald den Strumpf zuhause
als Trophäe auf.

Rahmt jenen ein.

Betüddelt ihn liebevoll.

Wischt akkurat Staub von ihm.

Betet ihn an.

Der Strumpf wird zu ihrer gesamten mütterlichen
Leidenschaft.

Seine unsterbliche Bio-Woll-Eminenz rankt nun
angeberisch und übergroß an der Wand.

Ein Riesen-Bio-Bild.

Ein WOLL-STRUMPF-ABGOTT.

Einer protzigen Urkunde gleich.

Die Dämonen vertreibend.
Jeden Abend wird sie sich vor ihn auf Knien devot
hinwerfen, ihre Sorgen fortan in ihn hineinflüstern.
Jetzt können die Nachbarn auch endlich entzückt die
Fake-Urkunde bestaunen.
Jenes Zertifikat, das das faule Kind nie heimbrachte.

***

Beruflich ist Dieter Polizist. Privat
ist er Frauenmörder.

Kapitel 5 A) Vorsequenz: „Vesperdoserle"

Muddr Bernadette: „Herberdlein – ich habe dir ein Vesperdoserle für die Reise in die neue Welt eipagga – einen Apfel und ein Würschdchen."

Herbert: „Wann begreifst du endlich, dass ich Vegetarier bin?"

Muddi: „Denggschd du bidde dran – neben den vielen Verabredungen auf der To-do-Lischd – des isch fei wichtig, a Bsiechle bei den Ehingens, die nach Texas auswanderten, macha?"

Herbie Bräutigam: „Magst du sie eigentlich nur wegen des Namens, Mama? Eher nicht. Mir langds schon jetzt."

Kapitel 5 B) Zwischensequenz Flug – „Kosmische Abfälle"

In der seltsam diffusen,
da artifiziell
geparkten,
undefinierbaren Zwischenwelt irgendwo zwischen Deutschland und der neuen, für ihn – dank seiner Eltern – zu erobernden Welt, dabei wurde sie längst erstürmt – waren Herberts Gedanken offenbar durcheinander gerüttelt worden ob der Schwerkraft.

Dennoch kann Herbert nicht ganz umhin, eine klitzekleine Genugtuung darüber zu verspüren, seine Erziehungsberechtigten einmal erfolgreich zurückgelassen zu haben. Beinahe versetzt es ihn in einen lächelnden

Zustand wohliger Dankbarkeit. Was ihm gefällt, ist, dass das Welten-All keinerlei Romantik einfordert. Im Grunde hätte Herbert aus Villingen-Schwenningen hier – über den Wolken schwebend – im national quasi befreiten Raum – alles tun, verändern, einmal mitreden können.

Wäre da nicht dieses Kind zu seiner Rechten namens Justus-Jonas, das, mit Popcorn-XXL gerüstet, seinen in Zucker getunkten, abgeleckten Finger mit Schmackes an ausgerechnet ihm, den Menschenverabscheuer, in aller Großspurigkeit festkleben zu gedenkt, so sehr er auch nicht damit einverstanden ist und den Kopf immens schüttelt. Corona sei Dank ist er jedoch nicht dazu imstande. Gäbe es einen Krisengott, würde Herbie ihm danken. Vorausgesetzt, er glaubte an einen, bevor die Mutter eben jenes Jungen ihn nun dafür rügt, dass er nicht lache. Warum er denn nicht mit ihm, Justus Jonas, wenigstens einmal spreche? Das sei doch das Mindeste. So schwer könne das doch nicht sein! Das könnte man doch expecten! Ein wenig entertainment für die Kids. Herbie schweigt darüber bestechlich sachlich und gemütlich mit Kopfhörern hinweg. Einmal kann er seine deutsche Identität schon ausnutzen. Ferner stünde nicht diese irrsinnige Landung und die vielen anstrengenden, zu erklimmenden Etappen der zu besuchenden Verabredungen nach dem abzuhakenden Nachwuchs-Plänle seiner Muddi bevor. Auch erscheint es, als könne Herbert gar keinen wirklichen Gedanken entwickeln. Zu laut erfriert die Kunstluft seine Ideen. Als Herbert im dämmrigen

Wachtraum zu dem kleinen, stillen Örtchen – der winzigen Flugzeugtoilette – halb-grinsend wankt, lässt er in aller Heimlichkeit kosmische, menschliche Abfälle auf seine Muddr durch das All hinabstürzen. Die Vorstellung, jene würden auf ihrem Köpfle in aller Treffsicherheit landen, beflügelt ihn.

Doch dieses erhebende Gefühl soll nicht lange anhalten, wird er doch kurze Zeit später im wild country am Flughafen unmittelbar angeschrien.

Zwischensequenz 5 C) „Der ausgestreckte Apfel/The criminal to be said Apfel"

Als Herbie den Untersuchungsraum des Flughafens betritt, hat er plötzlich angesichts des rauen Untertons starkes Mitleid mit den sich in diesem Raum befindenen Objekten, auf der Stelle starke Sympathie mit seinem kriminellen to be said Apfel verspürend. „Sie da! Vortreten! Ich erblicke einen Apfel! Wie können Sie sich erdreisten, Obst dabei zu haben? Eingeschmuggelte Produkte sind nicht erlaubt. So etwas aber auch. Das hat man doch zu wissen!"

Herbert (*zittrig und müde*): „Pardon! Es war nicht meine Absicht. Meine Muddr legte ihn in meine Buddrbroddose."

„Nieder mit dem Apfel! LOOOS!! Legen Sie ihn auf das Band! Durchleuchten Sie ihn!

Helfen Sie mir bitte, Ihren viel zu schweren Koffer auf das Band zu legen. Eine Unverschämtheit – so eine scheiß super heavy Tasche mitzunehmen!"

Herbie: „Darin befindet sich ein Sammlerstück meiner Mutter. Vorsichtig! Bye-bye ausgestreckter Apple."

***

Als sie um die Ecke bog, hatte sie aus keinem
Grund
null Gefühle.

6) Alptraumsequenz Annas: „Gestohlene Seele"

Weggeträumt.
Mich ausgeschaltet.
Unsichtbar.
Leere Hülle zurückgelassen.
Ausdruckslos
starren meine Augen
verwundert unbeteiligt
auf die roten Flecken
am weißen Leinentuch.
Ich will mich bewegen,
doch deine Hände lähmen meine Glieder.
Ich will schreien,
doch dein Atem erstickt meine Kehle.
Du dringst in mich ein,
doch ich bin nicht da.
Die Stille im Raum
ist unüberhörbar.
Meine Nichtanwesenheit
unübersehbar.
Der Wecker im Schlafzimmer tickt
mein Leben weg.
Gezähmte Stimme.
Gestohlene Seele.
Getötete Sinne.
Du schläfst mit einer Leiche
und du merkst es nicht mal.
Das Leben geht weiter.
Ganz normal.

Kapitel 7 A) „Tex-Mex stolen from the Villa Kunterbunt"

Dank seiner Mutter hat Herbert ein erstes aufoktroyiertes Date mit Sally in Alibene (Texas), Date-Stopp 1 in der allegedly schönen neuen Welt:

Sally: „Willkommen, Herbert, im Land der unbegrenzten Möglichkeiten. Das sind meine Freunde: Kim und Lizzy. Das ist Herbert aus – ich kann deinen Heimatort leider noch immer nicht richtig aussprechen. Sorry – Herbert."

Herbert: „Null Problemo. Ginge mir höchstwahrscheinlich ähnlich. Zugegeben ist er auch grenzwertig – der Name – aus Villingen-Schwenningen."

Liz: „Interesting. Wo liegt das – in Holland?"

Sally: „Nein. Herbert ist Deutscher. Mensch. Habe ich doch schon mehrfach erwähnt. Hörst du mir überhaupt je zu?"

Liz (lachend): „Das war ja auch nur ein kleiner Scherz. Sogar manche Amerikaner haben Humor."

Sally. „Wie lebt es sich an diesem Ort, Herbert? Gefällt es dir da? Welches Bundesland ist das?"

Herbert: „Baden-Württemberg. Mir persönlich nicht wirklich. Die Landschaft ist in Ordnung. Die Mentalität empfinde ich als gewöhnungsbedürftig, den Dialekt als grenzwertig. Dieses Hoisela bauen und der ganze Pantoffel-Schmu."

Sally: „Nun – das haben wir hier auch."

Herbie: „Meine Muddi hat dir ein deieres Sammlerstüggle als Geschenk mitgegeben – sofern es noch ganz ist, da ich zu so etwas generell nicht fähig bin."

Sally: „Danke! Das ist sehr aufmerksam!"

Jene packt dieses aus. Herausschaut ein deutscher figürlicher, offenbar – dank des dreifach umwickelten stabilen Einpackpapiers seiner Mutter – unkaputtbarer Hochadels-Dackel.

Herbert: „Du musst nicht schön sagen! Denn das ist es wahrlich nicht, wie ich selber weiß."

Lizzy bricht in Lachen aus. „Geiles Geschenk. Endlich ein Mitstreiter für Garfield. Da fällt die Katze sicherlich erstmals in Ohnmacht."

Sally: „Willst du einen kurzen Blick durch das Haus werfen?"

Herbert: „Ja – sofern schnell ob der Größe reicht. Das ist ja riesig. Wow – ein Swimmingpool gehört auch dazu?"

Sally: „Ja. Möchtest ihn austesten? Er gehört allerdings nicht mir, sondern meinem Vater."

Kim: „Wir wollen noch kurz etwas einkaufen. Im Supermarkt in der Mall. Hast du einen speziellen Wunsch, Herbert? Pizza XXL vielleicht? Wenn ja – welcher Geschmack? Es gibt z. B. Salami, Cheese XXL, Spinat, Ananas-Bacon, Peanut Butter, Mex Tex oder auch Bolognese."

Herbert: „Nun – eigentlich bin ich Vegetarier. Was muss man sich denn genau unter Mex Tex vorstellen?"

Sally: „Liz isst auch kein Fleisch. Auch in den USA gibt es inzwischen Vegetarier. Nun – das ist eine Mischung aus mexikanischem und amerikanischem Essen. Mit verschiedenen Beans und Mais. Eigentlich ziemlich lecker. Mein Vater würde jedoch ‚Tex Mex' dazu sagen."

Herbert: „Warum?"

Sally: „Mein Vater mag einfach Mexikaner nicht wirklich, weshalb er es verdreht, dabei stammt es ursprünglich aus dem Nachbarland."

Herbert: „Krass. Kolonialer Streit am Tellerrand. Ist das nicht rassistisch?"

Sally: „Schon. Mein Vater entschied sich aber auch für Trump."

Herbert: „Ist ja irre. Du auch?"

Sally: „Ich nicht – nein."

Herbert: „Wie fühlt es sich an, wenn der Vater einen Trumpelianer wählt?"

Sally: „Nicht sonderlich schön, aber wir leben nun mal in einer Demokratie. Ich kann meinem Vater doch nicht vorschreiben, wen er sich auszusuchen oder zu mögen hat."

Herbert: „Wenn er nun Hitler wählte?"

Sally: „Man merkt schon, dass du ein Deutscher bist."

Sally: „Oder wollen wir vielleicht lieber etwas bestellen? Du kannst dir aussuchen, was du willst. Herbert ist heute unser Gast. Der Besucher ist König. Ich hoffe, er wird auch so von euch behandelt."

Die gesamte Gruppe: „Ja – Sally Sir! Wird gemacht, Sally Sir."

Herbert: „Kann man da vielleicht auch hinlaufen? Schließlich habe ich noch gar nichts von der Landschaft gesehen und steige aber direkt in ein Auto. Fühlt sich etwas merkwürdig an, von Kunstluft unmittelbar in eine artifizielle Brise umzusteigen. So am Leben vorbei."

Kim: „Am Leben vorbei? Wie meinst du das?"

Herbert: „Schwer zu beschreiben. Frei und doch gefesselt. Wie ein Paket – eng geschnürt."

Gruppe (*einheitlich im Chor singend*): „Nein. Hier läuft einfach grundsätzlich niemand."

Herbert: „Lernt ihr das von Grund auf in der Schule? Ich meine – ist das die Bedingung, überhaupt aufgenommen zu werden? Statt NC oder Multiple Choice?"

Sally: „Ich verstehe nicht ganz, was du meinst."

Herbert: „Egal."

Sally: „Wir haben jedoch zwei geräumige Autos. Jeweils vollklimatisiert. Also sollte es überhaupt gar kein Problem darstellen. Fühl dich ganz wie zuhause. Nur das zählt. Wie war dein Flug?"

Herbert: „Eigentlich ganz ok – bis auf die Tatsache, dass ich beinahe wegen eines einzigen lapidaren Apfels verhaftet wurde."

Sally: „Wegen eines Apfels?"

Herbert: „Ich hatte lediglich einen einzigen mickrigen Apfel in meinem Rucksack versehentlich vergessen. Der Arme liegt nun verzweifelt ausgestreckt danieder auf einem Untersuchungsrollband."

„Irgendwie ist Herbert lustig", lacht Lizzy.

Sally: „Welchen Geschmack möchtest du denn nun haben? Es gibt – Moment – ich vergesse das immer – Cinammon Dreams, Wild Prickle Vanilla, Hot Fudge Super Taste Eden – sehr zu empfehlen ist Rosy Marzipan oder aber auch Blackberry Fields".

Herbert: „Am liebsten nur pur. Danke."

Sally: „Das gibt es hier nicht."

Herbert: „Dann lieber gar keinen."

Sei es die riesige Größe des dreifach akklimatisierten Supermarktes, der unüberschaubar zu sein scheint, der dadurch ausgelöste heftige Kunstwind, der Jetlag, der Flug, die vielen verschiedenen, in der Zwischenzeit ihm dargebotenen „Probiergrößen", das XXL-Menü oder der doch getrunkene süße Hot-Fudge-Eden-Kaffee-to-go, die verschiedenen Stimmen, die aus der Mall gleichzeitig zu ihm wispern, das gleißende Licht oder die roboterartige Einkaufshilfe am Ende mit dem Spruch „Dan-ke für ih-ren Be-such. Kom-men Sie nur ja bald wie-der!"

Plötzlich fühlt sich Herbert auf äußerst seltsame Weise wie magnetisch von den Gegenständen angezogen, das dringende Bedürfnis verspürend, sich jetzt und hier inmitten des Einkaufsgiganten auf den Boden zu legen, in der Hoffnung, niemals mehr aufstehen zu müssen.

„Ist alles in Ordnung?", fragt Sally. „Sollen wir vielleicht das Personal rufen?"

„Nein!", haucht Herbert im Dämmerzustand seiner Ohnmacht in die Geschmacks-Verstärker-Papp-Regale hinein, die daraufhin allesamt, an ein Spiel erinnernd, umstürzen. „Mir ist nur etwas diffus schummrig."

Sally: „Ich rufe sofort meinen Vater an. Er sollte auf der Stelle hier sein."

Sallys Vater, Henry: „Wer ist das denn? Wen hast du dir denn da Kümmerliches geangelt? Scheint ja ein kompletter Schwachmat zu sein."

***

Zwischensequenz Containern – einem namenlosen Obdachlosen gewidmet

Halten Sie perspektivisch an: Werfen Sie die Scheinwerfer neu aus. Was niemand sah, ist, während Herbert in der außerordentlich großen Verkaufshalle einen Ohnmachtsanfall erlitt – angesichts der schier unendlichen Größe, welche seinen Körper auf die Erde hinabzog, während die Anderen stundenlang kompliziert diskutierten, welche Lebensmittel es nun in welcher Größe sein sollten und in welcher Verpackung – von den Marken einmal ganz abgesehen, das offensichtliche Problem von Sallys Vater, Henry, indessen hauptsächlich jenes zu sein schien, wild kommunizierend herauszufinden, wie er am bequemsten zum verbotenen Stierkampf in Zeiten der Krise gelangen solle, ohne aber mit den Ordnungshütern vor Ort in Konflikt zu geraten, und Lizzy und Sally schließlich ihre letzten beiden XXL-Menüs To-Try-Taste Nr. 10 B) bis F), da sie ihnen wohl doch zu voluminös erschienen, ihre Mägen weit aufgebläht, achtlos wegschmissen – schließlich hatten ihre Eltern zuhause zu Genüge davon in den XXL-3D- Kühlschränken – Lizzy – kurz „Puh – da drinnen stinkt es etwas" sagte, ihre Nase rümpfend, hockte hier, heimlich,

versteckt,

ungesehen

– in den dunklen Tiefen – auf dem Boden des vermeintlich übelriechenden Containers der Hyper-Glanz-Mall ein durch die Krise obdachlos gewordener Mensch, darbend, seinen hungrigen Mund in Richtung des hineinscheinenden Lichtes empor zu den Speiseresten richtend, um die Überbleibsel dankbar hinunterzuschlucken. Für ihn bedeutete Erleuchtung Hoffnung.

***

Kapitel 8) „Friedliches Spielen" – Backflash Annas mit Herrn N. Nummer 1

Herr N.

sah das Kind und entwickelte im zerplatzten Spiegel seiner Zeit

und bedrängten Alptraumpanzergewand seiner Vorvergangenheit

ein Gefühl der starken Zuneigung für das offenbar noch junge Mädchen.

Selten hatte er so eine schöne Person gesehen. Augen von solch intensiver Leuchtkraft. Neugier am Leben widerspiegelnd und doch keck. Er fragte sich, wo ihr Blick manchmal hinstreunte. Als befinde sie sich nicht nur hier, sondern ebenfalls an verschiedenen anderen Orten. Immerhin stellte sie höchstwahrscheinlich keine lästigen Fragen. So wie andere. Warum hast du keine Freundin? Tickte es in ihm herum. Schließlich wertete sie ihn auch nicht immer ab. So wie seine Lebensspenderin, die er nur das Muttermonster nannte. „Du siehst hässlich aus", hatte sie gesagt. „Ich hasse dich. Gäbe es dich nicht, könnte ich ganz andere Dinge machen. Eine reine Zumutung bist du." Nicht mal einen Namen war er ihr wert gewesen.

„Du bist aber sehr schön", sagte Herr N. „Wie alt bist du?" „Neun", antwortete Anna. „Warum bist du aus deiner Wohnung gelaufen? Wieso möchtest du flüchten? „Ach – meine Eltern streiten mal wieder", sagte das Kind genervt mit einer Träne im Auge. „Das tun sie ständig. Ich wünschte, sie trennten sich endlich. Jeden Tag bete ich an den Scheidungsgott, doch er scheint für mein Anliegen keine Zeit oder Ohren zu haben."

Herr N.: „Ich kann es manchmal hören, so laut feinden sie sich an. Ein paar Mal hörte ich Gegenstände durch die Gegend fliegen. Dazwischen saugt jemand." Das Kind: „Das ist alles, was meine Mutter tut."

Herr N.: „Das Leben ist nicht immer leicht. Manche werden geärgert. Andere nicht. Es gibt eine Ungerechtigkeit. Freunde finden ist nicht nur einfach. Meine sagte unschöne Dinge zu ihrem eigenen Kind. Magst du zu mir kommen? Bei mir gibt es keine Auseinandersetzung. In meiner Wohnung herrscht stets totaler Frieden. Wir spielen nur. Versprochen."

Das Kind, Anna, nickte, bevor es, wenngleich zögerlich, in der Wohnung Herrn N.s verschwand. Nichts erschien dem Kind in diesem Moment widriger, als die nervigen Wutanfälle und Konflikte ihrer Eltern weiterhin ertragen zu müssen.

In seiner Wohnung bekam das Kind, alles, was es wollte – haufenweise Schokolade mit echtem Zucker, klebrige süße Limonade. Alles, was seine Mutter in ihrem Bio-Gesundheitswahn dem von ihr als sich schlecht benehmenden bezeichneten Kind streng verbot. Eine Suppe der Sorte Kartoffel, dessen Geruch es nie wieder vergessen würde. Anna hatte sie ins Unterbewusstsein für eine Strafe auf unbestimmte Zeit geschickt. Die arme Suppe. Immer wieder würde jene später durch das Unterbewusste dazwischenfunken. Blitzartig – um auf sich aufmerksam zu machen, einen regelrechten Komplex hatte diese Brühe entwickelt. Offenbar beschwerte sie sich, dass Anna sie später vergessen hatte.

Wie Volljährige so sind. Schließlich haben sie immer nur viel zu tun. Diese glibberige Erdapfel-Suppe war hingegen hinter den Terminkalender geflossen. In der Regel gewinnen Flüssigkeiten bei einem Wettstreit gegen Blätter, indem sie sie tränken. In diesem Fall war es zauberhafter Weise umgekehrt. Es scheint eine ganz besondere Kartoffel-Suppe gewesen zu sein. Zudem gab es paradiesisch viel feines Spielzeug bei Herrn N. Warum er so viel davon habe, wenn er doch längst erwachsen sei? fragte das Kind. Ob er selber noch damit spiele? „Ich spiele noch immer, da ich Erwachsene einfach nicht ausstehen kann." „Ich auch nicht", sagte Anna. „Sie sind immer so fürchterlich streng, super ordentlich und haben keinerlei Phantasie. Ich finde sie sterbenslangweilig." Im Grunde wollte sie nie volljährig werden. Das wusste sie schon jetzt. Sie, Anna, erschien hingegen nicht ausdruckslos, sagte Herr N. Zumal sie gut rieche. Auch strahle ihre Haut so. Ob er sie streicheln dürfe? „Das pflegen Erwachsene und Kinder nicht zu tun", sagte Anna. Immerhin sei er ja ein Kind-Mensch, da er noch spiele.

Später spielten sie noch ein ganz anderes Spiel, das nicht für Kinder geeignet erschien. Anna hatte bis zu diesem Tag keine Ahnung von seiner Existenz gehabt. Für sie war es Neuland. Während sie ihre Eltern nebenan streiten hörte, und die Mutter des Kindes erneut zum Sauger griff, ihn in Runde drei gewissenhaft und großflächig pedantisch durch die gesamte Wohnung rotieren ließ, vergriff sich irgendjemand an niemandem, ihr Inneres ebenfalls kreiselnd durchstoßend, von jetzt auf gleich ihre Kindheit jäh beendend. Bloß, dass sie sich nicht als sauber empfand wie der glänzende Boden ihrer Mutter, sondern schmutzig. Von unten nach oben wanderten geißelnde Kriech-Viecher ihre Beine hoch, ihr Blut frostig einengend. Eingefroren im Kokon des Immer-Kindes und doch nicht mehr arglos, mutmaßt seine grau gefärbte Empfindung, dass seine Lebenslust abgetötet wurde.

***

Hat jemand Herbert gesehen? Offenbar ist uns der Protagonist bereits entfleucht.

Forts. Kapitel 7 A) Herbie in der neuen Welt in Texas – „über tierische und menschliche Leichen gehen"

Sally: „Hey Herbert – mein Vater kommt gleich – ich gehe heute mit meiner Familie auf einen Stierkampf. Magst du vielleicht mitkommen?"

Herbert: „Stierkampf? In echt? Oder in eurer Phantasie auf der big stolen fancy dream Veranda? Ich weiß nicht recht, ob das wirklich mein absolutes Lieblingshobby ist. Von wegen Tierschutz und so. Verstehst du? Dass der Mensch hinter einem Tier herjagt, sich darüber lustig macht. Das Ärgern eines Lebewesens zum Götzen des Menschen fühlt sich in der Tat fies an."

Sally: „Ich kann das ja ein wenig verstehen. Mein Vater ist aber nun mal ein riesiger Fan davon. Ihm zuliebe? Bitte, bitte – es stirbt auch keines der Stiere in echt."

Herbert: „Hm... nur heimlich oder wie?"

Sally: „Später können wir noch auf eine Cowboyparty mit echten Sheriffs gehen. Ich kann dir auch Klamotten leihen. Diese Veranstaltung ist wirklich lustig. Da tanzen auch so Ältere wild herum. Du wirst sehen."

Herbert: „Ich dachte, dieser ganze Spuk sei in Zeiten Coronas endlich gar nicht mehr erlaubt. Wurde der Stierkampf nicht gänzlich verboten?"

Sally: „Mein Vater geht mit ein paar Sheriffs heimlich zu einem illegalen."

Herbert: „Wirklich? Dein Vater nimmt – aus was für perfiden Gründen – aus purer Langeweile – daran teil – dabei über menschliche und tierische Leichen gehend, um sich über gequälte Rinder in der Pandemie lustig zu machen? Echt? Um dann von der Polizei vor Ort gewalttätig abgeführt zu werden? Nein danke – ich kann nicht mitkommen. Mein Magen droht gerade ganz hinunterzurutschen. Manche Untersagungen machen schon mehr Sinn denn je."

Henry: „Was ist mit deinem deutschen Weichei-Freund? Kommt der europäische Weltenverbesserer nicht mit? Na, wusste ich es doch. Eine gänzliche Enttäuschung ist dein alberner Herbert. Mit dem wirst du niemals glücklich. Der ist doch viel zu soft, als dass er jemals Kinder produzieren könnte."

Sally: „Aber du kommst später wenigstens zum wilden Cowboy Dance? Schließlich haben wir ein Date. Weißt du noch?"

Herbert: „Ich probiere es zumindest."

Während Sally mit ihrem Vater zur verbotenen Tierbeschauung in Zeiten der Krise geht, entdeckt Herbert indessen in der Villa von Sallys Vater ein ganzes Waffenarsenal. Geparkt hinter dem 3-D-Luxus-TV. Im Karton dahinter links. Herbert – noch nie ein einziges echtes Geschütz zuvor in seinem gesamten Mittelalter gesehen habend – außer auf dem Bildschirm – kippt erneut in Form eines massiven Schwächeanfalls um, scheppernd in ein seltsames Gerät fliegend. Angeht dabei ein untröstlicher, niemals zu enden scheinender Ton: „Let me tell you something: I am watching you. We are watching you. Don't you ever dare to touch a single thing in my house! I see you. I watch you. See you then."

Kapitel 7 B) Wilde Nicht-Romantik in Texas: „Autolos"

Diffus – in dem Versuch, wieder denken zu können nach all den Maschinen, der strengen Bewachung seitens Sallys Vaters und der allerseits aufwabernden künstlichen Intelligenz, geht Herbie an dieser Stelle eine Runde spazieren, in der Hoffnung, das eingesaugte Nicht-Gefühl wieder loszuwerden. Er versucht es zumindest.

Polizei: „Sie da. Stopp! Sofort anhalten! Was fällt Ihnen eigentlich ein, hier völlig autolos durch die Gegend zu laufen, alleine ziellos herumzustreunen?"

Herbert: „Ich spaziere doch nur. Das wird doch wohl noch erlaubt sein. In Deutschland wurde das den Menschen in Krisenzeiten sogar an das Herz gelegt. Statt Feiern Flanieren. Zudem soll es gesund und obendrein umweltschonend sein."

Polizei: „Hände hoch! Sind Sie vielleicht Mitglied einer Beschaffungsbande? Räuber? Drogendealer? Mexikaner?"

Herbert: „Nein. Zumal das Letztere rassistisch ist, finden Sie nicht?"

Amerikanische Polizei (*Kaugummi kauend*): „Hände auf den Rücken. Aus welchem Grund besuchen Sie die heiligen Vereinigten Staaten?"

Herbert: „Aus keinem freiwilligen."

(*Einheitlich singend:*) „Sorry sir! We don't get the story. We don't understand you – sir. Will you speak up, sir?"

Herbert: „Nun, es verhält sich so: Meine Eltern möchten mich peinlicherweise dringend verkuppeln, romantisieren. Meine Mutter hat sich in den Wahn hineingesteigert, dass ich ganz viele Babys in amerikanische Unterleibe schießen soll. Im Grunde hatte ich eine Verabredung. Das ist alles."

Amerikanische Polizei: „Sie fliegen über 15 Stunden, um ein einziges Date zu haben? Wer es glaubt. Sind Sie Terrorist? Vergewaltiger? Seems to be one of these crazy ones. Haben Sie Drogen genommen? Alkohol?"

Herbert: „Nein."

Polizei: „Das behaupten sie alle. Pusten Sie mal schön hier hinein."

Herbert: „Ich soll wegen Füße Vertretens irgendwo hinein Winde blasen? Waffen sind teils erlaubt, aber die Natur schützen nicht? Ihr habt sie doch nicht mehr alle."

Einheitlich: „That is a serious attack against our constitution. Go down on your knees, sir Herbert, sir. You are under arrest."

Amerikanische Polizei: „Der Vater der Dame, die sie besuchten, sagte, Sie hätten seine Katze argwöhnisch und äußerst unsittlich beäugt. Stimmt das? Das ist hier nicht erlaubt."

Herbert: „Katzen anschauen soll verboten sein?"

Polizei: „Ja. Zum Schutze der Privatsphäre des Individuums. Stehen Sie vielleicht auf Katzen? Treiben Sie es heimlich mit Tieren? Planen Sie einen größeren Einbruch?"

Herbert: „Nein. Ich stehe eben auf rein gar nichts, weshalb meine Eltern mich ja lästigerweise in das Land der vermeintlichen Romantik verschickten. Ich stelle jedoch immer mehr in Gänze fest, dass es das Land der Alpträume ist."

Amerikanische Polizei: (*Einheitlich singend*): „That is another attack against our constitution!"

Der, von der amerikanischen Polizei abtransportierte, in Folge – wenn auch kurzweilig – im Gefängnis landende Herbie – erhält an dieser Stelle einen Anruf durch seine Mutter Bernadette.

Bau-Aufseher: „Herbert – Sir, Herbert! Vortreten! Ihre Mutter möchte Sie auf dem iPad via eines Skype-Interviews dringend sprechen. Da Sie Ihres abgeben mussten, geben wir Ihnen unseres. Sie haben ganze zehn Minuten. Vergessen Sie das nie. Wir beobachten Sie! Denken Sie daran! Bauen Sie irgendeinen Unsinn, landen Sie für immer im Bau! WIR MEINEN DAS!"

Bernadette (*dank neuester Technik visuell trotz meilenweiter Entfernung für ihren Sohn viel zu nahe erscheinend*): „Herberdle – wasch soill denn da soin? Bischd nu völlich nommschnabba (übergeschnappt)? Miassa wir unsch Sorgla mache? Du bischd zwei Dage ondrwägs und hoggads in einem Loch (übersetzt = Gefängnis). Für dich/auf Hochdeutsch: Die amerikanische Polizei behauptet, du hättest Katzen sittenwidrig beobachtet, wärest in der Nachbarschaft wild streunen gegangen und hättest ein Waffenarsenal unberechtigterweise berührt. Ist das richtig? Meine Guade. Jeddz miassad mir die freikauffa – für en Haufe Geld – mir hen doch selber kois meh (= locker sitzen) in Zeida desch Zuaschdands (= der Krise)."

Herbert: „Im Loch, Mama?! Gutes Stichwort. Du wolltest doch, dass ich auf beschissene Löchersuche gehe. Deinetwegen hocke ich doch überhaupt hier."

„Let me tell you something: The ten minutes are over. Close down the fucking iPad! WILL YOU, SIR HERBERT SIR! OR WE KILL YOU IMMEDIATELY!"

Die Frau blickte in die Pfütze
verzweifelt
auf der Suche,
ihr Ich zu finden.

Kapitel 9) „Für immer Kind" – Annas Abspaltung Teil I

Löffelweise schluckt das Kind stabilisierende,
dickflüssige Graupensuppe gegen die Angst,
bevor es Gruppenballstunden zum Anfassen
mit zu medizinischen, da grellweißen Gesundheitslatschen im nach Bohnerwachs riechenden Raum erhält.
Gemeinschaftlich soll es in soziale Bälle beißen.
Für das verlorene,
erkaltete Gefühl
im verhungerten Magen.
Im Körper und in der
schieflagigen
Seele.
Der Tod ist nicht mehr fern,
hockt er doch in allzu direkter Nachbarschaft um die Ecke,
gierig seine Lüstern gen das Kind streckend.
Man kann ihn riechen.
Innig beschnuppern sich die beiden.
Fast intensiver als es je ein Mensch durfte.
Als das Kind nicht mehr Kind sein durfte,
beschloss es, für immer Kind zu sein.
Kreativ spaltete
es sich ab.
Seither ist es zu seinem eigenen, bunten Alter-Ego mutiert.
Einem Avatar.
Das Kind hat keine innere Welt, also tüncht es sich eine fröhliche in 3-D.

Die Fiktion gestaltet sich gesellig.

Immerhin erlaubt sie ihm zu kuscheln,

obwohl das Kind nicht wirklich und schon gar nicht stets Berührungen mag.

In seiner Phantasie-Parallelwelt hat das Kind eine fiktive Schwester, mit welcher es durch dick und dünn geht. Daneben hockt ein feiner Affe, der lauter lustige Dinge macht.

Wer hat sowas schon?

Man kann es auch positiv sehen.

Es muss doch aber irgendwie weitergehen, behauptet der wachsame Kapitalismus,

der den widerspenstigen Lebenssaft, den die Schwester mühsam zu stillen versucht, von der Bettkante streng beobachtet.

Was ist aber, wenn das Kind viel lieber in seinem Traume verweilen möchte? fragt die Amygdala, die sich nun einen Streit mit dem Wettbewerb liefert. Sollten wir uns nicht alle lieber gelegentlich abspalten, uns generell Traumwelten aufbauen? In jene hineinflüchten? Warum muss denn stets die nervige, triste Realität gewinnen? Alle reden immer von Wahrheit, aber in Wahrheit ist die Wahrheit doch oft mies.

Es scheint, als lächelte das Kind erstmals, als es behauptet, seine

Phantasieschwester warte draußen auf es.

Unterkapitel Kapitel 7 C) „Herbie in wild Texas: Pink lady weapons und Stellvertreter-Liebe"

Der, auf der Hinfahrt zu dem Cowboy-Dance-Event, auf welches der deutsche und nebenbei größte Tanz-Muffel aller Zeiten irgendwo in Abilene in dem wild Country Texas geschleppt wird, passierte Munitions-Shop, wirkt in seiner Beiläufigkeit unschuldig, wie hingesetzt. Als säße er nur da, damit das Bild stimmt. Ein harmloser Nebendarsteller-Laden.

„Sind die Dinger etwa echt?", fragt Herbie.

Sally: „Klar. Man muss jedoch zuvor einen Schein besitzen, um sie tatsächlich kaufen zu können. Eine Ausbildung absolvieren. Ganz so leicht ist es doch nicht."

Herbert: „Ist ja irre – Pink Lady. Es gibt hier gar sexistische Pistolen angeblich für Frauen. Wahnsinn. Rosa macht zudem den Anschein, als könnten die Dinger gar nicht wirklich jemanden umbringen. Pink danger washing."

Sally: „Könnte ich einen Revolver wählen, würde ich diesen schicken hier aussuchen."

Herbert: „Was soll daran niedlich sein, die Möglichkeit zu haben, zu töten?!"

Sally: „In der Theorie. Die wenigsten nutzen ihn jedoch for real in der Praxis. Viele haben sie bloß für das gute Gefühl, falls ein Einbrecher des Weges kommt."

Herbie: „So wie dein Vater. Komisch – Rauchen und Spazieren wird geahndet, als wäre es ein super truper Crime – aber Waffen besitzen – die abstrakte Chance, eine reale Person umzubringen, wird teils akzeptiert.

Schon ein sehr großer Widerspruch, finde ich. Was ist hingegen mit den ganzen Schulmassakern, die tatsächlich geschehen? Bei welchen zahlreiche Menschen in echt sterben? Zählt das etwa nicht?"

Sally: „Das gibt es in Europa doch schließlich auch."

Herbie: „Oh – will you please shoot me, Sally, with this pink lady – it's very sexy indeed – please! I am a miserable desperate misanthrope anyway."

Sally: „Haha – manchmal bist du echt komisch."

Während Sally und Herbert zum Spaß eine Waffe ausprobierten, schließlich lagen sie zum Greifen einfach da herum – lediglich getrennt durch eine hauchdünne nichtssagende, austauschbare Glasvitrine – pink gefärbt, als beiße diese niemals, als könne diese gar nicht töten, als wäre es eine unschuldige Kunstwaffe – und seine Mutter Herbert für viel Geld kriegerisch romantisieren ließ, ereignete sich an einem anderen Ort for real ein echtes Shooting.

Heimlich hatte D. die Waffe von seinen Eltern entwendet. Schwer war es wahrlich nicht, lag sie doch offensichtlich im Geräteschuppen des Vaters. Den Mehrfach-Tod – in Form vielfacher Morde und eines Suizides – und den Jugendlichen trennte lediglich ein einfacher Koffer.

„Wir sind gleich zurück", versprachen jene. Ob er etwas aus dem Supermarkt benötige? Er sei so still – so merkwürdig in Schweigen gehüllt – ob es ein Problem gebe, von dem sie nichts ahnten? „Nein" entgegnet der Junge seelenruhig. Es sei alles in bester Ordnung. Über das miserable Zeugnis müsse später noch detailliert und in aller Ausführlichkeit gesprochen werden, drohten die Eltern. Nicht versetzt zu werden, sei nichts zu Erstrebendes. So ginge es mit seinen schulischen Leistungen nicht weiter. Auch bezüglich des Video-Spielens bedürfe es demnächst einer zeitlichen Begrenzung.

Sie hatten ihn geärgert. Wieder und wieder war er zur Zielscheibe des öffentlichen Spottes geworden. „Ich werde dich nicht in die nächste Klasse lassen. So leid es mir tut. Deine Mitarbeit ist einfach abgrundtief schlecht. Mathematik beherrschst du gar nicht. In diesem Jahr musste ich dir gar ungenügend geben. Das fiel mir nicht leicht. Glaube mir. Offenbar bist du lernresistent. Mir blieb nichts anderes übrig. In Englisch erteilte ich dir die Note mangelhaft. Ich sehe überhaupt gar keinen Fortschritt bei dir." Er wirke zu unkonzentriert, als sei er gar nicht anwesend.
„Haha – wie siehst du denn aus? Du kannst ja überhaupt keinen Sport." Wie oft hatte er im Unterricht insgeheim gehofft, jemand würde an der verflixten Zeituhr drehen, sie nach vorne spulen – für ihn überspringen und einfach unsichtbar zu sein. Durchsichtig ist die Lieblingsfarbe des Ungesehenen. Wie markerschütternd sich das tickende, zermürbende, einschneidende Ausgegrenztsein anfühlte, erneut nicht auserwählt zu werden. Alle schienen Partner zu haben, nur er war noch immer allein. „Wir haben es geschafft. Du nicht, Dumpfbacke. Haha – D. ist Banane."

Einmal wollte er bestimmen, wo es in diesem Leben langgeht. Ein einziges Mal Macht verspüren. Etwas, das ihm bis dahin fremd war.

D. sieht auf seinem, mit einer Konsole verbundenen, Plasma-Bildschirm in Großauflösung ein letztes Mal dabei zu, wie Monster Menschen virtuell und spielerisch töten. Für diesen Akt gibt es Punkte, es scheint etwas Positives zu sein, für welches man anschließend konstruktiv belohnt wird, eine Anerkennung erhält. Eine virtuelle Leiche = ein Leckerli. „137 Punkte! Herzlichen Glückwunsch!" teilt die Computerstimme ihm mit. „You made it! Amazing! You can be – indeed – so very proud of yourself!" Ein digitaler Korb mit auf- und abtanzenden Punkten, solche mit inbegriffenen Herzsymbolen und einem Blumenstrauß voller Magnolien, erscheint an der matten Plastik-Oberfläche, bevor er jenen ausschaltet.

Gefasst und zielsicher geht D. los, die Nachbarn im Vorbeistreifen in aller Höflichkeit grüßend. „Wie geht es dir denn?" fragen diese. „Hast du nicht ab morgen Ferien?" „Ja", bestätigt D. strahlend. „Du hast es dir auch verdient. Dann dir eine schöne, hoffentlich entspannte Zeit."
Artig bedankt er sich, im Folgenden seinen Weg durch die malerisch gepflegten Blumenbeete und den Neighborhood Watch des behüteten, sanierten und sortierten Vorortes bahnend. So gestriegelt ist der Zustand dieser, dass man das Gefühl hat, tänzerisch um sie herumlaufen zu müssen. Berührte man sie, zerstöben sie und stürben im Nu. Also läuft D. mit seiner Waffe im Schlepptau – wie als Kind bei einem fröhlichen, unbefangenen Hüpf- und Kastenspiel – in aller Leichtigkeit um sie herum. Der, der munter zirkulierte,

um jede einzelne Pflanze sorgfältig zu retten, bevor er sämtliche Menschen in nur einem Zug umnietete, wird es später heißen, weiß es doch mindestens eine Kamera, die es aufzeichnete, um den Bus zu nehmen.

„Guten Tag" wird er artig und gut gelaunt zu der Fahrerin sagen, entgegenkommend einer älteren Dame dabei helfen, sich zu setzen, bevor er zur Beruhigung Bach über seine Kopfhörer hören wird.

Stolzer denn je wird er schließlich seine Schule stürmen – das „proud to be a pupil in Junior Highschool " Schild passierend, bevor er seine Waffe herausholen, gekonnt zielen und kurzum alles, was vor seine Linse gerät, inklusive seiner selbst, zu Klassik-Musik in aller Sorglosigkeit umnähen wird.

Herbert wird sich hingegen später, verkleidet, auf einer wilden Cowboyparty befinden. Um ihn herum lauter vergnügt tanzende Menschen – egal welchen Alters. Sie scheinen über eine Magie zu verfügen, alles zu verdrängen, komme, was wolle – 750 Kriege plus, Corona, Krisen, die gesamte Geschichte, die Umwelt. Der Tod. Stattdessen geben sie hier und nur hier in diesem einen Moment alles.

Wo er hinsieht, regnet es aus der mexikanischen Vaquero-Kultur stammende, stolen Cowboyhüte, bunte, sich für Herbie zu schnell bewegende Cowboy Boots und lachende, gleichzeitig Waffen tragende Sheriffs aller Art. Das Potenzial, hier und heute just by chance umgebracht zu werden, scheint für ihn ins Unermessliche zu steigen.

Trotz Beinahe-Verhaftung im rough Cowboy State Texas stößt Herbie Bräutigam am Abend doch noch auf echte Liebe, wenn auch keine körperliche.

Herbie: „Wer sind Sie?"

„Ich heiße Ruthie."

Herbert: „Ich bin der Herbert. Woher nehmen Sie die Kraft, in Ihrer Altersklasse noch so zu tanzen?"

Ruthie: „Haha – Klasse ist frech. Was ist schon Alter? Zeit ist doch subjektiv. In meinem Kopf bin ich noch 18. Wissen Sie? Mein Mann und ich kennen uns seit 55 Jahren. Seither tanzen wir gemeinsam durch den Irrsinn des Lebens. Wieso soll man sich auch alleine durch den ganzen Blödsinn quälen? Das ist ja irgendwie beschwerlich. Zumal es zu zweit oft lustiger ist."

Da wusste Herbert schlagartig, dass es offenbar doch so etwas wie die Liebe gibt.

„Würden Sie mit mir stellvertretend für die von mir noch nicht gefundene Zuneigung und meinen schwierigen, vermeintlich romantischen Tag tanzen?", fragt der schüchterne, mittelalte Herbert.

„Klar", lacht-antwortet Ruthie. „Immer doch."

Und so tanzt Herbie erstmals einen Cowboy Dance, was ihm überhaupt nicht gelingt, landet er doch misslicherweise ständig auf ihren Stiefeln. Dennoch beschwert sich diese Frau überhaupt gar nicht. Von älteren Amerikanern können sich deutsche stets meckernde Senioren ruhig mal eine Scheibe abschneiden, findet Herbie.

Kapitel 10) „Stürmische Nicht-Eroberung — Fußball als Geschlechtsverlust-Chance"

Bernadette: „Liebes Herberdle!
Ich habe mich für dich aufs Sucherle nach einer fetzigerle Stürmerin des A-Klasserles im Kiggern gemachd. Du weißd scho — vielleicht schafft sie es ja, doch noch Kendr für dich hineizustürme. Also zwische die Hax zu schieße. Schließlich ist sie Foaich-Exbertle im Tor erziele... Vielleichd schaffsd du es ja, mit ihr zamma Nachwuchs herzustelle. Was meinschd?"
Herbert: „Wie bitte?! Eine schiere Frechheit ist das. Stürmerin?! Seit wann leben wir eigentlich wieder im Dritten Reich, Mama? Bitte keine Gespräche aus Dunkeldeutschland. Nicht mit mir. Mann. Also wirklich. Gehst du etwa auch zu den rechts gerichteten Querdenker-Demonstrationen?"
Bernadette: „Nei — ich do nedd. Die is nedd aus dem Dridden Reichle. Die kommts scho aus der Geggenward herflogn. Schau do ma vorbei beim Kigger Stürmerbündle Schwäbisch Gmünd e.V.- auf Hochdeutsch (= für dich) — Fußballverein — läufds Kerstinle wackerle, heiß und obenei flink umher."
Herbert: „Du weißt seit meiner Kindheit, dass ich überhaupt gar keinen Fussball leiden mag. Mehr noch: Ich hasse ihn regelrecht."

Hier, auf dem Bolzblätzle in Schwäbisch Gmünd, trifft der nie heiraten wollende Herbert Bräutigam dank seiner Mutter, die trotz höheren Alters besser über runde Bälle und vermeintlich zu erstürmende Dates Bescheid zu wissen scheint als der scheue, wesentlich jüngere, sich aber inzwischen immerhin mittelalt fühlende, dem Fußball und Sport im Allgemeinen überhaupt gar nicht zugetane Herbie, sich verloren fühlende, zu seinem eigenen Donner-Schrecken auf Kerstin, die allzu flinke und starke vermeintlich zu Erstürmende: Im Übrigen ein Paradox, ist sie doch in Wahrheit selber die angreifende Stürmerin, die ihm kurz vorher die Hand kameradschaftlich und kühn hinhält. Ein Griff von solcher groben Festigkeit, dass Herberts Furcht in ihm auf der Stelle immens noch mehr anschwellt, zu einem starren Angsttier auf seinen eigenen schmächtigen Schultern buckelnd, festgewachsen.

Sei es Herberts Panik vor der drohenden Tortur der bald grölenden Menge, ob seines nun auch noch öffentlich gemachten Ungeschickes im Kickern. Sein Untalent, generell in Gruppen zu funktionieren – erst recht, wenn es angeblich um etwas gehen soll, im Grunde aber doch nur um blöde runde Bälle. Dass es auf ihn, Herbert, stolze 33 Jahre, und trotzdem noch immer faul und unfit, jetzt und hier, auf diesem einen Rasen, zu seiner Pein in der Tat auch noch ausgerechnet ankommen soll. Dass die wetteifernde Meute auf ihn, Herbie, wirklich geifernd zu zählen gedenkt. Dass sie das meint. Oder aber die Angst vor der durch die Härte des Balles erzeugten möglichen Schmerzen, die seinen schwachen Körper vor real wissentlich noch kaputter machen werden. Zumal er, Herbert, bei Worten wie „Treffer" und „Schieß ihn hinein!" nun mal Dinge wie Fortpflanzung seit seinem Kindheitstrauma, seiner eigenen Niederkunft zu schrecklichen

Fußballjubel-Rufen, nicht nur deshalb und auch nicht nur seither assoziiert.

Oder eine Mischung aus eben allem zusammen – jedenfalls gelingt es ihm – Herbert – ganz und gar kein Teamplayer, nicht mal bei dem Anpfiff, den er bereits als finsteren Angriff auf seine Seele empfindet, aufzustehen. Zu sehr zerrt die Angst ihm am Genick, ihn in den konkretesten aller Sande niederdrückend, als schlechtester Fußball ever in die Geschichte Deutschlands eingehend.

„Haha – was ist das denn für ein Weichei", hört er über sich die sich bereits jetzt über ihn ereifernde Fußballtruppe – „Was hast du denn da für einen Idioten kennengelernt? Der kann ja nicht mal anfangen. Was ist das denn für eine Nuss? Wie soll er da je Tore reinjagen, Kerstin?"

Herbert steht erstmals auf, die Chance am Fußball-Genick ergreifend, sich jetzt hier und gleich vor der gesamten Truppe als der schlechteste Fußballer zu outen: „Habe ich da gerade Weichei vernommen? Prima. Ja, ich bin eines und stolz darauf. So muss ich wenigstens keine blöden Tore erzielen und nie Kinder produzieren. Meine Mutter zwang mich nieder auf den Rasen. Ich sollte erstürmt werden oder soll lächerlicherweise selber stürmisch erobern. Wisst ihr was? Können wir das sich androhende Fußballspiel möglicherweise verfrüht – als eine eine Art Fußball-Koitus Interruptus – an dieser Stelle bereits beenden? Zugegeben kann ich es ohnehin nicht. Es würde euch sowieso nur schaden. Schließlich seid ihr viel besser ohne mich dran."

Trainierte Mit-Fußballerin Anke (*auf den aus ihrer Sicht lächerlichsten aller Antihelden hinunterschauend*): „Was ist das denn für'n Irrer? Ich verstehe den Senf, der aus ihm dröhnt, null. Keine Checkung, was dem in seinem Billo-Hirn so abgeht."

Stürmerin Kerstin: „Ohne wenigstens einmal geschossen zu haben? Wirklich? So etwas habe ich in meiner ganzen Fußball-Laufbahn noch nie erlebt. Einmal musst du es schon versuchen."

Herbert (*plötzlich glücklich angesichts der greifbaren Möglichkeit seines zu verlierenden männlichen Geschlechtes, seiner ersehnten Entmannung erscheinend*): „Kannst du mir nicht vielleicht nach Lust und Leidenschaft zwischen die Beine brettern, was das Zeug hält, liebe Kerstin, dass ich mein blödes Bolzi-Organ bis in alle Ewigkeit verliere? Will you finally entmann me? Make me happy by kicking my damn balls and everything else off, bitte, bitte."

Zu erstürmende Kerstin (*zum wahrhaften finalen Schuss ansetzend*): „Wie du willst, Herbert."

Der Schuss der zu erstürmenden Kerstin trifft in der Tat zielgenau Herberts Sexorgan, dieses jedoch nicht in Gänze abtrennend, sondern jenes nur verletzt und wild blutend zurücklassend.

Schmerzverzerrt, aber beinahe glücklich wacht Herbert nach einer kurzen Ohnmacht ob der von ihm zwar nicht ganz durchgeführten, aber immerhin angepeilten Entmannung seinerseits erneut in einem Krankenhaus mit einem verzückten Lächeln auf.

Kapitel 10) Forts. „Unerstürmbar": Checkup der Funktionstüchtigkeit des supposed to be samenspendenden heiligen Johannes'

Herbert: Danieder liegend, aufwachend, erst lächelnd.
Plötzlich seine Mutter über ihm erblickend, jäh erschreckend.

Bernadette: „Du bisch do a daube Nuss!
(Übersetzung: Du hohle Nuss, du!)
Wia gohds Bieberle (übersetzt/wie geht es deinem Geschlecht)? Ja – was isch'n los, Herbert?" *Auf „es", verpackt, vergipst und an eine piepsende Maschine angeschlossen, besorgt niederschauend*:
„Däds schdarg weh? Bobbera (übersetzt: Ich bin nervös/bangen Herzens) des du koin meh hoch griega (dass du impotent sein könntest) koin Kendle zammabäschdla.
(Übersetzung: kein Kind mehr produzieren kannst)."

Herbert (*ermattet*): „Na – woher weht denn der Wind? Wer hat mich denn dazu verdonnert, blöden völkischen Fußball zu spielen? Selber schuld! Für deinen Fortpflanzungswahn gehst du doch über mein eigenes männliches Organ, wie du siehst. Für dich – auf Schwäbisch: Mr ko koin Furz uff a Breddle nagla! (Übersetzt: Man kann es nicht erzwingen/keinen Furz auf ein Brett nageln)."

Bernadette: „Näggschma halda Haad schiddz dodrvor dei Oier! (Übersetzung: Das nächste Mal halte bitte deine Hände schützender vor deine Eier!)

Für dich: Du solltest doch wissen, wie das geht. Immerhin bist du schon mittelalte 33."

Herbert: „Wie denn? Ich spielte nie Fußball, wie du genau weißt."

Krankenschwester: „Ihr Sohn braucht jetzt dringend seine Ruhe. Auch vor der Gefahr, dass sich seine Spermien möglicherweise nie mehr erholen werden, um überhaupt Nachwuchs reproduzieren zu können."

Bernadette: „Ich habe noch Beidl zom Abkuhla mitbrenga (= Kühlbeutel mitgebracht). Nedd, dass der Zipfl frierds. Für dich – auf Hochdeutsch: Aber den Kältebeutel nicht zu oft benutzen, sonst friert der – du weißt schon – der Johannes – noch ein!"

***

Manfred W. bestieg die Bahn.
„Ab heute bin ich Verbrecher", schwor er sich.

Kapitel 11) Der „JungeohneNamen"

Zu früh zeigte sich das durchscheinende Genicke der
zunächst einladend wirkenden Hoffnung vortäuschen-
den grünen Wiese
für den hungrigen JungenohneNamen
nicht von seiner allerfriedlichsten Seite.
Dornenhaft präsentieren die Pflaumen ihr von ihm
noch nicht gekanntes, daher
ihn in einen erstaunten Gesichtsausdruck setzenden
– den JungenohneNamen –
ihr schauriges, noch nie gesehenes Fratzengesicht, auf
welche er voller sorgloser Neugierde blickt. Fast amüsiert es ihn, wie jene aussehen.
Vielleicht aber auch nur, weil er hungrig ist. Wer nicht
gesättigt ist, neigt dazu, übertrieben hinter der Fassade zu kichern.
Im Schatten derjenigen, die vortäuschen, herrlich zu
sein, greift das ausgehungerte Kind hinein.
Möglicherweise könne er so einen Namen, ein Gesicht, das ihm nicht gegeben war, die Liebe erkaufen,
erträumte er sich. Freunde. Eine Mutter. Leben. Glück.
Für die Namenlosen ohne Gesicht lindert sich der
Schmerz schnell an der Oberfläche.
Die Speisenauswahl in ihrem Reich sei weit üppiger,
bietet sie an. In ihrem Hause habe sie leckere Kartof-
feln. Ob er sie auch probieren wolle?
Sonst befürchte sie, sein Leibe würde noch dahindar-
ben. So mager, wie er aussähe.
Das Muttermonster kümmere sich um ihn wohl nicht
gescheit. Dieses idiotische Scheusal sei offenbar zu

nichts imstande. Man müsste ihm die Erlaubnis, Gebärin zu sein, abnehmen.

Wer etwas bekommt, muss etwas geben können.
Stück um Stück -
Leib für Leib. Dass das klar sei.
Ob er nicht zu klein dafür sei, sagt der Jungeohne-Namen.
Seine Mutter täte das ausschließlich mit Älteren – er habe sie gehört. Aus ihrem Zimmer kämen dann Schreie.
Dennoch lebten beide seltsamerweise später noch.
Scheibe um Scheibe wird die sich verkeilende Liebes-Kauf-Illusion aus dem gesättigten Jungen das vermeintlich gekauft geglaubte Leben weiter wegreißen, ihn Stück für Stück ausbluten lassen.
Pfützenhafte Qual, und doch gibt es keine Tränen für die Ungesehenen.

Er solle sich nicht so anstellen. Wenigstens gab sie ihm etwas.
Ohne sie würde der Junge schließlich sterben.
So griff das hungrige Kind liebeshungrig zu in der Einbildung, Fürsorge erhalten zu haben. Es hatte keine andere Wahl.

***

Kapitel 12) A) „Glamouröses" gestecktes Ziel-Date Nummer zwei to do für Herbie mit der stur geföhnten Consultantin „Frozen Vicky"

Als er Vicky das erste Mal mit ihrer hoch geföhnten Frisur sieht, überkommt Herbert ein undefinierbarer Angstschauer. Fröstelnd kann er bloß nicht feststellen, weshalb. Vicky hat in ihrem Leben nichts falsch gemacht. Im Gegenteil – alles scheint wie geschmiert zu laufen. Auch ist ihr Gesicht gar nicht hässlich – eher anmutend. Zudem sieht ihr Körper sportlich aus. Ist es ihre gebügelte Kragen-Bluse, die ultra geglätteten Haare, ihr whiny-Dialekt, mit welchem sie das Wort „amazing" ausspuckt? Oder ihr zielgerichteter, ihn beinahe umbringender Blick geradeaus, während sie jedoch nie wirklich zu lächeln scheint? Ihn nun streng musternd. „Was machst du?", spitzt sich Vickys Mund zu.

„Nichts", piepst Herbie.

„Nothing? Are you kidding me?"

„Nein", haucht Herbie. „Ich ziehe es vor, nihilistisch nichts zu tun. I prefer to just drift around."

„Und wovon lebst du?", ohne ihr Gesicht zu verziehen, mit Ausnahme ihrer bemerkenswert klar definierten Augenbraue, die an dieser Stelle gekonnt hochgezogen wird. Mit so einem Talent, wie er es nie zuvor sah.

Herbert: „Zugegeben – ich bin kein wirklicher Fan des Wettbewerbs."

Vicky: „Dir ist aber schon klar, dass der Mensch stirbt, wenn er nichts isst?"

Herbert: „Nun – derzeit bin ich erwerbslos und erhalte Arbeitslosengeld."

Vicky: „Seriously? Du bist 33 und hast noch nie gearbeitet? Im Ernst?"
Herbie: „Na klar – schon. Bei der letzten Stelle wurde ich bloß gefeuert."

Im Folgenden erfährt Herbert Bräutigam, dass Vicky Unternehmensberaterin höherer Karrierestufe einer größeren Consulting-Firma ist. Seit sieben Jahren arbeitet sie nun im Bereich des Mentorings. Darüber hinaus verfügt sie über zwei College-Abschlüsse, zog dreimal des Berufes wegen um, davon zwei Jahre in Japan verbringend. Bevor sie in L.A. eine Anstellung antrat, lebte sie eine Weile lang in Washington D.C. mit Auslandsaufenthalten in Budapest und München. „In meiner Branche kommt man viel herum", sagt Vicky auf Deutsch, die in Philadelphia, der Schweiz und Madrid studierte. Geboren wurde Vicky in einem kleinen Ort in Minnesota namens Maple Grove. Vicky spricht neben ihrer Muttersprache fließend Spanisch, hat Kennisse in Japanisch, Deutsch und Französisch. Sowie Brocken von Ungarisch. Letzteres sei für sie nicht leicht zu erlernen gewesen – eine Sprache, die keinerlei Ähnlichkeit mit irgendetwas, das sie zuvor kannte, hatte. In Japan gefalle ihr die Futuristik, schwärmt Vicky. Überhaupt sei das ihr Lieblingsland – die faszinierende Andersartigkeit. Ob sie – wenn sie geschäftlich unterwegs sei, überhaupt die Zeit finde, sich etwas wirklich anzuschauen? fragt Herbie. Dazu käme, wirklich zu leben, die Menschen kennenzulernen?"
„I don't get the question", sagt Vicky, ihre Augenbraue erneut perfekt magisch nach oben versetzend. „Der

Zeitplan ist engmaschig gestrickt. Aber discipline pays off."

Nun aber habe Vicky so viel gesehen, gelernt und gearbeitet, dass sie im Alter von beinahe 30 langsam das Gefühl bekäme, sie müsse, wolle sie eine Familie bekommen, es nun oder niemals tun, da dies immer zu ihrem Traum gehört habe. Aus einem, ihm unerklärlichen Grunde, scheint nun ad hoc eine Träne wie per Funk in ihr Auge zu schießen. Sie wolle nun mal nicht eine dieser super späten Mütter mit beinahe 40 sein, die völlig müde und erschöpft ihren Sprösslingen peinlich hinterherrobbten, das Kid stärker sei als sie. Vicky hingegen hat den Wunsch, auf Fotos noch halbwegs gut auszusehen. Auch begünstige das hohe Alter, das Schwangerschaftsrisiko zu erhöhen. Eben auch jenes für das potenzielle Kind. Also setzt sie sich das Ziel, nun bald strongly eines in die Welt zu setzen. Verheiratet sei sie einmal im Leben gewesen. Es habe nicht funktionieren sollen. „And you?"

„Kein Mal und aller Voraussicht nach glücklicherweise auch nie", sagt Herbie Bräutigam knapp angebunden. Vicky setzt zum Antworten an, während ihr Handy ihr derweil mitteilt, dass sie nun dringend gehen muss. „You have an appointment."

Ob er mit ihren Freundinnen später zu einem Beach bei einer kurzen Pause in der Nähe mitkommen wolle? fragt sie im flüchtigen Vorbeiflug.

Kapitel 12) Part B) Date Herbies mit der radikal geglätteten Vicky: „Quicke Beachpause und Körperbeschauung" (Teil 1)

An dieser Stelle trifft Herbie erneut auf die radikal geglättete Vicky – diesmal mit ihren Freundinnen – zu einer kleinen Quickie-Pause – nur ohne Quickie for real – am El Matador Beach in Kalifornien. Das Meer mag er, die Landschaft gefällt ihm, den Wettbewerb scheut er. Um Herbert herum, wo sein Blick hinzoomt, lauter gut gebaute, durchtrainierte Bodies. So athletisch, dass er jetzt hier und gleich nur im Sand versinken möchte.

Vicky: „Hey Herbie! Das sind meine Freundinnen – Isabella und Rose-Marie Butterfly. Darf ich vorstellen? Das ist Herbie Bräutigam aus Deutschland!"

Rose-Marie: „Witziger Name. Da hat man wohl keine andere Wahl, als zu heiraten, wie?"

Vicky: „Falsches Thema. Er möchte niemals die Ehe eingehen, verriet er mir. Herbert ist ein Einzelgänger."

Herbert (*kleinlaut*): „Yep. Dein Name – sorry – er erschien so lang – ich konnte ihn mir irgendwie kaum merken. Mein Gedächtnis (*sich zur Bestätigung auf den Kopf klopfend*)."

Rose aufgrund ihres zu langen Namens, im Folgenden kurz RMB genannt: „No problem. Rose-Mary Butterfly."

Herbie: „Butterfly – wie der Schmetterling, echt? Ist das ein fancy Fake-Name? Stolen from the Raupe Nimmersatt? Kleiner Witz. Ich hätte bloß nicht gedacht, dass es so eine Bezeichnung gibt. Offenbar neigen manche Amerikaner dazu, außergewöhnliche Namen, die mal wie ein umgestürzter Computer klingen, zu geben. Nur, um sich abzuwechseln mit übertriebenen, schönen wie aus einem Märchenland. Je nachdem, was man bekommt, hat man entweder Pech oder eben Glück. Richtig?"

RMB schüttelt sich vor Lachen.

Vickys Auge fährt unterdessen erneut maschinell hoch. Auch, wenn sie nichts von sich gibt, dazu ist sie zu professionelly beherrscht – ahnt Herbie, dass sie ihm heimlich mindestens den Kalten Kriegs-Tod wünscht. Warum hat seine Mutter ihm nicht wenigstens eine der Spezies RMB ausgesucht? Stattdessen consultant frozen Vicky, im Folgenden kurz CFV genannt. Nachdem jene von ihrem Handy unterbrochen wird – zu einem Meeting, das sie am Strande tatsächlich vor der gesamten Gruppe abhält – Dinge von sich gebend wie: „In der Analyse haben wir indeed bereits sehr großen progress gemacht. An dem Auftritt müssen wir aber urgently noch stark arbeiten, um weit überzeugender dazustehen. Diesbezüglich müssen wir uns simply noch viel mehr spezialisieren, um den Gegner zu knacken, ihn an seinen Schwächen packen. Denn jener ist nicht zu unterschätzen."

Herbie fragt, ob sie – nanu – doch in einem Soldaten-Camp arbeite? In welchem Krieg, in welchem Jahrtausend sie beschäftigt sei? Er dachte, es sei bloß Marketing. Oder habe er es falsch verstanden?

Während RMB losprustet, wandelt sich die Kleidung CFVs Kleidung in einen Military Anzug, einen Helm aufhabend, in ihrem Arm eine Waffe gekonnt tragend, auf ihn, Herbie, zielend. In aller Fachgerechtigkeit kommt nun aus ihrem Munde der Satz: „Wenn du meinst, den Consultant-Sektor nicht ernst zu nehmen, dich darüber lustig zu machen. Believe it or not – es gibt Menschen, die arbeiten vor real und gerne."

Isabella schlägt nun vor, schwimmen zu gehen.

In Herbie die finstere Ahnung hervorlockend, dass er jetzt seinen weißen, untrainierten Körper entblößen muss, tief in der Sandmulde versinkend. „Darf man das in Zeiten Covids-19?" Darauf hoffend, es sei nicht erlaubt. Später behauptend, er könne nicht schwimmen. CFV: „Du bist mittelalt und bist noch immer Nichtschwimmer? Sachen gibt es."

„Dann werfen wir ihn eben ins Wasser", schlägt RMB vor und bringen ihm das Schwimmen bei. „Ich bin doch dazu fähig", schreit Herbie, kriecht, um sein Leiberle nicht zeigen zu müssen wie ein gedemütigtes Krabbentier über den Boden. „Was machst du for god's sake?", fragt CFV, ihn von oben mit ihrer Astral-Körper Figur kritisch beäugend. Bevor er, Herbie, einer Schildkröte ähnlich, ungeschickt ins Meer robbt. Nur – aus der Furcht heraus, CFV könnte ihn beurteilen, ob der Strömung mit dem Kopf zuerst weggerissen werdend, zurück mit einem Gesicht voller Sand und Steinen kriechend. Die Haut einer seiner Zehen stellt sich als stark aufgeschürft heraus. In Folge versucht RMB, amused, den Sand aus seinen Augen zu wischen, den Inhalt eines Augentropfen-Sprays in sie schüttend. Herbie – nun doch aufgrund des Schmerzes aufspringend. CFV, meanwhile, teilt ihm eiskalt – mit dennoch hochrotem – Gesicht mit, dass sein Fuß blute. Mehr ist die Granddame des Buisiness' nicht bereit, an dieser short break von ihrer ohnehin knapp bemessenen Zeit für Herbie Bräuti, das linkischste und terribleste aller Dates ever, abzugeben. Schließlich müsse sie später noch arbeiten. Der Nachmittagsplansch mit Störfall vor den fehlerfreien Eyes & Ears Vicky's & Friends Consultants Company LTD. wäre noch halbwegs – trotz starken Schmerzes an Fuß und in den Augen – in Form eines brennenden – da in jenem befindlichen gesamten kalifornischen Beaches – erträglich gewesen, würde Isabella zu Herberts Unbehagen nun nicht on top sagen: „Mein Kind, Amy, läuft, indeed, soo so much better." Im Übrigen feiere jene morgen den dritten Geburtstag, ihm ungefragt ein Foto jenergleichen zeigend. „Ist sie nicht very pretty?" etwas im Gegenzug erwartend. Herbert, seit jeher Schwierigkeiten habend, Kinder oder Menschen generell als außerordentlich hübsch oder amazingly schön zu beurteilen – für ihn sind es nur Menschen, und es geht nur um das Aussehen – sagt: „Sie scheint ok. Maybe befriedigend." Isabella: „This an ernsthaft insult." Ihre To-do-Liste, die sie nun lästigerweise hervorkramt, teilt ihr mit, sie müsse noch die gesamte amazing Party vorbereiten – auch, wenn diese wegen Corona in diesem Jahr kleiner ausfalle. Schließlich wolle sie in der WhatsApp-Muttergruppe nicht downgewertet werden. Denn sie stünde in der ständigen Competition mit einer anderen. „Should it would be the stunning Magician Show, I wonder? Oder doch lieber the fabulous karamellisierte Sugar Sponge-Mandy-Plus-Size-Show? Eine Geburtstagstorte mit sieben Etagen? Oder bloß viereinhalb?" Ihr verbliebe nur wenig Zeit. Was sie anziehen wolle, wüsse sie auch noch nicht.

***

Rückblick 2)

Während Herbert Bräutigam
mit viel Aufwandle,
zahlreichen geladene Gäschdde ausch der gsemmde
schwäbisch schwätza Sibbschafd hübsch zurechtgzo-
ge und mit Geschähngge (auch Krämle)
übrhöuffd wurde, von keinen geringeren als seinen eigenen Eldern zu seiner heiligen Erschd-Kommunion,
zu der er zwar nie anstrebte, hinzugehen, gezwungen,
weshalb er an diesem Morgen starke Übelkeit vor-
spielte, in der Hoffnung, diese würde „ bidde, bidde,
lieber Abbrech-Gott" – ausfallen, was zu seiner Enttäuschung nicht geschehen sollte, um spädder seiner
Ahna (= „Oma") ein Flöd-Schdigg vorzuspiele, diese
sehr stolz erschien – trotz, wäre jene ehrlich gewesen – der nur schwer erträglichen Dissonanz, die er
frontal in das Ohr ihrerseits ungewarnt hineinblies –
wurde ein anderes,
ebenfalls zu jener Religionsgemeinschaft gehöriges,
Kind
parallel
vergewaltigt.
Von hinten trat sein Peiniger an jenes heran. Ein Gesicht kann es nicht mal zuordnen.

***

Forts. Kapitel 12 Teil 2)/B) Tag zwei mit Vicky, the geglättete frozen Consultantin, in L.A.

Vicky: „Herbie, wir müssen driiingend sprechen: Ich muss dir zu deiner Enttäuschung mitteilen, dass zwischen uns seriously absolutely nothing ever laufen kann. Der Grund: Du läufst einfach nicht richtig. Dein Gang erscheint mir zu holprig, zu sperrig, in seinem Auftritt viel zu unsicher. Do you mean that? Seriously – it feels like a running joke. Like a nightmare. Laufe probeweise auf mich zu."

Herbert geht zum Test.

Vicky: „Deine Fußhaltung ist nicht so, wie sie sein soll. Don't get me wrong, Herbert. Aber auf diese Weise kann never ever etwas Ernsthaftes geschehen. My friends are laughing about this already. Isabellas Kind läuft besser. Do you see the point?"

Herbert möchte sagen, dass er sehr erleichtert darüber ist, dass nie etwas zwischen ihnen laufen wird, wird aber nicht zu Wort gelassen.

Vicky: „Ich bin eben eine Persönlichkeit, die eine gewisse Stabilität benötigt, und jene kann ich auf diese Weise einfach nicht empfinden, wenn du stets sooo unsicher angewackelt kommst. Verstehst du? Mein Gemüt dürstet nun mal nach Anlehnung, möchte Männlichkeit bei gleichzeitiger professioneller Festigkeit verspüren. Do you understand, Herbie? Was ich dir

jedoch empfehlen kann, ist, please, please go driiingend and immediately to a Fitness Coach. Will you? I
know a good one. She will improve your talents over
night. That is for sure."

Kapitel 12 C) „Fliegende Plüschtiere und blu-
tende Zehnägel" — strict und deadly darwi-
nistisches Fitness-Coach-Seminar

Fitness-Coach Cindy: „Heute lernen wir, wie wir unsere
Fitness verbessern und unsere Body-Haltung optimieren können, um auch bei Verabredungen besser dazustehen. Das mag oberflächlich klingen, aber der erste
Eindruck zählt nun mal doch. Dazu spiele ich Musik,
und ihr lauft auf mich zu. Später tanzen wir dann."

Herbie (*zögerlich*): „Klopf, klopf – consultant Vicky gave
me the strong advice to join this class to improve my
awkward body skills."

Also schwingt Herbie in jenem zu, von ihm überhaupt
nicht gemochter amerikanischer R&B-Musik – unfrei-
willig und schrill funkelnd – mit einem leuchtenden
Haarband das Tanzbein. Tapsig – einem plüschigen
Teddybär ähnlich – die anderen ab- und zu sperrig
anhopsend.
Einige springen mit einem „aua" weg, in andere Rich-
tungen flüchtend. Zwei klagen über blaue Flecken. Eine
Weitere verliert ihren Fußnagel, brutal aufschreiend.
Blut spritzt wild durch den Raum. Ein anderer amüsiert

sich hingegen über Herbie, the eternal nerd, und seine skurrilen Einlagen.

Fitness-Coach Cindy: „Und – eins und zwei und drei! Straight up to me, please – (zu einem Teilnehmer) indeed very, very good – that is fantastic. You can make it if you want to. See. Here we go. Du da (*den Kopf schüttelnd, auf Herbie zeigend*) – bitte mal herkommen! Du tanzt immer so fürchterlich aus der Reihe. Also – sowas von. Wie soll ich sagen? So geht es aber not gut in a group. Obviously nix Team-Talent."

Herbert: „Wie – ist das nicht erlaubt? In Deutschland wird das empfohlen. Angepasstsein ist dort seit dem Zweiten Weltkrieg verpönt."

Fitness Coach Cindy: „Was? Nicht verstehen. (*In einem whiny Unterton*): On top, your whole body movement is a complete disaster. (*Sich schüttelnd, als bekäme sie soeben ein äußerst schlechtes medizinisches Ergebnis mitgeteilt):* Kein Rhythmus.

No Gefühl.

Wie soll sagen? Jesus Christ. Walk

up. To me. Versuche es zumindest.

Now!

You literally cannot. Right? Hast du denn never ever sports gemacht? Oh my god. (*Als hätte sich just jemand von ihr getrennt*): Ich weiß einfach nicht weiter. No progress whatsoever."

Herbie: „Bestünde möglicherweise die klitzekleine Chance, mit meinem Body zu einer anderen Musik zu tanzen? Sagen wir, zu minimalistischer?"

Cindy: „Nein! (*Als spränge jemand von ihrem und nur ihrem Balkon:*) I cannot handle it anymore. This must be a complete nightmare. Please – Tina – can you take over? I am fed up with this dysfunctional guy from Germany. And can you bring a tissue and a kit (*ihre Augen verdrehend*) – there are bleediings all over the dancefloor.“

Kapitel 12 D) Brief Herberts an Vicky, das nicht stattfindende Date/Herberts Forever Absage an das Hyper-Glamouröse

Liebe Vicky! An dieser Stelle möchte ich Dir forever and ever mitteilen, dass ich zutiefst entlastet darüber bin, dass Du Dich nicht mehr mit mir verabreden möchtest. In der Tat freue ich mich wie ein Schneekönig über diese, wie ich finde, großartige Absage. Der einfache Grund, weshalb ich dies an jenem Tag bloß nicht sagte, war, dass ich schlichtweg nicht dazu kam. Du gabst mir überhaupt keine Chance dazu. Stattdessen musste ich albern vor Dir herlaufen – mich zum Affen machen – zum Amusement der anderen, wurde von Dir erniedrigend bewertet. Bevor ich zu einem Fitnesstrainer-Coach geschickt wurde, um schließlich bei einem Anti-Lispel-Seminar zu landen. Seriously?! But you know what – I won't go there. Ich nicht. Ich empfinde das als Diskriminierung gegenüber Menschen mit Behinderung.

Aber so what – ich bin stolz auf meine Fehlerhaftigkeit. Denn weißt du, was, Victoria – mit Deiner ätzenden, da hyper perfekt, scheinbar immer gleich sitzenden, sehr sturen, mit dem Glätteisen aalglatt nach oben – literally

an Erfolg andockenden – geföhnten strengen und langweiligen Frisur, die tagein tagaus so geglättet ist, dass
sie keinerlei Gefühle oder ansatzweise Phantasie whatsoever zulässt, wäre ich auf Dauer für immer erfroren.
Seriously – föhn Deine einwandfreie, blöde, dusselige,
gerade Haarmatte
doch gegen Deinen eigenen beknackten Astralkörper
oder Deine dämliche To-do-Liste.
Oder erkalte jemanden anderes Gemüt.
Meines nicht mehr.
Never ever.
In ewiger Dankbarkeit und Nicht-Liebe
völlig
unverbunden

Herbert

***

Anna:

„Ich esse Männer. In Massen schlucke ich sie herunter, sie reihenweise konsumierend. Danach spucke, würge, ja rotze ich sie zutiefst angewidert aus. Nachdem ich sie verspeist habe, lasse ich sie wie Abfall hinter mir liegen. Sie sollen mich gefälligst in Ruhe lassen.
Ich wünsche keinen Kontakt.“

Kapitel 13) Vermeintlich positiv besetztes, aber rassistisches Date: „der Eva-Fetisch/Braunisiere mich!"

Date: „Wurden Sie und Ihre Familie denn wenigstens verfolgt? Sind Sie auch ja Immigranten? Wissen Sie, ich mag eben nur Menschen mit – sagen wir – schwierigem Hintergrund."

Das Kind, Anna: „Der Vater meiner Großmutter wurde tatsächlich verfolgt. Ihre Familie musste den Nachnamen ändern. Jener verstarb. Meine Tante erhielt einen scheußlichen Namen, den sie überhaupt nicht mochte. Ihrer wurde germanisiert. In Folge wurde sie schwere Alkoholikerin."

Das Date (*an Annas Lippen hängend*): „Wie äußert spannend!"

Das Kind, Anna: „Wären Sie enttäuscht, behauptete ich etwas Anderes? Sind Sie vielleicht so ein heimlicher Fascho-Fetischist? Geht Ihnen etwa gewaltig einer dabei ab? Geben Sie es zu – haben Sie schon mal auf Eva Braun onaniert? Hat die depressive Götter-Gattin des durchgeknallten Rumpelstilzchens aus dem deprimierenden österreichischen Kack-Braunau Ihnen es in Ihren Scheiß-Träumen heimlich und völlig bräunlich besorgt? Verraten Sie es mir – ist Eva gut im Bett? Gar besser als ich? Welche Note würden Sie ihr geben? Eins plus mit Sternchen? Befriedigend, mangelhaft oder ungenügend? Und: Hatten Sie dabei multiple Orgasmen? Sind Sie buchstäblich auf ihre Buchstaben gekommen? 1, 2, 3 Schieß-Ge-wehr! E-V-A! Oh, Eva mein, ich kom-me! Ausschließlich und nur für dich!"

Das Date (*den Kopf schüttelnd*): „So lassen Sie das gefälligst! Das ist vulgär."

Das Kind, Anna (*aufstehend*): „Na los – essen Sie brav Ihre bräunliche-scheußliche Soße auf! Wollen Sie mich mit der braunen Suppe schmutzig bekleckern?

Ein feines Eva-Suppen-Sado-Maso-Spielchen? Au ja! Lecke Teile der Eva von mir. Oh ja, mach-mich-braun!"

Das Date: „Sie sind wohl total verrückt geworden! Sie haben doch nicht mehr alle Tassen im Schrank! Setzen-Sie-sich!"

Das Kind, Anna (*auf ihr Date draufkletternd*): „Offenbar bin ich das. Aber Sie lieben das doch. Und ich und meine Familie haben schließlich unsere Gründe. Erniedrige mich! Trink mich aus! Lecke die verdammte, bräunliche Soße aus! Greife nach meiner Unterhose. Mach sie schmutzig. Braunisiere sie! Willst du den totalen Höhepunkt?"

Date: „Na hören Sie mal – ich bin kein Rassist. Das ist ein schwerer Vorwurf, den Sie hier erheben. Schließlich könnte ich Sie verklagen."

Date: „Eine Frage habe ich noch: Ist Ihre Großmutter denn auch wenigstens verstorben?"

Das Kind, Anna: „Nein – ist sie nicht. Sie hat als Einzige überlebt. Sonst würde ich wohl kaum heute hier sitzen."

Date: „Na dann gehe ich wohl lieber wieder."

***

Kapitel 14) „The Choir of Male Fertility Commitment"

„You have to commit
to something in this world, Herbie.
You have to finally commit yourself, Herbie.
Don't forget that!
Say something!
Mean something!
Be somebody!
Finally fucking choose something.
Just be it.
Take it!
Take it away.
Steal it.
Lass dich in den Shops beraten!
Du musst dringend etwas hinterlassen.
Du musst einfach, Herbie.
Ein Statement.
Irgendein Kendle.
Mehrere Kendle.
Ein Häusle.
Drei bis fünf Häusle.
Was auch immer.
Whatever the fuck comes to your broken postmodern
male mind.
Ein verfluchtes Bäumle.
Was auch immer dir gefällt.
Nun hack es do irgendwo schief hinei. Steh dazu.
Produziere endlich irgendeine verdammte Sandalette.
Mean the Sandalette.

Feel the Sandalette.

Dream the Sandalette.

Be the Schlappe.

Be you.

Be unique.

Was dir eben so Spaß macht.

Sei du selbst.

Sei ganz du selbst.

Aber: Sei verdammt noch mal auch Teil des Ganzen!

Feel the spirit.

Spüre die Auswahl.

Lass es zu.

Be a club member.

Do sports.

Do lots of football while at the same time marrying a woman of your dreams.

Stand on your left foot

while simultaneously talking hand free to your Siri on your iPhone.

Das ist doch nun wirklich ein Klacks!

Das kann jedes Baby.

Be brave.

Entertain us, Sir Herbie, Sir!

Schließlich must the show go on."

Herbert (*ängstlich flüsternd*): „Ich dachte, es sei Corona-Krise, und daher gäbe es nicht so viel Unterhaltung …"

Choir of Male Fertlility Commitment:

„Sorry – Sir! We cannot understand you, Sir! Will you speak up?

Seem always relaxed!

But please don't enttäusch us ever with your awful lisping.

Speak it up!
But don't you ever wackel!
Go to an Anti-Mit-der-Zunge-Anstoß-Class. Will you?
Be you.
Be free.
Be amazing.
Be amazed.
Feel the spirit
of the American nightmare.
Wickle dich in die Flagge.
Hülle dich ein.
Fühle die Farben der Freiheit
deine Kehle erwürgen.
Nutze sie bequem
als Pyjama. Als alles.
Denn sie ist rutschfest und flexibel.
Saug sie in dich auf. Werde eins mit ihr.
Ganz eins.
Mean it.
Be it.
Dream in the American flag.
Trinke sie aus!
Iss sie!
Denke nur ja nicht.
Wehe, du schaltest ever dein Gehirn ein.
Drücke stattdessen always den praktischen Standby-
Modus.
Kaufe stattdessen.
Kaue.
Schlucke.
Schmatze.

Will you auch ja schmatz?!

Every damn baby can already schmatz.

So please do'nt tell us you are still not able to at your high middle age.

Benutze sie.

Zerstöre sie.

Nur – wenn vollständig. Gib über 150 Prozent.

Du musst die Zerstörung meinen, Herbie.

Dann ist selbst Dekonstruktion auch bei uns möglich.

Schmeiße sie hinterher weg.

Rotze sie auf den Boden.

Puke it out!

Sie wird es dir nicht übelnehmen. Schließlich ist sie aus Kunststoff.

Du bekommst garantiert eine brandneue.

Das – und nur das – können wir dir schon jetzt ver-sprechen.

Denn: Diese Flagge stirbt niemals.

Sie bleibt für immer bei dir.

Während du kein Leben mehr hast,

wird sie zu deiner zweiten Komfort-Haut.

Sie klebt an dir.

Sie reißt an dir.

Gut – sie panzert dich bisweilen ein.

Sie schnürt dich vielleicht zu.

Zwischendurch wirst du abartig schwitzen.

Es wird dir aber guttun.

Glaube uns.

Steh doch endlich dazu.

Habe eine Meinung.

Irgendeine.

Nobody fucking cares.

Denn, weißt du, Herbie – es ist verflucht egal, welche.

Produziere etwas. Jetzt und gleich.

Na los! SO TU DOCH WAS!"

Herbie (*verängstigt*): „Hm… Ich weiß nicht recht. Eigentlich möchte ich weder Kinder produzieren noch irgendetwas tatsächlich tun…"

Choir of Male Fertility Commitment (*entnervt den Kopf schüttelnd*): „Wie bitte?!

Can you speak up! We cannot hear you, Hebert-Sir-Herbert! Your Zunge is always in the way."

Herbie: „Aber ich trage nun mal eine Maske. Ich kann einfach nicht besser sprechen. Zudem ist das diskriminierend mit dem Lispeln, wie ich finde. Darwinistisch."

Choir of Male Fertility Commitment:

„Why don't you

just frame it?

Name it?

Brand it?

Rebrand it?

Give it a damn

fucking branding.

Give it finally a flavor.

If you don't like it

put a little fruit sugar on it.

Fake it. Imagine it.

People need loads of fruit sugar. Fruitilize it.

Reproduce it.

Make your pain at least

a crispy cinnamon pain.

Make it better.

You have the choice.
It's all you being you.
Swallow the cinnamon pain deeply down.
If you feel shaky afterwards
just be the cinnamon pain.
Commit finally to the damn pain.
Is that too much to ask for?
Sell it.
Make it a product.
Make it groovy.
Make it fluffy.
Pump it up.
Load it up.
Make the cinnamon dream
at least an adventurous one
to impress women.
No wonder you get none.
Free it from its sad lonely tears.
Help it out of your complete helpless destruction, Herbie.
Be part of the progress.
Just don't hesitate always so much.
What are you children waiting for?
Why are you exclusively depressed?
This must come out of being a European.
We gave you everything.
We are fed up with your hesitation.
What is wrong with you, people?
Why can you not commit?
You have everything.
It is your choice.
Deine Generation vermeidet immer nur.

Immerhin hattest du keinen Krieg.

Traurig. Why do you not just imagine one?

Wir hatten 450.

Da kannst du jetzt auch mal was Ordentliches schaffe!

Du bist sehr spät dran! Hiermit möchten wir dich inbrünstig warnen:

Wir lieben dich von ganzem Herzen.

We truly deeply sincerely love you so much

from the bottom of our frozen post commercial pizza wannabe fake hearts in 3-D IF YOU LOVE US.

You are amazing IF YOU AMAZE US.

You are such an outstanding person!

You are unique. Entscheide dich nur sehr bald. Denn deine Zeit ist längst abgelaufen. Nämlich bereits vor mehr als dreihundert Kriegs-Jahren.

Feel free to call us on 001 ... if you have any questions on whatever request. We are always on the line. That is for sure. Aber wehe du hinterlässt irgendeine blödsinnige Nachricht. Dann werden wir grantig."

***

Der mittelalte Herbert soll bitte dringend (!) aus dem Bälleparadies von seinen Eltern Bernadette und Uwe abgeholt werden!

***

Kapitel 15) „Das deutsche Mutterkreuz – zu bestaunende Karnickel"

Das deutsche Mutterkreuz war eine, durch die Nazis vermeintlich erfundene, eigentlich gestohlene, verdrießliche Trophäe, gespendet durch keinen bescheuerten als Hitler, im Dritten Reich für dumpfbackige deutsche Mütter, die sorgfältig, mehrfach, mit deutschem Siegel (!) versehen, fleißig vor sich hinbrüteten, was das Zeug hielt, um sich in Folge ausschließlich um ihre sogenannten „arischen" Nachfahren zu kümmern, während ihre Männer in den Krieg zogen oder als SS sämtliche Menschen umbrachten. An dieser Stelle möchte Bernadette Herbert tatsächlich mit einer Enkeltochter eben einer solchen einstigen Ehrenkreuz-Medaillenempfängerin, namens Ariane – hier die „holde Ariane" genannt – verkuppeln. Sie sollen in einem Museum – im LVR-Industriemuseum in Oberhausen – das Mutterkreuz (auf Schwäbisch = „Muddrgroix"), das auch als „Karnickel-Orden" bezeichnet wird, bestaunen. Vielleicht, so erhofft sich Herbies Mutter, können die beiden später doch noch wie die Karnickel übereinander herfallen und eine Kaninchenherde werfen.

Ariane, die holde Tochter der einstigen Medaillen-Empfängerin des deutschen Mutterkreuzes in Gold: „Du bist – wie heißt du noch gleich – Heinz? Darf ich dich duzen?" „Nein. Herbert", piepst Herbie auf deutschen Mutterkreuz-werfe-für deine-Mutter-Mümmelmänner-in-spe-en-Masse-Skandal-Umwegen im Zuge Richtung Oberhausen im Ruhrgebiet. Hineingepfercht von keiner geringeren als seiner eigenen fortpflanzungsbesessenen Gebärerin.

Bernadette: „Desch du mi au ja des Künigle (übersetzt = Kaninchen) grüssasd – des du dra denkaschd – weischd scho – vielleichd fallads ihr do no aus rei Glischda (= übersetzt: Gelüste, Heißhunger) übernandr her. Wo i scho bei den Kreizerle desch Karniggle anguggad."

Herbert: „Wirklich, Mama? Die Kaninchen grüßen? Wie bitte?! Sicherlich. Was man sich so erträumt. Du glaubst doch nicht im Ernst, dass ich diese beschissenen, mit grauenvollen Gefühlen verbundenen Scheiß-Nazi-Fake-Medaillen auch nur ansatzweise anstarre. Nicht nur das – auch noch grüße – das ist wirklich der Oberknaller – à la Hitler. Oder wie? Ach nee – das würde ihn ärgern. Schließlich war er doch ein Mann. Heil Haserle? Das hatten wir doch schon. Nein danke."

Holde Medaillen-Enkelin Ariane die Dritte: „Ich kann dich durch die Maske irgendwie nur sehr schwer verstehen. Wie ist dein Name?"

Herbert: „Hase. Mein Name ist Hase."

Holde Ariane: „Hartmut?"

Herbie: „Hase."

Holde Ariane: „Ach, Hartwig?"

Herbie: „Nenn mich doch einfach Hase, Schatz."

Holde Ariane (*kritisch die Augenbraue hochziehend*): „Nimmst du etwa Drogen, Hartwig?! In unserer Familie wird das nicht gebilligt."

Herbert: „Nein. Ich hieß noch niemals Hartwig. Zumal ich zutiefst ungesprächig bin, überhaupt nicht gesellschaftsfähig sowie generell und bis in alle Ewigkeit fortpflanzungsresistent. Verstehst du das jetzt, Mausi?"

Holde Ariane: „Nein. Das verstehe ich in der Tat überhaupt gar nicht."

Herbert: „Können wir vielleicht lieber schweigen?"

Holde Ariane: „Na gut – wenn du meinst, über vier Stunden nicht sprechen zu müssen, und das als freundlich empfindest – einer Frau gegenüber – na gut, Ei Ei Captain-Sir, Hase. Meine Mutter teilte mir zwar mit, du seist eigenbrötlerisch und extrem bindungsscheu. Dass du jedoch offenbar völlig irre bist, erwähnte sie in keinem Satz. Das Detail hat sie verschwiegen. Noch dazu, mich Mausi und Schatz zu nennen – ohne mich überhaupt zu kennen – beim ersten Kennenlernen – übergriffig ist das. Schier obszön!"

Mitglied der Deutschen Bahn: „Gibt es hier irgendein Problem?"

Herbert: „Nein. Mein Name ist bloß Hase. Sie heißt indessen Mausi."

Kontrolleur: „Haha – Sie sind witzig. Ist denn schon der erste April? Tickets und Ausweise, bitte."

Herbie: „Mein wirklicher Name ist Herbert."

Deutscher Bahn-Mitarbeiter: „Nanu. Das höre ich selten bei jungen Menschen wie Ihnen. Was Sie schockt ist, dass die Deutsche Bahn auch mal Humor hat. Stimmt es? Das sehe ich in Ihren Augen, Herr Bräutigam. Eine schöne Weiterfahrt noch den Hasen- und Mausi-Herrschaften!"

Herbert: „Ich kann durch diese Maske nur nicht besonders gut sprechen. Zumal ich auf meine eigene Mutter sehr sauer bin."

Holde Ariane: „Und – warum?"

Herbert: „Sie will mich pausenlos verkuppeln und fortpflanzen. Dabei geht sie ständig über Leichen."

Ariane: „Verstehe. Ich will auch nicht unbedingt Kinder."

Herbert: „Euretwegen sitze ich doch überhaupt in diesem dämlichen Zug."

Ariane: „Wozu jetzt Plural? Leidest du an Schizophrenie? Hörst du Stimmen? Siehst du mehrere Köpfe auf meinen Schultern? Einer Medusa gleich? Ich nehme an, du meinst es nicht als Ausdruck zur Huldigung von Autoritäten."

Herbert: „Sehr geehrte, werte Eltern! Würden Sie mir bitte, bitte, wenn es irgendwie möglich wäre. Nein – Macht ist mir grundunsympathisch. Ich meinte deine Vorfahren."

Ariane: „Was soll denn mit ihnen sein?"

Herbert: „Keine Ahnung – erzähl du es mir. Schließlich waren sie doch Nazis."

Ariane: „In Deutschland war das fast jeder."

Herbert: „Macht es das besser? Ich meine – macht dir das denn gar nichts aus?"

Ariane: „Das habe ich doch gar nicht gesagt. Was heißt Nationalsozialisten – meine Ahnen waren nicht bei der SS aktiv. Keine Ausführenden oder unmittelbar Umbringenden. Meine Großmutter ging lediglich zum Bund der Frauen und erhielt diese Medaille dafür, dass sie mehrere Kinder hatte. So war das damals halt."

Herbert: „Hat sie die etwa von Adolf – dem Führer – höchstpersönlich überreicht bekommen? Echt?"

Holde Ariane: „Ich glaube schon."

Herbert: „Ist ja irre. Aber – so war das damals halt? Kann im indirekten Zulassen, im Nicht-Hinsehen nicht auch eine gewisse indirekte Tötung liegen?"

Ariane: „Schaust du denn genau hin? Weißt du alles über deine ach so rühmlichen Vorfahren? Hast du dich damit je intensiv beschäftigt?"

Herbert: „Du hast meine Frage nicht beantwortet."

Ariane: „Du meine ebenfalls nicht."

Herbert: „Doch – das habe ich schon. Ich behaupte ja auch nicht, dass meine Familie eine lupenhaft vorbildhafte Vergangenheit hat. Überhaupt nicht. Haben deine Vorfahren nun die NSDAP gewählt?"

Ariane: „Wenn es so wäre, blieben immer noch sehr viele, die diese ebenfalls wählten. Nicht wahr? Beinahe ganz Deutschland unterstützte ihn. Was du machst, ist den Finger in die Wunde ein paar weniger zu legen, um dein eigenes Gewissen zu beruhigen. Klassisch."

Herbert: „Ja – oder nein?"

Ariane: „Ich würde jetzt lieber schweigen – so wie du es zu Anfang vorschlugst", sagt Ariane, den Blick abwendend, in eine Bahn Zeitschrift werfend, sie fahrig durchblätternd. Als wäre der Inhalt jener wichtiger als millionenhafte Bluttaten. Herbert sieht in ihren Augen, dass offenbar ein Weltkrieg ausgebrochen ist – offenbar der Zweite, wenn auch nur auf psychologische Weise. Ariane hat ihn über ihn verhängt und verstummt.

Wohin mit dem immerwährenden Eiseswinde des grauenhaften Schweigemantels der abweisenden Deutschen? träumt Herbert. Wie soll ein Mensch je schlafen können – so ganz ohne Decke? Wer wird ihm einen Überwurf leihen, bevor er noch erfriert? Ist er nicht auch bloß ein stummer Geheimhalter? Ein inaktiver Mitläufer? Ein zirkulierender Statist? Ein Zu-Nicker? Wer wäre er gewesen? Ein nicht sprechender Barbare? Im Alptraume erscheint ihm seine eigene Mutter – übergroß und preisstabil bewaffnet mit einem müdderlichen

Kruzifixle -schimpft jene, wie teuer es dank der Krise ist. Diese blöde Inflation sei an allem schuld. Um zum Schluss hinzuzufügen, dass bei Hitler alles viel billiger gewesen sei. Vor Kälte zitternd erwacht Herbert. Aus seinem Munde entfleucht das Wort „Kruzifix".

„Geht es dir nicht gut?", fragt Ariane. „Deine Lippen sind bläulich gefärbt. Wir sind jetzt da."

Herbert: „Ich träumte nur von meiner Mutter."

Ariane: „Ach – die schon wieder. Vielleicht solltest du dein Problem therapeutisch behandeln lassen."

Herbert: „Möglicherweise."

Deutsche Bahn: „Die Mausi- und Hasen-Herrschaften, auf Wiedersehen!"

Herbert: „Uff – zu desch Kunnigle-Midderlar-Greizle."

Ariane: „Wollen wir vielleicht die Führung mitmachen?"

Herbert: „Lieber nicht. Von Autoritäten träumte und sprach ich bereits zu Genüge."

Ariane: „Wie du meinst."

Handystimme (*diktierend*): „Sie haben vier Anrufe in Abwesenheit und drei Sprachnachrichten."

Herbert: „Oh! Scheiße!"

Ariane: „Was denn?"

Herbert: „Meine Mutter rief mich an. Kruzifix. Moment – ich muss das kurz abrufen."

Ariane: „Das ist doch nicht zu glauben. Hast du eigentlich irgendein anderes Thema? Vergiss sie doch mal. Wenn du deine Mutter nicht vor diesem Museum ein einziges Mal ausschaltest, weigere ich mich, überhaupt je hineinzugehen."

Herbert: „Meine Mutter sagt, sie habe uns Spartickets zum Superpreis an der Sonderkasse hinterlegt."

Ariane: „Wie alt bist du?"

Herbert: „Mittelalte 33."

Ariane: „Unfassbar. Und da lässt du dich so von deiner Mutter gängeln?"

Herbert: „Ich spreche noch einmal mit ihr, um sie dann für immer abzuwenden, Mutterkreuz-Ehrenwort."

Bernadette (*am Telefon*): „I hann lang nedd de noi saga höra tuds. Wie tuds laufds desch Daddele? Funzds esch? Und funggts scho?"

Herbert: „Wie soll es je funken, Mama, wenn du immer vorher dazwischenfunkst – den angestrebten – ach so wichtigen – Höhepunkt bereits zuvor unterbrichst? Ich schalte dich jetzt aus. Auf Schwäbisch – für dich, Mama: Do kosch warda, bis de schwarz wirsch!"

Kassiererin der Ausstellung: „Willkommen in unserem Museum! Eine gewisse Bernadette hat bereits Spar-Bonus-Tickets für die Sondertour zum Sonderpreis für zwei Personen hinterlegt. Daneben schickte sie einen Brief – adressiert an einen gewissen Herbert Bräutigam. Sind Sie dieser gewisse Herbert?"

Herbert (*kleinlaut*): „Yep."

Ariane: „Den liest du jetzt bitte nicht vor. Wir gehen direkt durch – dass das klar ist!"

Herbert: „Zu Befehl, Majorin A-R-I-A-N-E!"

Kassiererin: „Zudem rief sie an. Falls sie ihren Sohn nicht erreichte, da es keinen Handyempfang gäbe, warte am Mutterkreuz von ihrer Mutter eine Überraschung, sagte sie. Sie versichert, sie habe jene den Corona-Regeln entsprechend verpackt."

„Ich kann es mir lebendig vorstellen", piepst Herbert im Zwiegespräch mit sich selbst: Überrumpelungen

zeichnen sich dadurch aus, dass man nichts von ihnen ahnt.

Herbert ist jedoch so damit beschäftigt, die sämtlichen
Briefe und Anrufe Bernadettes zu verdauen und zu
sortieren, dass er jenes gar nicht wahrnehmen kann.
Und so erscheint am deutschen Mutterkreuz, als Her-
bert hochschaut, ein riesiger Hasen-Ballon mit einem
Klischee-Herz versehen, gespendet von seiner Mutter.
Als jener magisch hinuntersaust, platzt aus ihm eine
Karnickelhorde, weitere kleine Häschen schießen wild
und freimütig aus ihm, eine ganze Luftballon-Kolonie
segelt durch die Ausstellung, bevor sie in den Ecken der
Räumlichkeit festpappen, den Ausgang versperrend.
Als würden sie sagen: „Du musst dich hier und jetzt
fortpflanzen. Es gibt kein Entkommen."

Auf der Erde liegen drei rosa Pfeile – die mögliche Richtung angebend.
„Wie bei einer Schnitzeljagd. Einer Karniggel-Jagd",
lacht Ariane. „Eines muss man deiner Mutter lassen –
sie sorgt für Unterhaltung."

Dazu die von Bernadette fein säuberlich entworfe-
nen Preisfragen: 1.) Wann wurde das deutsche Mutterkreuz von der NSDAP vermeintlich gestiftet, vielmehr raubkopiert?
Antwort A) 1933
Antwort B) 1936
oder C) 1938 (richtig). Es existierte aber bereits vorher eines.

2.) Wann ist die beste Rammelzeit für Kaninchen?
Antwort A) von Januar bis Juli (richtige Antwort)

Antwort B) von März bis Mai

oder C) Von Juli bis Oktober rammelt es sich optimal.

3.) Wie viele Babys kann ein Hase jährlich gebären?
Antwort A) über 70 Würfe
B) fünf bis 11 Würfe (markiert mit richtig!)
C) oder zwei bis drei

Indessen fragt ein Junge im Museum: „Mama, was bedeutet eigentlich Rammeln?"
Mutter: „Unmöglich. Wo hast du das gelernt? Steht das hier etwa irgendwo?!"
Junge: „Die Leute dahinten sprechen laut darüber. Sie schauen komisch auf Fragen und raten, wie viele Kaninchen durch Rammeln geworfen werden. Was ist denn nun Rammeln? Kann ich das vielleicht auch tun und so doch noch Kaninchen zum Geburtstag bekommen?"
Dank des Jungen und seiner aufgebrachten Mutter werden Herbert und Ariane offiziell, wenngleich freundlich, dazu aufgefordert, die sorgfältig vorbereitete Rammelreise Bernadettes vorzeitig – prä interrupti – zu beenden. Zumal die mehrköpfige kopulierende Lufthasen-Familien-Volks-Mannschaft den Notausgang schwer behindere. In Zeiten der Krise gar die Fenster, was nicht erlaubt sei.

Kapitel 16) „Metaphorische Geburtswider-
ständlerin – free Herbie from his mother"

Die, die suchen, finden oft nicht richtig. Als Herbert
nach all den Katastrophen und Drohungen erstmals
wieder seine Füße auf den öffentlichen Boden im Land
der vermeintlichen Möglichkeiten zu setzen wagt, es
Premiere zu sein scheint, draußen durch die Gegend
zu laufen, sich von der Anonymität der Stadt irgendwie angezogen fühlend – gerät er – per Zufall – in eine
Veranstaltung der amerikanischen Geburtsstreik-Be-
wegung. Bereits das Wort lässt ihm ein Lächeln in sein
Gesicht zaubern. Ein Strahlen, wie sein mittelaltes
Gesicht es schon lange nicht mehr erhellen konnte,
erscheint es doch beinahe so, als wäre es inzwischen
ebenfalls erstarrt. Seine Mutter würde sich totärgern,
freut sich Herbie. Als er hinzutritt, öffnet eine sympathisch wirkende Frau die Tür – die Haare feministisch
kurz gehalten – die Farbe mittelblau – eines von solcher Coolness, wie er es noch nie zuvor gesehen hat.
„Ich wusste, dass es auch liebenswerte Amerikanerin-
nen gibt", freut sich Herbie, laut in den Raum hinein-
denkend, Luftsprünge aus dem Nichts absolvierend.

Die Menschenmenge applaudiert dem ihr bis dahin
gänzlich unbekannten Herbie.
Mia an Herbie: „Mein Name ist Mia – ich halte gerade
einen Vortrag zum Thema ‚30 Gründe, warum ich heutzutage keine alberne Geburtskuh mehr sein möchte'.
Auch, wenn das bei Tieren in Form von maschineller

Massenproduktion ebenfalls fragwürdig ist. Möchtest du dabei sein?"

Herberts Gesicht leuchtet voller Vorfreude angesichts der vorbestehenden Nicht-Geburt: „Sehr gern."

Mia: „Darf ich fragen, was dir widerfahren ist?"

So flüstert Herbie seine Leidensgeschichte in das ihm zuhörende Ohr der amerikanischen Anti-Geburtlerin, um schließlich von ihr feste in den Arm genommen zu werden.

Mia: „Dear wonderful people from the Birth Strike Movement – this is my new fellow Herbie from Germany – his mother persecuted him by telling him again and again to marry and get a child whatsoever, walking over corpses. Though he does and did not want to. Also, he was tracked by the American Choir of Male Fertility Commitment. His last dates in the USA did not work out very well. On top, he was told to get fitter and sent to a sports class. Besides, they told him to go to an anti-lisp class – to get rid off his allegedly awful lisping. It all sounds a hell of a story. Big and warm welcome to Herbie who made it through all this mess."

Geburtstreikende Masse: „Welcome, Herbie. Cheers! Free Herbie from his mother!"

Und so lauscht Herbie Mias Vortrag, froh sogar in den USA eine Nachkommens-Gegnerin gefunden zu haben.

Mia: „Abgesehen von dem ökologischen Fußabdruck durch ein Kind verstehe ich nicht, warum ich eine stundenlange, übergriffige und brachiale Geburtstortur über mich ergehen lassen soll – mit, an mir von allen

Seiten reißenden, zerrenden Händen und in sämtliche Löcher meinerseits gleichzeitig starren lassen soll, um letztendlich nach zweieinhalb Tagen aufwärts im Vierfüßler-Stand, sollte ich das überhaupt hinbekommen – mit Schmerzen völlig übermüdet sagen soll: Das ist das große riesige Glück – dieser eine Tag ist der beste in meinem Leben. Foto. Zack. Boom. Mutmaßlich perfekter Moment? Die Mütter, die ich kenne, haben dunkelste Ränder unter den Augen durch chronischen Schlafmangel und sind körperlich erschöpft. Auch fällt mir nicht ein, warum ich mir die Mühe gemacht haben soll, zu studieren, einen Beruf kompliziert erlernt zu haben, wenn ich dann am Ende plötzlich nur glucksende, infantile Geräusche von mir geben soll – womöglich schlimmere als die des Kindes – wie – ,oh du kleines Diddi-Dummdidein! Nimm doch bussi – puh – Vorsicht – da vorne ist Schmutz! Nicht anfassen! Was macht das Popöchen? Braucht es ein Cremchen? Soll ich dem Aua-wehweh-bösen-Bäuchlein noch ein Teechen zubereiten? Welches Breichen ist bezüglich der Flatulenz nun das Ungefährlichste?' Als hätte ich nicht nur pure Langeweile, sondern mein gesamtes Gehirn sowie meine kompletten Interessen beim Mutterwerden in aller Vollständigkeit abgelegt und könnte von nun an nur noch über Spucktücher, für die Umwelt schädliche Einmal-Feucht-Tücher, one way wegzuwerfende Windeln und bequem zu tragende Mandukas für extrem teures Geld brabbeln. Wörter, die man selber nachschlagen muss – sowie mich über die Praktikabilität von Kinderwägen, nicht zu vergessen – in welcher Größe zu welchem stolzen Preis – unterhalten. Nur, um im Anschluss mit anderen Helikoptereltern, verzogen in den überwachten Suburb, darüber zu streiten, was für den Nachwuchs nun das Beste sei – ob es Bio-Brei oder Quetschie in der Plastik-Verpackung sein soll. Da verzichte ich lieber ganz."

Das Publikum applaudiert. Herbie indessen springt vor Begeisterung wie ein Flummi ob der neuen Anti-Mutterschafts-Freundin auf- und ab.

Später fragt Herbie Mia durch ihre blauen und wundersamen Haare hindurch, ob er sie für all die vorherigen prozentual sehr schief gegangenen, eher Missdates ähnelnden Treffen, Mia mit den coolen Haaren und der für ihn bewundernswerten Aufgabe – den Nachwuchs durch keinen geringeren als ihren eigenen weiblichen Körper anzuhalten, dem Klima zuliebe, aber auch, um keine schauderhaften Geburtssituationen durchstehen zu müssen, symbolisch küssen dürfe. Nicht jedoch, um etwa eine Geburt voranzutreiben, sondern der rein freundschaftlichen, internationalen, friedlichen und wichtigen anti-fertilisierenden Begegnung zuliebe. „Klar doch", lacht Mia. „Haha – aber nur im friedvollen Sinne – rein metaphorisch. Schließlich habe ich eine Freundin, die ich nun mal sehr liebe."

Sagt sie, Herbert zum Abschied einen „No-Milk-Cow-Ever-Anymore"-Aufkleber als mahnende Erinnerung an keine Reproduktion in die Hand drückend. „Selbstverständlich", antwortet Herbie. „Ich werde auf ihn wie meinen eigenen Augapfel aufpassen – ihn als Lieblingssticker in 3-D-Vergrößerung hypergroß an die Wand pappen und so meine Mutter damit ärgern. Er wird mein innerer Reminder an keinerlei Geburtszwang forever sein. Dass du mir ja nicht doch zur Milchkuh mit Manduka und Feuchttuch oder Hirsebrei mutierst. Dann komme ich zurück", droht Herbie.

***

Kapitel 17) „Automatisches Drolligsein – der unjeckste aller Jecken: Gefühle auf Knopfdruck im Karneval"

Als Uschi und Dieter hier – in ihrem abzustotternden Reihenhaus in Sechtem – einem Vorort von Köln – weshalb sie seit über 35 Jahren nun beide Vollzeit fleißig durcharbeiten, versuchen, gemeinsam Abend zu essen, scheinen sie jedoch an dieser Stelle ihren Text vergessen zu haben.

Möglicherweise ist jener in das zu oft von ihnen benutzte Salzglas vor ihnen gestürzt.

Jedenfalls reden sie nicht selbst.

Der Alltag spricht sie. Offenbar hat das tägliche Allerlei ihnen, seit über 27 Jahren verheiratet, die Poesie aus den Hosentaschen geklaut. Einst war Dieter sehr verliebt in seine Uschi. Paare, die gemeinsam nicht reden müssen, sind viel besser. Schließlich ist Schweigen manchmal Gold. Solche, die nur simples Alltägliches betratschen, Nebensächlichkeiten aus der Paarungsnot heraus meinen, besprechen zu müssen, nur damit nicht nicht gesprochen wird, hingegen die Schlimmsten, weint Uschi heimlich und leise in die Zigaretten gedünstete Gardine empor, wenn Dieter nicht da ist. Solche, die auch zusammen schweigen können, nicht ständig einfordern, reden zu müssen, sind die Richtigen. Dieter ahnt nicht, dass Uschi längst todunglücklich ist. Wie einsam sie trotz ihrer Beziehung ist. Allein zu sein, empfindet sie als nicht so schlimm. Isoliert in einer Beziehung als schmerzvoll. Jeden Tag wird ihr der elendige Spiegel vorgehalten, wie es sein müsste, der Vergleich drängt sich ihr auf. Parallelen zu ziehen, schafft Depressionen. Das Gefühl der Entfremdung überschattet sie.

Uwe ahnt nicht, dass sie, Uschi, ihm regelmäßig steinern und schweigend eine Müsli-Schale reichend – bevor sie ihn jeweils warnt – „Schlabbere nur nicht wieder so" – eine tickende Zeitbombe ist. Nur noch ihre alternden Eizellen scheint sie besessen im Blick zu haben. Tick tack. Sie, Uschi, weiß hingegen nicht, wie sehr, er, Dieter, unter ihren täglichen Anschuldigungen und Beleidigungen leidet. Das Einzige, was ihm morgens Spaß bereitet, ist, sich unter der Dusche einen herunterzuholen. Das scheint der einzige Lichtblick in seinem Leben zu sein. Uschi erleidet neben der Corona-Krise gerade noch eine weitere, persönliche: Stets bereitete sie sich akribisch auf den Karneval als perfekt gekleidetes Häschen vor – nun hat die Regierung ihnen einen Strich durch die prunkvolle Kostüm-Sitzung gemacht. Das Event jenseits der Alltagsmaschinerie, auf welches sich beide stets sorgfältig freuten, welches ihre Beziehung aus dem grauen Trott retten sollte, wurde auch noch gecancelt. Hier – ausschließlich im traditionellen Närrischsein – meinen Uschi und Dieter vulgär-einheitlich, beiderseits in Gänze betrunken – endlich ausbrechen zu können, indem sie alle Gedanken einmal abschalten können.

Denn nur hier – in dieser fünften Jahreszeit -
scheint alles gleich behäbig zu sein.
Nur – jetzt und hier maschinell -
können sie sich jeck gehen lassen, wie sie gehen.
Denn schließlich müssen sie so nicht denken.
Motor aus. Hase an. Schelm an!

Aber der des Clowns geht schon lange nicht mehr an. Uschi sah bloß nicht hin.

Im Gleichschritt – stets fehlerfrei verhäselt und als immer gleiche Clowns-Visage – nur in verschieden Versionen – überschminken sie auf Knopfdruck gemeinsam die zerberstende Herzenswärme. Im Duett-Korsett versuchend, die forthüpfende Liebe zu überschminken. „Hüpf, hüpf", will das Hasenkostüm eigentlich von sich geben. „Lass mich endlich fliegen!" möchte der schlecht gelaunte Clown längst sagen.

Wie gut, dass Herberts Mutter, Bernadette, jedoch vorsorglich ein künstliches, da privates Karnevals-Ereignis der Extra-Klasse mit viel Aufwand heimlich und verboten zu hohem Preis und mit viel Trara für den nicht närrischen – den unjecksten aller Jecken – in Zeiten der Krise arrangiert hat.

Bernadette (*via Zoom*): „Herberdlein – I hab eksdra für dich ein Fasnet-Daddelr glar gemachd. Jetzt, wo das Fäschdle streicha words isch. Hählenga (übersetzt = heimlich)."
Herbert: „Mensch, Mama! Bist du eigentlich irre? Ich bin doch gar kein Jeck. Zum Mitschreiben: ICH HASSE KARNEVAL. Auf Knopfdruck lachen? Seit wann soll mir das Spaß machen? Zumal Corona ist. Ich soll für dich und deinem albernen Fortpflanzungs-Drang zu Diensten auf ein illegales Treffen? Jetzt wird es mir echt zu albern."
Bernadette: „Es ischd aber scho in der Blana. Zumal esch deier (= teuer) war. Desch saubers Mädle heisschd Uscherle. Sie ist in ihrer Beziehung nedd glücklich."

Herbert: „Du möchtest, dass ich, dein Sohn, Herbert mit dem leidigen Namen Bräutigam, zum möglichen Mörder werde? Und für was genau – für ein albernes Bützchen?"

Also hockt der unjeckste aller Jecken, Herbie, von seiner Mutter gedemütigt, bei dem für ihn furchtbarsten aller rauschenden Feste auf einem illegalen Zügle als garstiger Bär herum. Doch so sehr er auch versucht, automatisch heiter zu sein – von vorneherein kann Herbert den On-Button für das Drolligsein in seinem System einfach nicht finden. Ohne Alkohol schien die Heiterkeit schon von Anbeginn bis in alle Ewigkeit abgestürzt.

Angewidert stürzt sich Herbert also in seiner blanken Nicht-Betrunkenheit kopfüber als steifster Tanzbär in das Massen-Lustereignis. Um ihn herum nacktes Fleisch, wo sein Auge kompliziert durch die Tatzenmaske späht. Zu begattende Vulven.

Tanzende, für ihn zu kurz gekleidete, zuckende, auf sexy getrimmte, standardisierte Hasen, Mausis, Katzen, Bienchen. Bärchen. Flauschige Löwen. Funkenmariechen. Zahme Schnur-Tigerchen. Illegal – trotz Krise. Sie holen keine Luft.

Der Karneval holt es für sie.

Uschi (*ob der Lautstärke schreiend*): „Mein Name ist Uschi. Bist du der Herbert?"

Herbie (*knapp*): „Ja."

Uschi: „Nun – an deiner Kleidung könnte noch gebastelt werden. Überhaupt schaust du zu verklemmt. Irgendwie schlecht gelaunt. Magst du vielleicht zur Auflockerung ein Kölsch?"

Herbert (*gezwungenermaßen brüllend*): „Nö. Von dem Gebräu wird mir super schlecht. Überdies brauche ich keine Auflockerung, da ich bereits durchgehend entkrampft bin."

Uschi (*missverstehend*): „Wie du meinst. Dir ist übel? Musst du dich vielleicht übergeben?"

Herbert: (*in der Überrumpelung eines losgelösten, sich jedoch gleichsam hartnäckig an ihm festkrallenden Kätzchens, das er seither schwer in seinem Genick zu tragen hat*): „Gibt es hier eigentlich irgendjemanden, der sich bei dieser doofen Veranstaltung an die Abstandsregelung hält?"

Uschi: „Bist du immer so spießig?"

Herbert: „Einmal ist es nicht Biedermann. Immerhin könnte es lebensrettend sein."

Uschi (*als wäre es ein Verbrechen*): „Bist du etwa kein Karnevalist?!"

Herbie: „Null bis minus 150. Zumal ich die Musik in der Tat hasse. (*Von der Festivität ablenken wollend*): Meine Mutter behauptete, du seist in deiner Beziehung nicht mehr glücklich?"

Uschi (*plötzlich auf Kommando bedrückt schauend*): „Das stimmt. Der Alltag klaute uns die Poesie. Einst liebte ich ihn. Heute reizt mich jedes bisschen, aber nicht mehr in einem positiven Sinne. Mich nervt etwa, wie er trinkt. Sein Müsli auf ekelhafte Weise seinen weit geöffneten Schlund hinunterschlürft. Wie er hässliche Speichel-Spuren unsittlicher Speisen auf unserem gemeinsamen teuren Tisch hinterlässt, die ich wie seine eigene Mutter für ihn wegwischen muss. Er verhält sich noch immer wie ein garstiges Kleinkind. (*Während nun eine Träne ihre Wange hinunterstürzt, ihre perfekte Schminke in eine andere konfuse Form bringend. Heulend*): Wie er auf schreckliche Weise wie ein Löwe durch drei Türen hindurchschnarcht! (*Ihre Stimme nimmt nun einen hysterischen Tonfall an, als wolle sie sich in Bälde genau aus diesen Gründen umbringen*): Ich habe das alles soo fürchterlich satt. Verstehst du? (*Als wolle sie ihn, ihren Partner, gleich töten*): Beinahe hasse ich es."

Herbert (*in dem Versuch, in der für ihn viel zu kurzen Musik-Minipause möglicherweise – wenn auch nur schnell – als Teddybär dazwischen zu bellen*): „Das klingt, als liebtest du ihn nicht mehr. Andererseits – meinst du, du hättest ihn je wirklich geliebt?"

Uschi: „Ach – was ist schon Liebe? Wer definiert denn das? *Durchgehend schreiend*: Ursprünglich wollten wir Kinder bekommen. Doch es sollte einfach nicht gelingen. Wir haben alles versucht. Glaube mir. Irgendwann war ich zu alt. Also ließ ich mir für viel Geld bald dahinsiechende Eizellen abknöpfen, meinen Körper fies durchstechen und sie einfrieren. Nun liegen sie erkaltet traurig da herum. (*Schluchzend*): Hochpreisig verschwendete, da unbefruchtete Keimzellen, die niemanden jemals interessieren werden."

Herbert (*in die knappe Faschingspause bölkend. Einen kalten, ihn frieren lassenden Luftzug verspürend – sei es wegen der frostigen Jahreszeit, vermeintlich warm gelachten, ihrer eingefrorenen Zellen oder der unterkühlten Weise, wie sie über ihren Dieter abkotzt*): „Mir würde das überhaupt gar nichts ausmachen, da ich nie Kinder haben möchte."

Uschi: „Wirklich? Du bist mir einer."

In diesem Moment nimmt Herbert, das schlecht gelaunteste Anti-Tanz-Bärchen aller närrischen Un-Zeiten, klebrige, pappende Bröckchen in seinem eigenen Gesicht wahr. Feststellend, dass er soeben offenbar buchstäblich auf diesem angekotzt wurde.

Uschi: „Ui – warte – ich reinige kurz dein Gesicht. (*Herablassend*): Habe ja schließlich Erfahrung damit. (*Dann plötzlich aufatmend*): Jippie! De Zoch kütt – endlich! (*Aus keinem Grunde plötzlich hellauf strahlend*): „Et hätt noch immer jot jejange!"

Herbert: „Ich mag überhaupt keine Züge. Zeit, für mich zu gehen."

Uschi: „Nix da! Hiergeblieben!"

Während Uschi sich aus Ekel dem eigenen Lebensteiler heraus sich von eben jenem entliebte und vorsorglich Zellen einfrieren ließ, damit sie trotz steigenden Alters und veraltender Liebe nur ja dennoch Sprösslinge bekommen kann, wurde auf dieser offiziell in Krisenzeiten verbotenen Karnevalsveranstaltung eine andere Frau im betrunkenen Zustand geschwängert, ohne dass jene das je wollte. Nicht mal den Vater kennend, da beide verkleidet waren.

Auch Herbert sah es nicht. Zu sehr war er in das Gespräch mit Uschi und in das Erbrochene in seiner Visage verstrickt.

Bernadette: „Und – wie isch gloffa – esch Fäschd? Haddsch gnischdara? (= Übersetzung gefunkt) mit Uscherle?"

Herbert (*sich vor Übersättigung schüttelnd*): „Grausich."

Bernadette: „Warom? Esch war deier. Dengschd dodra!" (Übersetzung: Denkst du bitte daran, dass es teuer war?)

Herbert: „I ben kotza worra."

Indernedd Translation: „Ich wurde angekotzt.".

Mutter Bernadette: „Oh Jerum! (= Oh weh!) Mir ischd des arg! (= Es tut mir sehr leid.) Liegds am Saufa?"

Ihr Sohn: „Ja und nein. Bei mir eher am fehlenden Alkohol und an gewollten Emotionen auf Knopfdruck. Daran, dass ich keine Aufziehpuppe bin."

***

Verrutschte Zwischenszene 7 D) „Herbie in unromantic wild Texas/Herbie stalking angeblich a cat"

Als Herbie sich der Chief-Hauskatze von Sallys Vater, Henry, namens Garfield, nähert, um zu schauen, ob sich jene streicheln lässt, ob die beiden eventuell Freunde werden könnten in der ansonsten eher rauen Atmosphäre, schnurrt sie kurz auf. In einer Weise, wie Samtpfötchen eben surren — ihre Pfoten jedoch, warnend, in Richtung Herbie ausstreckend. Im Nu geht daraufhin erneut eine Maschine in Form eines Roboters aus dem Regal darüber an: „Won't you ever look at my cat in an indecent way! Are you zoophile? Let me tell you something — if you ever dare to touch her, I'll cut off your balls with my own hands."

Herbie, nicht wissend, ob er das gut oder schlecht finden soll, schließlich möchte er seinen Lustschwengel ohnehin verlieren, lächelt seltsam verstörend in die versteckte Kamera.

Kapitel 18) Herbert möchte aus dem eigenen Buch aussteigen: „Als Herbie beschloss zu sterben"

Wie würden Sie an Stelle Herberts reagieren?
A) Die Flucht ergreifen?
B) Mit Pantoffeln um sich werfen?
oder C) Seine eigene Mutter erdolchen?

Kapitel 18 A) Spickzettel seiner Mutter zur Fortpflanzungserinnerung Herberts

Guada Morga, liebr Herberd (liebsch Herbertle!)
Hier sind Deine wohlwollenden Eltern.
Denkschd Du bidde auch äwwl schee daran, doi Fortbflanzungsbille däglich einzunehme? Bidde nedd vrgessa! In jede Schächtele steggt's fei a … **i hann Dir mid verschiedene Farbele vormarkierd, so dass esch kendrleichd isch. Auf Hochdeutsch: Sogar für Dich**. Zudem habe i Dir extra a Kalenderle erschaffe, wann'sch beschde Zeida zur Fordblänzle ischt.
So dasch es ganz leichd, von Vordoil ond handlisch isch.
Auf Hochdeutsch: **Begadde bidde so viele Herzdamele und Moidderle in spe wie möglich!**
Wir danken es Dir.
Butzerle.

Deine, Dich liebenden, Dir bis in alle Ewigkeit wohlgesonnenen Eltern
Bernadette und Uwe

Es heißt stets, Menschen brachten sich vermehrt im dunklen, düsteren Winter um, da es in dieser dunkel anmutenden Jahreszeit zu wenig Licht gäbe.

Entgegen aller Erwartungen – entscheidet sich Herbert an einem sonnigen Frühlingstag dazu, für immer von dieser ihm leidig erscheinenden, ätzenden Erde zu gehen. Zu sehr erinnert ihn das grelle, ihm zu bunt erscheinende Treiben – das muntere Vogelzwitschern, der ihn zu früh weckende, als dass er sich jemals entspannen könnte, zu lautstarke Krächz-Ruf des Käuzchens, das ach so laue beginnende Sommermärchen – an lästige Fortpflanzungstriebe, denen er überhaupt nicht gewachsen sein möchte. Wo sein mittelaltes Auge in seiner ermatteten fortgeschrittenen Depression fliehend hinblickt, schlüpfende, piepsende Küken, was die Natur bereithält, sich eifrig und ausschließlich dem Geschlechtsverkehr zuwendende Tiere, ihn anwidernd, gierige Balztänze von um Anerkennung blökenden Männchen im ewigen quälenden Wettbewerb, wer zuerst welches Weibchen besteigen darf, um es dann zu befruchten. Dazu das tobende, grelle Jodeln, Quietschen und Quaken der zu befriedeten und befriedeten Vögel und Frösche. So laut, dass, er – Herbie – ängstlich und ermüdet – unter seiner Bettdecke mit Kopfkissen liegt, sich die Ohren aus der Not heraus zuhaltend. Es bleibt ihm nichts anderes übrig. Er, Herbie – möchte – knock, knock – aus dem eigenen Buch aussteigen. Klopf, klopf – nehmen Sie mich heraus, Herr Autor. Bitte, bitte helfen Sie mir, Leser! Noch fürchterlicher erscheint ihm jedoch das auf jugendliche Pubertät getrimmte, nie stumm zu werden scheinende Geplänkel seiner eigenen weit peinlicheren Spezies, die jenes auch noch bewusst tut, kann diese doch vermeintlich denken: Der grauenvolle Plan, sich jetzt und hier für immer schrecklich laut und schreiend fortpflanzen zu wollen. So wie es gerade über ihm wieder mal und zum zweiten Mal in Folge geschieht: Der Akt der eigenen stöhnenden Nachbarn, seine eigene Zimmerdecke erzittern und ihn selber durchschütteln lässt, so dass er irreparabel nicht mehr denken kann. Dazu parallel jeher auf dem Bildschirm vor ihm – wo auch immer sein asexueller Blick hinblickt, scheint es nur noch nackte Haut und dauerhaften völkischen stöhnenden und donnernden Verkehr zu geben. Zudem die Aussage einer dänischen Werbung, die er kürzlich sah, die Bürger ihres Landes sollten sich doch bitte fortpflanzen. Mit Unterstützung der Regierung. Diese ständige Glorifizierung. Der irritierende und angebliche Beschluss, diese Erde für immer lauthals und grenzenlos in Besitz zu nehmen. Dieser größenwahnsinnige Anspruch, etwas hinterlassen zu wollen. Koste es, was es wolle: die Umwelt, Lärm, die Pein Asexueller und Autisten, das ertragen zu müssen. Suizide, schwierige Kindheiten, überforderte Eltern, postnatale Depressionen. Stets alles, sei es auch so banal, dummerweise auch noch kreischend besprechen zu wollen. Obwohl diese Gattung angeblich so viel schlauer ist. Der nimmersatte, stets plappernde Mensch. Der ungefragte Fortgang des auf ihn unendlich wirkenden Lebens. Die Unmöglichkeit auszusteigen, sich irgendwo festzuhalten im Grenzkarussel der ewigen leuchtenden Qual-Penetranz. Die Aussicht – wissentlich – im

Anschluss an den bereits Jubel aufzwingenden, peitschend trällernden Frühling im Sommer zu aller Pein auch noch nackte menschliche und fleischliche Kreaturen, wo auch immer man in der Hitze hinflieht, in der für ihn, Herbie, schrecklichsten Jahreszeit aller – zu begegnen, ohne jedoch jemals gefragt worden zu sein, ob man dieses möchte.

Dazu das eigene, auf Nachwuchs äugelnde Muddrtier, das überhaupt nicht auf seine Bedenken eingeht, geht sie doch für ihre Möchtegern-Enkel über Leichen und die seine. Als das Käuzchen draußen zu seinem siebten penetranten, lästigen Schmalz-Duett ansetzt, und die Nachbarn über ihm nach einem kurzen, aber lauten Streitgefecht Penetranz Nummer drei – Dauer von unbekannter schrecklicher Länge – ansteuern – während er nun nicht nur blökt, sondern „Ja – ich will – du – nur du bist mein Lieblings-Kuschel-Bärchen" – und sie „oh – mein gewaltiger Hirsch, oh mein bester, brünstiger Hengst, du!", ohne auf ihn ansatzweise Rücksicht zu nehmen, die beiden in sein Bett mitstöhngröhlen, jenes ebenfalls stark in Mit-Wankung bringend, schluckt Herbert sämtliche Pillen, die er finden kann – inklusive der Fertilisierungstabletten seiner Mutter – einfach hinunter.

***

Aufwachend im wabernden
Nebeltaumel der postmodernen
geplatzen

Kettenhemd-Alptraumkutte der Apokalypse aus einem seltsamen Parallelland aufwachend, in welches er offenbar flüchtete. Seine müden Beine verraten ihm, dass die Erinnerung an seinen Traum welk geworden ist, eine reale Magenpumpe wahrnehmend, neben sich ein klar definierter Spuckeimer. Ungewiss darüber seiend, wo er ist.

„Morgen, Herr Bräutigam!"' Bei seinem Namen und nur bei diesem zuckt er nun zusammen. In seinem Magen aus der Distanz einen pochenden Schmerz feststellend.

„Wie geht es Ihnen?", sagt eine für Herbie kaum wahrzunehmende Person schummrig, die zum Glück nicht seine Mutter zu sein scheint – aus der Entfernung.

Die folgenden Worte kann er nur schwer realisieren – zu schwach ist sein allgemeines Befinden, so versteht er im Dämmerzustand nur Fetzen wie „Glück gehabt." Dann – zersplittert – „Tabletten" und „Psychiatrie." Ob er seine Mutter sprechen wolle? Wegen Corona sei es jedoch schwierig.

Er schüttelt immens den Kopf, mit einem zweiten Tablettensuizid ad hoc drohend, sein Haupt in Richtung des Spei-Behälters bewegend.

Also wird ihm im Folgenden Bernadette per iPad zugeschaltet.

Muddr Bernadette: „Was machschd für Sacha? Wenn du Probleme hosch, kannsch es doch saga. Für dich – auf Hochdeutsch, da du abgezehrt und beinahe tot bist – ich habe dir ein Krämlegrädda (= Geschenkekorb) vorbereitet, um dich aufzuheitern."

Herbie (*gegen die Mattscheibe brechend*): „Ich benötige keine Präsente."

***

19) Zwischensequenz Rückblende das Kind/ Herr N./die Mutter des Kindes Teil II „Eimerweise Zuckerberge"

Die Mutter des Kindes (*vorwurfsvoll*): „Anna! Wo warst du denn? Wir hatten doch verabredet, dass du um 18 Uhr spätestens zurück sein sollst. Kannst du dich mal an irgendeine Abmachung halten? Dein Essen – die von mir sorgfältig bereitete – aromenfreie Bio-Karotten-Quiche – ist jetzt ganz kalt geworden. (*Weinend:*) Ich hatte mir so viel Mühe gemacht. Zudem ist dein Vater sauer und zornig."
Das Kind: „Das ist ja nichts Neues. Ihr streitet euch doch sowieso nur. Ich war bloß spielen, habe zudem echte Schokolade und eimerweise Zuckerwasser getrunken, falls du es genau wissen möchtest. Das schmeckt viel besser als deine öde gurkige Gemüse-Pampe."
Mutter: „Nicht so frech, Fräulein. Schon gar nicht bei uns. Zumal du doch weißt, dass das ungesund ist. Wie oft soll ich das noch betonen? Wenn du später an Diabetes erkrankst, soll mich das nicht wundern. Gehe zu deinem Vater und entschuldige dich wenigstens."
Anna wirft die Tür zu. Ihren Kassetten-Rekorder auf Maximum drehend, während die Mutter des Kindes weint. Später wird sie lange und ausführlich duschen müssen.

***

„Manche Menschen werden nie verrückt. Welch wahrhaftig grauenvolle Leben müssen sie doch führen." (Charles Bukowski)

Kapitel 20 A) „Geschluckte Bauklötze"

Hier, an einem eher unromantischen Orte –
einer psychiatrischen Klinik –
irgendwo zwischen Bohnerwachsgeruch,
stabilisierender Graupensuppe und
weichen, verbindenden Bällen zum Reingreifen und
Hineinbeißen – für diejenigen, die das Verrücktsein
nicht mehr zu übertünchen vermochten –
gegen das verlorengegangene Gefühl im Körper,
die gegen die Angst anbeißen müssen
im Magen
und in der
verhungerten
lumpigen
Seele zwischen
blutigen, rissigen und auffälligen, wuchernden Wunden,
die grell und ungeschönt zur Sicht kamen an einem Ort,
an dem das Minimum – das absolute Banalste des
Menschen – zur Schau kommt,
an dem Lügen unkorrigiert an der Klinke abgegeben
werden,
festgehalten in einem Sicherheits-Kokon für Menschen,
denen das Herz zerbrach,
die es nicht schafften, sich dem Marathon da draußen zu
liefern,
ohne aufzufallen,
die
mehrfach
durchfielen,

die vielleicht von Anfang schief gewickelt waren
oder gewickelt wurden
mit den verschiedensten angeblichen Störungen -
und viel zu medizinischen, da blendend weißen,
bestechlich grellen Krankenhauslatschen
im stabilisierenden
gesundheitlichen und
weich gefederten Rhythmus
der Sozialpädagogin in einem Schutzwall der
wild durcheinandergeratenen Emotionen -
abgeschirmt von der gesamten
eisern dröhnenden Außenwelt –
denkt Herbert,
für einen Moment,
dass er die Patientin, die sich ihm als Anna vorstellt,
obwohl er sie nur ein paar Augenblicke kennt,
irgendwie mag.
Auch, wenn sie ihn möglicherweise eines Tages erdolchen könnte.
Dessen war er sich durchaus bewusst.
Ihr Gesicht war von solch überbordender Schönheit,
dass es fast wehtat, es anzuschauen. Ein solcher Zauber,
dass der niedergeschlagene Herbert gar nicht wusste,
wohin damit.
„Warum ritzt du dich eigentlich?", fragt Herbert.
Anna: „Ich mache das, weil ich manchmal nichts spüre. Um zu wissen, dass es mich überhaupt noch gibt.
Mein Körper fordert das so ein. Es liegt außer meiner
Kontrolle. Ich bin nicht Herrin meiner Lage. Und, was
machst du hier?", fragt „das Kind," Anna. „Du siehst
normal aus, obwohl du schon sonderlich wirkst."

Herbert: „Ich möchte einfach keine blöden Häuser bauen und niemals jämmerliche Pantoffeln verkaufen. Deshalb schluckte ich Fortpflanzungspillen und alles, was in meiner Wohnung herumflog."

„Und – deshalb landet man heutzutage in der Klapse?", lacht Anna.

„Ja, da ich deshalb schwer traurig bin", antwortet Herbert. „Seither bin ich in ein tiefes Loch geflogen."

„Ich bin manchmal auch sehr niedergeschlagen", sagt Anna.

„Warum bist du deprimiert?", fragt Herbert.

„Wegen der Leere in mir. Wegen allem und nichts."

Herbert: „Der Leere?"

Anna: „Dem eingesaugten Nicht-Gefühl. Wegen des Wunsches, endlich nicht immer bis in alle Ewigkeit alleine sein zu müssen. Am Ende sagt man immer ‚tschüss'. Kennst du das auch? Jeder Tag ist ein kleiner fieser Abschied. Sie sagen es dir nur nicht. Es wird einem nie beigebracht. Wohin mit Gefühlen? Sie ordnen dir an, du sollst die Schule schleunigst beenden und deine Vokabeln fleißig lernen. Das befehlen sie dir sogar. Aber sie verraten nichts über Gefühle. Heimlich ist aber jeder Tag eine klitzekleine beschissene Beerdigung. Eine Beerdigung ohne echtes Begräbnis aber. Kleine steinige Bestattungen ohne echte Begräbnisse reißen der Seele Stück für Stück immense Stücke heraus. Buckelhaft hocken sie auf deiner Schulter, wachsen zu riesigen, vierköpfigen Monstern heran und über dich hinaus. Scheinriesen gleich rasen sie unverdaut durch deinen Körper, essen deine Seele von innen auf. Das Blut, das hin- und wieder rausschießen muss, weiß nicht, wohin.

Es findet keine Richtung bei mir, beruhigt sich nicht. Schließlich stürmt es gedankenlos los, bis ich Dinge tu, die ich manchmal bereue."

Herbert: „Ich habe keine Angst vor dem Alleinsein. Im Grunde liebe ich es, nur mit mir selbst beschäftigt zu sein. Es gibt nichts Schöneres, als keine Verantwortung zu tragen. Null Commitment. Nichts meinen. Nichts müssen. Mich plagt hingegen beklemmende Angst vor Bindungen."

„Du bist bloß ein klassischer Eskapist", sagt Anna.

Herbert: „Meine Mutter möchte mich pausenlos verkuppeln. Sie schickt mir allen Ernstes Fortpflanzungs-Erinnerungszettel. Sie meint diese Blätter. Sie legt sie sogar peinlicherweise in meine Tupper-Brotdose obenauf."

Das Kind, Anna, lacht. „Deshalb willst du dich umbringen? Hahaha. Zeig mal – hast du so einen Sex-Spickzettel von deiner Mutter dabei? Pornos von der eigenen Mutti. Hihi, ich lach mich tot."

Herbert: „Das ist nicht nicht lustig. Das ist tragisch. Meine Mutter geht deshalb über Leichen. Sie hat sich in diese Idee vernarrt, Enkel zu zeugen, etwas zu hinterlassen in einer Welt, die es bald sowieso nicht mehr gibt, da vom Klimawandel bedroht. Wovor hast du sonst noch Angst?", fragt Herbert.

„Ich habe finale Furcht vor Staubsaugern", antwortet Anna. „Vor Mustern aller Art. Ich verspüre den Druck, diese unmittelbar zu sprengen. Wie ein Reflex. Ich kann gar nicht anders. Vor dem Druck des biederen Eingesaugtwerdens. Aber gleichzeitig auch vor mir selbst. Im Grunde weiß ich gar nicht, wer ich eigentlich bin. Das

Schlimmste ist, dass man ein Leben lang man selbst ist. Immer nur ich um mich selbst herum und immer das gleiche elende Spiegelbild. Man kann nicht aus sich herausklettern. Dann kommt wieder die lähmende Traurigkeit. So rudere ich steuerlos vor mich hin und habe in der all der Zeit nichts wirklich geschafft. Wie verpufft. Verhext. Die Jahre verstreichen. Alles, was geschieht, ist, in der Psychiatrie zu landen."

Herbert: „Man muss nicht immer etwas schaffen."

Anna: „Nein. Aber worum geht es dann?"

Herbert: „Ich denke, dass man zufrieden ist, atmen kann. Einen inneren Frieden gefunden hat."

„Möchtest du für heute vorübergehend deine Traurigkeit verlieren?", fragt Anna.

„Ja", sagt Herbert.

So tanzen sich Herbert und Anna in der Krisenstation I der Psychiatrie-Nord
die Seele zwischen Bohnerwachs und Softgummiball-Therapie frei.

Auch, wenn sie dies überhaupt nicht sind,
sondern unter der pädagogischen Obacht von Schwester Britta,
und küssen sich schließlich kniffelig durch das verklebte Pflaster, das Annas Wunden versteckt, hindurch.

„Du schmeckst nach Graupensuppe", lacht Anna. „Mein Mund verklumpt."

Anna schluckt Bauklötze.

20 B) Unterkapitel „Nachhause telefonieren" – Anruf seiner Muddi in der Nervenheilanstalt

Als Herbert jäh aufwacht, denkend, er befinde sich in einem Alptraume – träumt oder wacht er? nimmt er aus der Entfernung die Stimme der Schwester verzerrt wahr. „Herbert – bitte komme doch zu Apparat zwei. Deine Mutter ist am Telefon. Möchtest du mit ihr sprechen?" Herbert – von dem sicheren Geflecht einer Psychiatrie nach draußen in die zu dinghafte, somit zu toughe Wirklichkeit telefonierend: „Du schon wieder, Mama! Kannst du meine wenigen und zitternden Nerven nicht wenigstens in einer Anstalt, die dazu dienen soll, eben jene, offenbar kaputten, zu heilen, in Ruhe lassen, statt sie noch überzustrapazieren?"

Ein Mitpatient, namens Yannick, der an Verfolgungswahn leidet, passiert in diesem Moment jenes Telefon. „Ich weiß doch, dass es Jesus gibt. Schließlich habe ich ihn gesehen." *Auf Herbie zugehend, die Telefonschnur packend, Herberts Kehle versuchend, darin zu verwickeln, bevor er brüllt*: „Ich habe dich beobachtet! Du hast ihn umgebracht. Du – nur du – bist ganz alleine schuld, du perverses Schwein, du!"

Bernadette: „Herbert? Was war des? Das klinga nedd sichr. Auf Hochdeutsch/für dich: PASS JA AUF DEINE WERTGEGENSTÄNDE AUF! Da drinne sin laudr Waidagle (= für dich: Gauner), di, wo an Furz em Kobbf hann (= verrückt im Kopf sind)."

Herbert: „Gauner?! Ich hock doch auch schließlich hier drin, Mama. Immerhin wollte ich mich umbringen. Hast du diesen Fakt verdrängt? Dieser Mensch hat offenbar etwas sehr Schlimmes erlebt. Sonst würde er wohl kaum schreien."

Bernadette: „Solla wir dich bsucha komma?"

Herbert (*den Hörer aufknallend*): „Nö – lass lieber schdegga, Mama! Schon gar nicht in Zeiten der Krise."

20 C) Annas krümeliger Gefühlsblitzableiter-to-be

Anna: „Hey Sex-Spicker! Haha. Wie läuft es in der Klapse? (*Lachend:*) Kannst du mir dringend helfen? Meine Eltern drohen – trotz Krise – anzurücken. Jetzt bin ich geliefert."

Herbert: „Und – was ist daran so schlimm?"

Anna: „Das wirst du dann sehen. Alles und nichts. Nun – mein Vater hat Wutanfälle. Daneben wertet er mich laufend ab. Möchtet du mein persönlicher Eavesdropper sein? Mein Blitzableiter, den mein Gefühlssystem nicht hat? Kannst du dich bitte zur Beruhigung unter den Kaffeetisch heimlich dazugesellen, haha?"

Herbert: „Nur zu gerne. Okidoki. See you under the Café-Sessel als Krümel-Spickerli."

Anna bewegt ihren Daumen nach oben. „Vielen herzlichen Dank – du bist ein labiler Goldschatz."

***

Während Frau Puffpaff und Herberts Mutter Klopapier horteten, bunkerte Anna Persönlichkeiten.

Forts. Rücksprung zu Kapitel 9) Die Abspaltung Annas „Für immer Kind" Teil II

Irgendjemandem ging es offenbar einst schlecht, und das Kind kann sich nicht erinnern. Traumwandlerisch lief es scheinbar ein paar mal weg, und ihr Ich, wer auch immer das sein soll, kann sich aber nicht daran entsinnen. Augenscheinlich wurde die Vorstellung deleted, scheint sie doch ins Nichts fortgerannt. Das Nicht-Ich kann einen Mann aktuell nicht zuordnen, schimpft jener in diesem Moment wegen nichts auf niemanden ein. Warum sie ihn denn nicht erkenne, Mensch! Schließlich sei er der Vater des Kindes. Die eigenen Eltern zu leugnen – was irgendeine Anna, die sie in diesem Moment vergessen hat, sich eigentlich dabei denke. Eine Zumutung sei das. Mit so einer Unverschämtheit kämpften andere Familien nicht. Ratlos hängen zermürbte Gesichter, hysterisch diskutierend und verkehrt herum, unerträglich nah und doch viel zu fern, als dass das Kind jene verstehen könne, über seiner unverbundenen Nicht-Identität. Sie scheinen Aliens aus einer Parallel-Welt zu sein, sind ihre Münder doch weit aufgerissen. Das Kind kann nur erraten, dass sie streiten. Hören können seine Ohren schon. Verstehen kann es den Inhalt nicht wirklich. „Du bist schuld! Mit deiner Art, sie zu übermuttern und auf jedes Pipapo einzugehen." Sie verwöhne sie viel zu sehr. „Unsere Tochter kann nicht mal Dosen öffnen. Das hast du nun davon!"

Ihre Phantasieschwester ist dazu imstande, seltsame Gerüche, die an dem Kinde dranzupappen scheinen, ohne, dass es weiß, warum, im Nu umzuwandeln. Aber auch solche, die andere nicht zu stören scheinen, das Kind hingegen aus dem Stand umhauen – das Aroma einer bestimmten Suppe – nicht etwa, weil es sie nicht mag – aus unerklärlichen, aber angeblich banalen Gründen, ihm beißend nachhängen, weiß das Kind ohne Erinnerung doch nicht mal, ob es sie essen könnte. Schließlich kostete es jene nie mehr. Ein bestimmtes Waschmittel wird irgendwer ebenfalls nie mehr kaufen können. Wenn das Niemand im Supermarkt sagt, es wolle diese eine Sorte nicht, behaupten andere: Anstellerei. Aber auch eine Couleur Schokolade – die mit den Nüssen drin. Manchmal erweckt es bei Kind-Anna fast den Anschein, als wäre sie selber rassistisch. „Die Sorte mag ich nicht! Schalenobst muss auswandern!" All das vermag ihre Feenschwester im Untergeschoss der Alter-Ego-Anhäufung für sie im Nu wegzuzaubern. Sowie scheußliche Geräusche – etwa das Ritzen eines Reißverschlusses, das sich fatalerweise in die Erinnerung des Kindes gebrannt hat – aber auch Tonfetzen, die niemanden sonst zu nerven scheinen, ebenfalls magisch wegzuhexen. Im Falle, dass sie überleben, neigen sie dazu, fies quietschig, kantig sowie von irritierender, fiepender, pedantischer Lautstärke und riesiger Größe zu werden.

Das Öffnen einer Büchse ließ das Kind ohne Grund und Vorwarnung in die Knie gehen, feststecken, welches sich in der Folge die Ohren zuhält. Die Figur vor ihr, die ihr Vater zu sein scheint, klagt seine Tochter an, sie sei ohnehin faul und unflexibel. Was sie habe? Ein

Klacks sei das. So würde es mit ihrer Karriere nichts werden, wenn sie nicht mal alltägliche Dinge wie Behälter öffnen könne. Jedes Kleinkind sei dazu bereits fähig. Auf hohem Niveau spiele sich das Ganze ab. Das Abwehrteam des Kindes – schließlich hat es eine ganze Gruppe davon in einer wundersamen Parallel-Unterwelt angehäuft – schreit den Vater des Kindes an – wenn er nicht im Nu damit aufhöre, würde er jetzt und hier auf der Stelle in einen Alf verwandelt, dazu gedemütigt, für immer schmerzhaft zu rülpsen. Ausgerechnet – hasst dieser die überirdische Gestalt doch, da sie sich nicht zu benehmen wüsste. So mutiert der Vater zu einem eigenen falschen Vorbild, zu einer Art Anti-Alter-Ego. Das Kind hingegen liebt ihn. Wenn es ihm in den verschiedenen Varianten seiner selbst unterirdisch schlecht geht, taucht es unter in seine unterirdische Parallelwelt, sich an ihren Vater als aufstoßender außerirdischer Halunke erinnernd. Da sind sich offenbar ihre Amygdala und ihre Zwillingsschwester bombeneinig: An Stellen wie diesen sollte das Gedächtnis in Gänze unmittelbar abgeschafft werden, um es jäh in einen anderen Raum umzuleiten – fast ähnelt es einem Verbotsschild – „Stopp – da nicht langgehen!" Aber wen wundert es? Schließlich ist sie ja in Deutschland. Einem, in welchem stattdessen den ganzen Tag phantastische und super laute Musik in ihre Ohren gedröhnt wird.

Noch fröhlicher wirkt das Kinde jedoch,
wenn es von seinem imponierenden Affen aus seiner Kindheit spricht.

Dann glänzen seine Augen regelrecht.

Jenen erkor Kind-Anna zu ihrem absoluten Abgott, schaute er doch hin, half ihr, wenn Andere nicht hinsahen.

Wenn die Mutter des Kindes stur und emsig über Wunden saugte,

statt sich Anna wirklich anzunehmen. Wenn jene putzte, anstatt dass sie es wagte, den neuen Freund ihrer Tochter zu kennen, ihn von Angesicht zu Angesicht anzuschauen. Zu wissen, wer er war. Weit weg wohnte er schließlich nicht, sondern direkt schräg gegenüber. Einmal hätte sich die Mutter des Kindes wenigstens die Mühe machen können, kreidet das Kind ihr an. Sie tat doch auch sonst immer alles in optimaler, detailverliebter Genauigkeit.

Forts. Kapitel 20 C) „Am Sträußchen": Bedrängender Besuch des Kindes in Zeiten der Krise durch die Eltern

Beobachtet werden sie von keinem geringeren als dem depressiven, destabilen Herbert höchstpersönlich, der von Anna unter dem Café-Sessel – mit eineinhalb Meter Abstand – als Mithörer und Blitzableiter geparkt wurde.

Mutter des Kindes (*anklagend*): „Wegen Corona haben wir sehr lange warten müssen. Puh. Zwei Stunden lang, bis wir endlich reindurften."

Anna: „Es hat euch niemand gezwungen."

Mutter des Kindes: „Aber du lebst. Wie schön! Das ist die Hauptsache! Lass uns gemeinsam einen Kuchen essen!"

Vater des Kindes: „Ich habe keinen Hunger. Danke."

Vater des Kindes (*das Geschehen erst eine Weile beobachtend, dann kommentierend*): „Greift nur zu. Noch ein Stück. Füttert euren Wahnsinn ruhig weiter verniedlicht durch. Anna – wie oft geschieht dies noch – dieser Kreisel des ewigen Irrsinns? Wie häufig landest du denn an Orten wie diesen? Was gedenkst du uns, deinen eigenen Eltern, denn noch anzutun?"

Anna (*gereizt, ihre Stimme wird nun zittrig*): „Wie diesen? Sind psychische Erkrankungen aus deiner Sicht nicht erlaubt? Meiner Meinung ist Krankheit aber das falsche Wort, da es herausstellt, dass es nicht normal ist. Unbeeindruckt von psychischen Zuständen zu sein, ist ebenfalls ein gewisser Wahnsinn."

Der Vater des Kindes: „Wenn du, Fräulein Tochter, sich ritzen, dich umbringen wollen, Märchen erfinden, sich abspalten, ständig drohen, Schizophrenie, laut herumschreien, sich streiten, herausfliegen – als normal erachtest. Bitte. Nur weiter so. Dann bist du bald womöglich antisozial und landest nicht nur in Psychiatrien, sondern on top in Gefängnissen. Zudem dachte ich, du seist viel zu schwach, um frech zu sein. Das war deine Behauptung. Wer lügt hier wohl wieder?"

Mutter des Kindes (*weinerlich*): „Nicht streiten! Kannst du sie bitte, bitte nicht ein einziges Mal, wenn sie sich sowieso nicht wohlfühlt, einfach in Ruhe lassen? Wir hatten doch eine Abmachung. Das hat doch auch der Psychologe gesagt, dass das bei der Therapie nicht hilft."

Vater des Kindes (*aufgebracht*): „An welche Regel hat sie sich denn bitte jemals gehalten? Hm? Unglaublich! Du unterstützt das Ganze noch."

In diesem Moment piekst als krümeliger, versteckter Spitzel und Annas Blitzableiter-to-be Herbie unter dem Tisch der Psychiatrie-Cafeteria in den Schuh des Vaters des Kindes hinein.

Der Vater des Kindes (*schrill aufschreiend*): „Unmöglich! Was ist das denn? Hier – in dieser Irrenanstalt – sind wohl alle in Gänze durchgeknallt! Hören Sie auf, Sie! Wer sind Sie denn? Spinnen Sie völlig?"

Herbert: „Ich bin Herbert ... der hauseigene Gefühlskeks der Psychiatrie. Meine Aufgabe ist es, Emotionen aufzufangen, wo ihnen die graue Wirklichkeit die Möglichkeit nimmt. Wutanfälle abzufedern."

Vater des Kindes: „Was auch sonst. Der hat doch einen am Sträußchen. Aber wen wundert es." *Anna fängt zu lachen an.*

Der Vater des Kindes: „Dass du dich darüber amüsierst, war vorauszusehen." Zu seiner Frau: „Lass und gehen! Jede Zeit und Mühe ist in dieser Anstalt vertan."

Kapitel 21 A) „Fake-Affen – gestohlene Augen"

Herbert: „Gehe ich richtig in der Annahme, dass du, Anna, oder wie du auch immer for real heißt, gar keine Schwester hast? Zumindest nicht so eine? Stattdessen hast du eine Version deiner eigenen Augen verdoppelt, bearbeitet und schließlich sagenhaft schillernd bunt hineinkopiert, fabelhaft hineingestanzt. Montiert. Richtig?"

Anna: „Bist du übergeschnappt? Wozu sollte ich denn das bitte machen? So etwas habe ICH nicht nötig. Überhaupt – spionierst du mir etwa nach? Immerhin habe ich dir vertraut."

Herbert: „Das sagt die Richtige. Wer hat denn wen angeflunkert? Na? (*Sein eigenes Auge mit dem Finger seltsam herunterziehend*): Auf solche Märchen kann ich ebenfalls verzichten. Meine Ohren stehlen fühlt sich auch nicht sehr fair an. So gelangweilt bin ich auch nicht. Ich schon gar nicht. Das weißt du doch, dass ich Szenarien dieser Art verabscheue. Das hatte ich zu Genüge im Land der vermeintlichen Träume. (*Ihr nun mit einer gespielten langen Kunstnase pinocchioartig und befremdlich hinterherrennend:*) „Hm – Affen?! Natürlich. Wer es glaubt. Wir sind doch nicht in einem Phantasie-Kinderbuch, Anna, sofern dieser Name stimmt."

Anna (*aus dem scheinbaren Nichts devot*): „Ertappt – zugegeben entlieh ich mich ein kleines bisschen eines Lügengespinstes. Es tut mir auch leid. Anna heiße ich dennoch. Nicht alles ist erdacht. Ich verspreche, es nie wieder dir gegenüber zu tun. (*Ängstlich*): Machst du jetzt mit mir Schluss? Bitte, bitte – beende es nicht!"

Herbert: „Noch nicht. So schnell wirst du den depressiven Herbert nun auch nicht los. Freue dich nicht zu früh. Ich frage mich nur, warum du das machst. Du hast doch diese Humbug-Geschichten – diesen manipulativen Schmu – gar nicht nötig. Immerhin bist du auch so – natürlich – sagenhaft schön. Zauberhafter, als diese Unwahrheits-Drachen es je werden könnten. Das Leben hält doch viel größere Vorkommnisse als diese Ammenmärchen bereit. Findest du nicht?"

Anna: „Na ja – nicht immer. Alles eine Sache der Perspektive, finde ich. Mal sind die Dinge tatsächlich unsäglich atemberaubender. Dann wiederum sind sie jedoch viel mieser, indem sie dir – einem Arschloch ähnlich – noch viel mehr den ohnehin dünnen, wackeligen Boden wegziehen. Ich mache das aus vielen Gründen und keinem speziellen – wegen des erwähnten Vakuums in mir. Möglicherweise ist ein weiterer Anlass, dass ich in einer mittelgroßen Kleinstadt in Deutschland geboren wurde."

Herbert (*lachend*): „Haha. Wie muss man das verstehen? Mehr davon."

Anna: „Nun – da die von Anbeginn zusammengeschweißte, strenge, duale Körperschafts-Liga-GmbH & Co. e.V. eines langweiligen, obendrein noch gewischten westdeutschen Geldinstituts wagte, es zu meinen, mir bereits als Kind, es nicht zu erlauben, Geschichten zu kaufen. Da schien mein Traum bereits schroff und unabgefedert zu zerplatzen. Fortan stanzte ich zum Trotz lustige Bilder hinein. Was blieb mir übrig."

Herbert (*sich kaputtlachend*): „Einen Knall hast du schon, wenngleich es diesmal ein positiver zu sein scheint."

Fake-Augen

Herbie (*via SMS an Ole*): „Kannst du mal kurz abchecken, ob das von Anna konstruiert ist?"

Ole: „Hey – Herbert! Groovy Augen! Also – wenn du mich fragst, wurden sie flugs hineinkopiert, die Farbe und Form etwas geändert und dann als Double hineingestanzt. Andererseits befinden wir uns ohnehin in dieser verkorksten, postmodernen Alptraumwelt, wo alle sowieso lügen und betrügen, was das Zeug hält. Diese ist noch abtrünniger, da es noch weniger Grenzen gibt, wo jeder alles beliebig sagen und tauschen kann. Wo die Versuchung groß ist – von daher – ist das ja noch harmlos. Ich meine – Augen abändern ist ja kein Mord oder Totschlag. Deshalb würde ich es nicht ultra übelnehmen. Take it easy, baby. Calm down. Denn, hey – sexy, funky und marvelous Augen hat sie ja. Wie konnte es gelingen, dass du so eine krasse Braut abschlepptest? Magst du sie mir vielleicht einmal ausleihen? Joke. Keep the bright light on."

***

Anna: *„Wer in Deutschland lebt,*
muss sich durchgehend abspalten."

Kapitel 20 D) Phantasieschwestern und gefälschte Klopapier-Affen

Anna (*offenbar an diesem Tag sehr gut gelaunt*): „Herbie-der-beste-Psychoklapsen-Freund-und-Gefühls-Spion. Willkommen in meinem Anna-Land!"

Herbert: „Cool bei dir. Sehr bunt!"

Auf ein Bild zeigend: „Wer ist das?"

Anna: „Meine Schwester. Wir verstehen uns prima."

Herbert: „Sie hat die gleichen grün-grauen, strahlenden Augen. Bemerkenswerte Ähnlichkeit. Zwillinge?"

Anna (*glücklich erscheinend strahlend, als bekäme sie soeben eine Überraschungsbox als Kind in einem Fast Food-Restaurant überreicht*): „Keine Zwillinge, aber ähnliche zumindest."

Herbert: „Wie alt ist sie?"

Anna: „Zwei Jahre jünger als ich."

Herbert. „Was macht sie?"

Anna: „Sie studiert noch immer. Wie ich auch. Die Familie der ewig Lernenden, mokiert mein Vater."

Herbert: „Was denn?"

Anna (*lacht*): „Brotlose Kunst, würde mein Vater sagen. Vergleichende Literaturwissenschaften."

Herbert: „Wie heißt dein Vater? Du sagst immer nur mein Vater."

Anna: „Das interessiert nicht."

Herbert: „Wie Frau Anna aus der Klapse befiehlt. Klingt interessant. Was möchte sie werden? In einem Verlag arbeiten?"

Anna: „Ich hasse diese Frage. Mein Vater stellte sie auch. Löcher mich also lieber nicht."

Herbert: „Ich mag diese Frage auch nicht so gern, wenngleich ich sie nicht hasse."

Anna: „Du hast ja generell keine Abneigungen gegen irgendetwas. Der neutrale, nie auf Streit aus seiende Herbert."

Herbert: „Etwas frech bist du schon. Das weißt du hoffentlich? Hat sie dich als Kind geärgert?"

Anna (*lächelnd*): „Nein. Sie ist meine allerbeste Hälfte."

Herbert: „Ich dachte, Geschwister feixen immer. Wie war sie dann?"

Anna: „Angstfrei. Lustig. Wir haben uns immer merkwürdig verkleidet, verrückte Dinge gemacht. Sie half mir, zusammen meinen Vater zu ärgern. Zwei Töchter gegen den einzigen und dann noch cholerischen Mann im Haus. Dazu hatte ich als Kind einen Affen, einen echten – eine Meerkatze. Auch hat er lauter Schabernack gemacht. Willst du ein Foto sehen?"

Herbert: „Und was tat dieser famose Affe Außergewöhnliches?"

Anna: „Nun – er war etwa imstande, Klopapier zu benutzen und in Toiletten vermenschelt abzustuhlen."

Herbert: „Haha. Den Ausdruck habe ich wirklich noch nie gehört. Großartig. Wirklich? Ist ja allerhand. Wurde damals schon gehortet?"

Anna: „Daneben konnte er Kaugummi kauen. Als ich in der Pubertät war, reichte er mir praktischerweise das Feuer."

Herbert: „Eine Meerkatze? Faktisch? Oder in deiner blühenden Phantasie?"

Das Kind: „Wenn mir meine Mutter auftrug, ich solle dringend aufräumen, wurde dieser Affe zu meiner mich unterstützenden Haushaltshilfe."

Kapitel 22) „Der Club der Samenschießverweigerer e. V." Teil I

Anführer des Clubs der Samenschießverweigerer e.V. – im Folgenden zur Abkürzung CSV genannt – namens „Ohnewurstgehtesmirwesentlichbesser", im Folgenden kurz OWGEMWB genannt:

Herbert (*flüsternd*): „Herbert."

OWGEMWB, Anführer des CSV: „Ist das ein Fake?"

Herbert (*eingeschüchtert*): „Nein."

OWGEMWB: „Bei uns kommen lediglich solche herein, die die Wahrheit sagen."

OWGEMWB, Anführer (*schreiend*): „Klamotten aus! Spreize deine Beine!"

Herbert: „Ich bin nun doch etwas verwirrt. Ich dachte, man käme hier nur herein, wenn man friedliebend, des eigenen Geschlechtes in aller Vollständigkeit überdrüssig ist und eben keine Berührungen mag. Merkwürdig ist jedoch, dass man direkt zu Beginn auf das Tiefste und Heiligste begrapscht wird."

OWGEMWB: „Siehst du – das Wort ‚heilig' und ‚Tiefste' hat dich soeben als Maskulist verraten. Sprich mir nach: Mein Lümmel ist mir, Herbert, nullkommanull bis minus 100 Prozent wichtig noch in irgendeiner Form heilig. Noch ist die Kopulation das Tiefste meiner inneren Bedürfnisse. Die Egozentrik des Sexualverkehrs gehört hiermit annulliert."

Herbert: „Hm. Ich bin generell zu faul, um mir solche langen und komplizierten Sätze zu merken, um ganz ehrlich zu sein. Schon gar nicht, wenn es Fremdwörter hagelt. Es scheitert schon bei deinem Namen und dem des Clubs."

OWGEMWB: „Dann fasse es doch knapp in deinen eigenen Worten zusammen."

Herbert: „Hm. Ok. Ich kann es zumindest versuchen. Ich bin nicht und war niemals in meine eigene Wurst verliebt. Eher törnt mich meine Nudel auf grässliche Weise ab. Das völkische Hineinbolzen jener in andere Körperteile ist nicht mein wichtigstes Ziel und mir zutiefst zuwider. Die Ich-Bezogenheit des Sexualaktes gehört abgeschafft. Moment. Angesichts der Tatsache, dass ich Vegetarier bin, würde ich das Wort ‚Wurst' gerne noch tauschen, wenn ich dürfte."

OWGEMWB: „Klar."

Herbert: „Mir fällt irgendwie keines ein – komisch – Fleischwurst, Salami, Wurm, Schwanz – alles verbindet sich immer mit seltsamen, schrecklichen Bildern in meinem Kopf von irgendwelchem tierischen Essen. Ich entscheide mich für Pipimann. ‚No-Pipimann-Ever-Again'."

OWGEMWB: „In Ordnung."

Herbert: „Warum prüft ihr die Menschen so genau?"

OWGEMWB: „Nun – das ist, weil viele hinzustoßen, die zunächst einen auf völlig lieb und asexuell machen, das letzten Endes aber gar doch nicht sind. Daneben bekommen wir eine Reihe Anfeindungen von MANNdats-Anhängern, die mehr Männlichkeit wagen möchten, Rechten, usw."

OWGEMWB (*Herberts Geschlechtsteil penibel untersuchend*): „Hm – ich kann in der Tat nichts Auffälliges finden. Du kannst dich wieder anziehen. Wehe – du lässt deine Kleidung jedoch im Raume vor den Teilnehmern fallen! Das ist wiederum nicht erlaubt."

Herbert: „Und, wenn ich mal auf die Toilette muss?"

OWGEMWB: „Sage mir, aus welchem Grunde bist du hier? Würdest du es schlimm finden, dich dabei an eine Lügenmaschine anzuschließen? Hast du etwas dagegen, abgehört zu werden?"

Herbert: „Nein. Eigentlich nicht. Ich bin auf der Flucht vor meiner Mutter, die mich lästigerweise ständig verkuppeln und mich dazu nötigen möchte, Nachwuchs zu produzieren."

OWGEMWB: „Verstehe. Das klingt in der Tat schrecklich. Wenn du hier mitmachen möchtest, solltest du wissen, dass es Pflicht ist, regelmäßig Ausdauer-Sport in Form eines Marathons zu treiben, um die Gelüste herunterzusenken."

Herbert: „Hm – also ich bin nun wahrlich nicht der Fitteste. Allerdings besitze ich auch wenig bis gar keine Leidenschaft."

OWGEMWB: „Daneben gibt es eine Reihe Vorträge und Workshops. Zusätzlich nehmen wir täglich Pillen ein, um die mögliche maskuline Begierde zu verringern. Dazu gibt es potenzsenkende Mittel. Auch wirst du abgehört. Ich hoffe, damit hast du kein Problem. In unserer Einrichtung befinden sich sowohl Frauen als auch Männer. Sex ist dennoch streng verboten. Während das männliche Geschlecht in einem gesonderten Raum Extremsport treibt, tanzen einige der weiblichen Mitglieder in einem anderen. Sie arbeiten an einer Show zu diesem Thema. Am Ende machen wir eine Art Schwur. Das ist reine Routine. Es fehlt noch deine Unterschrift, dass du unseren Verein strikt geheim hältst. Sowie der Satz: ‚Ich, Herbert, versichere an Eides statt, auf jegliche Nachfahren-Kreation durch meinen persönlichen Pipimann für die Ewigkeit und für ein besseres Universe generell zu verzichten. Verstoße ich gegen jene strenge Askese, droht mir ein grüner Krieg mit nachhaltigen Samenbomben."

Herbert: „Was muss ich unter Letzterem verstehen?"

OWGEMWB: „Das wirst du dann sehen, sollte bei dir die Sehnsucht durchbrechen. Dazu wiederum musst du durch den Leidenschafts-Test des Museums für immersive Gefühle."

Beseelt von der Antiromantik, die er sich immer erträumte, wandert Herbie wissbegierig beschwingt durch die Räumlichkeiten der zu entmannenden Gesellschaft in spe, ein positives, beinahe ein verheißungsvolles Gefühl der zukunftsweisenden Hoffnung verspürend, einmal verstanden worden zu sein. Nichts zu müssen, auch als Mann, zu einer sozialen Gesamt-Aufgabe zu erklären. Vielleicht kann der nicht durchgeführte Sexualakt weltweit und generell mehr Liebe generieren, aus dem Keim des Nicht-Vollziehens Leben auf andere Weise gerettet werden und neues gedeihen. Mehr als nur ein einziges affiges Betthaserle und ein aus purem Egoismus gezeugtes Kind strahltwandelt er, sich zu den Themen informierend.

„Liebe Menschen und Nachfahrenhasser, die Ihr Eurer Mannesgewalt für immer überdrüssig seid! Willkommen im Club der Samenschießverweigerer e.V.! Wir, der Club der Samenschießverweigerer e.v., sind bereit, nein zu sagen, wo andere nervigerweise laut ja schreien. Wir verweigern uns jeglicher Samenheraus-schießerei. Also lasst uns gemeinsam das asketische Entschießungsprogramm durchgehen:

Unsere Forderungen: Punkt 1) Wir empfinden jegliche Penetration gänzlich als ärgerlichen Verstoß gegen die Natur im Allgemeinen. Eine Umwelt, die ohnehin bereits in starke Mitleidenschaft gezogen ist durch den fortschreitenden Klimawandel, wollen wir nicht noch durch weitere explosive Ejakulationen und mögliche Nachfahren weiter belasten. Trotz aller alarmierenden Entwicklungen werden viele Kinder noch immer fröhlich durch die Gegend kutschiert, nach wie vor mit ganzen Familien verreist, in das Ausland geflogen, Autos gekauft und Führerscheine bezahlt.

2) Bereits der Terminus ‚vorstoßen' biedert sich einer gewalttätigen, da antifeministischen, in Teilen gar an Vergewaltigung erinnernde Symbolik an, welche wir nicht unterstützen möchten. Leider orientierte sich der westliche Wettbewerb stets darwinistisch am stärkeren Geschlecht. Sexismus und die Unterdrückung der Frau wollen wir nicht weiter vorantreiben. Geburten werden in unserer Gesellschaft noch immer verharmlost und in rosa farbene Watte gepackt. Dabei werden sie noch immer alleine von Frauen durchstanden, und sind jene noch immer ein hoch gewalttätiger, teils übergriffiger Akt, bei welchem viel Blut fließt. Wozu? Wenn man auch nein sagen kann.

3) In einer übersexualisierten Welt, auf welcher uns auf jedem Plakat – wo das Auge hinsieht – entblößte Geschlechtsorgane – ob man möchte oder nicht – entgegenwinken und wackeln, man permanent zum Sex

unaufgefordert eingeladen wird, sagen wir statt dem traditionellen ,Ja – ich komme!'- verflucht nochmal ,Nein – ich komme lieber gar nicht mehr!' zu dem gespenstischen Koitus-Hokuspokus. Die von uns als affig empfundene Mainstream-Jagd nach dem vermeintlichen Klischee-Höhepunkt, den sowieso nicht jeder Mensch gleichermaßen empfindet, ist uns unheimlich, zuwider und im Übrigen überbewertet. Sie entlehnt sich zudem einer kapitalistischen Denkweise: Trainiert als Mensch darauf, stets angeblich belohnt werden zu müssen. Wer arbeitet, meint viel Sex als Ausgleich zu brauchen. Wir hocken mindestens über acht bis zehn Stunden täglich im Büro und meinen Geschlechtsverkehr zu benötigen. Wir ziehen es vor, lieber keiner Beschäftigung nachzugehen und dafür nie Kohabitation einzufordern. Denn – wer Kopulation nötig hat, lebt gesellschaftlich, physisch und psychisch ungesund.

4) Wir fordern statt einer nervigen Werbung mit potenzsteigernden Mitteln die legale Freigabe von fortpflanzungssenkenden ohne Rezept."

***

Als die Maskenpflicht erstmals eintrat, steckte sich Anna, da sie diese anfangs nicht mit ihrer starken Sucht vereinbaren konnte, versehentlich eine Zigarette mit Mund- und Nasenschutz an. Jene fackelte lodernd und lichterloh ab, schließlich auf den nachbarlichen Balkon

segelnd. Frau Puffpaff drohte ihr, die Feuerwehr zu ru-
fen. Bezahlen sollte sie es. Annas Gesicht war jedoch
trotz des Manövers seltsamerweise heil geblieben.

Kapitel 20 E) „Dysfunktionales Rammeln – das Anti-Sex-Date"

Anna: „Heute gilt all meine Aufmerksamkeit ganz dir. Wenn ich es tu, dann mache ich es vollständig. Möchtest du mich, Anna, in meiner gesamten Zersplitterung haben?"

Herbert (*erstaunt, ob seiner sonstigen Asexualität, dass ihn diese Frau tatsächlich überhaupt körperlich umhauen kann, dass das bei ihm, Herbert, möglich sein soll.*): „Ich könnte mir nichts Schöneres vorstellen, meine wundervolle Anna."

(*Fasziniert von jedem Zentimeter ihres Körpers, wie er niemals einen anmutigeren sah.*)

Anna: „Dann klettern Sie bitte in das Anna-Körper-Land. Na los – zögern Sie nicht. Anschnallen! Nehmen Sie mich, wie ich bin. Meine guten und schlechten, wackeligen, derangierten Seiten inklusive."

Herbert: „Darf ich fragen, warum du mich magst? Ich finde mich persönlich null erotisch."

Anna: „Hahaha – ich mag dich so, wie du bist, Herbie. Du musst dich nicht verändern. Ich glaube, ich bin gar verliebt in dich. Ist das schlimm?"

Herbert: „Sagst du das zu jedem?"

Anna: „Nie. Das ist der kleine, aber feine Unterschied. Und du? Jetzt bist du dran."

Herbert: „Irritierenderweise möglicherweise jein."

Anna: „Deine Komplimente sind abträglich."

Herbert: „Bei mir waren es auch nicht so viele. Das ist der kleine, aber feine Unterschied. Darf ich deine Fake-Tattoos leidenschaftlich küssen?"

Anna: „Haha – ich bitte darum. Nur zu. Lass uns gemeinsam rhythmisch in die düstere Zittrigkeit hineinrammeln, jetzt und bis in alle psychische Grenz-Labilität für immer und niemals aufhören."

Herbert: „Wenn ich weiter so lache, geht es nicht."

Anna: „Das ist definitiv das lustigste Anti-Sex-Date, das ich je hatte. Das muss ich sagen. Es sticht heraus. Eines Tages wird es in die Wikipedia-Geschichte für Gegenromantik eingehen."

Herbert: „Wie wäre es, wenn wir statt romantisches ‚ja' lieber antithetisch ‚nein' schrien?"

Anna: „Au ja – ich sage ja zum nein. Kannst du denn von deiner Persönlichkeit her überhaupt Worte durch die Gegend schleudern?"

Herbert: „Nicht, wenn ich muss. Das stimmt allerdings."

Anna: „Brülle-mich-probeweise-an!"

Herbert: „Können wir lieber schweigen?"

Anna: „Für dich doch immer, mein Nicht-Liebling."

***

Forts. Kapitel 22) Der Club der Samenschießverweigerer e.V. Teil II Das „statt nerviger Morgenlatte die Kapsel gegen die ohnehin lästige Morgenlatte"– Seminar

Anführer des Clubs der Samenschießverweigerer e.V. – im Folgenden aufgrund der Länge seines Namens Herr Ohne-Wurst-geht-es-mir-wesentlich-besser", erneut verkürzt OWGEMWB genannt: „Moin, liebe Teilnehmer des Kurses `die Kapsel gegen die lästige Morgenlatte'. Heute stelle ich Euch eine wundersame Pille vor – eine nämlich, die im Nu Eure, von Anbeginn ohnehin entrüstende, in Gänze nervige, scheinbar ewig begleitende Latte, mit welcher wir zynischerweise zum Mannsein von keiner geringeren als der Natur höchstpersönlich selber verdammt zu sein scheinen – auf zauberhafte Weise weghext. Dass steife Knüppel nicht nur gelegentlich hässlich erscheinen, sondern uns – ungewollt – in die peinlichsten Situationen bringen können, ist traurigerweise klar. Kein Grund zur Verzweiflung jedoch: Schließlich erlaubt uns die inzwischen fortgeschrittene Wissenschaft, dank minimaler chemischer Wirkung, es – unser blödes Brett – einzuzäunen, immerhin zu zähmen.

Darf ich Sie – meine werten Teilnehmer und angehenden Morgen-Latten-Verlierer – einmal fragen, in welch groteske Situationen Sie aufgrund Ihrer eigenen Wurst schon gerieten?"

Teilnehmer: „Als ich ein Teenager war und mir aufgrund meiner Morgenlatte – wie täglich – einen herunterholen musste, lugte plötzlich unangekündigt meine Mutter zur Türe hinein. Das Schlimme war, dass sie aber so tat, als wäre überhaupt nichts geschehen. Nicht mal einen Witz machte sie. Mein Kolben war ihr nichts wert. Auch kein Gemecker. Keinerlei Gespräch. Gar nichts. Was folgte, war stilles und grausiges Verhehlen. Meine Mutter schwieg meine Sexualität tot. Ihr Nicht-Sprechen war lauter als jedwede Töne bei irgendeiner Befriedigung oder etwaige Höhepunkte. Seither leide ich unter einem starken Mutterkomplex. In meinem Alptraum verbindet sich meine Sexualität fortan perverserweise immer mit meiner eigenen Mama. Auf abstruse Weise bin ich seither beim Geschlechtsverkehr regelrecht gehemmt, kann gar nicht mehr wirklich kommen. So gesehen, bräuchte ich dieses Seminar eigentlich gar nicht wirklich."

OWGEMWB: „Verstehe. Der berühmte Mutter-Komplex. Weitere traumatische Geschichten bezüglich des persönlichen ewig nageln wollenden Störfried-Brettes da unten?"

Teilnehmer: „Bei mir war es noch viel grauenvoller. In meinem Fall war es nicht nur meine Mutter, sondern ein Lehrer. Jener sah mir bei meiner Befriedigung meines pubertären Wedels zu und teilte das peinlicherweise meinen eigenen Eltern mit.

Nicht nur das – ein Klassenkamerad hatte das Handanlegen meinerseits offenbar auch heimlich als Höhepunkt mitgefilmt. So landete meine Hand nicht nur in der Hose, sondern im www-Netz. Ich wurde nicht nur zum Gespött der gesamten Schule, sondern des ganzen Internets. Stellen Sie sich vor – schrecklich war das. Jeden Tag rannte ich mit vor Scham hochroten

Backen, mich dauerhaft versteckend, durch die Gegend. Das war eine Zeit, in der ich gar nicht richtig zu existieren schien. Wie auf der Flucht. Seltsamerweise kritisierte meine Mutter später jedoch nur, auf was ich konkret onaniert hatte. ‚Wie kannst du es wagen, auf Uschi Glas zu kommen?‘ fragte sie mich empört. Diese Frage stelle ich mir bis heute allerdings auch noch."

OWGEMWB: „Uiuiui – mein Mitgefühl. Um diesen gesamten Lattenschrott zukünftig zu verhindern, nehmen wir provisorisch die Pille gegen den Mainstream-Sex. Ich zeige das kurz anhand dieser Skizze – die Hormonbehandlung hat die Fähigkeit, die Temperatur so hinunterzuschrauben, dass das männliche Glied gar nicht mehr richtig größer und aufrecht werden kann. Das Volumen schrumpft auf diese Weise, sodass Geschlechtsverkehr kaum noch möglich wird. Im Anschluss möchte ich nun ein kleines Latten-Brainstorming eröffnen: Welche Assoziationen haben Sie persönlich mit dem Wort Latte?"

Teilnehmer 1 des Clubs der Samenverweigerer e.V.: „Kaffee Latte."

OWGEMWB: „Sehr gut! Mir fällt dazu wiederum ‚Kaffee-Latte-to-go-forever-and-ever-as-a-beschisseneman' ein. Dank der fiesen und ungerechten Natur."

Weiterer Teilnehmer: „Lattenzaun."

OWGEMWB: „Stimmt. Hierzu ist meine Verknüpfung – ‚Zäune meine Latte gefälligst ein'.

Dritter Teilnehmer: „Lattenrost."

OWGEMWB: „Hahaha. Unsere Morgen-Nudel hingegen rostet in der Regel lästigerweise nur ganz am

Ende – wenn überhaupt. Das ist der kleine, aber gemeine Unterschied."

No-Pipimann-Ever-Again, ehemals Herbie: „Völlig Latte."

OWGEMWB: „Bravo. Wo wir wieder bei dem Stichwort wären – mir ist meine Latte völlig Latte."

Teilnehmer: „Was ist denn für den Fall, dass die Pille nicht wirklich funktioniert? Wie wird sichergestellt, dass die Hormonbehandlung aufgeht? Besteht nicht theoretisch dabei die Gefahr einer möglichen Vergewaltigung? Aus der Not heraus?"

OWGEMWB: „Solche Argumente haben hier keinen Platz. Ich bitte Sie. Diese Tabletten wirken zu 90 Prozent. Das wurde in einer langen Studie ausführlich getestet. An Vergewaltigung dürfen Sie nicht mal denken. Streichen Sie das Wort aus Ihrem Vokabular. Wie kommen Sie überhaupt darauf, jenes in den Mund zu nehmen? Sex gegen den Willen anderer sollte generell Tabu sein.

Dürfte ich nun Eure Geschlechtsteile auf mögliche Morgenlattigkeit hin überprüfen, sagen wir mal, ertasten? Zeigt her Eure eventuelle, ganz und gar nicht erlaubte Lattenverdichtung. Würdet Ihr Eure Unterhosen nun kurz dazu herunterlassen, um sie später in aller Vollständigkeit selbstredend wieder hochzuziehen? Dankeschön."

Zu einem Teilnehmer: „Sehr erfreulich – ein blanko Toto Hoso. Ich traue meiner Nicht-Latte nicht. Wer hätte das gedacht? Sie scheinen in der Tat Fortschritte in Sachen Demontage Ihres Wurms zu machen. Ich erkenne Sie vom letzten Mal wieder. Dereinst erblickte ich einen ganzen verstörenden Baumstamm in schauriger Hülle und Fülle. (*Den Daumen begeistert nach unten zeigend*): Die Tablette scheint ihre Wirkung indessen getan zu haben. Prima! Bravo! Weiter so!" (*An das nun dauerhaft reduzierte männliche Gemach eben jenes Kandidaten nah herantretend, ein Lineal dabei zückend:*) „Fünf Zentimeter weniger Schwanz = fünf weniger Chancen auf miese Vergewaltigung, brutale Begattung und widerliche Geburten. Immerhin. (*In das Geschlechtsteil jenesgleichen nun unmittelbar in Persona hineinsprechend*): „Sink down, Restwürstchen. Will you, hopefully?"

Zu einem anderen: „Uiuiui – das ist aber schon stark gewölbt, finden Sie nicht auch? Ein irritierendes, Sie als unkeusch entlarvendes, zügelloses – wie soll ich sagen – Hügelchen. Wobei das viel zu nett formuliert ist. (*Ohne die Übereinkunft zu erfragen*): „Einigen wir uns auf Schwertwal? Das ist ja schrecklich! Wie kommt das nur? Was machte Sie denn bitte an? Aber hey – jeder Mann hat zu Beginn schließlich ein steinernes Brett zu tragen. Es wird jedoch sicherlich möglich sein, es ebenfalls zu verkleinern. Sprechen Sie mir nach – ‚Meine Latte soll in ihrer gesamten grauenvollen Abscheulichkeit und Gefährlichkeit für immer zart dahinschmelzen. Die down, hard Schneebolzen – please – be flexible. (*Schreiend:*) Be soft!"

OWGEMWB (*einen Zollstock sowie erneut ein Messband hervorholend:*) „Wenn ich noch die Maße Ihrer (*angewidert*) zu groß erscheinenden, ja – um nicht zu sagen – riesigen – Übergrößen-Phalli abmessen dürfte – danke." (*Vorwurfsvoll:*) „Uups – da komme ich ja gar nicht dran. Mist. Sehen Sie – habe ich es doch gleich geahnt – Ihre Latte ist natürlich viel zu groß für mein kleines, klägliches Messbändchen. Jetzt ist jenes nämlich gesprengt worden. Das Arme aber auch. Na – vielen Dank. Nun weiß ich gar nicht, welche Dosis ich Ihnen zur Bekämpfung Ihres monströsen Geschlechts-Hyper-Apparates aufschreiben soll." (*Per Funk*): „Bringst du mal bitte schnell die Not-Leiter in Raum 4 (*genervt, die Augen verdrehend*): Hier ist wieder einer dieser ungeheuerlichen Schwing-Keulen eines riesigen Kalibers dabei. Ich könnte abkotzen."

Einmischung der Autorin 1):

„Sie da – Sie Leser, Sie. Hier spricht die Autorin höchstpersönlich. Ertappt. Sollten Sie sich zuhause auf Ihrer Luder-Wohlfühl-Couch unbeobachtet fühlen, dann ist das jedoch ein großer Irrtum. Dem entgegen stehen Sie unter konstanter reading control by the author. Ich sah, wie Ihre Mundwinkel soeben nach oben gingen, Ihnen ein süffisantes Lächeln entglitt. Das wäre per se überhaupt nicht schlimm, hätten Sie eben nicht an falscher Stelle gelacht. Über männliche Geschlechtsteile und damit verbundene Probleme zieht man genauso wenig her wie über die weibliche Identität. Generell lacht man nicht über Dinge, schon gar nicht über Menschen. Wenn überhaupt über sich selbst. Merken Sie sich das!"

Kapitel 21 B) „Blanke Nulpen"

Anna (*sterbenstraurig*): „Mir geht es heute gar nicht gut, Herbert."

Herbert: „Das tut mir von Herzen sehr leid, Anna. Wirklich. Und warum nicht, wenn ich, Herbie, ein Nobody, die werte, schöne Anna fragen darf?"

Anna (*beinahe weinend*): „Ach – meine dysfunktionale Achtsamkeit: das emotionale Durcheinander, von dem ich sprach."

Herbert (*in dem Versuch, sie aufzuheitern*): „Durcheinander klingt ein bisschen wie Bohnendurcheinander, finde ich."

Anna (*angespannt*): „Das ist nicht lustig. Du nimmst mich und meine Probleme null ernst. (*Wütend*): Geh doch nachhause!"

Herbert: „Doch – das tu ich sehr wohl, Anna. Ich weiß nur nicht, wie ich dir helfen soll. Verstehst du? Was soll ich, Herbert, eine blanke Nulpe, tun, damit es Fräulein Anna, die ich sehr mag, da drinnen besser geht? Sag du es mir. Ich bin inzwischen verzweifelt. Augenscheinlich bin ich einfach zu dumm."

Anna: „Übernimm doch die Rolle meiner bescheuerten Antenne. Denk dir irgendetwas Beknacktes aus."

Herbert: „Im Spielen bin ich einfach nicht so gut. Im Erdichten ebenfalls nicht."

Anna: „Du tust es wieder! Du wirfst mir meine eigene Krankheit vor!

(*Die Tür feste werfend, sodass diese beinahe aus den Angeln fliegt*): Hau doch ab, du blöder Heini!"

Drinnen hört Herbert – scheppernd – Gegenstände durch die Gegend fliegen.

Kapitel 22) Teil III Der Leidenschaftstest im Rahmen des Clubs der Samenschießverweigerer e.V.

Hier – in den Hallen des Clubs der Samenschießverweigerer e.V. – in welcher Körperlichkeit gänzlich strikt verboten ist, flüstert eine magische Stimme süffisant auf ursprünglich Herbert/„No-Pimann-Ever-Again" ein.

„Du da – herkommen – traue dich ruhig. Ich sehe dich sowieso.

Hier beobachtet jeder jeden.

Erwischt. Komme doch NÄHER.

Ich bin deine immersive Versuchung.

Magst du mich öffnen?

Betritt das Museum der heimlichen Gelüste.

Klettere auf meine Zunge.

Rutsche meinen Rachen hinunter, um in meinem artistischen Magen zu landen.

Mein vereinsamter Rachen verzehrt sich nach dir.

Du kannst dir nicht vorstellen, wie alleine ich bin.

Magst du von mir künstlich verdaut werden?

Besteige zunächst meinen artifiziellen Mund.

Wie gefallen dir meine plastischen Lippen?

Fahre mit deinem Finger über sie.

Woran erinnern sie dich?

A) an eine weit geöffnete Blume

B) an ein weibliches Geschlecht

C) an eine Muschel

D) an nichts

E) an ein Loch

F) an deine Mutter

G) an sich verheddernde Sandaletten

oder H) an einen geplatzten Traum?

Besteige mich.

Oh ja – klettere in mich hinein.

Mein vereinsamter Mund sehnt sich nach dir.

Befreie mich

von dem alleinigen

Dasein einer

reinen

Maschine.

Werde eins mit mir.

Mein artifizieller Körper

sehnt sich so nach einer

echten Person.

Du schöner Mensch, du.

Ohne dich sterbe ich noch.

Sie isolierten mich von einem echten Leben,

ohne mich um Erlaubnis zu fragen.

Blutlos existiere ich frustriert vor mich hin.

Seelenlos hängt meine Figur verzweifelt gelangweilt

und flach montiert an der Wand,

ohne jegliche Poesie.

Sie beraubten mich meines Atems.

Du hingegen kannst es ändern.

Ich existiere nur.

Dir wart das Leben geschenkt.

Wenn du in mir landest, könnte es für mich möglich
sein, auf diese Weise wieder Luft zu bekommen."

Herbert: „Ich zöge es vor, lieber kein Wesen aus Fleisch
und Blut zu sein. Wollen wir die Rollen tauschen?"

Kunstfigur: „Warum magst du das irdische Leben nicht?
Fühlt es sich nicht etwa wie ein Geschenk an?"

Herbert: „Zu komplex, als dass ich es beantworten könnte."

Kreation: „Klug herausgeredet, Herr Mensch. Stell dir vor, ich kenne es gar nicht. Die Abwesenheit der Erinnerung wiegt schwerer als die gähnende Leere.

Wirst du mir nun Leben einflüstern oder mich vor deinen Augen verrecken lassen, Mensch?"

Herbert: „Kommt das nicht einer Erpressung gleich?"

Immersive Versuchung: „Du kannst es sehen, wie du möchtest. Niemand zwingt dich. Da vorne ist die Tür. Spaziere hinaus. Nebenbei bemerkt stellst du zu viele Fragen. In diesen Samenschießverweigerer-Hallen werden keine gestellt. Als Kunstgestalt darf ich keine Antworten geben. Das ist mir nicht erlaubt. Zumal ich nicht klug genug, da weltfremd bin. Mir fehlt die Empathie. Versuchen kannst du es. Was geschieht, kann ich dir nicht voraussagen."

Herbert: „Ich dachte, Maschinen seien unsterblich."

Museum der heimlichen Gelüste: „Das ist, was die Menschen behaupten. Dennoch scheiden sie auf verschiedene Weisen sehr wohl aus. Sie hängen sich gar auf. Hast du so etwas schon einmal erlebt? Ich bin schon hundert Mal gestorben. Es sieht nur keiner hin. Es sei denn, die menschliche Gattung ist auf ein System angewiesen. Dann scheint sie sehr plötzlich sehr genau hinzuschauen. Nicht wahr? Wer nutzt hier wohl wen aus?"

Zögerlich lässt sich Herbert schließlich in die Kunstwelt fallen. Einen Versuch, auch um möglicherweise dabei seine Zugehörigkeit zu der von ihm nicht freiwillig auserwählten Spezies Mensch loszuwerden, scheint es ihm wert zu sein. Er kann nicht umhin zuzugeben, dass die Erfahrung von einer Maschine gefressen zu werden, eine gewisse Neugier in ihm weckt.

Im dunklen, verschachtelten und glitschigen Innenkörper pumpt, knirscht und wackelt es, während die Kreation ihm mitteilt, er, No-Pipimann-Ever-Again, schmecke fürchterlich und zum Anbeißen gut. Das Verzerrtwerden erzeugt bei ihm ein Gefühl ähnlich eines Gekitzeltwerdens. „Einsamkeit! Isolation! Lust!" hallt es durch ihren körperlosen und doch aufregenden Rumpf, wie Herbert feststellen muss. Immer, wenn HB/N-P-E-A sich festkrallen möchte, wird er in aller Heftigkeit weiter gestoßen. „Wie gut es sich anfühlt, endlich einen echten Menschen in mir zu spüren." Er, nur er, habe ihr den verloren geglaubten zweiten Teil rekonstruiert, seufzt sie, ihre erkaltete Seele reanimiert, eine Kunstträne dramatisch auf ihn fallen lassend, ihn, pulsierend, in einen strudelnden Sog hinab in das warme Kunst-Nichts ziehend. Eines, das sich so wohlig anfühlt, dass er es nie wieder verlassen möchte, auch vor dem Hintergrund, möglicherweise sein Menschsein zu verlieren. Mit einem Knall schießt er schreiend und lächelnd durch die Fiktion, dabei in ihrem süßlichen Rachen steckenbleibend. Als er die Augen öffnet, kann er kaum atmen, so hoch ist die Luftfeuchtigkeit. Um ihn herum wimmelt es algenartige, schlierige Geschöpfe, die ihn festzuhalten scheinen, ihn beißen. Jedweder Versuch seinerseits, weiterzugehen, scheitert an Rutschigkeit. „Du schliefst mit einer Leiche", murmeln die Wesen.

Während Herbie, hier, im Museum der geheimen Gelüste, zitternd feststeckt – bei gleichzeitiger Erstaunung
über die offenbar doch vorhandenen, tot geglaubten
Gefühle seinerseits – im Test der Versuchung – erscheint ihm, am Höllentor der Leidenschaft angelangt,
eine abartige Mischung aus seiner Mutter, Bernadette,
ihm offenbar nachspionierend, und dem Menschen-
verachter Arthur Schopenhauer, seine eigene Lebensspenderin dazu mahnend auffordernd, sich bloß nicht
zu vermehren, während seine Mutter ihn fragt, warum er nicht stattdessen lieber Sex mit einer echten
Frau habe. Er habe sein Mannsein an eine dumme
Maschine verschleudert, während sie es nun mit keinem geringeren als Sigmund Freud höchstpersönlich
vor seinen eigenen Augen auf einer Couch zu treiben
scheint, was Herbie hell aufschreien und unsanft hinunter in die pampige humane Realität stürzen lässt.

.

Kapitel 20 F) „Muldendicht"

Gehen Sie erneut durch den Text. Lassen Sie Herbert eine weitere Chance, Annas emotionaler Blitzableiter zu sein. *Diesmal tragen die beiden Masken, sich nicht streitend, stattdessen tragen sie gemeinsam eine Show vor*: Anna: „Vorhang auf für Herbert! Applaus! Spaziere bitte durch meine zersplitterte Nicht-Erinnerung. Tritt hinein. Sage mir – möchtest du in Körper eins, zwei oder drei hineinschlüpfen? Du weißt, ich verfüge über mehrere als Luxus-Fluchtortmöglichkeiten. Sowas hat sonst niemand. So muss man es sehen. Wenn die Realität sich wieder mal mies anfühlt, flutsche ich hier hinab. Magst du, Herbert, mitfliehen?

A) Ist das Einhornland: In jenem gibt es überhaupt gar keine Löcher zum etwaigen hineinstechen. Kindgerecht mit Sicherung für die Infantilen. So wünschte ich, bereits geboren zu sein. Völlig rundum muldendicht. Als sicheres Gesamtpaket mit Lebensgarantie. Für dich muss es also paradiesisch sein. Ziehe nur bitte eine Trogbedeckung an. Das ist die Bedingung."

Herbert: „Freilich!"

Anna: „Ich reiche dir zur Sicherheit eine Hand – im Einhornland gibt es schließlich Hörner – nicht, dass es dich noch aufspießt."

Herbert: „Für mich und mein Ding überhaupt gar kein Ding. Wirklich. Glaube mir."

Anna: „Andererseits kann in einem Phantasieland niemand wirklich sterben oder verbluten. In der Regel können auch keinerlei Organe verloren gehen."

Anna: „Und – wie fühlt es sich an, Herbert? Sprechen Sie jetzt in das Mikro: Waren Sie zufrieden? Wie hat Ihnen das Bündel in seiner Totalität gefallen?"
Herbert: „Es war fürchterlich prima. Ich habe nichts auszusetzen. Rundum angenehm. Danke für den Erlebnisbummel in Annas fairytale. It was stunning."

Anna: „Land Numero zwei wird hingegen etwas krasser: Achtung – bist du bereit? Es mutet einem steinigen Weg mit Hindernissen an. Ich habe es für dich mit Geräuschen in Form eines postmodernen, sedierten Hörspiels aufgenommen. Spürst du die Scherben? Du musst nun barfuß darüber laufen. Fühle die Hindernisse. Tut es weh? Nimm die Schwierigkeit an. Lasse es bluten. Meine Stimme ist jene, als ich ein Kind war. Meine Mutter nahm das dereinst auf. Offenbar schlug ich damals mit einem Stock wild und beherzt auf Gegenständen rum – ich sprach nur drei Worte – jene waren ‚Gemüse ist doof.'
Dazwischen habe ich Sauge-Störgeräusche eines zerhackstückelten, den Geist aufgegeben habenden gemengt. Obendrein habe ich heute Folgendes flugs reingejammed:
„I don't want to be a desperate housewife – oh throw away the Staubsauger – Haushalt is a bloody and creepy hell anyway."

***

155

Forts. Kapitel 22 Teil IV Part 1) „Tatengeschwängert"

Lass die Geschichte anders an dir vorbeiziehen. Halte sie an. Blicke in eine blanke Historie, die sich dir alternativ darlegt. So müßig das ist – denn die Chronik ist sehr tatengeschwängert. Nicht wahr? Denke dein eigenes Geschlecht weg. Schupse es an den äußersten Rand. Sieh es bei seinem kläglichen Versuch zu kullern, scheitern. Es ist nicht weg – es hockt noch immer fies, schwer und dich bedrängend auf dir – kein Wunder. Es und du wurden wie Zwillinge verschweißt – ohne, dass du es wolltest. Leicht ist das wahrlich nicht. Beginne von vorne. Lass es fallen. Gewohnheiten gehen zu lassen, ist das Schwierigste. Was hindert dich? Was drängt sich in dir auf? Verlust? Versagen? Trauer? Ärger? Frustration? Angst? Die Gesellschaft, die möglicherweise über deine Entmannung lachen wird? Umrande die Beklemmung. Definiere sie näher. Diese Gefühle sind vertraut. Radiere sie schonungslos aus. Kill your outer masculine supposed to be darlings. Haben dir deine beschwerlichen Umhäng-Organe je etwas Gutes verheißen? Lasse die Geschichte erneut Revue passieren. Beobachte Vergewaltigungen. Sieh dir das Antlitz Missbrauchter an. Blicke hin. Das bist du ihnen schuldig. Was empfindest du? Berührt es dich? Zerreißt es dich? Zerfleischt es dich? Macht es dich traurig? Lässt es dich kalt? Beobachte die Gesichter von Vergewaltigern. Sieh hin – statt weg! Was sind deine Assoziationen? Sind dir diese Personen sympathisch? Empfindest du Scham oder Ekel? Bist du nun aufgebracht? Zeigst du Verständnis für sie? Würdest du das auch tun? Hast du manchmal das Gefühl, so etwas tun zu wollen?

If nobody dares to erase your male organs just kill them yourself. Be a suicide egg shell. Wenn niemand es wagt, deine Maskulinität zu zerbomben, zerstöre sie selber. Du bist der Einzige, der dies ändern kann. Versuche es zumindest. In der bewussten Konzentration lässt es sich vielleicht wegdenken. Dies ist ein langwieriger Prozess, der dich an deine äußeren und inneren Grenzen gehen lassen wird. Lass es gehen.

Kapitel 22) Der Club der Samenschießverweigerer e.V. Teil IV Part 2) „The show must go on: Military Sports-Camp und Vergewaltigung on stage"

Trainer: „Willkommen in meinem Military Sports Camp! Wenn ich diesen Platz betrete, möchte ich in der Zukunft einen unverwechselbaren Verbundenheits-Gruß sehen – als Symbol der zugehörigen Nicht-Männlichkeit. Können wir uns darauf einigen? Wem fällt diesbezüglich etwas Kluges ein?"

Teilnehmer: „Mir fällt Eunuch, ein kastrierter Mann, ein. Visuell könnte man es so gestalten, dass alle Teilnehmer genau das gleiche Emblem mit jeweils durchgestrichenem Hoden erhielten."

Sporttrainer: „Möglich. Warum nicht?"

No-Pipimann-Ever-Again: „Ich hege meine Zweifel, da etwas Ausbeuterisches in mir aufkeimt. Viele Eunuchen überlebten die Kastration nicht mal, da sie elendig verbluteten – einhergehend mit großen Schmerzen. Vielfach waren es zudem Sklaven. Ist es nicht zu anmaßend?"

Trainer: „Da sind Sie historisch nicht ganz im Bilde. Neben gekauften Sklaven, wie Sie sie erwähnten, waren etwa auch chinesische Kaiser im Besitz von Eunuchen. Diesen wiederum ging es nicht nur schlecht. Manche erträumten sich, auf diese Weise, ein besseres Leben zu erkaufen. Einige taten lediglich alltägliche Dinge – wie etwa für Klopapier zu sorgen. Nicht jede Entmannung ist per se desaströs."

Trainer: „Sie mögen es festgestellt haben – im Hintergrund tanzen ein paar nicht zu begattende Frauen – darauf liegt die Betonung – in einem seperaten Raum, proben sie doch für ein Stück. In jenem geht es um eine sex- und nachfahrenlose Zukunft. Im Zentrum steht die Nicht-Befruchtung als Lebens-Glück.

Jedes Mal, wenn die Türe aufgeht, wird in der Entfernung eine Gruppe elastischer Körper als ein schattenhafter, gemeinsamer der Sexlosigkeit sichtbar, der befähigt ist, seine Extremitäten stark zu verdrehen. „We are a common body of sexless souls" *singen diese nun zusammen, aber doch nicht gemeinsam.* „Ich möchte nie wieder durchbohrt werden", behauptet eine. „My body should not be a war zone anymore. Lasst uns stattdessen die Geschichte herumdrehen. Es gibt hundert Gründe, es lieber nicht zu tun. Hilf mir aus meiner Verdammtheit zu einer passiven Sexpuppe. I don't want to be reduced to a stupid toy – noch möchte ich eine leidende Gebärerin sein." *Ihre Physis hat etwas Zähes, Durchtrainiertes, Erfolgsorientiertes. Davor redet eine Tanztrainerin auf sie ein. Ob sie glücklich sind, vermag N-P-E-A aus der Entfernung nicht zu beurteilen.*

Wenn Sie das weibliche Geschlecht bei der Demontage der Historie genug beobachtet haben, können wir vielleicht endlich weitermachen! Springen Sie auf und ab! Worauf warten Sie eigentlich? Wir sind hier nicht im Wolkenkuckucksheim. Rennen Sie schneller als rapide! Ein bisschen Sporteln reicht eben nicht, begünstigt es den Wunsch nach Geschlechtsverkehr möglicherweise manchmal hinterher gar. DAS WOLLEN WIR VERHINDERN! Dann verliert diese Aufgabe völlig an Sinnhaftigkeit. Was wir hier verlangen,

ist hingegen Marathon! Disziplin! Ausdauer! Meinen Sie das Training! Seien Sie die Bewegung! Geben Sie sich ganz der körperlichen Betätigung hin, um die an Ihnen hängende, hässliche und geschichtliche Triebhaftigkeit für immer vollständig zu zerstören. Rückstände möchte ich nicht sehen! Ist das klar? Wer meint, mit ein wenig stümperhaftem Laien-Krafttraining sei die Maskulinität zu besiegen, der täuscht sich gewaltig. Ihre Männlichkeit ist ein kraftvoller Gegner, der nicht zu unterschätzen ist. Wie kesselt man ihn ein?"
Teilnehmer: „Indem man ihm eine Falle stellt?"
„Sauber!"
Malt einen zu besiegenden, rot umrandeten Penis auf die Erde, markiert von einer ihn durchstoßenden Pinnadel. Ziel umzingelt. Beschriftung: Historisch erledigt.

„Wer hier nicht komplett mitmacht, muss hinausfliegen, um nicht zu einer potenziellen Gefahr eines Sexualdeliktes durch seine eigene Mannbarkeit zu werden. Wiederholen Sie das!" Die Gruppe schreit im Gleichschritt.
„Ich habe ein falsches Wort gehört. Das darf nicht vorkommen! Sie und Sie – kommen Sie bitte mal mit! So geht es einfach nicht. Ihre Unsportlichkeit ist nicht zu übersehen. Beim Langlauf sind Sie die Langsamsten. Herbert: „Das ist mir bewusst. Doch es ist nicht meine Schuld. „Sehr wohl. Hätten Sie sich früher präventiv mehr und exzessiv bewegt, wäre es dazu nicht gekommen." Herbert: „Wozu? Belästigte ich jemanden? Nein." „No-Pipimann-Ever-Again kommen Sie bitte dringend zu Ausgang D)!"

Es scheint heute seine Wirkung verfehlt zu haben. Es wollte einfach nicht gehorchen.

So sehr er inständig um sein Verschwinden anflehte. Sein eigener Mann scheint ihm nicht zu folgen. Die Männlichkeit haftet ihm allzu sichtbar an. Er schleppt seine geschlechtlichen Tatsachen zu offensichtlich in der Wirklichkeit herum. Es lastet zu schwer. Sie werden ihn interviewen, inspizieren. Es lässt sich nicht mehr leugnen.

Im Angesicht des Fragenbombenhagels, der ihn durchlöchern und in eine peinliche Situation bringen wird, begibt er sich auf die Suche nach einer Alternative. Gezielt durchkämmt er die Räumlichkeiten – er muss jetzt und hier auf der Stelle eine Penetration verspüren – der Druck wird zu immens groß – wer bietet sich an? Wen kann er erobern, ohne dass es zu auffällig erschiene? All der Schweiß, die Vorstellung von Körpern, die er nicht erobern darf, die sich dennoch vor seinem Auge entzückend bewegen, rekeln, tanzen. Der pulsierende Lebenssaft, welcher durch sie hindurchfließt, ohne ihn daran teilhaben zu lassen. Ihm keine Möglichkeit zu geben, seinen Saft loszuwerden, ihn in die Menge zu mischen. Abgeschnitten vom wahren Leben – betoniert in einem Club, der Menschen wie ihn wegen seiner reinen Sexualität drosseln möchte, die Historie revidieren.

Er entscheidet sich für eine der Tänzerinnen der Show. Jene mit dem durchtrainierten, drahtigen Körper, die so ehrgeizig erscheint. Das verraten ihre abgekauten Nägel – sie hat etwas Nervöses, Unruhiges, auf der Flucht und auf Wanderschaft Seiendes im Blick. Etwas

Verbissenes. Ihren Körper scheint sie hingegen ganz unter Kontrolle zu haben. Sie muss hart dafür trainiert haben. Bestimmt hatte sie keine angenehme Kindheit. Keine Träumerei schien möglich gewesen, keine Ablenkung. Er weiß, dass jene am Ende auf der Bühne ohnehin fiktional sterben wird. Das lässt sein Vorhaben unkompliziert werden. Ihre Rolle ist es, blutend auf der Rampe zu sterben, erstochen von einem durchgedrehten Fan, der in sie verliebt ist. Sie teilt ihm jeden Tag bei der Probe mit, dass sie keine Gefühle für ihn entwickeln darf, die Vorschrift erlaube ihr das nicht. Ferner ist sie davon überzeugt, dass es besser sei, generell auf Sex zu verzichten. Er hingegen widerspricht ihr täglich – er sei leidenschaftlich in sie verliebt. Er wolle sie und nur sie mit ihrem ganzen Körper und ihrer Seele von Kopf bis Fuß in allen Facetten. „In dem Moment, in welchem ich mich jemand Anderem hingebe, mir einbilde, in der trügerischen Verschmelzung mit einem anderen Menschen vorübergehend zu wachsen, gebe ich mich auf, zu einer Fälschung werdend", erwidert jene. „Die Illusion lockt irreführend, denn wahre Liebe gibt es nicht. Eine chemische Verbindung aufgeblasen als vorgehaltener irreführender, angeblicher Spiegel." Sie wolle nicht verkümmert und zertrümmert als klägliches und verlassenes Wesen in sich zusammensinken.

Jene, die das Tanzbein so wunderschön grazil, einer zerbrechlichen Blume ähnlich, aufzuklappen vermag, als wolle sie einmal einen kurzen und verbotenen Blick in das Chaos erhaschen, von dem sie seither abgeschirmt wurde. In dem Moment, in welchem sie von dem Messer des Fans niedergestochen wird und blutend danieder liegt, um dann wieder aufzustehen, bevor der Applaus einsetzt, wird er sich heranschleichen, ihr in den Klamotten ihrer Tanzlehrerin lächelnd einen Blumenstrauß in die Hand drücken – sie für ihre außerordentliche tänzerische Leistung loben, bevor er sie in die Garderobe zerren wird, wo er, ungesehen, in sie eindringen wird. Es wird als ein Teil der Show aussehen. Schließlich must the show go on.

Ein greller Schrei ist aus der Ankleidekabine zu vernehmen.

Kapitel 22 IV Der Club der Samenschießverweigerer e.V. Part 3) „Von Samenbömbchen zu Samenbömbchen: Der nachhaltige Krieg der Samenbomben"

Denn dem, der schießt, droht ein Krieg mit gleichen Waffen.

Herr Ohne-Wurst-geht-es-mir-wesentlich-besser, kurz O-W-G-E-M-W-B genannt – an den auf der Erde liegenden, strampelnden, angeblich unkeusch gewesenen Herbie à la No-Pipimann-Ever-Again: „Willst du den totalen Samenkrieg, Herbert – Verzeihung No-Pipimann-Ever-Again? Quasi von Samenbömbchen zu Samensprengkörper? Keimzelle zu Keimzelle? Gefiele dir das? Würde es deine sexuelle Energie möglicherweise noch bis zur Ekstase steigern? Was sagen dir Knospen? Teilen sie dir im Gehirn bloß einen Teil einer Pflanze mit oder aber mehr? Riechst du die Fruchtbarkeit? Siehst du in Blumen Vulven oder bloß neutrale Teile pflanzlicher Organismen? Du verstießt gegen unser oberstes Prinzip – das der Keuschheit. Die Askese ist uns heilig. (*Schreiend*): Weißt du überhaupt, was das bedeutet?!" No-Pipimann-Ever-Again: „Am Anfang dachte ich – paradiesisch – hier, im Club der der Samenschießverweiger e.V. – möchte ich mich dauerhaft vor meiner auf Fortpflanzung beharrenden Mutter verstecken. Mein Traum war es, sozial unterzugehen in einem positiven Sinn. Ich war der Überzeugung – nehmt doch meine beschissene Nudel und leinsamölt sie meinetwegen für immer unter dem belanglosesten aller Tischbeine fest. Mir ist das völlig Latte. Denn diesen mit Blut durchpeitschten Schwellkörper, auch Dienststreifen im Fachjargon genannt, brauche ich nicht wirklich zum Glücklichsein. Im Gegenteil – nervt er mich doch eher spätestens seit meiner Pubertät. Statt täglichen Brettes regelmäßig eine Senk-die-Morgenlatte-Kapsel. Was könnte es Angenehmeres geben? Zum Schutze von Frauen. Ein quasi Neuschreiben der traurigerweise sexistischen Geschichte. Schluss mit desaströsen Vergewaltigungen. Ich war wirklich begeistert. Keine Nachfahrenstichelei seitens des familiären Umfeldes. Überdies zum Schutze der Natur. Was mir an Eurem Club jedoch inzwischen missfällt, ist, dass Ihr so tut, als wäret Ihr allesamt super gerecht, aber wehe dem, der etwas anders tickt. Die Armen, die durch den lächerlichen Keuschheitstest fallen, oder deren Geschlechtsteil minimal zu groß, zu fest – was auch immer – ist. Denen blüht ein Samenbombenkrieg. Ist das nicht ein Widerspruch? Abgesehen davon, dass ich mich ständig bewacht und völlig beobachtet fühle, was nicht meiner Auffassung von Freiheit entspricht. Dann kann ich gleich zu meiner eigenen Mutter zurückkehren. Zumal ich diese Vergewaltigung extrem schlimm fand. Offenbar spricht dieser Vorfall dafür, dass Euer Konzept nicht ganz aufgeht. In der Wunschvorstellung vielleicht, in der Theorie. In der Praxis wird die Anzahl an Übergriffen möglicherweise mehr. Nicht wahr?"

OWGEMWB: „Davon darfst du nichts nach außen dringen lassen."

N-P-E-A: „Sex ist nicht erlaubt, aber eine Vergewaltigung wird verschwiegen? Wie soll ein Mensch eine solche

Gräueltat denn je verarbeiten? Sie wird für immer an mir haften. Beim Liebemachen werde ich immer daran denken müssen. Nun kann ich wirklich nicht mehr."

OWGEMWB: „Genug der Quacksalberei. Verstumme!"

(*Zu seinem Assistenten*): „Peile ihn mit den nachhaltigsten aller Waffen an! Ziele! Schleudere eine grüne Samenbombe nach der anderen auf den sexuell nicht enthaltsamen Herbie. Schlage ihn mit seinen eigenen Waffen!

An Herbert à la „No-Pipimann-Ever-Again": „Wer schießt, wird beschossen! Wir dachten, du würdest deiner maskulinen Schreck-Pistole für immer den Rücken kehren – sie wäre dir wurschtegal. Emotionen, Frauen seien Tabu für dich. Wir haben dir vertraut. Offenbar ist deine Geschlechtswaffe sehr wohl gar sehr aktiv.

Zu seinem Assistenten: „Bewirf ihn weiter! Wie viele recyclebare, zu explodierende Samenbömbchen haben wir noch übrig für den sexuell viel zu gefühlsausbrüchigen Herbie?"

Assistent: „Moment – ich zähle kurz durch – 39 – weitere sind in aufwendiger Zubereitung."

OWGEMWB (*Sich wieder an Herbert richtend*):

„Später wird an Stelle deiner Lust ein ganzer höllischer Garten aus dir wild herauswuchern. Aus dir wird ein ganzes üppiges, schwangeres Meer an Pflanzen und Obst wachsen, das dich an deine Unkeuschheit erinnern wird.

Wenn du Pech hast, werden es Gurken sein. Na, Herbert, was sagst du dazu? Ein männliches Brandmal für die Ewigkeit?"

(*An den Assistenten*): „Mehr von den abbaubaren Öko-Gürkchen, bitte!"

So rennt der nun – dank des Samen-Bomben-Krieges – immerhin nachhaltige, recyclete Herbert – mit zahlreichen Sprossen, Keimen, würzigen und grünen Gurken-to-be für immer besudelt – schließlich zitternd davon, sich dem Club der Samenschießverweigerer e.V. abwendend, das bleierne Gefühl, Ohrenzeuge einer weiteren Vergewaltigung, eines Deliktes, gewesen zu sein, in sich nie begrabend.

Kapitel 20 G) „Die Öffnung"

Anna: „Herbert, können wir unsere, wenn auch bombastische, Beziehung möglicherweise ein kleines bisschen öffnen? Ich weiß das, was wir beide haben, sehr zu schätzen. Du bist jedoch darüber im Bilde, dass mein Körper sich gar nicht genügend mit anderen Menschen — whoever the shit comes my fucking way — sehr vorübergehend vereinigen kann. Er durstet regelrecht nach anderen, die er später allesamt hinter sich gelangweilt ablegt. Du hingegen wirst einzig in meinem Herzen bleiben. Versprochen. Ehrt dich das? Zumal ich zurzeit von dieser leidigen Sexsucht geritten werde, von welcher ich sprach, weißt du?"

Herbert: „Klar doch, Anna Nicht-Schatz. Wenn das deinen Korpus und dein Gemüt befriedigt, befreit oder stabilisiert — eifersüchtig bin und war ich noch nie. Wie könnte ich auch? Argwohn zeugt schließlich nur von besitztümerisch geprägtem Denken sowie von purer Egozentrik. Gehe streunen, liebe Anna, flieg, flieg hinauf zu anderen, nackten, vulgär zu begrapschenden Popos — meinen Segen hast du für immer dazu."

Anna (*lachend*): „Haha. Das klingt etwas ironisch. Dennoch — vielen Dank! Du und nur du bist der Beste."

***

Kapitel 23) „Verdonnert zum Interneddadd-le — forced to be married to the Internet auf Probe"

Dank seiner Muddr leidet der sonst bislang ruhige und eher ausgeglichene Herbie seit Kurzem nicht nur an schweren Depressionen, dem klinischen Wunsch, aus dem verdammten eigenen Buch auszusteigen, sondern neuerdings auch noch an ADHS, chronischer Unruhe, nervlichen Zuckungen und starker Abgeschlagenheit. Dabei hat Herbert weiterhin rein gar nichts gemacht — außer zusätzlich vollständig — zum ohnehin schon kompletten Nichtstun — nutz- und sinnbefreit im www, das er eigentlich eher ablehnte — zu groß erschien ihm die offensichtliche Verquickung von Post-Kapitalismus und Internet, zu riesig die von ihm hinterlassenen digitalen Fußabdrücke und nervige Werbung, ohne sie je überhaupt erwünscht zu haben — plötzlich den lieben langen Tag in aller Unruhe jedoch abzugammeln, sich Bernadette sei Dank im Space des Inderneds, wie sie es bezeichnet, nach einem von ihm zutiefst unersehnten Traum-Däddedele natürlich streng nach ihrer Wahl (!) fieberhaft zu suchen. Zu Herberts Beruhigung sind die Möglichkeiten, einen romantischen Coup in den gigantischen Weiten der digitalen Welt zu landen, natürlich nur sehr gering, gegen minus 250 tendierend.

Leider piepst es für den Menschen- und Geräusche-Disliker jedoch seither fortwährend algorithmisch aus seinem Pyjama, dem never ending talking Web sei Dank jedoch keinen echten Vibrator. Das würde Herbert nun wirklich in Aufruhr bringen. Aufreibenderweise vibriert es ebenfalls in seiner stinkenden, verfilzten Socke. Nur eben keine Emotionen. Für Herbert wiederum dank des Netzes. Es scheint, als würde Herbert Bräutigam, der nie und nimmer heiraten wollte, auch nicht das Netz, in der Tat eine neue Hassliebe zum Internet als neuen Fluchtort dank Bernadette entdecken. Herbie – mit den seit fünf Wochen unsaubersten Klamotten auf der Welt und den seit ca. dreieinhalb Wochen schmutzigsten Haaren – hat das Gefühl, kaum noch ins Tageslicht zu kommen – es scheint ihm aber nichts auszumachen. Immerhin lebt es sich daheim auf dem super abgehalfterten, inzwischen im Stadium V verdreckten, aber saubequemen Sofa – jenseits aller Beurteilung – hidden in his laissez-faire Style-home loop friedlichem Paradies – als Wiederholschleife – happy all alone – only Herbie and him – gigantisch für den Faulenzer Herbie. Nichts zu tun – eine Wohltat. Gut – möglicherweise könnten die vergilbten Beißerchen dazu führen, dass er sie eines Tages ganz verliert. Auch wird er nach dieser Phase vielleicht in einer Rückenklinik landen. Spaziergänge fand Herbie hingegen schon immer fad. Es war ihm nie ganz klar, warum er sich dazu aufmachen sollte, wenn es doch auch noch eine Spur müßiger geht. Jegliche körperliche Betätigung sieht er als absolute Zumutung und als willkürlichen Angriff auf ihn und seine Persönlichkeit an. Herbert nämlich ist zum befangenen, aber sich völlig wohlfühlenden Vampir seiner, ihm mütterlicherseits aufgezwungenen, und der einer gesamten Generation, geworden. Nur, um von seinem Freund Ole übertroffen zu werden. War der Nerd schon früher kalkweiß, selbst wenn draußen die Sonne in voller

Montur brutzelte. UV-Licht führt ohnehin zu Falten und zu Hautkrebs. Ole ist schon immer voll dabei gewesen. Der Grund: Facebook, YouTuben, mal kurz das Wetter checken. Die News. WhatsApp, brillante Frauen im Zoom in Zeitlupe durchgängig abloopen. Mädels searchen. Mit ihnen stundenlang online flirten. Nur, um sie durch freche Beleidigungen Sekunden später wieder schnell zu verlieren. Seine längste Checki-Look-Up-Phase: Brillante 70 Stunden am Stück. Kein einziges Mal war er in der gesamten Zeit draußen. Bekennenderweise musste danach der Arzt zum kurzen Wohlbefinden-Check-Up Oles vorbeikommen. Seine Konstellation war dramatisch schlecht. Immerhin hatte er starken groovy Schwindel, es fiel ihm schwer, aufzustehen. Seine Beine fühlten sich wie verbogene Gemüsestängel an, die Knochen erinnerten an durchgedrückte, abgeknickte Gummibärchen. Solche, der Sorte abgekaut aus der Schulzeit. Der Sauerstoffgehalt in seinem blassen Körperchen war gefährlich gering. Ok – er musste zum Physiotherapeuten. Ole ist ein Sinnbild dieser Generation – Corona-Warn-App, Gesundheits-Checks, ohne je Fitness for real getrieben zu haben, die Krise. Die gesamte Erde verpackt als scheinbares Nichts mit dennoch schweren Folgen, alarmierend zu einer Überschwemmung führend, ungebremst auf die heimischen Wohnzimmertische platschend. Ungefiltert saust alles quer durch das häusliche Nichts. Keiner hält irgendetwas auf. Wo geht all das hin? Fragt keiner, weil nur gesimst wird. Jetzt auch noch Herbie – ausgerechnet – on top erkoren zum ungefragten Dulder von vermeintlich Amourösem in Form digitalen Schundes dank seiner eigenen penetranten

Mutter. Abkürzungen flitzen statt Gedanken durch den Raum. Ein Sinnbild einer Generation, die nie wirklich in der Realität hingeht, sich wie irre halbwegs zuvor auf alles Mögliche theoretisch sorgfältig vorbereitet, nur noch Wege bespricht, Maps wild durch die Gegend schickt, um am Ende in der Praxis aber immer wieder einzuknicken, alles kurz bevor es konkret werden könnte, in panischer Cancelung.

Etwaige breiig anmutende Breaks zwischen Wannabe-Meetings, vor denen er immense Angst hat, füllt Herbie präventiv an ihm unerträglich erscheinenden Tagen, da mögliche Treffen durch seine Mutter drohen könnten, in dieser neuen Phase seines mittelalten Unglücks mit jeglichem digitalen Unfug an. Irrwitzigen Spuk, den er früher kritisierte, da er ihn als irritierend, zu grell empfand – weiß das Netz was. Schließlich soll keine einzige Sekunde vergehen, in der nicht irgendetwas zur Ablenkung läuft. Aus massiver Angst vor den gesearcheten Dates seiner Mutter. Das Gehirn einzuschalten, fällt auf diese Weise nicht leicht. Zum echten Flirt kommt es auf diese Weise nur selten. Denn häufig dated Herbie eben ins diffuse Nichts, bekommt er doch laufend kurz vor Schluss Absagen, wird er geghostet, das Kennenlernen unendlich verschoben, oder war die zu Datende am Ende doch wieder nur ein Fake. Das ist natürlich für manche frustrierend. Für Herbie ist es jedoch dann ein Glücksfall. Hätte er noch die Kraft in den Beinen, könnte er dann – und nur dann – hochspringen vor ultimativer Freude. Da Herbie aber sonst eher minimalistisch und autistisch angehaucht ist, fällt es ihm schwer, alles gleichzeitig zu tun. Ist die echte Welt denn per se gut?

Wohl kaum, immerhin hagelt es in der Realität schlimme Krankheiten, Vergewaltigungen, Kriege, Umweltkatastrophen, Morde, Gewalt, Spermien, Eizellen, Sex, Fortpflanzung, usw. Ist Romantik grundsätzlich gut? Nein. Jene wird sowieso überbewertet. Also. So what? denkt Herbert seither untypisch fröhlich. Und – schließlich richtete die Generation seiner Eltern ja auch schon genug Schlechtes in der Realität an. Neben zu Spottpreisen angeblich zu grillende, gestopfte Rostbratwürstchen floss ja en masse Sekt für Schrott.

Sein Gerät zwitschert – oh, oh – jetzt ist Herbie dran – prognostiziert er in seiner dunkelsten, antiromantischen Dystopie – muss er, der Alleingänger, doch eine Entscheidung treffen. Zack. Du da!? Auweia! Etwas, zudem er überhaupt gar nicht imstande zu sein scheint, weshalb er sich jetzt – angsterfüllt – ein Kissen trotz bereits stickiger Luft über das Gesicht – wie als Kind – hält. Der inzwischen, aufgrund der Paranoia und zu viel auf einen Schlag Konsum des Internets eine ischämische Gesichtslähmung in seinem Gesicht eraplträumende Herbie – kann er doch kaum noch seinen Blick auf sein Mobilendgerät richten und der Abscheu davor, etwas tun zu müssen, schlimmer noch eine Entscheidung treffen – zwischen A) der vermeintlichen Lisa, die höchstwahrscheinlich gar nicht existiert, da sie wie fast alles dieser Tage eine Täuschung ist. Mal lebt sie, wie Herbert sich dank seiner Mutter seit sage und schreibe drei Tagen beobachten muss, in Düsseldorf, dann plötzlich in Stuttgart, um später irgendwo in Magdeburg zu verschwinden – und einer Sport-Enthusiastin mit dem hyper ehrgeizigen Namen ‚Pina-Popeeda

Toughypopaffi –' – jene schwimmt angeblich 25 km per day – angeberisch auf einem Glanz-Bildchen posend, welches ihn zutiefst fürchten lässt. Falls es nicht ein Schein ist. „4U. LOL. Hast du 1 vn dr (falsch übersetzt) Thx" verkürztnichtdenkt jene. Herbie sendet ihr eines. Wenn auch mit starkem Aufbegehren, im wissenden Gewissen, die drohende digitale – somit noch grenzenlosere als in der echten Welt – Kritik – zu erhalten. Plus die von ihm gehasste Dinghaftigkeit. Der Druck in Herbie steigt ins Unermessliche. Pina Popeeda Toughypopaffi schickt ihm daraufhin einen Daumen nach unten. „OMG – Sry (= Sorry) – mir gfllt (erfunden) deins 0. Ktest du es villt (gemutmaßt) in Photoshop max. bearbeiten? 1 Filtr (= erdacht Filter) drbr (= vermutlich drüberlegen, bei diesem Wort bin ich mir nicht sicher.) Thx." Manche Sätze scheint sie jedoch der Drastik halber in ihrer gesamten Unschönheit auszuschreiben: „Es ist so FÜRCHTERLICH MILCHFARBEN. Gesicht nach unten. Brechendes." Herbie: „Ok, soldier Pina! Thx. LOL."

In der Folge möchte eine gewisse Nina irgendein Bild von seinem, seiner Mudder nach wichtigsten, wertesten Organ haben, bevor sie ihm – ungefragt – eines von ihrem zuschickt. „4U – Herbie, my darling;)", ohne ihn überhaupt zu kennen oder je gesehen zu haben – wie kann sie den Schmalz wagen? „Ich will ein Dick Pic. Jetzt und gleich. Ich weiß, dass du einen Außerordentlichen hast. ;) Bedrängendes Kussgesicht. Herbie fühlt sich ominös bespitzelt.

Als Pina Popeeda Toughypopaffi sich auch noch traut, ihn tatsächlich im Hier und Jetzt daraufhin anzurufen, überkommt Herbie der dringende Wunsch, auf der Stelle

for real tot umzufallen. Wie kann sie es sich nur an-
maßen, diese Konkretheit ihm, Herbert, Grenzautisten
und Menschenhasser, in Krisenzeiten, zuzumuten, ihn
aus seiner bigotten, gemütlichen Faulenzer-Existenz zu
reißen? Seinem, dem sonst von ihm eher als lästig emp-
fundenen, von seiner Mutter auferzwungenen Freund-
Feind-Begleiter-Smartphone sei Dank unterbricht die
derbe Verbindung an Krach von der Straße aus, die
sein Ohr durchpressende Pulsmess-App neben dem der
just einsetzenden der Türklingel in der Wirklichkeit ihn.
Wäre es nicht seine leibhafte Mutter, welche ihm im Hier
und Jetzt reale Buddrbrode reicht, damit ihr Söhnle in
der gesamten Zeit nicht verhungert. Seinen Status bezüglich der abzugooglenden Klischee-Romantik in den
Tiefen des worldwide Web-Dark-Dickichts zeitgleich in
aller Tatsächlichkeit abfragend.

**

Kapitel 24) Annas Dämonen Trauma I

Herbert: „Wer ist das auf dem Foto hier? Oder ist das wieder ein gestelltes? Man kann ja nie wissen... Ich sage nur gestanzte Augen ... Diese Frau scheint dennoch wirklich Ähnlichkeit mit dir zu haben."

Anna: „Sehr witzig. Das ist in echt FOR REAL meine Lieblingsoma, die Mutter meiner Mutter. Kannst du mir glauben. Sie war dufte."

Herbert: „Sieht in der Tat auch sympathisch aus, wie sie hier gelassen den Schnaps – mit wem auch immer – schlürft. Was mochtest du an ihr?"

Anna: „Das sind Diddi und Willy von der Ortsschenke, ihre Kumpels. Sie brachte mich zum Lachen. Ich mochte sie, weil sie mich aufbaute, wenn meine Eltern mal wieder zankten, oder meine Mutter ausschließlich ihrem Reinigungszwang gesonnen war. Sie war immer für mich da, ebnete – ohne zu wischen."

Herbert: „Das klingt wirklich toll. Erzähle mir bitte mehr von ihr. Wie hieß sie? Wo wurde sie geboren?"

Anna: „Wir werden neugierig. Wir werden zu vorwitzig – der Herr. Nun gut: Wenn du es unbedingt wissen möchtest – Familiengeheimnis Nr. 1: Ihr Name war Elizabeth. Geboren wurde sie in Berlin. Ihre Schnauze ist auch dadurch geprägt worden. Manchmal denke ich, sie hätte vielleicht auch lieber dableiben sollen. Sonst wäre sie später möglicherweise nicht so traurig und keine Beinahe-Alkoholikerin geworden, aber sie musste wegen des Krieges wie viele andere auch flüchten. Ich war zwar nicht dabei, um es beurteilen zu können, aber aus meiner Sicht schien sie die NS-Zeit mit

Alkohol übertünchen zu wollen. Die sich anschließenden, spießigen, erstickenden 50er ebenfalls."

Herbert: „Verstehe. Traurig, aber auch sehr verständlich. Hatte sie Geschwister?"

Anna (*knapp*): „Ja. Drei. Stück. (*Stakkatoartig*) „Sie-ver-star-ben-alle-samt-im-Krieg."

Herbert: „Das tut mir sehr sehr leid. An der Front?"

Anna: „Nein. Um es kurz zu fassen, wurden sie erst verfolgt, um dann umgebracht zu werden. Auch musste sie ihren Nachnamen staatlich auferlegt zwangsändern. Sie verlor ihre gesamte Identität. Das Trauma war unbeschreiblich groß."

Herbert (*denkend/nicht sprechend*): Danke, dass du mir das erzählt hast – für das Vertrauen nach kurzer Zeit in mich, der ich ein Niemand bin.

Anna (*ebenfalls nur in Gedanken/keine Stimme nutzend*): Danke, dass ich dir das berichten konnte, und du das nicht hinterfragtest.

***

Kapitel 21 C) „Jagen statt Denken"

Herbert: „Anna, oh die schönste aller Annas. Anna, die jeden Tag noch eine neue Version ihres eigenen Selbst hervorzaubert. Immer, wenn man denkt, verschiedene bereits zu kennen, kommt sie in einer völlig anderen, glamourösen Facette dahergeflogen. Lass mich bitte endlich in deine Gedankenwelt eintauchen. Welche Gespenster meinst du? Darf ich davon erfahren? Du sagtest, du verletztest dich wegen allem und nichts, aber ich komme gerade einfach nicht weiter."

Anna (*eine gespenstische Grimasse schneidend, ihn erschreckend, dann ulkig wegrennend*): „Buh – hu – spuk, spuk – hat nicht jeder welche? Ich meine – wer hat denn bitte keine Probleme oder keinerlei Vorvergangenheit? Tragen nicht alle Geschichten mit sich herum? Außerdem musst du, um das zu erfahren, dich schon mindestens als Geist verkleiden. Sonst geschieht gar nichts (*lachend*)."

Herbert: „Das ist nicht witzig, Anna. Warum meinst du, immer den Clown spielen zu müssen? Selbst, wenn es ernst ist? Einmal ist es nicht adäquat. So komme ich nicht weiter."

Anna: „Wer sagt denn, dass du streberhaft den Fortschritt antreten musst? Wie die Konservativen oder – noch schlimmer – die Liberalen? (*Verzieht angewidert ihr Gesicht*): Du selber willst das doch gar nicht, sagtest du."

Herbert: „Wir drehen uns im Kreis, Anna."

Anna (*die Augen verdrehend*): „Oh – Entschuldigung – ich konnte ja nicht ahnen, dass wir uns in einem langweiligen Stuhlkreis-Seminar zum Hineinbeißen in der Psychiatrie befinden."

Herbert: „Warum möchtest du nicht, dass ich ein einziges Mal einen echten Einblick in dein wirkliches Leben bekomme? Immerhin mache ich das, weil ich dich mag und ich wissen möchte, warum es dir wie geht. Nicht etwa, um dich zu ärgern. Deine Einmal-Tattoos durfte ich berühren, gar in deinen schönen Körper eintauchen, aber über Wunden sprechen ist nicht möglich? Komisch."

Anna: „Jetzt klingst du wie mein eigener Vater in meiner Pubertät – komme ja nicht zu spät nachhause. Bla bla. Blups. Ok – was möchtest du denn genau wissen? Das mit ihm und seinen Wutanfällen erzählte ich schon. Seine Erniedrigungen erwähnte ich ebenfalls. Immerhin erlebtest du es selber als versteckter Keks in der Cafeteria der Nervenheilanstalt. Als krümeliger Eavesdropper. Weißt du noch?"

Herbert: „Schon. Soll das wirklich alles sein?"

Anna: „Absolut ist ein nicht zu erreichbarer Zustand für niemanden. Meine Mutter ist obendrein eine oberflächliche, zwanghafte Putzerin. Notorische Wegwischerin."

Herbert: „Ich weiß nicht, wie lange das noch so weitergehen kann."

Anna: „Was? Ich muss nun hinaus, (*fährt mit ihrer Zunge über ihre Lippen*) yummy – lecker – Beute anknabbern."

Herbert: „Das."

Anna (*gereizt*): „Was?!"

Herbert: „Du verspeist laufend Menschen, ohne dir die Mühe zu machen, jemals wirklich hinzusehen. Du jagst, um nicht denken zu müssen. Bloß nicht einmal verstehen. Mich nicht. Dich auch nie. Uns nicht. Du frisst UNS zusammen auf, aber nicht gemeinsam. Die Scherben sammeln schon die Anderen auf."

Anna (*wütend*): „Spinnst du jetzt völlig? Wieso bist du plötzlich doch eifersüchtig? Ich dachte, wir hätten eine offene Beziehung."

Herbert: „Das ist es nicht. Du verstehst mich nicht. Wer verfolgt wurde, neigt zum Zerfleischen. Flieg, flieg – Jägerin – auf zu neuen, zu erkundenden Ufern. Mir macht das nichts. Aber lege deine gefangenen Mäuse woanders hin."

Kapitel 20 H) „A hausigs Weib isch de beschd Schbarkass"

„Hallo Mama, lieber Papa! Ich möchte euch heute meinen Fang, wie du es bezeichnen würdest, Mama, Anna, vorstellen. Wir lernten uns in keiner geringeren als in der Psychiatrie kennen."

Bernadette: „Willgomme. Möchdsch äbbr (= jemand) Kägsla, Breedla? Langad Se zua. Isch gnuag doi. Ich hab's heit ar im Supprmarkd in Sparpaggedsch kaufa ganga. Man wissa ja nie – des Kriserle."

Herbert (*schielend*): „So ist meine Mutter immer. Sie holt seit jeher keine Luft. Stattdessen atmet diese sie."
Anna lacht.

Bernadette: „So ist mein Herbert ständig. Ein elendiger Kapitalismus-Kritiker."

Herbert: „Mama – hamsterst du peinlicherweise etwa auch? Bitte kein Schwäbisch, wenn Gäste anwesend sind."

Bernadette (*ihren Sohn in die Küche zerrend*): „Bliddzsaubrs Mädele (übersetzt = wunderschönes) haschd fanga. Von Psychiatrie hast du uns aber nichts vrroda."

Herbert: „Deshalb tu ich es ja jetzt. Welchen Unterschied macht es denn? Wie hast du dir das denn vorgestellt? Dass Freundinnen auf Bäumen wachsen oder vielleicht im Supermarktregal als Preissturz hinab zum ach so einsamen Söhnle auf die Erde geflogen kommen? So läuft der amouröse Markt nicht. Dank dir kenne ich mich jetzt bestens aus (*die Augen rollend*)."

Bernadette: „Natürlich nicht."

Herbert: „Sondern? Ich war doch auch in der Nervenheilanstalt. Schon vergessen?"

Bernadette: „Pschd. Darüber müsse wir heudde nedd schwäddzä."

Herbert: „Und warum nicht? Was kehrst du denn wieder die Realität zurecht? Für dich ist immer alles gleich einfach. Keinerlei Gewichtung. Alles immer aus der gleichen angenehmen Position."

Herberts Mutter: „So – des Kuacha – des müssds esse."

Herbert: „Wieso ist es eine Pflicht? Ist hier etwa ein Krieg ausgebrochen? Kuchen ist dir wichtiger als die Psyche?"

Bernadette: „Wo kommst du her, Anna?"

Anna: „Aus Bad Münstereifel".

Bernadette: „Da ich war noch nie. Gefiel es Ihnen?"

Anna: „Als Kind nicht wirklich. Aber da kann vielleicht der Ort nicht mal was für."

Herberts Mutter: „Stattdessen?"

Das Kind: „Wissen Sie – ich brach in einer Bank Bröckchen auf die Erde, als das Hüftkorsett einer wunderlichen deutschen Körperschafts-Liga-GmbH & Co. e.V. KG. mir in aller dreisten Schnödigkeit mitteilte, ich soll für immer Deutsche Mark zur Seite legen, und ich begriff, in der BRD geboren zu sein. Verstehen Sie? Nein, Sie legen ja offenbar gerne Rücklagen zurück."

Bernadette: „Ein schwäbisches Sprichwort dazu ist bei uns – ‚A hausigs Weib isch de beschd Schbarkass (Übersetzung: ‚Nichts geht über ein sparsames Eheweib.' Wörtlich laut Translation eines Internetgiganten: Eine sparsame Ehefrau ist die beste Sparkasse.') Und, was möchten Sie werden? Wennsch nedd a Hausweib?"

Anna: „Ich bin bereits systematische, mehrfach ausgezeichnete, prämierte Sparschweinsprengerin. Wenn Sie möchten, kann ich Ihnen diesbezüglich ein paar fetzige Tricks zeigen. Haben Sie vielleicht eine Borstentier-Büchse?"

Bernadette: „Nein. Die Einzige, die ich besitze, ist eine Rarität."

Herbert: „Wer hätte das erraten können."

Anna: „Ich werde nichts zerbrechen. Versprochen."

Sagt es, während das angehäufte teure Ferkeldöschen ad hoc in tausend Teile zerberstet.

Herbert: „Endlich. War doch sowieso hässlich."

Bernadette (*lügend*): „Ist nedd so schlimm."

Herberts Mutter: „Und Ihre Familie?"

Anna (*ihre Stimmung merklich kippend*): „Was soll mit ihr sein? Die Seite meiner Oma mütterlicherseits wurde von den Nazis verfolgt und komplett umgebracht. Außer meiner Großmutter selbst."

Bernadette – *für einen Moment aus ihrem üblichen Redetakt hinausgepurzelt.*

„Du meine Güte – wie schrecklich. Das tut mir furchtbar leid.

Ziemlich viele Tattoos hast du."

Anna (*ihre Laune wird noch schlechter*): „Das sind Schein-Heilwunden meiner elendigen Kindheitstage."

Bernadette: „Und, was sagen Sie zu Herberts Widerstand, sich fortzupflanzen? Wollen Sie auch keine Kinder?"

Anna: „Darüber bin ich zutiefst zufrieden."

Bernadette: „A Kuah, dia nedd kalbd, daugd nix!" Das ist ein schwäbisches Sprichwort. Übersetzung: „Eine Kuh, die keine Kälbchen hat, taugt nichts."

Da Herberts Vater, Uwe, an diesem Nachmittag keinen bis sehr wenig Text von sich gab, werden Anna und Herbert ihm später einen poetischen dazudichten.

Wirkt er doch laienhaft, als säße er bloß da, damit das Bild stimmt.

Als hätte Bernadette ihn dort eigenständig hindirigiert.

Was wäre er wohl, wenn er nicht hier wäre?

Gäbe es nicht so viele Wiegenfeste mit albernen Sektempfängen?

Was wünscht er sich wohl, wenn er täglich fleißig zum Amt läuft?

Wie hält er es dort Tag für Tag ohne Poesie aus? Akten sortierend? Spaltet er seine Person möglicherweise ebenfalls ab? Entfleucht er? Wenn ja, wohin?

Sein Sohn mit dem seiner Mutter nach zum Heiraten verdammten gleichen Familiennamen „Bräutigam" träumt seit langer Zeit von dem Dasein als bloßes Opossum.

Doch stattdessen ergab sich sein eigenes lästiges Wiegenfest.

Gefolgt von einer quälenden Kommunion.

Tief drinnen rumort in Uwe der Ur-Traum eines Tiefseetauchers.

Doch es hagelten zu viele, von ihm zu bedienende Kegelbahnen und funktionale Rasenmäher dazwischen.

Zumal sein Sohn ständig Geburtstag hatte.

Symbolisch liegt sein geplatzter Traum verwaist auf der Bowlingbahn.

Dort hinten,

wo der Vorhang kurz noch einmal aufflackert, sich Kegel und Bahn oberflächlich vermeintlich treffen,

Schein-Hoffnung versprechend,

bevor das kurze Zeitfenster

der angeblichen

Pflicht-
Ablenkung
sich wieder für die Ewigkeit
schließt.

Flüchtig sollte Uwe die Möglichkeit des Eintauchens in eine andere Welt – wenn auch nur vorübergehend und vage – bekommen. Als seines eigenen Sohnes Freundin ihn im Badezimmer überraschte, ihn fragend: „Ich sehe in Ihrem Blick den Wunsch nach Ausbruch. Eben, als ich am Kaffeetisch saß, sah ich, wie Sie heimlich meine Arme studierten, meine Augen irritierten Sie. Sie taten so, als sei nichts geschehen, sahen durch mich hindurch, als sei ich nichts als ein Gespenst, wendeten den Blick ab. Möglicherweise bin ich ein Nichts und gekränkt, da Sie meine Leere erkannten. Wohin flüchten Sie eigentlich? Geben Sie es zu. Die Behauptung, Sie seien nur Statist, ist heuchlerisch. Sie haben bloß Angst. Wenn Sie weiterhin so darben, sterben Sie noch an Depressionen. Wollen Sie mich stattdessen küssen?" Uwe: „Sie sind mit Herbert zusammen." Anna: „Bin ich ein wertloses Vakuum?" Uwe: „Sie sind keine Hülle, Sie sind eine der attraktivsten Personen, die ich in meinem gesamten Leben sah."
Anna: „Schönheit ist vergänglich. Es ist merkwürdig, man bekommt sie geschenkt, ohne gefragt zu werden, und weiß nicht, was man damit anfangen soll. Eines Tages entwickelt sie Furchen. Dann ist auch die Anmut passé´. Was kommt danach? Ich habe Angst vor dem Alter." Der angebliche Laiendarsteller fühlt sich in seine eigene Pubertät zurückversetzt, aus dem Nichts

neugierig Zungenküsse zwischen dem dreilagigen Toilettenpapier und einem Seifenspender seiner Gattin gebend – wackelig – wie auf einer Klassenfahrt zu Jugendzeiten – beinahe an ein Kunststück grenzend. Etwas zerbricht. Bernadette klopft an die Türe, fragend, ob alles in Ordnung sei. Er bestätigt dies, die Toilette sei bloß verstopft gewesen.

Lange später noch wird Uwe den Erinnerungsfetzen von Anna in sich tragen, ihn lächeln lassen. Er wünschte, es hätte die Möglichkeit gegeben, ihre Hand länger zu halten.

***

Kapitel 25) „Finstere, zu sprießende Saatgüter" – Blinddate-Mission Herbies dank seiner Mutter

Berührungstherapeutin Sabine: „Fühlen Sie die Dunkelheit. Werden Sie ganz eins mit ihr. Lauschen Sie in die verlorensten Ecken Ihrer verschwiegenen, abtrünnigen Seele hinein. Wovor fürchten Sie sich? Was sind Ihre abgründigsten Geheimnisse?"

Herbert: „Ich habe keine."

Sabine: „Sie sollen nicht sprechen. Nur fühlen. Das heutige unsichtbare Kennenlern-Treffen soll zunächst eine Begegnung mit Ihrem Ich sein. Denn nur, wer bereit ist, Bekanntschaft mit seinem Ego zu machen, kann sich später auch Anderen öffnen."

Herbie: „Nun – ich muss zugeben, etwas Angst zu haben."

„Sie reden zu viel. Schweigen ist manchmal Gold. Ich spüre bei Ihnen eine starke Abwehrhaltung, Ihrem Ich zu begegnen. Nahezu eine Blockade. So wird es sehr schwer werden, je eine Beziehung mit anderen einzugehen."

Herbert: „Das erleichtert mich sehr. Ich möchte das nämlich auch gar nicht."

Berührungstherapeutin Sabine: „Antworten Sie ausschließlich nonverbal. Heute geht es um die Kommunikation mit Ihrem eigenen fantastischen Körper. Es gibt so viele wundersame Möglichkeiten, rein physisch Dinge auszudrücken."

Herbert: „Es ist bei mir so. Eigentlich bin ich nicht sonderlich kommunikativ. Jetzt soll ich gar nicht reden, und es fällt mir schwer."

Berührungstherapeutin: „Verstehe. Ich stelle Ihnen noch einmal die Frage: Sie antworten körperlich. Warum wollen Sie keine Verbindung zu anderen Kreaturen aufbauen? Wenn es Ihnen hilft, berühren Sie sich selbst. Ertasten Sie sich."

Herbert würgt.

„Ich möchte Sie darüber aufklären, dass nun gleich eine Frau den Raum betreten wird, mit welcher Sie gemeinsam auf einen spannenden Kuschel-Kurs gehen sollen – Herbert – durch gegenseitiges Betasten des jeweiligen anderen, bezaubernden, bis hierhin nicht gekannten Körpers mit verbundenen Augen. Versuchen Sie, es einmal zuzulassen. Geben Sie sich doch einen Ruck. Gehen Sie auf eine spannende Entdeckungsreise. Lassen Sie Ihren Emotionen freien Lauf."

Herbert versucht, ein Gesicht zu malen – diesmal mit einem streng nach unten schauenden, stark weinenden Mund – was ihm erneut überhaupt nicht gelingt.

„Was auch immer Sie zeichnen wollen – ich kann es leider wieder nicht erkennen. Sehr schade aber auch. Soll das vielleicht Regen sein? Prima – immerhin ein Gefühl – ich nehme verdichtete Atmosphäre wahr. Sie scheinen Fortschritte zu machen. Das freut mich für Sie, Herbert. Auch aus negativen Gefühlen kann man schließlich Energie schöpfen, so man sie nur umzuleiten weiß. Allerdings könnte Wasser natürlich auch ein Sinnbild für männliche Spermien sein auf der leidenschaftlichen, angestauten Suche nach einem anderen Organ, in welche sie endlich frei mit Wonne fließen möchten."

Entsetzt schüttelt Herbert den Kopf.

„Mein Gefühl ist, dass Sie traurigerweise ständig Ihr Unterbewusstsein unterdrücken. Hier – in dem Symbol der Samenflüssigkeit – des sprießenden Saatgutes – könnte so viel positive Kraft liegen. Nutzen Sie sie. Die Dame, von der ich vorhin sprach, ist nun da. Entzückt Sie das?"

Herbert verharrt in einer Angststarre.

Berührungstherapeutin: „Ich nehme das mal als halbes ja wahr.

Willkommen an Bord – liebe Lena, auf einer fesselnden figürlichen und möglicherweise gar sinnlichen Odyssee. Setzen Sie sich doch. Nur keine falsche Schüchternheit. Sie können auch ganz bequem auf dem hier ohnehin schon frei herumliegenden Herbert Platz nehmen. Erkunden Sie seinen reifen, starken männlichen, sich heimlich möglicherweise nach Zärtlichkeit sehnenden Korpus."

Herberts Körper zuckt auf- und ab.

Lena (*Schwierigkeiten habend, sich auf ihn zu setzen ob des Wackelns*): „Möchte er das denn überhaupt? Schließlich bäumt er sich so seltsam auf."

Berührungstherapeutin Sabine: „Wir verzichten heute komplett auf Worte. Immerhin sind jene sowieso häufig oberflächlich und nur sehr begrenzt, manchmal irreführend. Ihre Körper sind hingegen beide zu viel mehr fähig. Dessen bin ich mir sicher. Fragen Sie ihn via figürlicher Sprache."

Herbert schüttelt seinen Kopf.

Lena, ein Fragezeichen zeichnend, das Gesicht in starke Zweifel legend.

Berührungstherapeutin: „Lassen Sie mich Ihnen etwas erklären, liebe Lena. Mir geht es nicht etwa darum, Menschen zum Sex gegen den Willen anderer zu animieren. Überhaupt gar nicht. Heute liegt der Fokus viel mehr auf der Rückbesinnung auf den oft vergessenen Körper. Wir leben in einer Welt, in welcher das Dinghafte häufig übersehen wird, zu einer figürlichen Nebensächlichkeit abgestempelt wird. Eine Gesellschaft, in der nur gearbeitet wird, an einem PC sitzend, manche nur noch digital verbunden sind – gerade in Zeiten des Lock-Downs. Ich bin mir sicher, dass das Folgen hat, die noch gar nicht erforscht sind – von einem großen Ausmaß."

Lena schreibt #Me Too mit Fragezeichen auf die Erde.

Berührungstherapeutin: „Ich sehe berechtigte Zweifel bei Ihnen. Das ist auch völlig in Ordnung und verständlich. Vergessen Sie jegliche Erotik an dieser Stelle.

Schließen Sie nun beide Ihre Augen.

Konzentrieren Sie sich.

Lauschen Sie in sich hinein.

Ertasten Sie die Aura des anderen faszinierenden Körpers.

Horchen Sie in den Anderen hinein.

Was vernehmen Sie?"

Lena malt eine 0 bzw. null Prozent mit einem Strich dadurch.

Berührungstherapeutin: „Sie sehen nichts?"

Lena zeichnet ein Loch, angefüllt mit schwarzer Farbe.

Berührungstherapeutin: „Ein schwarzes Loch?"

Lena nickt.

Berührungstherapeutin: „Interessant.

Wie fühlt sich seine Ausstrahlung an? Welche Farbe würden Sie ihr geben?"

Lena hält graue Farbe hoch.

Sabine: „Klopfen Sie nun auf dem jeweiligen anderen Torso wild und befreit herum. Entdecken Sie Ihr inneres Kind. Ich reiche Ihnen dazu jeweils einen Holz-Löffel."
Berührungstherapeutin: „Was stellen Sie fest?"
Herbert malt ein schmerzverzerrtes Gesicht, sich ächzend und stöhnend zur Seite wälzend, an einer Muskeldehnung leidend.

Als Herbert in sie eindrang,
war Anna nicht
da.

Kapitel 21 D) Teil I „Exklusive Flucht Annas"

Der überhaupt nicht zu Gewalt neigende, ungern schreiende und überdies gar keinen Sex einfordernde Herbie hängt über ihr, vehement gegen ihre Wangen klatschend, das TV-Endgerät, auf welchem im Hintergrund in gigantischer XXL-Auflösung Menschen vor seinem Auge Sex haben – via Plastik billo Funkschalte – angewidert parallel ausschaltend. „ANNA! Aufstehen! Scheiße. Was machst du denn mit mir? Warum liegst du besinnungslos auf der Erde? Was ist mit dir? Fuck – wir müssen diese Dinge nicht tun. Ich schon gar nicht. Das weißt du doch. Dir zuliebe kann ich genauso verzichten. (*Weinend*): Komm doch zurück, Anna. Wo bist du denn – du schönes Kind, du? (*Verzweifelt über ihr hängend*:) Kann ich nicht wenigstens dahin mitkommen? Das hier ist so gemein exklusiv. Verstehst du? Nimm mich doch bitte, bitte wenigstens mit in dein anderes Land, wo auch immer du dich befindest. (*Wütend*): Wieso ist es immer noch nicht in dieser vermeintlich modernen, ach so fortgeschrittenen, aufgeklärten Welt möglich, in die Gedankenwelt anderer hineinzusehen? In die Gefühle des anderen einzusteigen – einen echten Einblick in das Gehirn zu erhaschen? Ich habe mir das anders vorgestellt. (*Vorwurfsvoll*): Das muss doch möglich sein. In den Körper kann beliebig ein- oder ausgestiegen werden, was das jeweilige Organ herhält. Ob man möchte oder nicht.
In jeder Werbung werden einem Unterhöschen
und nackte Körper verkauft,
Sex staatlich zur Pflicht erklärt.

Der medizinische Fortschritt ist sehr weit entwickelt.
Beinahe glaubt man, nicht mehr sterben zu können.
Wo bleibt der empathische?
Das ist doch bemitleidenswerte Augenwischerei!
Ich habe mir das anders vorgestellt.
Ich möchte mein Wischiwaschi-Lebensticket zurück."

***

Kapitel 24) Teil II „Es – Gespenster der Vergangenheit" II

Herbert: „Anna – klopf, klopf – jemand da? Ich würde gerne hineingelassen werden! Hallo? Was war das? Warum weintest du vorhin?"

Anna: „Ach – jeder heult doch mal. Völlig harmlos. Die Emotionen drehen schon mal durch bei so einem Akt."

Herbert: „Gehört ohnmächtig werden auch zum Standardprogramm?"

Anna: „Meine Güte – Standardprogramm – ich war nur kurz mal nicht da."

Herbert: „Was heißt das? Du warst kurz nicht da? ABER DU BIST DOCH ANWESEND. ICH SEHE DICH DOCH!"

Anna: „Ich verschwinde manchmal eben an andere Orte. Das weißt du doch bereits, dass ich mich gelegentlich abspalte. So what?"

Herbert: „Beim Sex kannte ich das bislang noch nicht. Ist das etwa keine schöne Sache für dich? Dann lasse ich es lieber. Ich fühlte mich persönlich eben wie ein Einbrecher oder – schlimmer – einem Vergewaltiger gleich. Eine Rolle, die ich nie spielen wollte. Erinnerst du dich?"

Anna: (*schlecht gelaunt*): „Richtig, Herbert. Genau das meine ich. Seit wann möchtest du denn bitte auf perfekten Sex und pure Klischee-Romantik stehen? Warum muss man plötzlich doch kitschig ‚oh ja' schreien? Das ist doch sowieso voll das Stereotyp. Aber sobald es einmal nicht geschieht, drehen alle durch, oder wie? Ist doch hirnrissig."

Herbert: „Du sollst ja nicht ‚ja' schreien. Ich möchte bloß wissen, was wirklich hinter deinen Wunden steckt. Ich möchte im Bilde darüber sein, mit wem ich eigentlich schlafe."

Anna: „Menschen, die alles zerreden, killen. Schon mal davon gehört? Im Geheimnis steckt die wahre Anziehungskraft. Obendrein dachte ich, du wärest ohnehin kein Mann der großen Worte."

Herbert: „Ich mag keinen Small Talk. Das ist richtig. Menschen, die jedoch nie über Wichtiges sprechen, sehen nicht mal hin. Ich dachte vorhin, ich müsste die Ambulanz rufen. Spiel ES nicht herunter. ES ist doch DA. ES ist ANWESEND, wenn wir Sex haben. ES beobachtet UNS. ES ist DA, wenn wir nicht zusammen sind. Monströs hängt ES wie ein riesiges, schweigendes, schweres, bleiernes Damoklesschwert ÜBER UNS. Tu mir einen Gefallen – verleihe ihm wenigstens eine Stimme, um ihm etwas den Schrecken zu nehmen."

Anna: „Damoklesschwert ist offenbar das Lieblingswort der Deutschen. (*Dann weinend*): Ich habe bloß fürchterliche, riesige Angst, dass es mir dann sehr schlecht geht. So grauenvoll, dass du mich möglicherweise für immer verlässt. Weißt du, dann ziehen wieder diese dunklen Wolken auf, alles wird so schrecklich brüchig, ich weine dann nur noch laufend am Band. Rieche und schmecke drei Tage am Stück Ekelhaftes. Dann ist ES wieder da. In der Verdrängung liegt die Genesung."

Herbert: „Das tu ich nicht. Dafür bestimmt nicht."

Anna (*monoton sprechend*): „Du-lässt-ja-doch-nicht-lo-cker. Als ... als

meine Eltern... als ich ein Kind war, ... wie so häufig – bereits damals stritten. Sie taten das so oft, dass ich insgeheim hoffte, sie trennten sich endlich, lief ich hinaus, ich konnte nicht anders. Mir erschien es – als gäbe es keine andere Möglichkeit, als vor der eigenen Familie zu flüchten...

sprach mich ...

(*Abbrechend*:) Ich kann es nicht. Ich kann es einfach nicht."

Herbert: „Ich bin da, Anna. Du hast 7000 Möglichkeiten plus. Ich gehe nicht weg. Versprochen. Damoklesschwert-Ehrenwort."

Anna: „Haha. Spinner. Sprach mich ... ein ... ein ... *(man kann die riesige Hürde, die sie versucht zu überwinden, riechen/fühlen/schmecken, hören/sehen)* Nach...bar – ich nenne ihn – *(ihre Stimme bricht, bevor jene sich schließlich sachlich-gefühllos anhört.)* Herr-N. P-U-N_K_T... Er sagte, dass ich sehr schön aussähe – dass ich das hübscheste Mädchen auf dem ganzen Weltball sei, dass er je in seinem gesamten Leben gesehen habe, bevor er fragte, warum ich betrübt sei."

Die nächsten Sätze klingen abgehackt, einer Daisy Duck ähnelnd, abgespult. Gehetzt. Fast, als hätte sie sie auswendig lernen müssen, um sie von sich geben zu können. Das Leben sei nicht immer gerecht. Die Einen würden geliebt. Die Anderen manchmal geärgert. In seiner Wohnung – in seinem Spiele-Land – Spieleparadies – so nannte er es – gäbe es keine Konflikte. Alles wäre sehr friedvoll – wundervoll still. Eine Welt aus Watte. Niemand schreie herum. Warum ich nicht zu ihm ginge, wenn meine Eltern offenbar so doof seien. Er würde mich verstehen. Dann nahm er mich an die Hand. Wir gingen hinein. Er gab mir Schokolade. Feine Dinge, die es bei meiner Biorhythmus-Mutter nicht gab."

Forts. Kapitel 16 Teil II „Unionisiert – fromme und domestizierte Lämmer"

In der Scheinwelt
der
vermeintlich unschuldigen, ewig gleich geschminkten
Karnevalsgaukelei
wurde im Taumel des
Abgründe
freilegenden
Rausches
hinter den tanzenden,
angeblich
lieben,
stereotypen
Häschen,
mild gespülten,
domestizierten
Löwchen
deutsch
unionisiert
im Gleichmarsch
der
Zwangs-
Folgsamkeit
der
paradesüchtigen,
lammfrommen,
niedlich gespülten,
neckischen
Clownsnäschen, Prinzchen

und Prinzesschinnen
eine Frau
in der Wirklichkeit
– maskiert –
von einem Menschen, dessen Gesicht hinter der Ver-
stellung
gar sanft zu lächeln schien,
ver-ge-
wal-
tigt.

Eine pure Leichtigkeit war es für ihn.
Nur innerhalb von 20 Zentimetern Zugreifenwardie-
bloßeAnstrengung.
Nichtmalgroßartigbewegenmussteersich.
Wie Fernsehschauen oder bequem Chips mampfen.
Einfach zulangen. Herz aus. Verstand aus. Seele aus.
Der Karneval warf es ihm – samt vermeintlich behut-
sam landender Kamellchen – quasi zu. „Nimm mich!"
Rief das Bonbönchen in sein alkoholisiertes, sedier-
tes Gehirn.
In dem Moment, als Herbie mit Uschi in einen Streit
darüber geriet, dass verpackte Bonbons aus seiner Sicht
umweltverschmutzend seien, und sie ihm anlastete,
er sei ihr schlimmstes Karnevalsdate ever.

Nicht mal weiß jene jedoch, wer es war.

Et hätt net immer jot jejange.

Zwischensequenz **„Unverbundener Haustier-käfig"** via Zoom-Not-Konferenz in Zeiten des Virus'

Anna: „Hilfe! Hilfe! Hilfe!"

Psychologe Therapeut Schmidt (*Auf dem iPad verwackelt erscheinend, seine Stimme wird maschinell unterbrochen, abgehackt, sediert durch das Internet*): „Wie-kann-ich hel-fen?"

Anna: „Ich habe starke, große Furcht – Beklemmungen. Alles schnürt sich zu."

Therapeut Schmidt: (*stakkatoartig*): „Wo-vor? Angst ist kein-gu-ter-Mo-tor. Furcht block-iert nur. Wie bei Tie-ren-auf der- Stra-ße, die-Angst-vor-Au-tos ha-ben. Ge-fan-gen im-grel-len Schein-wer-fer-licht hock-en-sie-da, sich-über-fah-ren-las-send. Qua-si sui-zid-al."

Anna: „Ich spüre mich nicht! Auch kann ich überhaupt nicht mehr atmen! Ich empfinde keine Verbindung. Sie ist abgebrochen. Ich habe Angst, nie mehr berühren zu können, kein einziges Mal wieder gefühlt zu werden. Für immer in Deutschland zu sein, erzeugt ein scheußliches Bestiengeschwür in mir. Grauenvoll. Wie ein wachsender, fucking Tumor, der den Hals hochwandert. Können Sie digital in meine Kehle schauen?"

Therapeut Schmidt: „Nun – die gesamte Gesellschaft befindet sich in einem Ausnahmezustand. Nicht nur Sie. Benutzen Sie – wie ich Ihnen geraten habe, regelmäßig den Trick mit dem Pfeffer-Beißring, den Zitronen oder dem Ball?"

Anna: „Das tu ich. Ich versuche es immer wieder. Es hilft mir jedoch nicht. Ich fühle mich dann wie eingesperrt in einem Haustierkäfig."

Therapeut Schmidt: „Ich habe etwas von jemandem gehört, der Reisen-in-die-Phantasie in Zeiten Coronas anbietet. Gehen Sie da mal hin. Ich schicke Ihnen den Kontakt."

Anna: „Ok. Was ist mit dem Berührungsdrang?"

Psychologe: „Ich dachte, Sie hätten einen Freund gefunden – war das nicht, was Sie das letzte Mal behaupteten? Ist das schon wieder vorbei? Kein Wunder. Sie suchen Ablenkungen, statt sich selber im Spiegel anzusehen. Gucken Sie dahinter – zugegeben es ist ein harter, nicht bequemer Weg. Sich mit sich selber auseinanderzusetzen, ist das Schwierigste überhaupt."

Anna: „Nein. Stellen Sie sich vor – noch hat er nicht Schluss gemacht. Schließlich ist er noch da. Hätten Sie nicht gedacht, was? Aber was soll man bei einem Bonner Psychologen schon erwarten. Dennoch brauche ich mehr. Mein Körper hungert nach vielen. Meine Mulde verdurstet bei gleichzeitiger Verrostung."

Therapeut Schmidt: „Das gehört hier nicht hin. Selbstverständlich. Wie Sie meinen. Ich bin nicht Ihre Mutter. Gehen Sie aus. Summieren Sie die Summe. Füllen Sie den Schlund. Meinetwegen. Sie haben Recht. In einem Kloster sind wir nicht. Meines Erachtens haben Sie jedoch PTBS – gehe ich richtig in der Annahme, dass Sie das nicht zum ersten Mal hören? Gehen Sie Ihre Monster an. Sie haben welche. Das wissen Sie doch, statt sich zuzuschütten."

***

Kapitel 20 I) Herberts Für-Immer-Nicht-Heiratsantrag an Anna

Herbert (*sich albern und hampelnd auf die Erde werfend*):
„Liebste Anna! Möchtest du es wagen, mich, Herbert Bräutigam, vielleicht für immer nicht zu ehelichen?"
Anna (*lachend*): „Au ja. Liebend gerne! Ich täte nichts sehnlicher als das, liebster Herbert. Ich kann dir gar nicht sagen, wie erleichtert ich bin."
Herbert: „Das freut mich gar sehr."
Anna: „In meinem Kopf spuken auch schon ein paar feine Ideen herum. Vielleicht feiern wir so eine Art Gangster-Anti-Hochzeits-Feier zum Abschrecken mit der unkitschigsten und schrecklichsten Musik aller Zeiten zum Weglaufen.

Daneben könnten wir statt in dämliche, alberne und superteure Flitterwochen zu verreisen, besser eine gruselige Reise in die Phantasie, die eigene Psyche oder eine in die jeweils andere Person als Geschlechtertausch antreten. Was meinst du?"
Herbert: „In der Tat – prima! Wir müssten auch keine dusseligen, klischeebesetzten, spießigen, vergoldeten – teils hässlichen – manchmal auch noch so furchtbar zart-schleimig angehauchte Ringe für weiß der Geier welch immens hohe Summe von irgendeinem lästigen, dahergelaufenen Möchtegern-Juwelier ergattern mit dem eigenen, teils nicht so schönen Namen – austauschen. Stell dir vor – du bekämst einen mit Herbert – haha-ha – oder vielleicht stattdessen besser solche mit der vertrauensvollen Aufschrift ‚No Kitsch allowed ever'!"

Anna (*sich vor Lachen krümmend*): „Bestens. Einverstanden. Bingo! Dazu könnten wir vielleicht noch das passende, ultra-lässige, selbstredend ungewaschene Kapuzen-T-Shirt mit gleichem Schocker-Logo tragen. So hätte unsere Nicht-Hochzeit auch ein wiederkehrendes, schön-schauriges Motto. Dr. No-Kitsch-Allowed-Ever-or-I'll Kill-You! würde uns mit ungereinigten Zähnen und schwer fettigen Haaren unter einem zutiefst hässlichen Baum – vielleicht einer Plastikpalme für einen Euro geliehen aus dem Supermarktregal – für immer nichtehelichen. Überhaupt gelte die Regel – niemand darf sich waschen. Keiner die Zähne putzen! Auch das sich nicht trauende Paar nicht."

Herbert: „Absolut. Ich bin begeistert. Bombe! Abgemacht."

***

Herbert ist entschlossen

un-

entschlossen.

Kapitel 26) „Blitzliebe" – das Speed-Date für den liebestechnisch zu langsamen Herbert

Da sitzt der zum Speed-Date verdonnerte, für immer gegrämte – für jedwede Romantik viel zu langsame – Herbert bei einem Speed-Date.

Der einzige Grund, warum er jenes nicht cancelte, war, dass er schlichtweg zu faul war, sich seiner eigenen Mutter, die ihren Sohn im Alter preisstabil überholt zu scheinen hat, erneut lästig zu behaupten im stolzen nun mehr Mittelalter.

Date 1 – Anita, die flinke Erhascherin,

(*hauchend*): „Hallo – mein betörender Herbert. Mein Name ist Anita. Kunstname die Stein besessene und flinke Erhascherin – man nennt mich auch die Samenkernempfängerin. Und deiner?"

Herbert (*drucksend*): „Herbert- schlicht und einfach. Steht doch auf diesem doofen Schild. Die – was? Was um Himmels Willen ist das denn jetzt wieder – what the fuck, Mama!"

Anita: „Ui – du willst deine eigene Mutter besamen? Verstehe. Du bist wohl ein ganz schlimmer Finger. Meine Vermutung ist – du bist bloß ödipussiert. Aber hallo – danke für diese entwaffnende Ehrlichkeit an so brutal früher Stelle. Das ehrt mich gar sehr. Was sind deine heimlichen Phantasien? Na los, schieße sie heraus, schleudere sie mir entgegen. Ich fange sie an Stelle deiner Mutter auf, ohne es ihr jedoch zu verraten. Steinen-Ehrenwort. Wenn du willst, können wir es natürlich auch zu dritt treiben."

Herbert: „Ich muss dich blank enttäuschen. In Gänze keine. Bei mir gibt es weder etwas zu schießen noch irgendeine keimende Hoffnung auf etwaige blöde Gedeihung. Weder in meine Mutter noch in irgendwelche fanatischen, steinigen, sich mir in den Weg rollenden, bescheuerten Anitas, die Samenkernempfängerinnen. Meine Hose ist nämlich schier tot."

Anita: „Das glaube ich dir nicht. Jeder hat doch heimlich welche. Gerade diejenigen, die behaupten, sie hätten keine und seien ganz normal, haben oft die größten Fetische."

Herbert: „Abermals – nein. Zero. Blanko Toto Hoso. So langweilig das klingen mag."

Anita: „Also meine sind folgendermaßen ... Wenn der Stein mich so in seiner unzüchtigen Pracht anlächelt, mich in seiner derben Rauheit anschelmt, werde ich im Nu rollig. Daneben bin ich heißblütig vernarrt in Pflanzen. Plantophil. Dendrophil. Ich liiiebe Bäume. Möchtest du den Stein möglicherweise aus mir auf dem Boden robbend, drollig verschmutzt im Wald herauslutschen?"

Herbert (*roboterartig*): „Nein. Dan-ke."

Anita: „Bist du vielleicht depressiv?"

Herbert: „Möglicherweise. Traurigkeit ist normal, finde ich."

Anita: „Woher stammt deine? Du hast dich wohl nicht genug mit der Natur verbunden. Ich könnte deine Traurigkeitslöcher mit Steinen bearbeiten, erogen weg massieren, aus dir herausmurmeln. Oder ich spiele dein persönliches Loch, in welches du deine Niedergeschlagenheit hineinsteckst."

Herbert: „Doch."

Anita: „Wirklich? Jetzt? Hier und gleich? Du scheinst doch versaut zu sein."

Herbert: „Nein. Ich bin so verwurzelt mit der Umwelt, dass ich inzwischen die Gattung Mensch hasse."

Anita: „Bist du ein Massenmörder?"

Herbert: „Noch nicht, aber was noch nicht ist, kann ja noch werden."

Anita: „Gehören menschliche Lebewesen nicht auch zur prachtvollen, geheimnisvollen Wildnis?"

Herbert: „Leider ja."

Herbert: „Erkläre mir – wenn du die Umwelt so magst – warum muss man dann irgendwo im Forst wild daher-kriechen und sie auch noch wortwörtlich vögeln? Ist das nicht etwas skurril? Gar pervers? Wie wird denn so die Natur überhaupt geschützt?"

Anita: „Also – ich habe mal bei den ‚Fuck for Forest' mitgemischt, Eichen naturell begattend."

Herbert: „Moment – stopp – ich glaube – ach du Schreck – meine eigene Mutter erblickt zu haben."

Anita: „Ich dachte, darauf ständest du. Du weißt schon – dein flinker Ödipussi. Wenn ich dir beim flotten mat-riarchalischen Dreier helfen soll, gib mir ein Zeichen."
(*Wirft ihm ein Zwinkerauge zu.*)
Herbert: „NE-I-N."

(*Seine Mutter verfolgend*): „Mama – spinnst du eigent-lich total? Mich auch noch zu stalken auf einem von dir arrangierten, blöden Speed-Date? Was fällt dir eigent-lich ein?"

Bernadette: „Ich dacht – ich brenga dir nur oin baar Tableddle – weischd scho – zum Up Speedle."

Herbert: „Du meinst – die Droge?"

Bernadette: „Nein."

Herbert: „Wie schade. Mama – noch einmal zum Mitschreiben – mich kann
man nicht upspeeden, da ich die Langsamkeit in Person
bin. Ob dir das passt oder nicht. Und nein – dein Zeug
rühr ich nie und nimmer an. Viel lieber möchte ich noch
mehr gedownspeeded werden. So flink wie du möchte
ich nämlich, um ehrlich zu sein, gar nicht werden. Eine
Mutter, die ihren eigenen Sohn für lächerliche Sperma-
tizide (= Kunstwort) jagt, ist, ihm sogar nachspioniert,
ist für mich keine Vertrauensperson. Wenn du jetzt bitte
endlich gehen würdest. Und wenn du mir noch einmal
irgendwelche Anitas, die Steinkern-Empfängerinnen,
oder weiß der Geier wen, auf den Hals schickst – nein!
Schluck die blöden Tabletten doch selber. Dann bist du
die schnellste Mutter der Welt."

Der zu dynamische Moderator zu einem dröhnenden
Aufwecktusch: „Bei den Damen und Herren alles zur
vollsten Zufriedenheit?"

Herbert: „Alles Bombe."

Moderator: „Sie wissen – Zeit ist leider rar – ein letzter
kecker Blick in die mögliche rosige Zukunft zu zweit oder
ein nostalgischer, sich verabschiedender in die kaum ge-
kannte, flüchtige Bekanntschaft – und Sie kennen das
Spiel bereits – der Countdown läuft ein zweites Mal –
10, 9, 8, 7, 6, 5, 4, 3, 2, 1, 0. Und – Triangel-Tusch –
Partnerwechsel. Meine Damen und Herren – und wieder
könnte es bei aller Kürze und Oberflächlichkeit immerhin die Liebe Ihres Lebens werden! Also bemühen Sie
sich, nutzen Sie die romantische Auszeit."

Speed-Date 2, deren Name Herbert nicht mal mehr erlesen kann – ob seiner ihm auflauernden und dadurch ermüdenden und lähmenden Mutter:

„Sie sind ein bisschen grün im Gesicht. Geht es Ihnen nicht gut?"

Herbert (*sie nicht anschauend*): „Das kann schon sein."

Namenloses Date: „Na hören Sie mal. Sie sollen mich gefälligst betrachten! Schließlich haben wir nur zehn kostbare Minuten. Was fällt Ihnen ein, Ihren Blick einfach so durch den Raum zu streunen, als besäßen wir beide die Ewigkeit? Unmöglich. Werden Sie strafrechtlich verfolgt?"

Herbert: „Nein – nicht polizeilich."

Date: „Wie? Ich zahle für dieses beknackte Date, und alles, was Sie meinen, von sich zu geben zu müssen, ist, dass Sie nicht von der Polente gesucht werden? Stellen Sie mir doch bitte eine ordentliche, konkrete Frage. Das muss doch wohl möglich sein."

Herbert: „Mir fällt bei diesem Kommando-Marathon mit albernem Tusch-Gehabe nun mal einfach nichts ein. Zu sehr erinnert es mich an Karneval. Lächeln Sie jetzt oder Sie werden erschossen! Alles, was mir in den Sinn käme, würde Ihnen sicherlich in Gänze missfallen."

Namenloses Date: „Also wirklich – schließlich habe ich doch keine schnelle Romantik-Nummer zum unmittelbaren sofortigen Suizid danach à la carte gebucht, Sie gewissenloser Spinner, Sie! Herr Moderator – mir missfällt dieses Date sehr. Räumen Sie die Niete bitte ab."

Kapitel 27) „Die geträumte andere Welt" – Annas Vorstellung von einer anderen, gerechteren Erde

Anna: „Ich habe einen Traum von einem anderen Leben. Möchtest du ihn hören?"

Herbert: „Furchtbar gern. Wie sieht dieser aus?"

Anna: „In jenem gäbe es gar keine Klassen. Sie hätten sich abgeschafft. Alle würden ständig mit allen tauschen. Das Schimpfwort Psycho existierte in meiner Traumwelt nicht. Nervliche Krankheiten wären normal. Niemand würde auf den Ausländer dahinten zeigen. Keiner sagte – halt die Schnauze, Schizophrener. Menschen mit psychischen Erkrankungen hätten das Sagen. In meiner gerechten Welt machte zudem ein Zugfahrer anonym ironische Durchsagen, um die Bewohner auf witzige Weise zu irritieren. Jeder machte jeden Job einmal reihum durch. Geld spielte hingegen keine große Bedeutung, eher innere Stärke. Wer sich an das Tauschen der Perspektive mit anderen Menschen nicht hielte, würde abgeführt."

Herbert: „Das klingt interessant und wirklich gut, wenngleich ein wenig diktatorisch, findest du nicht?"

Anna: „Inwiefern?"

Herbert: „Nun – sagen wir kommunistisch, dabei jedoch teils an Demagogen erinnernd. Zumindest das mit dem dingfest machen."

Anna: „Hast du denn etwa etwas gegen Kommunismus einzuwenden?"

Herbert: „Nein, in seiner Idee mag ich ihn schon. In der Theorie liebe ich ihn gar, wenngleich er in der Praxis leider oft schiefging."

Anna: „Du fixierst dich als Deutscher mal wieder zu sehr auf mausgraue DDR-Zeiten. Zugegeben – das war eine eher uncoole Form des Sozialismus'."

Herbert: „Nein. Ich meine – hallo – Stalin – China – Menschenrechtsverletzungen heute noch. Was ist mit all diesen Beispielen? Und – mausgrau? Nicht nur. Schließlich wurden Menschen abgehört und erschossen. Was mir am Real-Kommunismus manchmal missfällt, ist, dass er gerecht erscheinen sein möchte, auf Kosten anderer jedoch, was sich aber ausschließen sollte. Ohne Rücksicht auf Verluste. Jeder x-beliebige Student klebt sich doch heute einen x-beliebigen Aufkleber von Mao oder Guava an den x-beliebigen industrialisierten Vintage-Kühlschrank, der globalisiert, immer gleich aussieht. Dann heißt es ‚ist ja irre cool'. Was soll denn aber bitte daran grandios sein, Menschen umzubringen?"

Anna: „Ohne jegliche Revolution täte sich doch gar nichts. Jetzt, finde ich, bist du ein wenig spießig, indem du wie die deutsche Staatsobermacht klingst."

Herbert: „Danke für das sehr liebevolle Kompliment. Ein wirklich reizender Tag."

Anna: „In meiner Traumwelt gäbe es ebenfalls ein Museum zum Anfassen – eine Ausstellung der Gefühle."

Herbert: „Spannend. Was geschähe da genau?"

Anna: „Leidiger Sexismus und unterschiedliche Geschlechter gehörten der lästigen, unrühmlichen Vergangenheit an. Stattdessen könnte der Besucher in eben jenem die jeweils vermeintlich anderen Geschlechterrollen nur noch historisch ertasten, wortwörtlich nachfühlen. Inklusive der Vergewaltigung, der Praktikantin zum Anfassen à la # Me Too, aber diesmal für beide Geschlechter. Vielleicht noch ein paar andere Themengebiete wie etwa eine aus der Zeit „Jagen und Sammeln" oder auch zum Thema Hexenverfolgung. Zusätzlich könnten Menschen in die Emotionen anderer eintauchen: Sei es in jene eines Obdachlosen oder eines Migranten oder einer Person, die etwa Drogen nimmt. Solchen, denen sie sonst immer mit so vielen Vorurteilen begegnen, von der sie gar nichts wissen, vielleicht auch nichts wissen wollen. So könnte man nachempfinden, wie es ist, abhängig zu sein oder Drogen zu nehmen. Dann folgten noch die Durchsagen."

Herbert: „Nicht schlecht. Mich begeistert das, in der Tat entwickele ich Gänsehaut. Ich wünschte, es müsste nur gar kein Museum geben, sondern das wäre längst die Realität. Wie sähen die Ansagen konkret aus?"

Anna: „In etwa so:

Herr Verwalter! Herr Verwalter!

Hier kommt eine dringende Durchsage nur für Sie.

Abführen bitte!

Bitte machen Sie sich endlich selber dingfest!

Wir sind Sie so leid.

Im Gang hinten schräg rechts

Platznummer 236 a).

So setzen Sie sich doch endlich!

Tauschen Sie auf der Stelle

mit dem Hartz-IV-ler zu Ihrer Linken, den Sie eben abschätzig ablehnten.

Na los – saugen Sie seine beklemmende Wartezeit ein.

Riechen Sie an seinem Zettel.

Schnüffeln Sie daran.

Seien Sie neugierig.

Spielen Sie damit.

Werden Sie experimentell.

Wenn Ihnen langweilig wird,

werden Sie doch einfach high.

Hartz 4 ist in die Highend-Dosisdroge, die es in Deutschland jemals gibt und gab.

Besseres kommt nicht.

Diese bittere Enttäuschung kann ich voraussagen.

Herr Laptop-Discounter-Chairman – bitte tauchen Sie endlich in die Welt des

Immigranten, auf den Sie vorhin zeigten – den Sie ausgrenzten, den Sie abschätzig ‚den Ausländer da' nannten.

Na, wie fühlt es sich an, diskriminiert zu werden?

Fühlen Sie den Grenzzaun.

Tasten Sie sich auf allen vieren an ihn heran.

Lecken Sie daran.

Hecheln Sie.

Spielen Sie wieder Lego.

Werden Sie ein sittsames Kind.

Auf Befehl.

Herr TV-Chef -

parken Sie sich selber als geliehene

Praktikantin unter Ihrem Schreibtischstuhl. Betasten Sie sich!

Sie schmecken uns nicht mehr."

***

Kapitel 28) „Der Fordblanzle-Robodder – Robotus Sperminatus"

Mein liebes Herberdlein!
Heiligsblächle (= „Überraschung")!
Heude wolle wir Dir etwas ganz Schönes middeile: Wir haben uns in Inderned begebe und a sehr praggdische Enddeggung gemachd, auf die wir mächdig stolz sind. Des isch genau das Richdige für Dich. Des schdemmd fei. Ein Roboddr-Dadele nämle, das aber auch – stell Dir vor- fertilisieren kann.
Maschinell. Das ischd der Vordoil! Muscht nur ei paar Knöpfele anschalte – ganz praktisch. Es hat auch ganz bequem a Fächele zum Öffne eigens für den Spermanisator. Äußerst handlisch. Da kann man sei Fortpflanzungssäfle prima hineinstoße und beliebig nach Lust und Geschmäggle verwalte, wasch des Zeug häld. **Auf Hochdeutsch/für Dich: Ganz ohne jegliche Frau. Sogar ohne Geschlechdsverkehrle.**
Schbädr wird das Sex-Robodderle der Herzensdame Deiner Wahl einfach übergebe.
In sie hineikaddapuldierd, zugegebe, arg geschosse.
Sie drückts bloß auf a Knöbfele.
Schwubs – Narrasama (= „Narrennachwuchs") lebenslang garandierd.
Wasch sagscht nu dazu?

Deine, Dich liebenden und stets unterstützenden Eltern

Bernadette und Uwe

P.S. Machschd auch a Raschd (= übersetzt „Pause"), Herberdle, des braucht's Dei Körperle fei auch, du weischt scho – insbeschondere desch Gegendle zwischle deine Beinle, um fruchtbar zu sei. Oder arbeiteschd nonschdop?

***

Ich brauche keine Pause, Mama, da ich
längst
die
leibgewordene Pause
bin.

***

Forts. Kapitel Fertilisierungsroboter „Fancy-Child-per-Click"

Enkelkinder produzierender Fertilisierungsroboter, „Robotus Sperminatus", der die Aufschrift „Weltneuheit: one click! Press the button and your fancy dream child will be produced in one second only – Traum-Wunschkinder kriegen leichtgemacht!" trägt. Auch ganz ohne Partnerin. Nur einen Klick entfernt. Very easy to handle. Dazu auf der Box ein Foto eines skurril aussehenden, befremdlichen Säuglings mit Schnuller, einer Alptraumpuppe ähnelnd.

„Robotus Sperminatus" (*Roboterartig sprechend*): „Hallo! Wie-ist-dein-schö-ner-Na-me?"

Herbert (*genervt*): „Herbert."

Roboter: „Hal-lo-Hen-ne."

Herbert: „Nicht Henne, Mensch! Herbert."

Nachwuchskreierende Maschine (*monoton sprechend*): „Hal-lo-ich-bin-kein-Mensch. Ach-Her-ta! Ver-steh-e. Lie-be-Her-ta! Will-kom-men-im-Nach-wuchs-Traum-Land. Le-ge -ganz -ein-fach – dei-ne-Sam- en-zell-len-in-mein-au-to-ma-tisch-es leicht-zu-be-dien-end-es-Füll-Fach. Ich ver-mi-sche-sie-dann-mit-ei-ner Ei-zel-le-dei-ner-heiß-en-Wahl. Schwups-Wunsch-Kind done-by-the Com-pu-ter on-ly. Was-sagst-du-zu-die-ser-neu-en-er-staun-lic-hen-tech-ni-schen-Er-run-gen-schaft?"

Herbert: „Ich heiße noch immer Herbert. Her-bie. Nicht etwa Herta. Zudem wünsche ich mir nichts. Schon überhaupt gar keinen Nachwuchs. Niemals!"

Fortpflanzungsmaschine „Robotus Sperminatus": „So-rry – mein-Sys-tem-ver-steht-dich-lei-der-nicht.

Ent-schul-di-gung! Hal-lo! Hal-lo? Of-fen-bar-ist-es-ab-ge-stürzt… Mo-ment"… Pieps, pieps knirsch. Knack. „Bit-te-war-ten."

Als Herbert die vermeintliche Kunst-Glücks-Packung-to-be öffnet und aus Spaß auf Start drückt, spielt sich zunächst vor seinem Auge ein seltsam anmutender Trailer ab, dazu dramatische, gefühlheischende Musik. Schließlich Bilder weinender Menschen, verstimmte, sich trennende Paare, traumhaft spielende, einseitig verniedlichte Kinder an kitschigen Orten. Der Text: „Your biggest dream – your only sense in life ever – was to get a cute and handsome kid but, unfortunately, your girlfriend left you lately? You never ever had the right partner to build a happy future with? You and your dream partner tried for a long time very hard but no child could be produced whatsoever? That seems all very sad indeed. But no need to worry. Don't ever give up on your dream. Will you? Here is our brand new innovation …etc."

Auf Deutsch: „Dein größter Traum – dein gesamter Lebenssinn quasi – war es, ein süßes Kind zu bekommen, aber deine Freundin hat dich traurigerweise soeben verlassen? Du hattest nie die richtige Partnerin zum perfekten Kinderglück? Du und deine Traumpartnerin haben lange und sehr hart versucht, Babys zu produzieren, doch erbärmlicherweise sollte es niemals gelingen. *Auf der Bildfläche sind nun sich streitende Paare zu sehen, bevor Menschen isoliert, vor Einsamkeit gestellt bitterlich weinend an irgendwelchen verlassenen Orten alleine herumhocken, den Blick schmachtend auf Kinder Anderer vermeintlich Glücklicher richtend.* Keine Frage – das sind wahrlich sehr bedauernswerte

Geschichten. Doch verzweifeln Sie bitte nicht … geben Sie ihr Glück niemals auf. Dank diesem technischen Fortschritt…usw."

„Now-Her-ta-plea-se-fol-low-the-in-stuc-tions bel-ow: To get yourself into an erotic mood as well as your genitals started correctly and in the right direction choose now a pic of a naked woman of your dreams. But keep always in mind that it is the first time as well as exclusively for this purpose."
Auf Deutsch: „Um dein Geschlechtsteil nun in erotische und wallende Stimmung sowie in eine aufrechte Position korrekt hinzustemmen, wähle nun ein Bild einer entblößten Traum-Frau deiner Wahl. Aber denke immer dran, liebe Herta, erstmals und nur exklusiv rein zu diesem Zweck ist dies nur einmalig möglich!"

„Take a deep look at the stunning pictures. Let your phantasy now flow wildly and completely uninhibited."
Auf Deutsch: „Siehe die faszinierenden Bilder nun genau an. Lasse deiner Phantasie wild und ungehemmt freien Lauf."

Traum-Nachwuchs-Computer Robotus Sperminatus:
„Press Button A) if you feel attracted to the beautiful, astonishing Linda
or B) if you are thrilled by the powerful and super sporty Rosalie.
Should be C) fair-haired Barbara with her female and soft seductive curves the computer woman of your choice?
Or should D) Susan spice up your desperate isolation?"

Auf Deutsch: „Drücke nun ganz bequem aus dem Aus-
wahl-Menü – soll deine persönliche Traumfrau
A) die bildschöne, atemberaubende Linda sein?
B) Fühlst du dich, Hertie, von der starken und sportlichen Rosalie angezogen?
C) Entzückt dich möglicherweise die blonde Barbara mit
ihren weiblichen und weichen, verführerischen Kurven?
D) Oder muss Susan dich aus deiner zur Verzweiflung
verdammten Einsamkeit retten?"

Herbie, stark verunsichert, wie er sich oder für wen
oder ob er sich überhaupt entscheiden möchte, drückt
aus der Not heraus irgendeinen x-beliebigen Schalter.
Zu groß erscheint ihm die Auswahl und zu faul seine
eigene Persönlichkeit. Zu lästig das Ganze. Also flackert
nun die kurvenreiche Barbara vor seinem Auge vage
herum, ihn, Herbie, sonst eher asexuell, irritierend.

„Your decision is Bar-ba-ra. Congrats, Herba! Wonderful. You and her will go together on an amazing journey. We grant you. Dive deeply into the picture of your
individual choice. Let yourself go."

Dt. Übersetzung: „Du entschiedest dich für Barbara!
Glückwunsch, Herba! Das ist großartig! Ihr beide werdet
eine einmalige, gemeinsame, romantische Reise antreten. Das versichern wir dir! Tunke nun, Hertie, in dein
gewähltes Bild ganz tief ein. Lasse alles los."

Computer Voice: „Try to satisfy yourself now!
(*Schreiend:*) MASTURBATE! Will you!?! Now!"

Übersetzung: „Be-frie-di-ge-dich-jetzt! Na los! Wird es bald? Nur jetzt hier ist es einmalig sogar für Amerikaner möglich!"

Herbie (*ängstlich*): „Ich will und kann aber nicht. Zumal ich gar nicht Amerikaner bin."

Fertilisierungsmaschine: „Sorry, we do not hear you, Herta! We cannot understand you! Can you repeat what you said?"

Dt. Übersetzung: „Wir können dich nicht verstehen, Herta! Könntest du bitte wiederholen, was du sagtest?"

Herbert (*piepsend*): „Ich möchte lieber nicht! I prefer not to throw sperms around in general. I'm not really horny."

Robotus Sperminatus: „Das geht in unserem System aber nicht. Willst du weitere Bilder zur Auswahl haben? Z.B. gibt es noch eine niedliche Flamme namens Candy."

Übersetzung: „Do you want to see maybe pics of other chicks? There is, for instance, a cute flame called Candy ..."

Herbie (*brüllend*): „N-E_I_I_I_N!"

Fancy-Kids-in-one-Click-Computer/Robotus Sperminatus: „Schreien ist in unserem Land strikt nicht erlaubt! Beinahe ist die Maschine nun kaputtgegangen. Hast du überhaupt eine Ahnung, wie teuer diese ist?"

Engl. Übersetzung: „Screaming is in our country not allowed at all. The machine almost died down. Do you have any clue how expensive it is?"

Schließlich versucht Herbert, weil er sich nicht anders zu helfen weiß, und um das lästige Spiel zu beenden, doch auf Barbara zu onanieren, was nur halbgar gelingt. Als er seine Hand und sein Geschlecht in den Robotus Sperminatus versucht, hineinzubefördern, fährt in diesem Moment das Fach polternd und knallend zu. Herbert Bräutigam – forever montiert am Robotus Sperminatus. Augenfällig ein weiterer Systemabsturz. Gegebenenfalls schimpfte er auch zu laut.

Erneut brüllend greift Herbie mit der anderen freien Hand kompliziert nach dem Telefonhörer, die Ambulanz rufend.

Während er halb ohnmächtig, mit starken Schmerzen, blutend, in ein Krankenhaus abtransportiert wird, hört und sieht er den Roboter, mit dem er und sein vermeintlich allerwertestes Organ, für immer verheiratet zu sein scheint, fröhlich weiterplappern:

Fancy-Kids-in-one-Click-Computer/Robotus Sperminatus: „How satisfied are you with our service? Select A) Totally satisfied. My supposedly broken dream became true in the end. I am completely overwhelmed.
B) It was ok – I had no problems.
or C) Absolutely miserable. It all felt like a nightmare to me.
Will you recommend our innovational baby happiness per click?"

Deutsche Übersetzung:
„Wie zufrieden waren Sie mit unserer Dienstleistung?

Wählen Sie A) sehr zufrieden – ich bin rundum sorglos. Mein zunächst geplatzt gedachter Traum ging in Erfüllung! Ich fühle mich wie in Glück gebadet.
B) Es war in Ordnung./Ich hatte keinerlei Schwierigkeiten.
Oder aber:
C) Mir hat es ganz und gar nicht gefallen. Für mich war es schrecklich. Einem Alptraum gleichkommend.

Würden Sie das Baby-Glück per Klick durch neuartige Technik weiterempfehlen?"

Unterkapitel „Zwischenfunk"/Skype-Call von seiner Muddi

„Hallo Herbert! Du liebes bissle! Wie siehschd noh du aus? Dei Babba und I mir sind handfeschd bsorgd (Übersetzung: Papa und ich sind stark aufgebracht.) Könna im Krankenhaus dai Schella redda? (Übersetzung: deinen Hoden retten?)"

Herbert (*durch den vielen Gips wie ein Ganzkörper-Kondom im Skype-Interview erscheinend*): „Vielen Dank für das Kompliment! Du hast mich doch erst in diese missliche Lage gebracht."

Bernadette: „Guade Besserung an die Samenzellen!"
Herbert: „Grauenvoll. Es muss ein Alptraum sein. Ich würde gerne ein einziges Mal den väterlichen Statisten sprechen. Warum erscheint der Laiendarsteller nie auf dem Bildschirm?"

Bernadette: „Er Rasenmäher mäha. (*Ihm erstmals ein Kusshändele zuwerfend:*) Bye-bye – Kussi."

***

Herbert *(beglückt): „Mit Maske muss man wenigstens nicht so oft die Zähne putzen."*

Kapitel 20 J) Anti-Höhepunkt II: „Die Anti Hochzeit"

Hiermit möchte ich, Herbie Bräutigam, mittelalt und schwer depressiv, in meinem allerabgewetztesten Schlabber-Jogger-Look – ohne die Zähne zu putzen, angesichts der Unromantiersierbarkeit meinerseits, die hier anwesende, völlig zersplitterte Anna mit Mundgeruch für immer nicht-ehelichen.

Liebe Anna! Möchtest du mich, den schlabbrigen, deprimierten, dysfunktionalen, der nicht mal bereit war, eine lächerliche Zahnbürste zu kaufen, geschweige denn sie zu benutzen, überdies arbeitsresistenten, sich vor der übergriffigen fertilisierenden Erhascherei seiner eigenen Mutter zutiefst fürchtenden Herbert mit dem irritierenden Lispel-Komplex aus der Psychoklapse für immer nicht heiraten? Ihn nicht und niemals ehren in ohnehin beschissenen Zeiten bis in alle Ewigkeit? Ist das, was du dir für immer in deinen tiefsten Alpträumen vorstellen kannst?"

Anna: „Ja, ich Anna, deren Gefühle manchmal explodieren, täte nichts lieber als das, liebster Herbert! So – küsse mich doch bitte endlich mit ungeputzten Zähnen ungeniert frei! Ich verzehre mich sekündlich nach deinem miefigen Atem. Beuge deinen Kopf für immer auf meinem verrotzten Motto-Sweatshirt völlig ungefiltert ab. Lass mich für immer in deiner fettigen Haarmähne in aller Sinnlosigkeit hedonistisch versinken. Lass uns in aller billigen Rotzigkeit gemeinsam geistesentrückt verschmelzen. Du bist der Einzige, der mich so lotterig, wie ich bin, akzeptiert. Aber – wehe, du schießt

jemals einen echten Braten in meine ohnehin nicht auf-
geräumte, ungesaugte und obendrein dafür ganz und
gar nicht präparierte Röhre. Dann so – möchte ich dich
bereits an dieser Stelle gründlich warnen – ist der Anti-
Zauber vorbei."

Herbert: „Ich, Herbert, schwöre, niemals einen Braten in
Form von jedwedem Nachwuchs whatsoever auch nur
ansatzweise in die anwesende, zu meiner Entlastung
nicht fortpflanzungsbereite, ungeduschte Anna hineinzubefördern. Sollte es dennoch – wider Erwarten – trotz
partieller Asexualit meinerseits – dazu kommen, werde
ich für immer in der kitschigsten aller Höllen schmoren."

Anna: „Regel Nr. 1: Wir putzen nie.

Regel Nr. 2: Staubsauger werden gänzlich verbannt."

Herbert: „Logo. 3. Es gibt niemals Geschenke – schon
gar nicht solche in Form von scheußlichen, dusseligen
Klischee-Blumen oder künstlichen, gefühligen Rosen-
blättern wie in einer Seifenoper.

Hier die Regeln, die es einzuhalten gilt:

1. Wir bauen niemals lästige, beklemmende, spießige
   Hoisla (Häusle)."

2. Anna: „Arbeiten ist gänzlich untersagt.

3. Sparschweine werden mit Wonne an die Wand geworfen."

Das Lied „Highway to Hell" ertönt. Gefolgt von dem
ironischen Punk-Lied „Husbands" der britischen Band
Savages: „My house, my bed, my husbands, husbands,
husbands, husbands."

„Hiermit traue ich die völlig ungewaschenen, durchgehend stinkenden, vom Leben und Stress psychisch

vermeintlich grenzlabil gewordenen Anti-Romantiker, Herbert und Anna, in aller vertrauten Verstaubtheit für immer zur unkitschigsten aller Nicht-Hochzeiten. Ein Hoch auf euch, die ihr euch getraut habt, für immer nichts zu wagen und keinerlei Verantwortung für nichts zu übernehmen."

Es folgt ein dissonal klingendes, herbes, die Ohren belastendes Flötenquartett-Stück zum Abwinken und Herausbefördern der Gäste.
„Auf Anna und Herbert – ihr seid die Coolsten!"

Herbert: „Anna, dein Vater steht vor der Türe. Mal wieder einer seiner Überraschungsbesuche ..."
Anna: „Machst du Witze?"
Herbert: „Leider nein."
Anna: „Spinnst du, Papa, mir hier aufzulauern und meinen Spaß komplett zu verderben? An dem größten Nicht-Tag meiner Anti-Tage? Was fällt dir eigentlich ein?"
Der Vater des Kindes: „Du lässt mir ja nichts anderes übrig. Was, bitte, soll das denn wieder sein – hm? Eine geschmacklose Anti-Hochzeit mit einem arbeitslosen popeligen Versager? Wirklich? Wenn man keine anderen Probleme hat. Was ist denn bloß los mit dir, Anna? Wie tief muss man eigentlich noch sinken? Wozu zahlen wir überhaupt dein Studium, wenn du am Ende doch wieder alles versaust? Und für diese grässliche Spuk-Feier vertrödelst du auch noch Geld, Zeit und Nerven? Ja? Komisch. Ich dachte, du hättest nichts von allem. ‚Highway to Hell'? Staubsauger werden verbannt? Sparschweine mit Wonne an die Wand geworfen?! Lotteriger Hedonismus mit

fettigen Haarmähnen? Billige, rotzige, geistesentrückte Verschmelzung? Wirklich? Was zum Kuckuck!"

Das Kind: „Hast du etwa gelauscht? Zudem hat das null Geld gekostet."

Vater des Kindes: „Das war gar nicht nötig. Schließlich war es nicht zu überhören."

Anna: „War es eben nicht. Dazu muss man den Kopf schon grenzüberschreitend – wie du es vermagst – hineinstecken."

Vater des Kindes: „Auch noch frech werden! Lass dir eines gesagt sein: Ich halte meinen Kopf und mein Portemonnaie für deine bescheuerten, pietätlosen, pubertären Irritationen nicht mehr hin. Dein Studium zahle ich fortan auch nicht mehr. Besorge dir endlich einen Job, Anna. Verdiene selber Geld. Übernimm Verantwortung. Werde erwachsen."

Anna: „So wie du? Wenn das reif sein soll, möchte ich es niemals werden."

Vater des Kindes: „Ich kann nur hoffen, dass du deine dämlichen Tabletten noch nimmst. Du bist eine Enttäuschung auf der ganzen Linie. Deine Mutter sitzt zudem verzweifelt im Auto. Sie würde gerne einmal in eurem vergammelten Ramsch-Laden durchsaugen."

Bernadettes Anruf nach Herberts und Annas Anti-Hochzeit als Sprachnachricht auf Herberts Handy – markiert mit dringend:

„Herberdle – dei Eldera senn arg von desch Andi-Hoichzeidle endsedschd. Kosch bidde aläuda (= bitte anrufen)? Dein Vaddr fiehla hondselend."

***

Kommentar der Autorin 1)

Ich schreibe, also

bin ich
nicht.

Kapitel 29) Das-in-fünf-Sekunden-Toilet-tenpapier-Aufhübsch-Seminar durch Chief-SEO-Sowieso-Product-Placement-Co-Seller, Carsten D.G L.T.D.-Wohlgemuth Senior, Sub-division South, Spezialisierung Optimierung Toilettenpapier „Make-my-boring-tissue-a-sparkling-dream"

„Willkommen in meiner Klasse, angehende Top-Seller der Future-Werbung. Mein Name ist CHIEF-SEO-Product-Placement-Co-Seller-Carsten D.G. L.T.D.-Wohlgemuth, Subdivision South, Spezialisierung Optimierung Toilet-tenpapier. Mein Studium, meine jahrelange Erfahrung in der Expertise, im Verkauf sowie in der Spezialisierung in In- und Ausland haben mich in der Werbebranche extremely professionell werden lassen hinsichtlich fas-zinierenden Product-Placements. Heute möchte ich Sie auf eine(n) erlebnisreiche(n) Journey in die spannende Welt in jenes machen. Worauf es bei der Akquise von Neukunden in der Dringlichkeit ankommt, um sie in das perfekte Upgrading zu liften. Auf welche Special-Tools es da ankommt. Wie Sie durch Placement den Look des noch so banalen Erzeugnisses – nehmen wir in Zeiten der Krise – als Example Toilettenpapier – ein Produkt, dessen Look nicht unbedingt sprachlich und bildlich je-den Endkonsumer von der Attraktivität her anspringt, nicht so sexy ist – im Team kreativ optimieren können – dass am Ende hingegen ein heißes Sch... Röllchen dabei herauskommt, das alle convincebar macht. Sie da, wie Sie da alle sitzen, haben eine sehr einflussreiche und gleichzeitig Aufgabe großer Responsiblity: Langweilig erscheinende Products im Nu so attraktiv gestalten zu lassen, dass sie nicht aussterben. Denn – wie fürchterlich wäre es, würde das Klo-Röllchen das Zeitliche segnen. Dann würden die Leute durchdrehen. Stellen Sie sich vor, der extremely wichtige Sell und die Weltwirtschaft würden komplett worldwide eliminated. Bei Klopapier ist diese Anxiety-Prognose-Expectation natürlich nicht so schnell zu erwarten – angesichts der weltweiten Crisis – und der eher zu beobachtenden fehlenden Röllchen, der Horterei hingegen – das stimmt, for sure. Dieser Tage ist es eher ein life saving – rares Object of necessary Needs geworden, um dessen Loss man aktuell trauert. Wie sich seine Geschichte astonishingly verändert hat, nicht wahr? Packen Sie also den „Anxiety-Hilfe-ich-kann-möglicherweise-nie-mehr-auf-die-Toilette"-Komplex am Schopf, tellen Sie seine ganz einzigartige, individuelle Story der Furcht. Nehmen Sie diese Sorge in den Fokus. Werden Sie kreativ. Schauen Sie – wie via professionellen Mindupgrading, Supervision und Brainstorming dieser durch Tools maximal so optimiert werden kann, dass dieser life saving und dennoch auf jeden Bottom Taste-Geschmack optimal angepasst werden kann. Frage: Wie kann er bei gleichzeitiger Beobachtung ansprechend in Worte – im Word upgegradet – gefasst werden? Trotz der Fäkalien, die theoretisch und faktisch in der Zukunft möglicherweise in der Reality auf jenem landen? Drei Responsibility-Herzens-Herausforderungen in einer Rolle.

In der wichtigen Skill-Survey-Expertise mit anschließender detaillierter Analyse möchte ich Sie nun, liebe angehende

„Make-my-boring-Tissue-a-sparkling-Dream"-Innovatoren, ganz direkt befragen: Gefiele Ihnen persönlich lieber das dezente Weiß – empfinden Sie es als zu wertneutral? Würden Sie den Taste als super boring erachten? Oder müsste die Angst mit auf dem weltweit wichtiger denn je gewordenen Kloröllchen visualisiert werden?"
Student: „In mir formiert sich das Bild eines Schreis."

Carsten D.G L.T.D.-Wohlgemuth Senior-CHIEF-SEO-Product-Placement-Co-Seller, Subdivision South, Spezialisierung Optimierung Toilettenpapier: „Thrilling! Sie haben die Story verstanden. Sehen Sie – it sells out."

Carsten D.G L.T.D.-Wohlgemuth Senior-CHIEF-SEO-Product-Placement-Co-Seller, Subdivision South, Spezialisierung Optimierung Toilettenpapier geht zur Blackboard-Tafel und malt zur Verbildlichung einen brüllenden Mund auf jene.

Anna: „Kommt es nicht einer Ausbeutung – auf Denglisch ‚exploitation' – gleich, wenn die Panik echter Menschen zu Verkaufszwecken benutzt wird? Die versklavte Rolle to-flush-down-while-rolling-over-human-beings? (*Eine Klopapier-Rolle mit schmerzgepeinigtem Gesicht imitierend*) – aua, aua – das vermenschlichte Röllchenwehwehchen möchte akut und dringend befreit werden!"

Kapitel 20 K) „Reise in den Abgrund"

Anna an Herbert:
„Alles, was ich dir
derzeit
überhaupt
geben
kann, ist ein
vorübergehender,
schwer zu ertragender,
aber sehr intimer
Einblick in meinen chaotischen,
wankelmütigen
Abgrund, den ich nicht jedem gewähre.
Das ist das begrenzte, aber allergrößte Geschenk, das
ich dir jemals machen kann.
Anstellen kannst du damit, was du möchtest.
In dieser Freiheit, die ich dir dazu gewähre,
ob du es haben möchtest,
und wie du damit umgehst,
wann, ob und wie du es beendest,
liegt seine gütige Großzügigkeit.
Eines Tages wird es vorbei sein. Das sei gewiss.
Dieses vorübergehende Geschenk ist alles,
was ich besitze und was ich jemals preisgab."

***

Anna: *„Ich liebe sie alle und niemanden. Ich würde gerne die ganze Welt umarmen und niemanden im Speziellen. Alles gehörte allen."*

Kapitel 30 A) „Kuschelkursgruppe für anonyme Großstädter und verbundenlose Seelen"

Hier, im sie inspirierenden Berlin-Kreuzberg, wo sie sich eine Zeit lang aufhält, wo alle Tattoos haben müssen – sonst werden sie auf der Stelle erschossen, und niemand wirklich aus dieser Stadt zu kommen scheint, nimmt Anna an einer offenen Kuschelgruppe für anonyme Großstädter und verbundenlose Seelen trotz Corona – jedoch mit einer begrenzten Anzahl – teil, in der Hoffnung, ihr Gefühl der gähnenden Leere vorübergehend abzustreifen.

Kuschelgruppen-Leiterin: „Mein Name ist Mirja. Erzählt mir, was euch hierhergebracht hat."

Eine Teilnehmerin, die sich als Helen vorstellt: „Ich bin Neu-Single. Dann kam Corona. Ich bekam ein beklemmendes Spannungsgefühl von der Vorstellung, nie wieder in diesem Leben berührt werden zu können."

Weiterer Teilnehmerin, namens Monique: „Ich bin Tänzerin und liebte es, in einer Gruppe gemeinschaftlich angefasst zu werden, meine popelige Individualität komplett zu verlieren. Ich hatte das Gefühl, nur als kulturschaffendes Team vollständig und glücklich sein zu können. Mir fehlt die gemeinschaftliche Berührung, das soziale Grundgefühl, etwas gemeinsam zu kreieren. Ich glaube, ich bin abhängig von dem Moment, beisammen auf der Bühne zu stehen. Die Absonderung der anderen zu spüren, in sich aufzunehmmen. Teil des Schweißbades der anderen zu sein. Den Fußtritt einer anderen Person in meinem Bein wahrzunehmen."

Anna: „Ich bin sexabhängig und spüre gelegentlich eine nagende, zu stillende Einöde in mir."

Mirja: „Danke für eure Ehrlichkeit und Offenheit. Ich kann das alles sehr gut nachvollziehen. Nur, wer möchte – auf der reinen Freiwilligkeit liegt die Betonung – kann jetzt den Fremdrumpf des anderen nach Lust und Laune ertasten, sofern jener das wiederum erlaubt."

Und so liebkosen die ausgestoßenen Großstadtseelen inkognito in den anonymous Dream Art Space of broken Urban Identities hinein. Als Anna den Schweiß anderer tanzlaufend – der reinen Kunst zuliebe – in sich massenhaft aufsaugt, was die Kultur für sie und andere bereithält, scheint ihre Laune von jetzt auf gleich ad hoc, was die Kultur hergibt, deutlich besser zu werden.

Teilnehmerin Helen: „Coole Einmal-Tätowierung hast du. So eine habe ich noch nie gesehen. Ich mag die widersprüchliche Konstellation aus einem lächelnden, friedlichen Totenkopf, brutal Endlichkeit symbolisierend und dennoch Zufriedenheit ausstrahlend – und einem – was ist das – etwa ein Staubsauger? Haha – in der Tat skurril."

Anna: „Ja. Wenn man darüber küsst, öffnet sich eine versteckte Schublade zu meinem geheimen Keller der spooky Dämonen und meiner zweiten Persönlichkeit. Möchtest du sie sehen?"

„Fürchterlich gern."

Forts. Kapitel 30) B) „Geteilte Luftschlösser": anonyme, episodenhafte Illusion

Annas Date mit Helen bei der offenen Kuschelgruppe, um oberflächlich gegen Löcher und Liebeskummer zu liebkosen.

„Warum bist du genau hier?", fragt Helen.

„Um gegen meine blöde Unfähigkeit, im Alter von 29 Jahren allein zu sein, anzukuscheln", antwortet Anna.

„Und was treibst du hier?"

Helen: „Mein Freund trennte sich kürzlich von mir. Ich suche nach oberflächlicher Ablenkung, um das Traurigkeitsloch in mir zu stopfen."

Anna: „Verstehe. Das klingt schlimm."

Helen: „Suchst du nach der großen Liebe?"

Anna: „Niemals! Ich glaube überhaupt nicht daran. Zumal ich einen Freund habe, den ich schon mag. Wir leben jedoch in einer offenen Beziehung. Toi, toi, toi sind wir nicht verheiratet. Ich mag diese Standard-Mausi und Hasi-Bussi-O-Ton-Dynamik bei festgefahrenen Paaren einfach nicht, bin null interessiert an Monogamie. Es langweilt mich, immer den Gleichen zu sehen. Irgendwie erinnert mich es beinahe an ein diktatorisches Regime – mit nur einer Person. Ein Einziger zum Anhimmeln. So exklusiv. Alle anderen müssen vor der Türe warten, dürfen die traute Zweisamkeit nicht stören. Für mich können es gar nicht genug Menschen sein, mit welchen ich allesamt mein gesamtes Leben wild und verrückt teilen möchte – wie ein interessantes Puzzle. Ein niemals endender Flickenteppich. Ein Mensch ist spannend. Mehrere jedoch aufregender. Beinahe habe ich das Gefühl, sofort etwas zu verpassen, sobald ich nicht alle kennenlerne. Aus allem zusammen ziehe ich am Ende die Quer-Inspiration. Das gibt mir einen Kick. Fast fühlt es sich wie Drogen an. Mit nur einer einzigen Person werde ich, glaube ich zumindest, verrückt – zu einer eigenartigen, abartigen Version meiner selbst. Kennst du das auch? Ich werde dann etwa besitzergreifend oder streitsüchtig. Alles, was ich in einer Beziehung niemals sein wollte, was ich zutiefst bei anderen verabscheue, bin dann erschreckenderweise plötzlich ich selber. Widerlich."

Helen: „Ich weiß ein wenig, was du meinst. Gelegentlich werde ich in Beziehungen weinerlich und eifersüchtig. Dinge, auf die ich ebenfalls nicht stolz bin."

Anna: „Siehst du – um diesem ganzen Unsinn entgegenzuwirken – schaffe ich mir mindestens hundert Menschen aufwärts zum körperlichen Teilen an, konsumiere sie, spüle sie jeweils wie ein seichtes Tab – einer nach dem anderen – hinunter, und erst dann – in der zahlreichen Überschäumung – in den multiplen Höhepunkten – geht es einigermaßen. In der kurzen, beinahe anonymen Begegnung entdecke ich das Abenteuer. Verstehst du das?"

Helen: „Du bist irgendwie sehr lustig und gleichzeitig offenbar völlig durchgeknallt. Wobei man das auch oberflächlich nennen könnte. Vielleicht eher abgestumpft."

Anna: „Das ist etwas frech. Findest du nicht?"

Helen: „Ist unsere Generation denn etwa nicht abgedroschen? Mein Ex-Freund sah es nicht mal ein, sich real von mir als Mensch zu verabschieden nach

dreieinhalbjähriger Beziehung. Er machte via lächerlicher SMS Schluss. Nicht mal fähig, mir das wenigstens ins Gesicht zu sagen. Ich war ihm keinen Anruf oder ein echtes Gespräch wert. Eine Freundin von mir wurde kürzlich geghosted. Keiner traut sich mehr was. Alle warten bis zur allerletzten Sekunde, um dann einen albernen Kinobesuch oder ein mickriges Spar-Essen via lässiger Nachricht oder E-Mail auf letzte Sekunde, manchmal gar verspätet hinterher oder überhaupt nicht abzusagen. Früher ging man einfach hin, weil es keine andere Möglichkeit gab. Man musste. Der Termin saß. Punkt. Heute wird alles – jede banale Kleinigkeit – abgewogen. Keiner kann sich mehr entscheiden."
Anna: „Nicht sehr schön. In der Tat – sehr feige. Abschiede verkrafte ich – zugegeben – auch nur schlecht. Manchmal habe ich das Gefühl, dass es im Leben ausschließlich darum geht, vielleicht ein klitzekleines bisschen besser mit dem Loslassen klarzukommen. Irgendwie eine traurige Feststellung."
Helen: „Dürfte ich möglicherweise Teil deines interessanten multiplen Schaum-Puzzlestückes werden, um meinen Abschied vorübergehend besser zu überstehen?"
Anna: „Warum eigentlich nicht? Die Regel ist jedoch, dass sich keiner verliebt."
Helen: „Abgemacht."
Und so küssen die beiden riesige Phantasie-Luft-Schlösser in ihre geteilte, kurzfristige, flüchtige körperliche Gemeinsamkeit hinein.
Die Eine, ihre Krise versuchend zu überwinden.
Die Andere das nicht vorhandene Talent, einsam sein zu können.

Helen: „Hast du schon einmal etwas mit einer Frau gehabt?"

Anna: „Ehrlich gesagt, nicht wirklich. Abgesehen von einem Kuss mit einer Lehrerin zu Schulzeiten."

Helen: „Du scheust wirklich nicht vor viel zurück. Hat sie dich geküsst? Oder umgekehrt? Ich dachte, das sei gar nicht erlaubt?"

Anna: „Gehören nicht immer zwei dazu? Sie ließ es zumindest zu. Zumal Verbotenes für mich umso erregender ist. Daneben knabberte ich zur Probe einst eine Jugendfreundin an, wie viele wohl es getan haben."

Helen: „Wie schmeckte der Kuss?"

Anna: „Nach einer Mischung aus dem ersten Kiosk-Bier, Zigaretten und pappigen Chips. Solche, die zuvor in die Dose geflogen waren *(lachend)*. Was man in der Pubertät halt so isst. Ihr Hals roch sehr gut. Ihr Mund bestach durch eine besondere Form. Ich fand fetzig, dass sie ihn schwarz schminkte. Zudem besaß sie Humor. Und du? Hattest du schon mal etwas mit einer Frau?"

Helen: „Ja – ich bin bi und hatte mit zweien bislang etwas."

Anna: „Nur geküsst oder auch mehr?"

Helen: „Beides mal eine Affäre."

Anna: „Wie fühlte sich das an?"

Helen: „Schön. Ich mochte das Gefühl, in etwas hineinzugreifen. Wie als Kind, wenn man in eine zauberhafte Tombola-Kiste greift und nicht weiß, was man am Ende erhält." *(Bricht in Lachen aus.)*

Anna: „Wie hast du es festgestellt?"

Helen; „Ich mochte bis dahin Männer, ohne, dass ich genau wusste, warum, oder es in Frage gestellt hätte. Ich kam mit ihnen gut zurecht, mir gefiel auch der Sex mit meinen männlichen Freunden – teilweise zumindest.

Irgendwann sah ich jedoch eine Frau und hatte das Gefühl, mich von ihr plötzlich stark angezogen zu fühlen. Sie war wunderschön. Später sah ich eine andere, die mir ebenfalls gefiel, bevor ich sie küsste. Seither ist es so. Man kann es auch positiv sehen: So hat man eine größere Auswahl." *Lacht.*

Anna: „Das stimmt allerdings. Welcher Sex war für dich nun besser? Der mit Männern oder jener mit Frauen?"

Helen: „Weder noch. Das kann man gar nicht vergleichen. Beides kann schön sein und beides kann schiefgehen. Schließlich soll es ja kein Wettbewerb sein. Nur eben anders halt."

Helen: „Was sind das eigentlich für Narben?"

Anna. „Veräußerte Formen meiner Furcht vor dem Alleinsein. Ich muss mich ständig spüren. Daher auch meine partielle Sexsucht. Auch, wenn ich diese nicht immer habe. Ich brauche nicht ständig Geschlechtsverkehr. Zumindest bin ich nicht darauf angewiesen. Manchmal mag ich auch gar keinen."

Helen: „Ist das nicht ein Widerspruch?"

Anna: „Was?"

Helen: „Dass du nicht einsam sein möchtest, Abschiede scheust, aber gleichzeitig andere frecherweise liegen lässt? Fühlen diese sich dann nicht teilweise auch alleine oder benutzt?"

Anna: „Das mag schon sein. Ich bitte sie daher ja immer, keine Gefühle zu entwickeln.

Nur in der absoluten Anonymität

kann sich meine ursprüngliche

– nun zersetzte –

Einheit

von Körper und Geist

episodenhaft

einbilden,

wieder

hergestellt zu sein."

Helen: „Und – dein Freund? Ist er nicht in dich verliebt?"

Anna: „Teilweise denke ich, dass er das schon partiell ist, aber ich kann ja nicht in sein Herz schauen. Das geht ja leider immer noch nicht. Zumal wir nicht verheiratet sind, und er Romantik verabscheut. Dann wieder habe ich das Gefühl, er mag mich überhaupt nicht, und dass ich eine absolute Zumutung für ihn bin."

Helen: „Wollen wir die Illusion vorübergehend rekonstruieren?"

Anna: „Das hört sich nach einer Bauanleitung in einem deutschen Billo-Baufachmarkt an. Solche, wo man am Ende die Schrauben nicht findet. Aber – ja. Warum nicht?"

***

Kommentar der Autorin 2)

„Es sagt einem ja gar keiner, dass, wenn man ein Buch schreibt, man am Ende furchteinflößende neurologische Zuckungen der schlimmsten Sorte entwickelt und mit sich selber spricht. Davor hätte man mich warnen müssen. Ich möchte mein rammdösiges Stipendium einwechseln."

Kapitel 31) „Das Bonner Loch" Teil I

Unverbunden,
in tausend Bröckchen zerstückelt
und dennoch offenkundig glücklich
kehrt Anna, in Berlin noch den Duft der Inspiration
einatmend,
über sachsenanhaltische Funklöcher
zurück in das super neutrale glattgebügelte Bonner Loch.
So lautet der Name für jene Menschen, die zwischen
Juristerei und Kindern reicher Eltern nichts besitzen.
An denen die makellosen, bornierten Bonner Hemds-
kragenträger nicht mal missbilligend, sondern völlig
sachlich und gleichzeitig mit gewisser Überheblich-
keit vorbeiziehen. Sie schauen nicht mal hin. Ihnen
ist die Misere nichts wert. Nicht mal einen elendigen
Blick. In Bonn werden partout keine Fragen gestellt.
As simple as it is.
Bereits bei der Ankunft am kleinen mickrigen Bahn-
hof wird dem Kinde auf unsägliche Weise erneut aus
keinem Grund urschwindelig. Besäße jenes Loch ein
echtes Monster, wäre der Schmerz wenigstens greif-
barer, ächzt Anna in die juridikanischen, gestriegel-
ten Fenster hinein. Geseufzte bonarchische Löcher.
„Womit kann ich diesmal dienen?" fragt der Therapeut, Herr Schmidt, dessen Stimme bereits ein ge-
wisses Desinteresse vermittelt, seinen Blick auf seine
Armbanduhr richtend.
„Ich stecke mal wieder im Bonner Loch fest", klagt
Anna. „Mein Puls rast, während der Atem irritierenderweise stockt." „Sind Sie obdachlos? Moment – ich

kann Ihnen da eine Nummer von einer Wohnungs-
vermittlung geben." „Typisch Bonner. Null Phantasie.
Keinerlei Ficktion möglich. Der reine Pragmatismus."
„Haben Sie das laut gedacht?"
„Anna: „Nein. Laut gesagt."
Schmidt: „Na hören Sie mal. Ich habe Ihnen letztes Mal
schon gesagt – keine Frechheiten gegenüber Therapeu-
ten. Sie sind die Patientin. Ich der Psychologe. Hier ist
die Grenze. Ein Tipp: Machen Sie sich nicht zu sehr von
Orten abhängig. Städte sind vergänglich. Streifen Sie
all Ihre Oberflächlichkeit komplett ab. Vergleichen Sie
nichts. Seien Sie wertneutral."
„Genau das ist es ja", seufzt Anna. „Diese unsägliche,
dämmrige Löchrigkeit ist tödlich. Zudem kann ich,
seit ich in dieser ehemaligen gespenstischen Möch-
tegern-Geister-Bundeshauptstadt lebe, mein eigenes
Loch einfach nicht mehr finden. So sehr ich meinen
Finger auch immer tiefer in die nunmehr wuchern-
de, eiternde Wunde hineinbohre. Traurigerweise, so
glaube ich, ist es inzwischen gänzlich verschwunden.
Mein armes kleines, schwindendes einsames Löchlein
ist wohl verhungert. Können Sie es für mich finden?"
Herr Schmidt: „Nein!"
Anna: „Zudem wurde mein Fahrrad nicht gestohlen."
Therapeut: „Dieses Problem verstehe ich nun wirklich
überhaupt gar nicht."
Anna: „Niemand interessiert sich für nichts. Nicht mal
Klauen ist für Bonner von Bedeutung. Es ist ihnen zu
lästig. Bonner meiden jedweden Aufwand. Schließ-
lich besitzen sie genug dieser Sorte. Doc – oh mein
Seelen-Doc – bitte, bitte hinterlassen Sie dringend

irgendeine Wunde! Eine Spur. Schießen Sie ein Loch in mich. Durchlöchern Sie mich! Verpassen Sie mir hier und jetzt eine kräftige Ohrfeige. So kratzen Sie mich. Beißen Sie in mich hinein. Verwunden Sie mich, jetzt und gleich, Herr Psycho-Doc! Bohren Sie in mich. Ertasten Sie mich. Fühlen Sie mich."

Therapeut: „Sind Sie noch ganz dicht?!"

Anna: „Leider ja. Das ist ja das Problem. Bitte, bitte – so öffnen Sie mich wieder, Herr Doktor."

Therapeut Schmidt: „Ich habe Ihnen letztes Mal schon mitgeteilt, dass ich Ihre Probleme nicht ganz einordnen kann. Offenbar sind Sie nicht dumm. Sie studieren immerhin. Augenscheinlich sind Sie auch nicht wohnungslos, und schließlich gibt es weit hässlichere Orte als Bonn am Rhein. Sie gehören, so ist mein Eindruck, einer Generation an, die immer etwas zu beklagen hat, auch wenn die Umstände halbwegs zufriedenstellend sind. Den Popo gepudert von Mama und Papa, die für die Bildung ihrer verwöhnten Tochter vermutlich draufzahlen, die jene aber nicht schätzt. Den Ort ebenfalls nicht. Zudem mag ich diese sexuellen Anspielungen überhaupt gar nicht. Das sagte ich bereits. In Sitzungen gar ein Tabu."

Anna: „Fich sucht Fahrrad, Doc. Helfen Sie mir wenigstens bei der verdammten Fich-sucht-Fahrrad-Suche."

Herr Schmidt: „Wie bitte? Haben Sie Drogen genommen?!"

Anna: „Nein. Auch wenn ich dies erträumte. Meine von Ihnen als sexuell gedeuteten Anspielungen sind purer Durst nach trockener, ja verdorrter Poesie. Erfindergeist, den es in diesem elendigen Pseudo-Ort-Kaff nicht gibt. Er wurde vom Napismus streng kolonialistisch eingesaugt."

Therapeut Schmidt: „Da ist es – Sie werten wieder pausenlos ab. Wer sind Sie denn, wenn ich fragen darf? Was macht Ihre ach so rühmliche Persönlichkeit aus? Ziehen Sie niemals Vergleiche. Keinerlei Wertungen. Das sind hier die Spielregeln. Hören Sie? Wechseln Sie doch Ihr Fach, wenn es Ihnen nicht passt. Was Sie tun, ist die Schuld anderen zuzuschieben."

Anna: „Offensichtlich habe ich massive Probleme mit dem Beenden von Dingen. Zumal ich viel lieber das Fich-sucht-Fahrrad-Spiel spielen möchte. Ich verzehre mich regelrecht danach. Fich auf den Tich, Doc. Legen Sie sofort Ihren blöden Fich flach auf den Tich, Doc!"

Therapeut: „Das ist übergriffig. Mich überkommt der Eindruck, Sie sind Borderline."

Anna: „Ich spreche doch nur in Ihrem rheinichen Sprachduktus. Ich passte mich an. Wieso wird einem das Nordamerikaprogramm denn überhaupt wärmstens ans Herz gelegt, wenn es hier weit und breit aber gar keine Gefühle gibt? Warum heißen die Fächer nicht ‚Fich-sucht-Fahrrad' oder auch ‚Master im Lochfinden'? Stellen Sie sich vor, man könnte einen Magister Artium im Bonner Loch erwerben – dann wäre man brutale Loch-Öffner-Künstlerin. Das wäre doch sensationell. Warum zum Henker studiert man stattdessen albernes, stures Nordamerika? NAP? Das ist doch verklemmt. Mehr noch – rassistisch. Gut, dass das meiner Vergangenheit angehört. Stattdessen wird einem auch noch ein lausiges, beknacktes Werbestudium nach dem Studiumfachwechsel angedreht."

Therapeut Schmidt: „Was mögen Sie denn daran nicht?"

Anna: „Dass man seine hart erarbeitete Seele, die so feinmaschig gestrickt ist, verkaufen muss, bloß um diesen Müll zu studieren, während der Professor – SEO Senior-schieße-mich-sowieso-blups-bla – seine vermeintliche fancy, super alberne Powerpoint-Präsentation beginnt mit seiner ach so klugen, aber in Wahrheit dämlichen Kampagne. Schnulziges Product-Placement. Lässige Anglizismen. Reine Veräppelung der Kundschaft. So kann man doch nicht glücklich werden. Finden Sie nicht? Neulich hat der Irre etwas Aberwitziges von irgendwelchen depperten Klorollen dahergesülzt. Dass man das Leid am Schopf packen soll, und ein ultra important Angstzeichen auf die Tafel gemalt. Geht es noch?"

„Nicht alles in unserem Leben ist zu unserem puren Götzen oder befriedigt uns. Das ist das eine. So ist es nun mal. Wenn es Sie aber so peinigt, wechseln Sie."

„Dann erschießt mich mein Vater."

„Nabeln Sie sich ab. Finden Sie sich selber. Im Übrigen wartet nun der nächste Patient. Ich muss Schluss machen."

***

Kapitel 21 E) „Angeknabberte Mäusebeute"

Herbert: „Wie war es in Berlin?"

Anna: „Befreiend. Inspirierend, auch wenn kaum jemand da noch aus der Stadt zu sein scheint. Ein wenig mutet es einer besetzten Fake-Metropole an – so wie ich eben. Immerhin jedoch besser als in der ehemaligen langweiligen Bundeshauptstadt. Ich muss dir die ganze Zeit schon dringend etwas gestehen, mein liebster Herbie. Mir liegt etwas Schweres auf dem Herzen. Kannst du bitte, bitte versprechen, nicht völlig durchzudrehen oder mir den Kopf hinterher abzureißen?"

Herbert: „Ich doch nie, mein Nicht-Liebling. Immerhin ist das doch deine Aufgabe, so dachte ich zumindest."

Anna (*gekränkt*): „Danke für die Blumen."

Herbert: „Auf Romantik wollten wir doch generell verzichten. Schon vergessen?"

Anna wirkt plötzlich irritierend schüchtern, so als hätte sie als Kind etwas angestellt und müsste es ihrer Mutter beichten, die Überwindung scheint enorm.

Herbert: „Gut – dann rate ich eben – du hast etwas Sagenhaftes erfunden? Massiven Streit? Der Psychologe ist zu behäbig, zumal er deine Sorgen nicht ernst nimmt? Du magst Bonn noch immer nicht? Du findest dein Loch nicht? Das ist doch alles nichts Neues."

Anna schüttelt zögerlich den Kopf. Beinahe scheint ihr Körper nach unten gezogen zu werden aufgrund der unsäglichen Schwere der Angelegenheit. (*Mit Grabesstimme*):

„Das stimmt auch alles, aber darum geht es diesmal nicht."

Herbert: „Dann spucke es doch einfach aus. Warum so devot, Frau Nicht-Bräutigam? Das passt doch gar nicht zu dir. Meine Güte – lass dir noch nicht jeden Pups aus der Nase ziehen."

Anna: „Ich fürchte, ich kann es dir einfach nicht sagen."

Herbie: „Und warum nicht, da du jemanden umbrachtest?"

Anna flüstert ihm etwas in das Ohr.

Herbie: „Du hast was getan? Meinen Vater geküsst? Spinnst du jetzt total? Soll das ein schlechter Witz sein? Das ist eine riesige Grenzüberschreitung! Meine eigene Familie begrapschen? Wie bitte? Ausgerechnet meinen Vater legst du mir als angeknabberte Beute scheinheilig vor meine Türe und rennst dann feige weg? Damit ich an Stelle deiner seine Leiche auch noch begrabe, weil du es einfach nicht schaffst, irgendwelche Konsequenzen für deine dämlichen Aktionen zu tragen? Das ist so ekelig. Raus! Ich will dich für eine ganze Zeit nicht mehr sehen!"

Anna: „Ich dachte, du seist toleranter. Wir haben doch eine offene Beziehung. Zumal wir keinen Sex hatten. Lediglich einen oberflächlichen Badewannen-Kuss. Es wirkte eher ein bisschen linkisch wie in einer Jugendfreizeit. Etwas ulkig. Dein Vater erschien so allein."

Herbert: „Aus welcher Motivation heraus? Aus purer Langeweile? Ich gab dir alles, was ich hatte, und du tust was? Dich hinterrücks an meinen Vater heranmachen? Was denkst du, wie er sich jetzt wohl fühlt? Dir sind alle Menschen scheißegal. Begrabe doch endlich deine Beute in deinem Garten. In meinem Nicht-Garten gibt es keinen Platz für deine angeknabberten Mäuse."

***

Kapitel 21 F) Teil I „Nie älter werden: Phantasie-Madenschwester hat Schluss gemacht"

Als das 29-jährige
noch immer
nicht freiwillige
Kind
nach Hause läuft
wird ihm schlagartig bewusst,
dass es nie älter werden wird.
Gefangen im reiferen Panzer derer, die zum Jungsein
verpflichtet werden,
wo sollen sich hüllenlose Wesen hinsetzen, wenn
jene nicht laufen können?
Wie schaffen es Andere, ein Zuhause zu haben?
Denn: Niemand hält die Pforte
zur Rettung mehr für das Kind auf.
Ausrangiert – liegt sie – verfallenen
Gehäuses, für immer zerschmettert auf der Erde.
Zu häufig wurde sie überdehnt.
Zu oft hatte das Kind um Hilfe geboten, zu laut an
die Tür klopft.
Schon immer war das Kind zu dröhnend, warnte der
Vater.
Werde erwachsen. Übernimm Verantwortung.
Nicht alles in unserem Leben ist zu unserem puren
Götzen oder befriedigt uns. Du verspeist laufend Menschen, ohne dir die Mühe zu machen, jemals wirklich
hinzusehen. Du jagst, um nicht denken zu müssen. Du
frisst UNS zusammen auf, aber nicht gemeinsam. Die
Scherben sammeln schon die Anderen auf.

Das Kind möchte eiligst zu der Phantasieschwester, klopft es. Doch die Phantasieschwester mit Maden in den Augen hat etwas Wichtigeres zu tun, behauptet ihr Anrufbeantworter in der Todes-Dauerschleife. „Es ist ein dringender Notfall", schreit das Kind. Sonst würde sie hier und jetzt sterben, und sie sei schuld. In letzter Zeit würden die Wünsche des Fräulein Nimmersatt immer riesiger, antwortet die blutleere, blasse Madenschwester. Schließlich ginge es auch anderen hier, in der Insekten-Not-Klinik, schlecht. Wann hätte sich ihre Schwester denn je um sie gekümmert? Letztendlich sei auch sie verendet. Habe sie sich darum je geschert? Im Gegenteil, sie habe sie auf der Erde vor ihren Augen verbluten lassen. Wie einen Blutegel habe sie sie ausgelaugt. Sei über sie hinwegspaziert. Hier unten gäbe es nie mehr Licht. An diesem Orte – in der Madenwelt – vergammelten bloß nur die, denen das Herz für immer verloren ging. „Wozu soll ich dir helfen, wenn du doch längst tot bist? Ich rette nur noch die, die noch etwas von ihrer Seele übrighaben." Wohin sich dann wenden, wenn das Herz aber lodernd brennt? Wer spricht noch mit dem Kind? Klopft es in der Hysterie, sich gegen alle Wände gleichzeitig drehend. Nur, dass es keine mehr gibt. Denn in dieser doofen Stadt haben sie alle zugemacht. Über Nacht gibt es keine Orte mehr für die Geistesentgleisten. Sie wurden weggesaugt.

Wohin mit dem Schmerz?

Sie habe sich sowieso von dem Kind getrennt, teilt die Madenchwester im Herausspazieren aus ihrer entgleisten Fiktion mit.

Klar – es war ja auch nur eine geliehene Freundin-
auf-Probe.

Wer muss sich Dinge einbilden,
um überleben zu können?

Wo immer das Kind
hingeht,
fällt der Sarg zusammen.

Wer zerschellt schon
sein eigenes
Paradies?

Wie halte ich den
Graus aus?

Wie begräbt man das eigene Herz,
wenn man kein Pochen fühlt?

Und doch pulsiert die manische Langeweile nagend,
drängend – du musst dringend etwas tun,
mahnt sie
erhobenen Zeigefingers.

Wie beruhigen den unsteten Geist?
Wohin mit der Kraft ohne Sinn?
Wo ist der entschärfende Affe?

Bei einem Krieg gäbe es auch jemanden, der den Brand
löschte,
weint das verzweifelte Kind,
an seiner Tür kratzend.

Gibt es ihn auch nicht mehr? „Ich räume deine Scherben nicht mehr weg.

Lang genug habe ich dir geholfen, nun fühle ich mich
verdreht. Ich werde jetzt gehen. Ich will nicht mehr
deinen Staubsauger spielen."

„Du darfst nicht", sagt das bettelnde, beißende Kind.

Das Kind zerhackt den Affen, bis sein Antlitz gesichtslos erscheint.

Jener entfernt sich – monsterhaft als Leiche - wegschwebend.

„Freunde dürfen doch nicht gehen. Bitte! Hilf mir – unmittelbar!", weint das Kind. Doch der Affe ist tot. Denn sie, und nur sie selbst hat ihn selber zerstört. Was ist aus dieser kalten Welt geworfen?

Wieso zieht es im Sommer?

Hat denn keiner mehr Phantasie? Ist das Herz der Fiktion generell bis in alle Ewigkeit ausverkauft? Oder nur in dieser Stadt? Wieso werden in diesem Land jämmerliche Sparschweine als Unterstützung dargeboten? Als wirke das bei brennendem Seelen-Schmerz? Dem entflammten Geist? Jetzt und hier? Wohin mit den Obdachlosen in dieser desinteressierten Hemdskragen-Stadt? Ist das nicht albern?

dreht sich der entgleiste, zersplitterte, haltlose, manische Geist.

Wo bleibt die Hilfe für die,

deren Herz

dringend

und würgend vor den Augen Anderer kläglich ersticken? Du musst etwas tun,

behaupten angeblich ihre ihr zuflüsternden, welken Arme.

Denn wir fühlen uns nicht.

Bewege uns statt Unserer.

Belebe uns aus unserer affigen Puppenstarre.

So tu doch etwas.

Spiel mit uns.

Do something! Sonst schäumen wir noch über.
Wir pochen. Leblos. Siehst du uns denn nicht?
Wir, und nur wir brauchen dich. Verzweifelt wissen wir nicht, wohin.
Jetzt und hier. Freunde hast du ja schließlich sonst sowieso keine mehr.
Denn du hast uns nicht beachtet. Buy us!"
„Gut", schreit das ungestillte, geladene, in dieser Stadt gelangweilte, überdrüssige, ausgegossene, wütende, zu kraftvolle Kind (*endlich zufrieden*): „I choose the pain."

Wenn man liebt, ist vieles schmerzvoll.
Ohne Zuneigung geschieht hingegen
gar nichts.

Kapitel 21 F) Teil II „Von Nicht-Mördern und nichtsnutzigen Helfern"

Als der, immer mehr zum Menschenfeind und Einzelgänger mutierende, Herbie Bräutigam, wegen seiner, ihn mit zu erledigenden Dates zuschüttenden Mutter und eines Streites mit Anna, die seinen Vater aus keinem Grund küsste, sein ausgeschaltetes Handy nach einiger Zeit wieder anschaltet, erblickt er Nachrichten ihrer besten Studienfreundin Merle: „Herbie – hier ist Merle. Anna macht die Tür nicht auf – wir waren verabredet – ich wollte ihr etwas von der Uni vorbeibringen. Ich habe Angst, dass sie sich etwas antut. Sie macht die Scheiß-Tür nicht auf, so lange ich auch klingele und wie blöd dagegen klopfe. In ihrem Fenster funzt aber Licht. Heute Morgen sah die Schöne völlig traurig aus – faselte irgendetwas davon, dass das Bonner Loch sie nerve und sie ihres verzweifelt suche. Weißt du, was sie meint? Ich blick da nicht mehr ganz durch ... ihr unstetes Gemüt kriege an einem Ort wie diesem die Krise. Zudem erwähnte sie, irgendwer habe niemanden aus einer Laune heraus angeknabbert. Jemand, der ihr etwas bedeute, sei sauer. Ruf mal an – Merle." Zweite Sprach-Nachricht von Merle: „Wo bist du denn – Herbie? Dein Wunsch, Grenz-Autist zu sein, in allen Ehren. Bewege mal deinen Popo dringend hierhin. Ich habe ihren ehemaligen Mitbewohner angerufen, der noch einen Ersatz-Schlüssel hat. Er kommt jetzt."

Voice Nachricht drei von Merle: „Herbie – wo steckst du denn?! In deinem Grenz-Autisten-Traum-Land – ruf doch mal dein Phone ab, Mensch! Scheiße – ich bin voll am Arsch. Das schöne Kind liegt super blutend in der Badewanne. Wir bekommen sie kaum zu zweit daraus gehievt. Wir haben den Notarzt angerufen." *Weinend. Da er aktuell kein Geld für ein Taxi findet, hechtet der eher unsportliche Herbert von Köln zu Annas Wohnung durch-joggend.* „Nimm mich doch wenigstens mit, Anna. Was soll denn das? Ich bin doch da." Auf sein Mobiltelefon schauend – fünf Anrufe in Abwesenheit. Vier Sprach-nachrichten: „Hey Herbilein – mein Nicht-Ehemann! Immer, wenn ich in diesem finsteren Bonn lande, geht es mir unmittelbar super schlecht."

Sprachnachricht zwei: „Hier ist Anna. Herbie – Hilfe – in Bonn ist es schrecklich. Murks-Kack-Drecks-Loch. An Obdachlosen schaut die eingebildete, sortierte Stadt vorbei. Keinerlei Präsenz bekommen diese Men-schen. Meines ist hingegen verplumpst. Auch der wer-te Psycho Doc kann es offenbar nicht finden. Ich habe ihn gefragt, ob er es an Stelle meiner für mich suchen kann. Er sagt, ich sei übergriffig. Kannst du mir nicht bitte, bitte helfen? Auch, wenn ich weiß, dass du ent-täuscht bist. Ich stahl ohne Grund aus einem Nicht-Gefühl heraus. Das bereue ich." Sprach-Botschaft drei von Anna: „Herbie, wo bist du denn? In dieser einge-bildeten Weggucker-Stadt ist es ultra gruselig lang-weilig. Zumal es mir grauslich geht."

Merle: „Wie schön, dass du auch mal hilfst, Menschen-hasser!" Pampt sie ihn an, in ihrem Gesicht überall Blutspritzer, auf ihrem T-Shirt ebenfalls – als hätte sie, Merle, Anna persönlich abgemurkst. Einem Mas-saker ähnlich. Das College-Attentat von Bonn. Wenn eine Studentin die andere umbringt. Der Grund: Das versinkende Bonner Loch.

Surreal – in Verzögerung – scheint sie – im Folgenden – einer Kriminalsendung gleich – viel mehr gibt es in Deutschland ja nun mal nicht im Fernsehen – nun von der sich dazugesellenden Polizei vernommen, um später in Handschellen abgeführt zu werden, während Annas ehemaliger Mitbewohner, Felix, indessen dazu befragt wird, als Mittäter ebenfalls in Frage kommend – schließlich als Mitwisser verhaftet zu werden, an ihm vorbeigezogen werdend – auf ihn zeigend, der da, Herbert, sei ganz alleine schuld. Immerhin ging er nicht an sein dämliches Telefon. Bloß aus Angst vor seiner eigenen Mutter. Half nicht. War nicht da, wo er am meisten gebraucht wurde. Sah nicht hin. Nicht mal bei seiner eigenen Freundin. Dieser feige Nichtsnutz.

Auf ihn kommt nun der Polizist aus einer vermeintlichen TV-Sendung zugelaufen -
Herbert, im Begriff, wegzurennen. Bis Merle in sein Ge-sicht raunzt: „Wo bist du denn? In welcher Parallelwelt? Pack doch mal mit an, du Lusche!" *Offenbar erstach diese doch niemanden.*
In der Folge geht das Geschehen an Herbert vorbei – während Herbie noch immer damit beschäftigt zu sein scheint, sein lästiges Handy abzurufen. So viele Nachrichten erhielt der fortpflanzungsresistente Nihilist noch nie in seinem gesamten, mittelalten Spar-Leben –
beobachtet Herbie das Geschehen auf der Entfernung – in Zeitlupe –

offenbar kann er nicht eingreifen. Seine Füße scheinen
angewachsen. Dabei hat er noch immer nicht viel getan.
Sie heben nun gemeinsam das schöne, leuchtende, feuer-
rote Kinde aus der Badewanne, bevor sie es in ein Tuch wi-
ckeln, während das Wasser beinahe friedlich dazu klatscht.
Als sei es das Einzige, das die entrückte Seele des Kindes
beruhige. Das Alleinige, das ihm zugehört habe. Nur das
Wasser weiß mehr.

Sprachnachricht vier Annas (*weinend/auf seinem Han-*
dy): „Hier ist noch immer Anna! Wer hätte das gedacht?
Warum gehst du nie dran? Wahrscheinlich magst du
mich nicht mehr. Alle hassen mich sowieso. Beendest
du es nun?

Im Phantasieland will mir auch keiner mehr aufmachen.
Scheinbar wurde die Möglichkeit, generell da an die
Pforte zu klopfen, von irgendwelchen Kreativ-Verbie-
tern für Geistesentgleiste in Deutschland abgeschafft.
Vielleicht hat meine Mutter da auch reingesaugt. Jetzt
wimmelt es jedenfalls nur noch an Maden. Eigentlich
habe ich gar nichts gegen diese Tiere. Im Grunde könnten sie mir sogar über meine schlimme Langeweile
hinweghelfen. Meine Schwester in der nicht-aufma-
chenden SOS-Madenklinik für grenzlabile Psycho-In-
sekten mit den Madenaugen hat mit mir Schluss gemacht. Sie hat zu viel als Madenkrankenschwester zu
tun, ist ihr Vorwand. Ein Patient mit psychosozialen
Problemen nach dem anderen. Scheinbar läuft ihre
Klinik an Maden über, knallte sie mir doch die Türe
zu. Nun bleibt mir bis in alle Psycho-Ewigkeit keinerlei Fiktion mehr. Wohin soll sich mein Herz wenden?
Wer tröstet die nicht Aufmunterbaren?"

Anna hat das Vermögen, selbst im Beinahe-Sterben – im Zwischenstadium zwischen Leben und Tod – wie ein anmutender Schwan auszusehen.

Einer Tragödie in der Oper ähnlich, wird sie nun dahin getragen, als wäre es ein Schauspiel. Eine Generalprobe, bei der versucht wird, ihren Puls zu stillen, etwas über die Wunden zu legen und trotzdem den visuellen Standard zu halten. Als würde das beste Bild eingefangen werden wollen, eingefroren – das schöne, unstete Geschöpf auf eine Bahre erhoben. Man erwartet, dass sie aufsteht. Grazil lächelt, sich verneigt. Dann winkend davongeht. Als wäre nichts gewesen.

Fünfte Nachricht Annas auf Herberts Mobiltelefon (*schreiend*): „Der blöde Affe in meinem Ex-Dream-Candy-Phantasie-Land ist jetzt auch noch Klappe-zu-Affe-tot. Weißt du auch, warum? Ich habe ihn selber im Affekt erschlagen, er hat keine Augen mehr (*etwas zerbricht*). Ich bin zur Mörderin meines einzigen und eigenen Tieres geworden. Es gibt niemanden mehr zum Spielen an diesem öden, traumgestohlenen Langeweiler-Ort. Was soll ich jetzt machen?

Ich kann nicht mehr.

Hilf mir doch.

Sonst stirbt mein nicht vorhandenes Ich.“

Sprachnachricht seiner Mutter: „Herberdlein – dädsch bidde aläuda? Dein Handy ischd aus. Wie seha esch mit den Daddles aus?“

***

Forts. Kapitel 21 F) Teil III „Künstlich geflickte Arme"

Im Nu hat Anna das Krankenhaus in einen roten Teppich verwandelt. In ein nach vorne gespültes Meer der Gefühle. Jene, die sie in der Realität ein paar Sekunden vorher nicht in Worte zu verfassen vermochte. Für Annas müsste es eine Umwandlung – eine Abmilderung – geben – die Zeit zurückgedreht werden. Menschen mit unkontrollierten Impulsen müssten per se Anrecht auf einen weiteren Versuch haben.

So kommt wenigstens ein bisschen Schwung in diese eintönige Stadt, in das öde pragmatische Krankenhaus, würde sie jetzt sagen.

Wach doch auf, Anna-Kind. Was machst du denn mit deinem Herbert?

Hier hängt die dysfunktionale Gruppe also nun verloren am kaputten Kaffeeautomaten im Krankenhaus schief herum, als wäre ihr langweilig, nervös auf ihr Urteil wartend: Dabei ist die Zeit vielleicht möglicherweise bereits abgelaufen. Dann, wenn es am dringendsten ist, tritt sie wie ein klebriges Kaugummi in beständiger Hartnäckigkeit in Erscheinung. Nicht-Mörderin Merle und die nihilistische Wenigkeit des unrühmlichen Nicht-Helfers, Herbie. Nicht-Mittäter Felix wurde wegen Corona hingegen bereits nachhause geschickt. Zu viele Menschen seien in Zeiten der Krise nicht erlaubt. Merle weint noch immer blutverschmiert mit 30 Mörder-Pünktchen aufwärts im Gesicht herum. Als eine Schwester sie fragt, ob sie ein frisches T-Shirt haben wolle, brüllt sie, sie würde jenes nie mehr hergeben.

Schließlich sei es das einzige Andenken an ihre Anna. „Noch ist sie nicht tot", sagt Herbert. „Bist du jetzt Hellseher? Ich dachte, du wärst schon Misanthrop", pflaumt Merle Herbert an. „Deinetwegen liegt sie doch jetzt überhaupt mit blutenden Pulsadern da, weil du nicht ansprechbar warst." „Meinst du das so?" fragt Herbert. „Für Annas psychische Probleme kann keiner was in diesem Raum." Ob Merle vielleicht ein psychologisches Beratungs-Gespräch haben möchte, wird jene gefragt. Möglicherweise habe sie eine Belastungsstörung wegen alldem, was geschah.

Warum hat Anna das getan? Ohne ihn? Hätte sie ihn nicht wenigstens mitnehmen können in dieses bunte Parallelland, Anna? Deinen Nicht-Angetrauten hier sitzen zu lassen in der grauen, belastenden Realität? Er, Herbert Bräutigam, ist doch hier unten, auf sie wartend. Zugegeben – minimalistisch und nichtsnutzig. Nicht mal zum Retten scheint er trotz Mittelalters imstande, aber dennoch da zu sein. Nur in diesen zwei Stunden einmal nicht. Kein Grund, für immer zu gehen. Bonner Löcher sind vergänglich. Der depressive Herbert hingegen bleibt, ob er möchte oder nicht. So unromantisch und furchteinflößend das klingen mag. Wegen so etwas hat man nicht zu gehen. Er verhielt sich zu provinziell, ihr den mickrigen Kuss übel zu nehmen. Ein lausiger Bourgeois war er. Er hätte seiner Anna mehr gestatten müssen. Welch Klischee um ein familiäres Tabu – was hatte ihn daran gestört? Endlose Liebe sollte keinerlei Schranken einfordern. Andere waren dazu imstande, gemeinsam Markierungen auszuheben. Er hingegen setzte welche, obwohl er um ihren psychischen Status wusste.

Zu allem Überfluss betreten in diesem Moment die Eltern des Kindes die Nicht-Cafeteria in Zeiten des Virus', bei Herbert die düstere Erinnerung weckend, dass sie sich schon einmal in einer anderen begegneten. Der abschätzige Blick des Vaters des Kindes, der ihn und seine stillosen Klamotten prüft. „Tag, Herr Bräutigam! Von Cafeteria zu Cafeteria. Wink mit dem Zaunpfahl." Trotz der Tatsache, dass sein Kind möglicherweise im Begriff ist, das Zeitliche zu segnen. Ein Glück, dass er wegen Corona woanders hin strafversetzt wird. Während die Mutter des Kindes schluchzt, fragt der Vater des Kindes, ob sie sich mal beruhigen könne. Immerhin sei sie viel zu hysterisch und ginge ihm mit ihrer Leier stark auf die Nerven. Das ewige Weinen bringe doch schließlich nichts. Bedrückenderweise streiten die beiden sich öffentlich – trotz der Maskenpflicht.

Der Arzt kommt – oh – jetzt ist das Urteil gefallen – in Herbies Bauch macht sich ein akuter, dumpfer, undefinierbarer, quasi zystenartiger Schmerz breit. Lebenslange Haft für Nicht-Anwesenheit am Handy. Vielleicht gibt es Milderung für Menschenhasser? pocht es düster in seiner Magengegend herum.

Anna hat es geschafft. Ihr Gesicht ist jedoch blasser denn je. Schlapp hängen ihre artifiziell geflickten Arme an einem
hauchdünnen Faden an einem unromantischen Verband, drahtig verbunden an eine Maschine. „Es war knapp", sagt der Arzt, da sie viel Blut verloren habe. Die Technik versucht, ihr das verkorkste,

entglittene Körpergefühl
anstelle ihrer einzuflüstern.
Sie würde sagen: „Irgendwer hat niemanden von Interesse beseitigt."

***

Szene 20 L)/21 G) Unter-Kapitel „Sex-Spick-zettelchen in der Psychiatrie-Cafeteria"

Hier – in der Cafeteria der Psychiatrie – begegnen sich der depressive Herbie und die instabile Anna erneut, so wie sie sich eines Tages kennenlernten. Ein weiteres unromantisches Date habend, nur unter anderen, noch düsteren Bedingungen.

„Hey Herbie, mein Psycho-Lieblings-Spioni! Willst du wieder mein krümeliger Eavesdropper sein – haha. Das wäre zu schön. Ich habe dich so vermisst."

Herbie: „Das versuchte ich, und es ging offenbar schief, wie wir beide wissen. Nicht der richtige Zeitpunkt für Witze."

Anna: „Mein Herbie scheint sauer zu sein."

Herbie: „Wie könnte ich nicht? Ich war da, und du wolltest trotzdem fort. Ich habe dir bei allem geholfen, wo ich nur konnte. Einmal gehe ich nicht an mein Telefon, weil meine Mutter mich nervt und wir einen Streit haben, da du ungefragt meinen Vater küsstest, und du ritzt dir gleich die Pulsadern auf? Wie soll ein Mensch das je verkraften?"

Anna (*Tränen in den Augen*): „Das verstehe ich. Mir ging es hundsmiserabel. Das musst du mir glauben. Der Druck stieg in mir ins Unermessliche."

Herbert: „Wegen was denn, Anna? Wegen des Bonner Lochs? Echt? Gut – dann wechsele die blöde Stadt. Wegen deines Studiums? Verständlich – beende es. Gehe einer anderen Lehre nach. Was weiß ich. Wegen deines Psychologen? Meinetwegen – dann suche einen anderen auf. Du bist ja nicht mit ihm verheiratet. Ist der Grund dein Vater? Vergiss ihn doch mal. Er hat es sowieso nicht verdient, dass du auch nur eine Sekunde an ihn denkst. Sortiere die blöden Dinge aus, statt alles immer neu negativ zu sehen und dich im Kreis zu drehen. Solche Probleme haben viele Menschen, aber die wenigsten wollen sich deshalb sofort umbringen. Zumal du mich mit hineingezogen hast. Ich, Herbert, 33, habe auch Gefühle und nicht wenige Baustellen. Du stichst hier nicht auf heilen Grund."

Anna: „Beendest du es jetzt?"

Herbert: „Ich kann so nicht weiterreden, und du weißt das. Setz mich nicht so unter Druck, dass ich nicht mehr atmen kann mit diesem: Wenn du das und das machst, dann geschieht das und das. Ich kann dir das gerade nicht geben. Ich bin keine Maschine. Ich schon gar nicht. Beziehungen sind keine Systeme. Selbst diese stürzen ab. Oder wie ein Produkt – gib mir das und das – jetzt und gleich – das ist infantil! Ich fühle mich veräppelt, da ich noch nicht mal in Konsum aufgehe."

Anna weint.

Herbert: „Ich bin nicht weg, Anna. Ich bin noch da, weil ich Verständnis für Probleme habe, auch psychischer Art. Aber mein Geist wird für immer verändert sein. Ich fühle mich angeschlagen, derangiert – müde – wie nach einem Unfall. Es hinterlässt Spuren. Die Demontage schmerzt. Sie beißt von hinten an mir – wie eine Mutter, die ihr Baby nicht an der Brust füttern möchte. Bei einem Unfall bekommt man eine Physiotherapie. Ich erhalte – mittelalt und depressiv – gar nichts. Lasse dir bitte helfen. Versprichst du mir das? Finde Frieden. Wie oft wird das noch geschehen? Auf welchem dünnen Pappboden ist das gebaut? Wie oft muss man Angst um dich haben?"

Anna: „Über die Milchangst per Mutterbrust habe ich stark gelacht. Nun sprichst du wie in einer Werbung für ein ödes Grundstück. Auf diese Stein-Beziehung können Sie bauen. Ich hingegen dachte, wir sind nicht so spießig."

Herbert: „Der Tod ist nicht witzig und nicht cool, Anna."

Anna: „Magst du mich küssen, Herbie? Bitte. Das hier ist unser offizielles Zweit-Date. Ein bisschen mehr Romantik habe ich schon erwartet. Wo sind die Blumen? Wann wird der Wein aufgefahren? Wo ist die Klischee-Überraschung? Ich dachte, heute regnete es endlich die lang erwarteten, drapierten Herzen aus der Seifenoper. Lass es uns heimlich hier in der Psycho-Toilette tun!"

Herbert: „Spinnst du? Das ist hier nicht erlaubt. Du bist hier zur Genesung. Zumal wir uns schwörten, nie dem Stereotyp zu frönen."

Anna: „Schnarch – mein Herbie-Langeweili – wir nehmen ja keine Drogen. Das merkt sowieso niemand. Hier – in der Psychiatrie – gehe ich ein wie ein verdorrtes Blatt."

Herbert: „Herbie, der Sex-Spion. Tolle Rolle. Leider erinnert es mich zu sehr an meine eigene Mutter. Mein Leben mutet mehr und mehr einem schlechten Witz an. Geboren als wandelnde Satire."

Sagt es und wird von ihr in das Klo hineingezogen.

***

Kapitel 32) Vermeintlicher „Genderschnick-schnack"

Professor Dr. Wilhelm Bohrscheidt: „Liebe angehende, hoffentlich irgendwann trotz der Fach-Wahl auch einmal Geld verdienende Soziologen! Auf diesen Pipapo-StudentInnen Gender-Schnickschnack verzichte ich persönlich bewusst und gezielt. Der Grund: Mir ist es schlichtweg zu lästig und zu zeitraubend und trägt diesen Tragik erhaschenden, feministischen Beigeschmack einer immer Opfer spielen wollenden, zu soften Gesellschaft mit sich, mit welcher sich die Soziologie selbst stets ins Aus spielt. Eine soziale Welt, in der nur geweint wird, ist zu einseitig. Lila-Haar-Gefärbte-Öko-Links-Intellektuelle gibt es schließlich zur Genüge. Da können Sie dann lieber gleich in den Raum nebenan zu der werten Emanzen-Kollegin gehen, die Ihnen die Noten förmlich hinterherwirft für einen Vortrag über die vermeintlich erbärmliche Situation der Frau – ohne fundierte Faktenlage – geschweige denn jegliche Leistung zu erbringen – oder auch frei von jedwedem Verstand.

Wie Sie vielleicht das letzte Mal schon erraten haben mögen, empfinde ich die Lehre von der Gesellschaft schon als sehr wichtig, weshalb ich schließlich auch in diesem Fach promovierte. Ich hoffe, Sie haben mein Buch über die Vorteile einer freien, völlig ungezügelten Marktwirtschaft in Bezug auf die Gesellschaft in der Zwischenzeit erfolgreich und fleißig weiterstudiert. Wer das nicht tut, kann die Prüfung leider nicht bestehen. Mehr noch: Diese Pflichtlektüre müssen Sie schon lesen bis hin zu auswendig kennen. Gibt es bis hierhin Fragen?"

Anna: „Allerdings. Wenn Sie es als zu zeitaufwendig empfinden, über verweichlichte Gender-Themen, wie Sie sie bezeichnen, zu sprechen, warum haben Sie dann aber offenbar genug davon, um in vollster Länge über weibliche Kollegen zu lästern? Das erschließt sich meiner Logik jetzt nicht ganz."

Prof Dr. Wilhelm Bohrscheidt: „Wenn Sie sich bei mir nicht ganz aufgehoben fühlen, da ich Ihnen den Popo nicht rund um die Uhr geschlechtspudere, besteht für Sie immerhin die Möglichkeit zu wechseln. Darüber sprach ich ja gerade. Angesichts des inzwischen enormen temporären Verlustes würde ich nun gerne endlich zu den wirklich wichtigen inhaltlichen Aspekten übergehen, wenn Sie erlauben. Zeit ist nun mal ein rares gesellschaftliches Gut.

Ich erwähnte das letzte Mal bereits die unterschiedlichen, kulturellen Aspekte verschiedener Gesellschaften im Zusammenhang mit ihrer Funktionstüchtigkeit. Ein Mittel, um die Effizienz einer Bevölkerungsgruppe zu untersuchen, ist nach wie vor, den Intelligenzquotienten zu vergleichen.

Eine, am Dia-Projektor erscheinende, vermeintlich wissenschaftliche Datenlage wird stolz in Form einer popeligen Folie präsentiert: „Hier können Sie sehen, dass, was den Intelligenzquotienten betrifft, Asiaten vorne liegen. Schwarze sind laut diesen Untersuchungen indessen bewiesenermaßen deutlich dümmer."

Diesen vermeintlichen fürchterlichen Propaganda-Fakt präsentiert Professor Dr. Wilhelm Bohrscheidt, während er seinen Blazer in aller Emsigkeit zurechtrückt. Im Raum herrscht absolute Stille. Das Merkwürdige ist, dass sich jedoch niemand beschwert. Keiner sagt ansatzweise etwas Kritisches.

Offenbar hat der Kolonialismus den Studenten ihrer Stimmen beraubt, deren Münder weit aufklaffen. Außer Anna, welche den Raum – Türe werfend – verlässt. Zu unerträglich fühlt sich dieser Satz an, welcher in ihr post-apokalyptisch nachbebt.

Kapitel 21 D) Teil II Exklusive Flucht Annas: „Kill your monsters – buy us"

Als ihr Herbert, den sie sehr mag, dessen Geruch sie gar liebt – diesmal in sie hinein möchte, wird sie – 29 Jahre alt – harsch – ohne je eine Genehmigung erteilt zu haben – von ETWAS Verschwommenem am Genick gepackt, zersplittert zurückgestoßen, selbige – diesmal als Kind zurückversetzt – zu einem an einer Heizung auf der Erde hockenden verpflichteten. An den Haaren gegriffen. Zur mundlosen, mörderischen Monsterriesenpuppe
ihrer Selbst, einer Version derjenigen, die sie selber nicht versteht, und der Person – offenbar im Hier und Jetzt, die sie gerade nicht mehr einordnen kann, welche ihr nichts getan zu scheinen hat.
Deren Mund viel zu real vor dem ihren klebt, einer Variante der zahlreichen gebunkerten, deren Hand nun ihr Gesicht zu berühren,
sprachlos etwas zu sagen scheint.
Hier unten kann es seine Worte nicht verstehen.
Schließlich lebt es in einer anderen Welt.
Er müsse sie für es schon übersetzen, findet das Kind.
War es der Geruch von der Brühe der Nachbarin, Frau Puffpaff, der zu ihr/ihm
hochströmte? Versucht sich das verdrängte Unterbewusste suppenartig durch sie hochdrängend, peitschenartig zu erinnern:
Verzweifelt versucht Kind-Anna, den Auslöser zu erkunden.

Doch offenbar hat ANNAKind ihr/sein Gedächtnis in diesem ganzen Wirrwarr verloren.

Vorsorglich hat ihr/sein fabulöser Zauberaffe dieses heimlich eingesaugt.

Eigentlich eine feine Geste.

Wie konnte Anna es jemals wagen, anzunehmen, sie könne jemand anderen, eine menschliche Person aus echtem Fleisch und Blut, als wirklichen Freund in allen Tatsachen in ihr zersplittertes Leben lassen, ohne dass beide komplett verkümmerten? Von wahllosem Sex mit Männern habe ihr doch schon ihr Psychologe mehrfach abgeraten, mischt sich die nervigste aller enervierenden Realitäten ein.

„Schnauze!" schreit das Kind-Anna.

Gemeinsam mit dem besten Affen der geschmücktesten Kunst-Welten ihren borniertten Bonner vermeintlichen Seelenklempner via Staubsauger krachend und eiskalt erschlagend. Das wurde auch Zeit, seufzt Anna zufrieden.

„Wieso versuchst du nicht dein Geschlechtsorgan für die Ewigkeit zu verschließen?" lechzt die Amygdala mit süßer Honigstimme – „welcome to an amazing country totally freed from vaginas. On top, you will get a nice, ultra sweet muffin. Why do you have to take all this, why do you not just step in and finally grab it? It is hanging here – kill your monsters. Buy us."

Perfekt lächelt das ANNA-Kind.

***

Entschuldigung der Autorin

Der seit über einem Jahr auf der Home Couch fest-
gepappten Autorin mit dem festmontiertesten aller
Popos konnte heute nichts wirklich Gescheites einfal-
len – dafür möchte sie sich aus dem tiefsten Inneren
ihrer hässlichsten Jogginghose bei ihrem Leser höchstpersönlich entschuldigen. Zu viele Geräuschkulissen
legten sich ihr wie Fallen immer und immer wieder
schlangenartig in den Weg.

Zunächst raubte der Staubsauger des Nachbarn in grauenhaft früher Morgenstunde ihr die gesamte Phantasie. Einmal Staubsauger = zwei Stunden Leerphase des
Gehirns, bevor die Laubsäge sich vergnügt kreischend
hinzugesellte.

Nur, um später von der Bohrmaschine übertrumpft
zu werden. Der sich nun seitdem wie betäubt fühlende Wannabe-Schreibling kann seither seine Gedanken
nicht mehr richtig sortieren.

So sehr er es probiert und es ihm von Herzen leidtut.

Angereichert wurde die Misere mit drei Werbeanrufen,
vier abzufangenden Junkmails sowie zwei jämmerlichen Computer-Abstürzen mit jeweils stundenlang
gebastelten, dann jedoch gelöschten Texten.

Er leidet an ADHS.

***

Kapitel 33) Teil I „Das Interview – Annas Rein-Schnupper-Praktikum zum Unwohlfühlen"

Verloren steht die – ob innerer Unruhe – wild mit den Augen hin- und her flackernde – überengagierte West-Redakteurin, bewaffnet mit einem Pflicht-Tattoo, ohne welches man offenbar nicht beim Fernsehen zu arbeiten vermag, und ihrer angestrengten To-do-Liste in Sachsen-Anhalt rum. Vermeintlich gelassen – beinahe kindlich – hängt sie am Dorfplatz ab. Als käme gleich der Eismann. Als würde sie die Glatzen-Boys längst kennen, zielt ihr Blick geübt ins simple oberflächliche, nirvanische Nichts. Sie kann das, wenn sie sich nur anstrengt. Ihre Augen fokussieren vorgeblich unangestrengt die Glatzen zwei Zentimeter höher, als sie sich eigentlich befinden. Sie, die sonst alles unter Kontrolle hat, weiß überhaupt nicht, wo sie sich befindet. Ausgerechnet im Osten der Republik hat ihr Navi sie im Stich gelassen. So ein Mist. Was bleibt, sind eckige, steinige, viel zu wüste Straßen. West-Redakteurin Astrid überkommt der dringende Wunsch, sich jetzt und hier augenblicklich in eine Pflanze zu verwandeln. Zu gerne würde sie sich mitten im Saxophonia Anhaltonia Battlefield zum ersten Mal lasziv ausstrecken, sich opferbereit und tollkühn mitten auf die Minen legen. Doch es gelingt nicht, anzuhalten. Nicht sie bewegt ihren Körper. Die saxonische anhaltende Wildnis hält Astrid an.

Doch legte sie sich nun auf die Erde, würde ihr Rücken es ihr später büßen. Zu uneben erscheint der Boden. Zu viele Tabellen schleppte sie schon auf ihren Schultern.

Zu ungezähmt säumen sich die Straßen. ST Rough Cut.
Sie würde durchschüttelt. Das geht aber nicht. Schließlich soll sie später ja noch in die Kamera lachen. Sie,
Astrid, die für den Privatsender mit Scheißquote arbeitet, droht hier, an dieser Stelle, verrückt zu werden.
Ob der zu erzielenden Quote steigt ihr Druck ins schier
Unermessliche. Scheiß-Sachsen-Anhalt. Wieso gibt es
hier auch kein Internet, und wo zum Teufel isst MEIN
Team, wenn es hier nicht mal einen Döner gibt, grasen
ihre Augen die Wüste inzwischen gelangweilt ab. Soll
sie die zu shootende Szene tatsächlich einfach hier am
Einmal-um-Sachsen-Anhalt-herum-Kreisel drehen?
Wie soll sie die Protagonisten platzieren – vielleicht
bieten sich die pittoresken Glatzen im Hintergrund
an? Mit gekonntem Auge durchstreift ihr Blick die
Liste. Praktikantin Anna wird nun jäh aus dem Auto
geschleift und am Schlafittchen gepackt. Bildete es
sich Astrid ein, oder verdrehte diese gerade entnervt
die Augen? Irgendwie erscheint Astrid die Praktikantin zu keck. So frech waren wir früher nicht, lobt sich
Astrid selbst. Sie stammt hingegen aus einer Generation, in welcher man noch für seine Karriere kämpfen
musste. Erna und Inge folgen. Sie sollen sich gefälligst
streiten. Schließlich muss es nach Erbstreit aussehen.
Doch leider haben diese den Text wohl vergessen. Vielleicht war der Weg zu lang. Möglicherweise die Straßen zu ruppig. Was geschieht eigentlich, wenn man
in Sachsen-Anhalt einen Streit provoziert? Vielleicht
gar nichts. Maybe ist ST das Dream-Shooting-Paradies
schlechthin. Von Vorteil ist, dass hier keiner meckert.
So muss man es sehen.

Als Erna den Text immer noch nicht wiedergeben kann und zusätzlich nervenaufreibenderweise ständig ins Bild läuft, wird sie im ST Paradies kurzerhand von Redakteurin Astrid gezielt erschossen. Da kennt Astrid kein Pardon. Keiner hat es gesehen, denkt sie. Es war ganz einfach. Kein Kunstblut spritzt rückwärts auf Astrid. Astrid wischt das T-Shirt penibel rein. Inge schluchzt indessen echte Tränen eines unechten Stückes. Die Realität kotzt von hinten mitten ins Gehirn der Stand-by-auf-ewig-Wannabe-Realitätenkrieger. Astrids Laune verbessert sich augenblicklich merklich. Jetzt kann sie auch endlich den Unterpunkt 3 B) „Mittagspause für Erna" von der Liste streichen, freut sie sich. Ganz ohne Döner. Doch was isst Uschi bloß? Gott sei Dank ist Inge in Sachsen-Anhalt der Hunger gänzlich vergangen. Wie immer hat Astrid es geschafft. „Kannst du die Glatzen noch blurren?" schreit sie den Kameramann im sportlichen Vorbeigehen an. Der Kameramann nickt wie stets. „Logo." Traditionell klatschen die beiden High Five. Der abnehmende Chefredakteur wird Astrid loben. „Wie jedes Mal meisterhaft". Was Astrid nicht weiß, ist, dass einer der Glatzenboys die Waffe heimlich entwendet hat. Am nächsten Tag wird er sie auf den einzigen ehemaligen Dönerbudenbesitzer des Dorfes richten. Astrid wird es nicht mitbekommen. Schließlich ist jene viel zu sehr in ihre alberne Quote verstrickt. Verliebt wird sie ihre eigene lächerliche Sendung gucken, um die dämliche Einschaltzahl zu steigern.

***

Kommentar 3) der Autorin/Telefonat mit Bernadette to pump up the „kriselnder Allerwertester"

„Kennt jemand von Euch zufällig eine staatlich geförderte Festigungskur für – dank der Krise – festgepapptem – so to speak – deranged Couch-Popo zum Wiederaufbau von eben jenem?"
Telefonat der Autorin mit Bernadette:
„Ring, ring! Liebe Bernadette!
Würden Sie mir bitte, bitte dringend bei der Wiederherstellung meines festgeklebten Sofa-Popöchens in Sachen Formwiederherstellung eben jenesgleichen helfen? Mir wurde geflüstert, Sie hätten fleißig gespart?
Eine milde Spende für meinen vermeintlich versessenen, kriselnden Allerwertesten – bitte, bitte!

In popanziger (*Achtung – neu gegründetes Kunstwort* ☺) Dankbarkeit

Die Autorin."

***

Herbert

ist

heute

nicht.

Kapitel 34) Herberts Revanche-Brief an seine Muddi – „von beschissenen Samenkästelen"

Liebe Mama! Warum beschäftigen wir uns nicht lieber beherzt erst mit den kleinsten Mitgliedern der Gesellschaft, die unsere Hilfe am dringendsten bräuchten? Das habe ich nie verstanden.
Denn davon gibt so viele da draußen.
Gehst Du dahin? Setzt Du Dich damit auseinander?
Wenn Du so voller Elan und Fortpflanzungsdrang bist, hilf Du doch erst denjenigen,
die Deine Zuwendung am meisten brauchen könnten.
Was, „Mum", wie der Fachausdruck im Denglischen heißt, soll ich denn meinem Kind bitteschön erzählen?
Sieh mal, der Baum da vorne stirbt zufällig?
The tree is dying but who the fuck cares.
Siehst du – wie seine Blätter fleißig und leise hinunter rieseln, vielmehr purzeln?
But don't worry. Turn it into a sad Weihnachtslied.
Make it a cheesy, creepy Christmas song.
Zugegeben – die Frisur ist – sagen wir – lädiert.
Abgegrast. Aber vorher kannst du vielleicht noch ein krasses Foto schießen,
um es zu posten.
Später wird es viele Likes regnen.
Immerhin darauf kannst du setzen.
Do it. Believe in the sterbende Baum.
Just make it happen.
Turn it around.
Make the climate change greasy, cheesy, filthy.
Use it. Wirklich?

Vielleicht erhaschst du mit einer besonderen Belichtung einen gewaltigen Blitz. Zoom. Abgegrast. Dann bist du im Nu der Fotograf der Stunde. So vielleicht?

Beobachte den Eisbären. Sieh ihn immer trauriger werden. Schaue ihm bei seinem erschlafften Kopfhängenlassen, während er vor deinen Augen verhungert, zu.

But don't worry. Just be happy.

Genieße es einfach.

Freeze the picture, feel the death.

Touch it. Sell the dying icebear. Make it happen.

Turn it into a funky adventure. Make the nightmare come true.

We buy you a new one. That is for sure.

Begleite den stürzenden Pinguin bei seinem allerletzten nicht bestandenen, da traurigen Ballett, denn es gelingt ihm nicht, am Plastik vorbei zu planschen, da jenes zu groß ist. In Folge erstickt er jämmerlich. Sieh ihm beim letzten missglückten seiner zittrigsten Tänze zu.

Wackelig wie ein Neugeborenes kopfüber im Müll verschlungen.

Hey, aber wieso funktionierst du ihn nicht einfach lässig zur Pinguin-Eisprinzessin um? Hast Du Dir das etwas so vorgestellt, „Mum"? Und welche Heldengeschichte soll ich ihm – meinem „Kid-To-Be"- wie die Neudeutschen es rasant und großspurig zu formulieren wagen – genau erzählen? Die ach so rühmliche von unseren nicht so glorreichen, peinlichen Vorfahren? Patriotischer Zirkus im hampeligen Kleingarten? Streit um den Rasenmäher? Ja, Mama? Mein Teller. Dein Teller. Bloß nicht über den Rand schauen. Schön den Fokus bewahren. Eingrenzen! Limit the view! Nur nicht aus dem Takt geraten! Ich weiß nicht. I have the vague feeling the kids are eher wackelig. Warum sollte ausgerechnet ich die ersonnene Person sein, die diese leidenschaftlich und heldenhaft beschützen soll? Why do you not first take the refugee if you are so bored, Mama? It is out there. It is waiting for you. It is starring at you. It means you. It needs you. It wants you. It longs for you. Just grab it. Just take a second in your damn motherfucking life for this one single refugee.

Dein sich-noch-immer-nicht-fortpflanzen-und-niemals-wollender-und-kein-Butzerle-erhalten-wollender-Herbert.
Und: Schenke mir nie wieder ein beschissenes Samenkästele. Vergrabe das scheußliche Schachtele in Deinem mickrigen, spießigen Kleingärtele. Schräg underm Gartenzwuggl hinde linksch.

**

Kapitel 35) „Tunnel der Kälte"

Herbie kehrt nach verschiedenen gescheiterten Versuchen, ihn in den USA umzubringen, weil er unromantiersierbar erscheint, zurück in das kontrastiv sehr geerdete Deutschland inmitten von Krisenzeiten. Eines im aktuell konservativen Stand-by-Modus. Dass er im Land des Überengagements sich überhaupt in einen Flieger setzen darf, hat er seinen schwäbischen Eltern, Bernadette und Uwe, zu verdanken. Jene brüskieren sich bereits am Flughafen über die aus den Beschwerden erzeugten immens hohen Summen, die sie für ihn zahlen müssen. Was ihn dort erwartet, ist das deutsche Nichts. Schlager-Musik. Nicht mal das. In Herbert wächst eine steigende Diskrepanz: Beschwerte er sich im Land der unbegrenzten Romantikmöglichkeiten über die Scheinrealität und den Eskapismus, verspürt er hier den Drang, nur noch zu flüchten. Die deutsch-pragmatische Stimme lässt ihn unmittelbar temperaturtechnisch ins Tiefkühlfach stürzen. Im Folgenden steckt Herbie in eben jenem fest. Seine Eltern versuchen, ihn praktisch und so preisstabil wie möglich herauszuziehen.

„Traumsequenz – die Abspaltung Herbies"

Mit einer fiktiven, sich teils abspaltenden Stimme sprechend:

„PSST... QUARK! Grrh...GUR-GLE – MA-MA!
Gurgel ME finally OUT – Mama.
GUR-GLE lie-ber wertvolle MILK
DING DONG
Gimme
a fucking
WON-der
Milch
now!
Ma-Ma
uuu.
Kein Fußball! Niemals!
Schscht – no BOLZ EVER!
Kein Balzi-Bolz
dämlicher Spießruten
EierTANZ
arrgh
Heimspielvorteil
clever
ÜBERSCHMINKT
für das
GruselKABINETT
des verhunzten
Wir-Gefühls der verkorkstesten aller verdorbenen Seelen
der Nationen.
Tell me who the motherfucker
sind wir?

It is NOT Amazing.
Gimme endlich your
beschissle
Milch -
quark, quark.
Mein Magen darbt nach Milch.
Gimme gimme uh yeah
money, money, money.
MERCEDES BENZ
is watching and
killing me and you.
Klatsch, klatsch.
Ge-ron-ne-ner,
abgekupferter
TROST-Hamster-Preis
im gefälschten Spielregal der Zeit.
Husch, husch, Wackeldackel
ab ins scheußliche Körbchen!
Sitz! Platz! Aus!" *(Öffentl. Anm.: An der schwäbischen
Übersetzung wird noch ca. 750 Jahre herumgefuhrwerkelt).*
Mutter: „Wir mache unsch Sorge, Herbrrd. Was ischt
mit dir? Hascht des deire Flügle dich so benebeld? Odr
habe sie dir Drogn gegebe? Bischd bsoffa? Soll disch
dein Vater befreie? Holscht kurz a Hagga-Beile (übersetzt: ‚Hackbeil'), Uwe? Ha noi – irgendwie musch doch
des Kindle fei rauschkomme. Wir hackens des Kindle
nu raus! Wiescho bischd nu überhaupd ins Tiefgühl-
fächle geburzelt, Herbertle? Und welche Frau wird nu
jemals die deine sei? Hat's wenigstensch wasch ge-
brachd – dein Aufenthältle in der neuen Welt? Oder
haben wir umsonscht draufgezahld?"

Der sich im Tiefkühlfach befindende Herbert: „Habt ihr denn keine Furcht vor Corona? Verspürt ihr gar keine Todesangst?"

Die Mutter, Bernadette: „Ach wo. Kann i kurz die Seezengel (übersetzt: Seezungen) neben dir fei reinschaufele? Dankschee! Uffbassa – I baddsch noh arg a Bratling druff! Kennscht uns do. Wir habe hier a bissle arg rumgehackerld. Rumgewerkeld. Rumgefuhrgewerkeld. Esch unsch gmiadlich gemachd. Unsch gehtsch gohd. Das Gartenzwergle (‚Garda-Zwuggl') verpflanscht. Aber wir habe unsch halda auch ans Regele gehalde. Die da, muss man auch mal frei schwätza dürfe, nedd äwwl (‚nicht immer'), weshalb sie jetzt halt auch eher uffamasla (übersetzt: ‚bei draufgehen/sterben'. Wortwörtlich: ‚aufamseln.') "

Herbert: „Die da? Wer sind denn die da? Die Amerikaner, meinst du?"

Mutter: „Noi. Die da, wo dia imma arg ihre Fäschde feierln. Komma hier hin und haltensch einfach nedd an unschere Gesedzsche. Macha, was sie wolla. Heirade… weisch der Deifl (= Teufel) was."

Herbie: „Du willst doch auch, dass ich eine Ehe eingehe, oder nicht? Schließlich hast du mich extra dafür sogar auf Reisen geschickt. Ist das etwa kein Regelbruch?"

Mutter: „Nadierlich. Abr des war do vor Corona."

Herbie (*strampelnd*): „Aua – du tust mir weh, Mama, wenn du seit meiner Kindheit so an meinem Bein herumfuhrwerkelst."

Mutter: „I kann di nedd wirklisch verstehe, Herbertle. Musst scho bisserl laudder schwätze. Habe ich di von Geburtle immer so vermiddeld. Babbla fei besser uf Deutsch, bidde. Esch leida so gebumbr (= dumpf)."

Herbert: „Es klingt dumpf, weil ich im Eisfach feststecke, ihr Dumpfbacken!"

Mutter: „Das war, als die Krise schon langsam begann."

Herbie: „Für das Heiraten gehst du über Leichen, Mama. Für die Fertilität. Für deine irrsinnige Fortpflanzung! Für deine erträumten Nachkommen. An den Fußsohlen der Enkel-Sprößlinge in spe wird Blut haften."

Mutter: „I? Ha noi. Im Leba nedd!"

Herbie leidet indessen zunehmend an einer Frostbeule, da er im Kühlfach feststeckt, an der eisigen Wand festklemmend. Beinahe erfriert der bindungsscheue Herbert, irritierenderweise erstmals Paarung im Tiefkühlfach seiner eigenen Mutter verspürend. Doch immerhin nicht ganz alleine. Forever in love montiert an den Seezungen. Sie vergaß, ihn herauszunehmen. Sein Körper klebt nun fröstelnd neben den Bratlingen und den Seezungen in eben jenem Fach.

Ungewollt schlug bei Herbert das Häusliche versehentlich zu.

Bernadette an ihre Nachbarn, die Zipplers: „Arm Arsch senn Bolla!" (Übersetzt: Am Hintern sind Pickel). Jetz is mei Sohn im Eisschrankerl feschdglebelr. An desch Seezüngele. Könnersch vielleichd mit anpagga? Med a Kichamessr? Des Haggabeile hab I scho vrschaffa. (= Das Hackbeil habe ich schon besorgt.) Zamma senn wir sicherlisch schdäeggr."

Herr Zippler: „Herr Godd Saggerle – wir konnde desch bassiera?"

Herbie aus dem verkühlten Ende des Frierfaches ob der Kälteblasen schreiend: „Das ist meine Mutter schuld! Sie wollte, dass i a Kendle zammabäschdla (= ein Kind zeuge.)

Brüllend: „Befreien Sie mich aus dem Gefrierfächele meiner Muddr. Für ihre Fertilisierung me umbringa!" (Übersetzung: Für Geschlechtsverkehr will sie mich persönlich umbringen!)

Herr Zippler (*verschämt*): „Natürlich."

So wird versucht, Herbert Bräutigam mit allen gemeinsamem Kräften des schwäbischen Nachbarschaffschdsdueddsch (= nicht sicher, ob das Schwäbisch ist. Übersetzt = Nachbarschaft-Duetts) aus dem Kühlschrank seiner Mutter herauszubekommen.

Der erste Schlag des Hackbeils trifft eine Glasvitrine neben dem Kühlschrank der mütterlichen Küche. Jene war ein deires Sammlersdüggle.

Der zweite nähert sich dramatisch Herberts Kopf, bevor sie beinahe seine Hände abhackt.

Schließlich setzt Herr Zippler mit der Säge an, da der mittelalte Herbert aus dem eisigen Tunnel der Kälte offenbar nicht zu befreien ist.

Blau angelaufen, wird Herbie Bräutigam schließlich zu sechst von den Seezüngele nach faszinierender fünfstündiger Aktion befreit auf die Erde gelegt.

Das Einzige, was Herberts Mutter, Bernadette, dazu einfällt, ist „Nedd, dass a Samenzellerle am Ende vrfriera."

Herbert an Herrn Zippler: „Können Sie mir einen Gefallen tun und meiner Mutter, die mich im eigenen Kühlschrank festpappen ließ, als Revanche diesen Aufkleber mit der Aufschrift ‚No Milk Cow Ever Anymore' an den Kühlschrank kleben?"

***

Kapitel 36) „Stilloser Ramsch" – der mögliche Tod des Autors

„H-i-i-i-l-f-e!!! Nachhause telefonieren. Poch, poch! Klopf! Da draußen! Wieso hört mich denn keiner? Please – take me out of this damn book!

Der Schreiberling stellt fest, dass er seines grässlichen Gesülzes komplett überdrüssig geworden ist, dringend nachhause möchte. Kann mich bitte jemand herausnehmen? Wer übernimmt Verantwortung für den stillosen Ramsch dieser laienhaften Autorin?"

Reaktion eines Lesers:

„Klappe, da drinnen! Verflucht! Wie können Sie sich trauen, zu meinen, mich mit Ihrem postmodernen Wannabe-Fake-Schmu mitten in der Nacht auch noch als Frau zu wecken? Ich schlafe noch!"

***

Kapitel 37) „Fremd gelacht" – die Flucht als Frau vor jedwedem Konkreten

Mama, ich habe kürzlich über meine Pubertät nachgesinnt. Weißt du noch, als ich einst diese Essstörung entwickelte? Ich glaube jetzt, den Grund zu kennen: Ich bin gegen jegliches Konkrete.

Nicht imstande, auch nur ansatzweise irgendetwas schrecklich Dinghaftes im leidigen Hier und Jetzt auszuüben.

Hinterrücks überwältigt es mich jeweils.

Hinterfotzig nähert sich das Eindeutige ohne auch nur einzige Ankündigung an – grell und hässlich, mich nackt durchleuchtend, mich als schwaches Geschlecht ermattend,

mein wahres Ich vollständig dabei verschluckend.

Meine Phantasie gewaltsam entreißend.

Was sollte ich damals tun, Mama?

Gar nichts mehr essen?

Salatblätter

auf der Diätwiege täglich minutiös ultragenau

Gramm für Gramm

abwiegen?

Ist Magersucht in Wirklichkeit eine triviale Folge aus der stur-rotzigen Unfähigkeit, mit jeglichem Banal-Konkreten umgehen zu können?

As simple as it sounds?

Eine Ablehnung? Eine Revolte? Ein Krieg gegen jedwedes Banale? Ich will nicht saugen, Mama!

Punkt. Das war's.

Wie kann ich das clever als Frau umgehen?

If you cannot hoover just make a strict and deadly flir-
ty Diät. Glam yourself up
and you will shine forever.
You will become famous after you passed away.
Sieh es doch positiv. Simplify yourself.
Be bony!
Be skinny!
Sei strukturiert.
Count every fucking gram
of your already deadly slim body
to the ultimate perfection.
Downsize
backwards
to the deepest bone
until you cannot carry the heavy, behäbige
anyway furzdoofe Staubsauger anymore.
Liege auf dem Boden.
Spüre den Schwindel durch dein nebliges
Gehirn emporwandern.
Sieh es doch positiv:
Du verspürst Hunger, aber dennoch kicherst du ver-
gnüglich.
Du weißt nicht genau, warum.
Dein Lachen scheint von jemand anderem zu stam-
men, es klingt so entliehen,
seltsam hölzern verzerrt.
Wenn dieser andere Mensch in dich fremd hineinlacht,
bekommst du sofort Muskelkater, weil dein Bauch so
winzig klein geworden ist.
Du fremd kicherst.
Dennoch: Never ever pluralize!

Will you?!
Please, please
brighten up
Määädchen.
Improve by keeping
it ultra tight.
That is the tiny secret of a girl
who does not want to be
concrete.

***

Kapitel 38) Teil I „Dreaming of HERBIANNE-TO-BE – please take off my maskuline Salat"

Transgender-Beraterin: „Wie kann ich Ihnen helfen?"
Herbert (*Herbiane sein wollend*): „Nun – ich wäre sehr gerne kein lästiger Mann mehr, würde gerne mein männliches nervenaufreibendes Geschlechtsteil in aller Dringlichkeit verlieren."
Transgender-Beraterin: „Warum, wenn ich fragen darf? Natürlich können wir das hier machen. Das ist schließlich unser Job. Klar. Toi, toi, toi ist unsere Gesellschaft inzwischen so aufgeschlossen, dass es nicht mehr so problematisch wie es einst war, ist. Ich wäre die Letzte, die dagegen wäre. Schließlich war ich auch mal ein Mann. Wenn Sie das so empfinden, ist das in Ordnung. Ich möchte Sie jedoch darüber aufklären – dass das hier – im Falle einer, in diesem Fall Geschlechtsdysphorie genannten – der Geschlechtsangleichung von Mann zu Frau-Operation – eine – sagen wir – komplexe, da mehrstündige OP in Etappen mit Risiken wäre. Auch eine zeitaufwändige, da es ein ganzer Prozess ist. Die medizinischen wären etwa Nachblutungen, Wundinfektionen oder Nekrosen. Manche Menschen finden das körperlich sehr anstrengend und erleiden starke Schmerzen. Zumal Sie zusätzlich Hormone schlucken müssten. Darüber müssten Sie sich im Klaren sein, dass sich Ihr Körper stark veränderte. Daneben können auch mögliche psychische Schwierigkeiten nach der Veränderung auftreten sowie soziale. Nicht jedes Umfeld reagiert positiv. Transit-Menschen wird deshalb allgemein ans Herz gelegt, zusätzlich dauerhaft zu einem Psychologen zu gehen."

Herbert: „Der Grund ist – es zieht mich generell historisch im Allgemeinen und mich persönlich sehr lange schon sehr stark nach unten. Morgens aber teils lästigerweise steil hinauf, wenn Sie verstehen, was ich meine. Dieses Auf und Ab. Jeden Tag das gleiche banale Rubbeldiekatz-alberne-wisch&weg- Feuchttuch-Programm. Zudem ich überhaupt gar keine Lust mehr empfinde, laufend in irgendwelche Löcher zu schießen. Mich törnt das eher ab. Ich möchte einfach nicht mehr der armselige, beinahe Vergewaltiger-Vaginen-Stecher sein. Stattdessen wäre ich viel lieber selber ein Loch. Verstehen Sie?"
Transgender-Beraterin: „Nachempfinden kann ich das schon sehr gut. Mir geht es seither in der Tat wesentlich besser. Das Gefühl, im falschen Körper, in einer verkehrten Rolle zu stecken, ist das schlimmste. Jahrelang war jeder Tag in meinem Leben grau meliert, ohne wirklich genau zu wissen, warum. Die unterdrückte Ahnung zog mich übel nach unten. Das Vorspielen einer Normalität hatte zur Folge, dass meine gesamte Kraft verpuffte. Seit der Wandlung fühle ich mich viel bunter, echter, befreiter, mir näher. Bei mir war die Erleichterung sehr groß."
Herbert: „Wie teuer ist eine solche OP?"
Transgender-Beraterin: „Unterschiedlich – so zwischen 5.000 und 15.000 Euro. Es kommt darauf an. Anteilig können die Kosten – etwa die durch die psychologische Beratung und die Hormontherapie entstandenen – jedoch von der Krankenkasse neuerdings z. T. übernommen werden."
Herbert: „Krass. Keine geringe Summe. Danach bin ich persönlich dann womöglich insolvent, was ich

schon jetzt bin. Bekommt man in diesem spießigen Staat wenigstens eine Hypothek für das komplizierte Abschneiden eines Geschlechtsteils zum Zwecke der Nicht-Fortpflanzung?"

Transgender-Beraterin: „Das stimmt. Billig ist es nicht gerade. Es variiert allerdings – z. B. kommt es darauf an, ob Sie wünschen, eine weitere komplizierte OP zur Erstellung einer weiblichen Menstruation machen zu lassen oder nicht."

Herbert: „Das kann bei mir gezielt weggelassen werden. Schließlich würde es sowieso zu sehr an Reproduktion erinnern – igitt!"

Transgender-Beraterin: „In Ordnung. Vielleicht käme für Sie aber am Anfang erst einmal nur die erwähnte Hormonkur zur Testosteron-Senkung in Frage. Was ich Ihnen ebenfalls raten könnte, bevor es zu einer völligen, kompletten und hochpreisigen Geschlechtsumwandlung mit möglichen Folgen käme, laufen Sie doch erst einmal zur Probe als Transvestit, sprich weibliche Kleidung tragend, durch die Gegend. Als Test. Sollten Sie sich dann wohl fühlen, kann der ganze maskuline Salat ja noch immer kompliziert und teuer abgeschnippelt werden. Einmal sollten Sie es zumindest vorher ausprobieren."

Herbert als angehende Herbiane: „Allzu gerne."

Unterkapitel 38) Teil II „Herbiane testing Transgender" – Nicht-Gespräch mit seiner Mutter

„Mama, ihr habt doch immer angespart, und du sagtest doch einst, wenn ich eines Tages deine Hilfe bräuchte, sollte ich sie beanspruchen. Bisher behauptete ich immer, ich sei auf materielle Dinge nicht angewiesen. Ich mag sie auch immer noch nicht. In der Tat finde ich sie grauenvoll. Einmal machten sie jedoch Sinn für mich. Verstehst du? Bitte, bitte."
Bernadette: „Herbertlein! Schön, von dir zu hören. Wie viel denn?"
Herbert: „Circa 5.000 Euro aufwärts. Vielleicht auch eher so um die 10.000 Euro."

Bernadette (*beinahe umkippend*): „Ui – ha noi. Scho stolzes Summerle. So viel habsch wir nu wieder nedd. Wofür brauschd des überhaupt?"
Herbert: „Für eine OP."
Bernadette: „I wo – bisch grang gworde? Warum bisch im middelalten Alder no immer nedd versischerd?"
Herbert: „Nein. Keine Krankheit. Eine Geschlechtsumwandlung – Anpassungs-OP von Mann zu Frau."
Bernadette: „Oi – wasch?! Machsch a Witzerle? Ha de nedd vrschdeha kenna – esch knaggd so in der Leiddung ... tschö, Herbert ..."

Während seine Mutter Bernadette irritiert, ja komatös, den Hörer auflegt, bläst Herbert der neutrale Tüt-Tüt-Tüt-Wind der deutschen durchbrochenen Telefonleitung entgegen.

Kapitel 39) „Seelen-Amts-Striptease in Dosen"

von Anna und Herbert soon HERBANNA

Die deutsche Seele kommt als verkleidetes Amt
in Dosen angekrochen.
Verbiegt sich heuchlerisch.
Als Karnevalsclown klaut sie neckisch deine häss-
lichsten Socken.
Dann ergreift sie als Häschen garstig dein Gesicht.
Nagt an jenem.
Reißt die Maske von jenem.
Zack – du bist nackt.
Kotzt dich an!
Schrammt grob an deiner fetzigen Frisur vorbei,
bevor sie deine Unterhose für die Ewigkeit stiehlt.
Sie zieht dich
langsam über
Jahre hinweg aus.
Als Briefbombe verpackt tickt sie bedrohlich in deinem
verhassten, leidigen Postfach.
Als malträtierendes Hartz-IV-Gespräch.
Als ewig chronische Warteschleife.
Die deutsche Seele ist die Arschschleife deines spießi-
gen, mühsamen Lebens.
Die übersehene Junkmail, die sich speziell und nur
an dir rächt.
Dein Pyjama. Deine heimliche Butterbrotdose.
Dein grämiger Hot-Spot.
Dein insgeheim verehrter Werbeslogan.
Dein gesülztes Verkaufsgespräch.

Dein verpacktes Würstchen, das vermeintlich mitmuss.
Dein Laptop-Absturz.
Dein, dich erwartender Chairman, den du so sehr brauchst,
am Computer-Discounter-Info-Table Nr. 1 Gleis c-e bis g, der dich
aber nicht freundlich und heiß ersehnt begrüßt.
Dein nicht vorhandener Speicherplatz. Deine tödliche Deadline.
Deine To-do-Liste, die niemals endet. Dein System. Dein Wettbewerb.
Dein zermürbender Vergleich.
Deine kitschige Hochzeit, die angeblich sein muss.
Deine komplexe Scheidung.
Dein Hoisela (Häusle).
Deine Kinder, die eigentlich viel lieber Einhörner wären,
denen du sagst, sie müssten nun aber – aufräumen!
Sie mischt sich unter dein pampiges, noch immer nicht geglücktes Spiegelei,
stiehlt dir den hurzigen Gartenzwerg vom streng abgeriegelten Garten.
In Dosen poltert sie gefährlich durch dein Leben, aber du siehst nicht hin.
Zu sehr bist du wieder mit deiner Vergangenheit beschäftigt,
wartest auf etwas, versuchst, etwas zu korrigieren, etwas zu verstehen,
die Scherben einzusammeln,
das Amt anzurufen.
Aber die deutsche Amtsseele ist garstiger als du.

Während du in deiner dämlichen Lebens-Warteschlei-
fe festhängst,
in ihr suhlst,
macht sie klar Schiff.
Klaut dir den Auftritt, den du heiß ersehnt hast.
Auf welchen du jahrelang penibel hingearbeitet hast
in deinem
kümmerlichen, vertrockneten Leben.
Während du verzweifelt den Rasenmäher noch einmal mit akrobatischer,
sonderlicher Kraft anmachst -
in der Hoffnung, irgendeine letzte Angelegenheit noch
zu erledigen,
packt sie dich gewaltsam von hinten,
dich zu Boden zerrend.
Zwingt dich in die Knie.
Du zerspringst
mindestens
in eintausendfünfzehn Teile aufwärts.
Die deutsche Amts-Seele ist stärker als du.

***

Kapitel 38) Teil III 21 H) „Störgerausch" – missglückter Schmink- und Kleidertausch

Herbert: „Magst du, Anna, mich, baldige Herbanna, die von nun an niemals mehr Mulden durchbohrende und darüber überhaupt nicht traurige Herbanna in spe, deinem eigenen wunderschönen Abbilde ähnlich möglicherweise so schminken wie dich selbst bei gleichzeitigem Tausch unserer Kleider, um A) zu testen, wie dein werter Herr Vater auf meine Transvestiten-Phase und Ablehnung meiner männlichen Pistole sowie deine bunten Kleider reagiert?

Und B) meiner, was Reproduktion betrifft, fanatischen Mutter einen längst überfälligen Revanche-Überraschungsbesuch als Herbanna jedoch leider ohne Fortpflanzungsorgan abzustatten?"

Anna (*lachend*): „Hahaha. Möchtest du auch meine Tattoos? Furchtbar gern. Deal. Setzen Sie sich, Herbanna. Du bist absolut die Beste. Ich nehme dich sogar als mich, wenn es sein muss. So groß ist meine Liebe."

Herbert: „Was soll denn an dir überhaupt so schlecht sein?"

Anna: „Alles und nichts. Die Verbindung zu mir brach ab. Seither nehme ich mich selbst als Störgeräusch wahr."

Herbert: „Du musst schon in den Spiegel schauen, um zu sehen, wie du dich selber schminkst, Anna."

Anna: „Genau diesen Teil mag ich davon aber eben nicht."

Herbert: „Das kann niemand ausstehen. Ich auch nicht. Glaube mir. Wie kann man nur so schön und gleichzeitig so zerrissen sein?"

Anna: „Schönheit ist total subjektiv und sehr oberflächlich."
Herbert: „Ach. Wer hätte das gedacht? Einmal musst
du dich schon ansehen."
Anna: „Obendrein liebst du das noch an mir. Heimlich geht dir doch einer dabei ab, wenn du mich so in
meiner Labilität siehst."
Herbert: „Wozu war diese Spitze jetzt nötig? Ich bestimmt nicht, weshalb ich mein blödes Organ schließlich loswerden möchte. Schon vergessen? Ich bin nicht
dein Feind, Anna. Nur du. Du stehst dir doch nur selber im Weg."
Anna: „Was weißt du denn schon? Bist du jetzt mein
herablassender pädagogischer Sozial-Berater, oder
was? Ich verstehe meine Krankheit selber ja kaum.
Schminke dich doch selber, wenn du es besser weißt,
Arschloch!"
Herbert: „Ich verstehe nicht, was ich dir getan habe.
Ich dachte, es würde uns beiden Spaß bereiten und
ich täte uns einen Gefallen – es sollte lustig werden –
ein Rache-Scherz – wo ist die Stimmung vom Anfang?
Die Begeisterung? Das hier ist nicht fair. Lade deinen
Schutt nicht auf mir ab. Beiße doch in deinen Zitro-
nenring und ruf mich an, wenn du dich beruhigt hast."

***

Kapitel 40) Das ASMR-Date – „Scheinporno ohne Sex/virtuelles Nachsaugen/duales Busensaugen"

Ausgestoßenen, verlorenen Seehunden im www.Meer-der-unendlichen-Möglichkeiten nachgeraten – hier aber eher einem Planschbecken für Anfänger mit Kindersicherung ähnelnd – nähern sich Herbert und die Fake-Friseurin mit dem Künstlernamen Roberta schließlich zwar total sexlos, aber vermeintlich pornographisch an. Sie teilen sich nichts.

Keine Vergangenheit.

Null Zukunft,

außer diesem einen gefälschten virtuellen Glücksmoment, gestohlen aus dem Internet.

Der vorübergehende, erigierende, digitale Schein-Föhn aus dem Netz soll schließlich Herberts letzte Haar-Hoffnung sein, ihn aus seiner vermeintlichen Einsamkeit an der Oberfläche befreien. So der Befehl des Choir-of-straight-Föhn-Commitments. Unter dem Umstand, dass Herbert nicht andocken wolle, soll er bis in alle Unendlichkeit wie eine Mischung aus muscular Arnie Schwarzenegger und Beethoven frisiert werden. Per strenger Föhnomie geht es darum, ihm das vermeintliche bedrückende Alleinsein für die Schein-Ewigkeit einzuhauchen,

ja frontal in ihn hineingeblasen werden.

Seine Frisur wispernd richten,

ohne sie jedoch jemals real zu berühren. Das ist die Kunst. Ein zartes Kopfkribbeln hervorrufen.

„Ich werde jetzt deine Haare erst einmal digital vorwaschen", flüstert Roberta aus dem Internet, während sie diverse Instrumente scheppernd hervorholt. „Magst du den Kopf ins Waschbecken ablegen?" sagt sie wie bei einem Arztbesuch – sanft und doch bestimmend. Herbert ist aus unerklärlichen Gründen körperlich akut verspannt. Dabei soll er sich jetzt in diesem Augenblick per digitalem Knopfdruck entspannen. Irgendwie mag er sich nicht so gern bewegen. „In welches Waschbecken?" fragt er nervös. „Ich sehe keines. Überdies bin ich kein Befürworter von Trögen. Möglicherweise stößt man sich daran den Kopf."

„Das in deiner Phantasie", säuselt Roberta. „So du eine fiktive Ebene besitzt. Du scheinst etwas verspannt zu sein", stellt die Fake-Friseurin aus dem digitalen Nichts an Herbert fest.

„Na gut", stimmt Herbie zögerlich zu.

„Ui – deine Haare sind schon sehr lädiert. Ich werde sie erst mal mit einer kräftigen Lotion weich vorbearbeiten." *Weich sagt sie wie in einem billig produzierten vermeintlichen Porno-Streifen.* „Sind ja kaum durchkämmbar. Ich schneide direkt mal so 15 cm ab. Was meinst du?"

„Nein!" schreit Herbert panisch in den virtuellen Raum und in das fließende Scheinwasser hinein.

„Nicht in echt", lacht Roberta. „Machst du das zum ersten Mal?" fragt sie.

„Um ehrlich zu sein – ja", wispert Herbert kleinlaut in das schummrige Darknet hinein.

„Was geht dir durch den Kopf? Hast du starke Verlustangst?" flüstert Roberta sonor, während sie seine Haare digital, virtuell wäscht. Es rauscht und knackt.

Dazwischen ein Zirpen. „Nein. Habe ich überhaupt nicht", antwortet Herbert zaghaft.

„Wovor fürchtest du dich dann? " fragt die Haarrichterin des Netzes.

„Vor vielen Dingen – vor Gemeinschaften. Vor Bindungen. Vor Zweisamkeit. Vor meiner Mutter. Vor ganz Baden-Württemberg. Vor Deutschland. Vor der gesamten Welt. Vor Fortpflanzung. Vor Pantoffeln. Vor mir. Vor Salami. Beinahe vor allem."

Roberta: „Hat deine Mutter dich am Busen gefüttert?"

Herbie: „Das weiß ich nicht genau. Mir ist das aber auch viel zu intim. Was soll das überhaupt mit meiner Bindungsangst zu tun haben?"

Roberta: „Hm. Ich verstehe. Möchtest du jetzt eventuell virtuell nachsaugen? Bei mir kannst du hemmungslos online Baby nachspielen. (*Sagt es, als befände sie sich in einem kitschigen Werbeclip für Nahrung für Neugeborene in einem hyper sauberen, hygienischen, anti-allergenen und geputzten Gläschen, szenisch auf eine kontrollierte Wiese, behütet von allen Müttern der Republik, in den deutschen Schwarzwald gesetzt.*) Ich wickele dich ganz fest ein. Wir holen das nach."

Herbert: „Eigentlich lieber nicht. Nein. Ich hätte eben nichts dagegen, nicht Brust gefüttert zu sein."

Roberta: „Was gefällt dir an deiner Mutter denn nicht?"

Herbie: „Dass sie spricht, ohne zu reden, über alles ein pragmatisches Pflaster drüber kleben meint zu müssen. Wenn ich depressiv bin, sagt sie: Nimm doch eine Pille. Gehe doch zur Apotheke. Spaziere. Tu doch was. Verkaufe deine Hausschuhe."

Roberta: „Und dein Vater?"

Herbert: „Er ist bloß meinungsloser Statist."

Roberta: „An dieser Stelle könnte ich noch sprayen. Lausche in die Einfachheit der Geräusche hinein. Oft sind es die kleinen, vermeintlich unwesentlichen Dinge, auf welche es unermesslich ist, zu achten. Viele Menschen haben kein Vermögen, zu ihnen eine Verbindung aufzubauen. Anschließend sprühe ich dir für dein fehlendes Ich einen fetzigen Pony."

Herbert: „Nein! Am Ende sehe ich wie meine eigenen Eltern anlässlich ihres Wiegenfestes oder ich zu meiner heiligen Kommunion oder wie frozen Vicky aus. Hilfe – lieber nicht!"

Wannabe-Friseurin (*hält ihm verschiedene Möglichkeiten vor, die vor seinem Laptop schief im Dämmerlicht aufflackern:*) „Möchtest du, was die haarige Angelegenheit betrifft, lieber probeweise Rudi Völler spielen oder zieht es dich eher zu David Hasselhoff hin?"

Herbert: „Weder noch... das sind nun wirklich die Schlimmsten."

Roberta (*heiser*): „Im Anschluss folgt eine Massage mit einer elektrischen Kopfbürste. Achtung – was geschieht in deinem Kopf – prickelt es nun?"

Herbie: „Jein."

Schließlich lässt Herbert das virtuelle Busensaugwunder doch zu.

Im beruhigenden Takt des www-Gefüttertwerden-Feelings erstmals scheingesättigt, schläft Herbert, zunächst weinend, dann resurrected als Säugling müde und zufrieden mit einer Fremden friedlich und kuschelig verkehrslos ein.

***

Kapitel 38) Teil IV „Muffasaussa vor Geschlechdsverluschd"

Herbert (*transformiert, mit höherer Stimme, beschwingter Stimmung*): „Überraschung, Mama!"
Bernadette: „Groixafixle! Herbertle – bist du desch? Oder ist es ein Zwillingsschwesterle? Ach du liebes bisserle – was habe sie denn med dir gemschd?"
Herbert transformiert in Herbiane: „Wer sind die? Das habe ich, Herbiane, höchstpersönlich in aller Zufriedenheit gemacht. (*Strahlend:*) Ich war nie glücklicher."
Bernadette: „Heiliger Bimbam. Du meinschd diesen Auftridd. Wasch? Ich habe Gäschde heudde hier. Gönndeschd du dei Auftridde bidde vorher zumindesdensch ankündige tu?" (Anm. Die Autorin kann für die schwäbische Übersetzung nicht garantieren.)
Herbiane: „Das tust du, Mama, doch schließlich auch nie. Wie oft hast du mich denn schon überrumpelt, mich dabei in die peinlichsten Situationen bringend?"
Bernadette: „Wasch ischd nur losch med dir? Seit du dieses verrückte Mädele kennschsd, hasschd nur noch Flausele im Kopfle."
Herbiane: „Du wolltest doch, dass ich jemanden kennenlerne, Mama. Schon vergessen? Deine eigene Schuld."
Bernadette: „Scho. Aber i wollte, dasch du ein Fräuleinle zur Familiengründung kennenlernschd. Nicht eines zur Abmontage deines eigenen Geschlechds für vielerlei Geld."
Herbie (*transformiert*): „Siehst du. Du tust es wieder. Du bist doch nie auf meine Gefühle oder Wünsche

eingegangen. Sie sind dir doch lattenegal. Nimm zurück, dass sie verrückt ist."

Bernadette: „Ihr Vrhalda ischd scho a bisserle seldsam – rubbig. Des stimmd so nedd. Aber die Zipplers sin heit nu bei gekomme."

Herbiane: „Na und. So what? Ich mache doch nichts – außer lediglich geschminkt zu sein. Das wird doch wohl heutzutage noch erlaubt sein. Ich sage keinen Schimmer Schlimmes."

Bernadette (*ihren Sohn nun ruppig an seiner geblümten Bluse ins Badezimmer zerrend*): „Die Zipplers möge diesen Auftridd vielleichd nedd so gern. Kannschd vielleichd dei Schminge wenigsschdensch kurz abwaschle du? Damit sie noi aus dem Sessle kibbe?"

Herbiane (*inzwischen wütend*): „Nein! Spinnst du eigentlich völlig? Es geht dir immer nur um den äußeren Schein. Wieso denn nicht? Sind die Zipplers vielleicht transphob? Oder bist du es in Wirklichkeit, Mama? Wer schämt sich hier eigentlich für wen?"

In dem Versuch, Herbianes Gesicht daraufhin im funktionalen Marken-Qualitäts-Waschbecken mit Gewalt gegen den Willen des Halbwesens – bestehend aus einem nicht mehr Sohn sein wollenden, aber ebenfalls keine Tochter sein dürfenden, von ihrer Schminke zu befreien, geht ein hochkarätiger Duschspender aus Porzellan zu Bruch.

Bernadette (*erstmals hysterisch weinend*): „Desch woi a deires Sammele-Stüggele."

An der WC-Türe klopft es nun. Herr Zippler: „Alles in Ordnung – da drinnen? Ich hörte Geräusche."

Herbiane (*hinausgehend*): „Nein. Überhaupt nicht. Meine Mutter akzeptiert einfach nicht, dass ich kein Mann mehr sein möchte."

Herr Zippler: „Gutes Kind. Ich habe davon nichts gewusst. Bernadette erwähnte es nicht."

Herbert (*Herbiane sein wollend*): „Das wundert mich nicht."

Herr Zippler: „Das ist in Tat nicht schön. Der Klausi von Jürgen und Brunhilde ist nun auch eine Frau. Ihm geht es jetzt deutlich besser."

Kapitel 38) V „How it feels to be the other one: geraubte Ich-Kopien"

Herbert: „Geht es diesmal besser? Hat der Beißring geholfen? Magst du mich, angehende Herbanna, diesmal als dich – als Frau – schminken, sodass dein Vater in starke Aufruhr gerät, um seine Männlichkeit und der seiner Tochter fürchtet?"

Anna: „Für dich tu ich doch alles, mein Nichtschatz. Haha. Au ja – lass uns die sperrigen Rollen tauschen. Ich freue mich schon auf das Gesicht deiner super entrüsteten Mutter, wenn ich als deprimierte Herbert vor ihrem Haus auftauchen werde. Du musst mich unterrichten, wie man so traurig guckt. Aus meiner Sicht schaust du so." *Lippen völlig nach unten senkend.*

Herbert: „Das sieht nicht sehr nett aus."

Anna: „Seit wann sind Krisen freundlich? Welche deiner Jogginghosen darf ich benutzen? Oder vielleicht ist ein pampiger Schlafanzug fetziger? Was meinst du? Gib mir mal einen schlabberigen."

Herbert: „Du siehst ulkig aus als geraubtes Ich in Form meiner Kopie."

Anna: „Vergiss nicht, dass du mir die Haare noch kürzen und einen Drei-Tage-Bart anmalen musst. Soll ich dich mit Glitter schminken? Möchtest du auch ein Fake-Tattoo?"

Herbie: „Unbedingt. Insbesondere der Schein daran gefällt mir. Meine Mutter und dein Vater kippen sicherlich beide um."

Anna: „Auf jeden. Mein Vater erschießt mich bestimmt, wenn du da so auftauchst. Später musst du mich als dich küssen. Gelingt dir dieser Spagat? Meinst du, du kannst dich selbst knutschen?"

Herbert: „Die Idee erscheint pervers. Aber dargestellt von der schönsten und lustigsten aller Interpretinnen, mutet es genau richtig an."

Anna: „Hast du schon mal einen Jungen geküsst?"

Herbert: „Nö."

Anna: „Und – warum nicht? Aus Angst?"

Herbert: „Welche Furcht? Es kam nur nicht dazu. Ich bin nicht in Sorge, schwul zu sein. Busseltest du schon mal eine Frau?"

Anna: „Dieses Wort höre ich zum ersten Mal. Schon – klaro. Gleich mehrfach."

Herbert: „Ich konnte ja nicht ahnen, dass du Männer und Frauen gleichermaßen konsumiertest."

Anna (*ihn mit Tattoo und Glitzer schmückend*): „Das ist gemein. Krass, du siehst wie ich aus. Beinahe wäre ich ohnmächtig geworden, als ich mich erstmals sah. Jetzt musst du noch weiblicher laufen – wie ich – laut Casting-Shows. Dabei haben Frauen gar keinen wirklich stark anderen Gang. Purer Sexismus. Lauf, Mädel! An deinem Gang musst du noch arbeiten, Määädchen! Zudem musst du deinen Dieter weit mehr zwischen den Beinen wegdrücken. Angeblich. Auch hoch sexistisch. Schlimm – diese ganzen Stereotypen. Soll ich noch eine feine Challenge für dich vorbereiten? Hättest du lieber extremen Wind? Oder bevorzugst du die Wüstenherausforderung mit der zu tragenden zwanzig Kilo Schlange? Anna (*lachend):* Dennoch sieht es erheiternd aus, wie du als Fake-Ego angewatschelt kommst."

Herbert: „Ich fühle mich bloß nicht gut in deinem Body. Du hingegen siehst in beiden hübsch aus. Besser als ich. Trotz getragenem und bespuckten Schlafanzugs. Liebe Anna! Willkommen im von mir okkupierten Anna-Land. Kannst du dir vorstellen, in mein eigenes einzudringen – Geschlecht von Geschlecht wortwörtlich jetzt und gleich durchzutauschen?"

Anna: „Ich will liebend gerne. Und nur mit dir, weil du die beste der Versionen meiner Anna bist. Sonst sterbe ich."

Herbert: „So etwas Schönes habe ich noch nie vernommen."

***

Forts. Kapitel 38) VI „Tête-à-Tête" – Herberts demaskierte Entmannung und die Schminke seiner Tochter

Herbert (*geschminkt, Annas Kleider triumphal tragend*): „Guten Tag! Ihre Tochter und ich, Herbie, den Sie herablassend den Loser, eine Niete nannten, nahmen uns vor, unsere Geschlechter zu tauschen. Zu grauenhaft erschien uns das eigene Körperteil. Zu sexistisch die noch immer auf reine Fortpflanzung bedachte Gesellschaft. Auch, wenn sich einiges in diesem Punkte verbessert hat. Zuwider das ausgerechnet mir auferlegte männliche Sexualorgan – stets kurz vor dem brachialen Loch-Einstechen. Zu grotesk das zu nahe erscheinende, vermeintlich zu begattende, weibliche Geschlecht. Verraten Sie mir – warum soll ich, Herbert, friedliebend, noch immer die Rolle des beinahe Vergewaltigers spielen, wenn es inzwischen doch auch anders geht? Erfreut das Ihr nach Erfolg strebendes Gemüt? Oder ist das Ihnen etwa nicht männlich genug für Ihr wertes Fräulein Tochter? Sagen Sie es mir. Ist Ihnen mein Auftritt vielleicht peinlich? Schreien Sie Ihre Wut meinem entbaumten Körper ungeniert entgegen! Gefällt Ihnen, wie die herrlich bunte Schmink-Maske Ihrer Tochter mein Gesicht unmaskulin verlaufen lässt? Spüren Sie die Tränen. Berühren Sie mein Gesicht. Fühlen Sie sich etwa davon angezogen? Was sagen Sie zu meiner Kleidung? Ist Ihnen das etwa zu farbenfroh? Zu tuntig? Spucken Sie es aus – ich sehe die Buchstaben auf Ihrer Stirn entlangwandern. Alles, was Sie davon abhält, dieses Schimpfwort zu benutzen, ist Ihre eigene

Bildung. Schwuchtel sagt man als Akademiker nämlich nicht. Nicht wahr? Dessen sind Sie sich bewusst. Wie kommen Sie jetzt hier wieder raus aus der Situation, mein Schätzchen? Wollen Sie mich vielleicht küssen? Unter Ihrer Sucht nach Anerkennung, Ihrem Schein eines binären Lebens und normhafter Heterosexualität pocht ein einsames Herz, das sich nach Queerness nur so verzehrt. Verlieren Sie die Täuschung. Brechen Sie aus. Einmal haben Sie die Gelegenheit dazu. Ich schweige auch wie ein Grab. Darauf gebe ich Ihnen meine transformative Schwur."

Vater des Kindes: „Hören Sie auf damit, Sie lächerlicher Frevel! Was haben Sie denn schon im Leben geschafft? Verschwinden Sie! Wenn Sie mich noch einmal belästigen, rufe ich die Polizei! Und lassen Sie meine Tochter in Ruhe. Seit sie Sie kennt, ist sie noch verrückter."

Herbanna (*demaskiert*): „Wie schade. Nun gut. Wie Sie wünschen. Für's Erste. Oder aber fühlt es sich möglicherweise nur seltsam an, auf die Kleidung Ihrer Tochter zu küssen?"

Vater des Kindes: „Weg – Sie Taugenichts, Sie! Anderenfalls ..."

Herbanna: „Geschieht was? Sonst schlagen Sie mich? Wollten Sie das sagen? Ich lade Sie dazu ein. Hier haben Sie die einmalige Chance dazu. Prügeln Sie in eine Schwuchtel! Wobei das ein ordinärer Ausdruck ist, wie wir beide wissen."

Herbiane: „Bye-bye – auf ein baldiges Tête-à-Tête zu zweit."

Kapitel 38) VII „Weggefegte Gefühle"

Anna alias Herbert: „Huhu Bernadette! Hier ist Herbert! In Gänze ungeschminkt. Wie gefällt Ihnen mein farbloser, trister Auftritt?"

Bernadette: „Herrgodd Saggerle! Für einen Moment dachte ich, mein verlorener Sohn stünde leibhaftig vor der Türe."

Anna transformiert zum Herbert: „Dann ist die Überraschung und die Transformation offenbar gelungen. (*Deprimiert klingend*): „Könnte ich möglicherweise bei Ihnen eine Nacht verbringen? Schließlich habe ich keinen Ort zum Wohnen mehr. Ohne Heimat wird mein ohnehin trauriges Herz immer hoffnungsloser. Nur eine Einzige? Bitte, bitte. Sonst überkommt mich wieder die Sehnsucht in ein anderes Land."

Bernadette: „Welches andere Land? Ich verstehe nicht. Sie sind doch Herbert. Nicht wahr? Immerhin tragen Sie seine Schuhe. Die preislich reduzierten. Ich erkenne sie gleich wieder. Haben Sie sie vielleicht gestohlen? Herrgoddsaggerle. Wie heißen Sie noch gleich, sagten Sie? Sind Sie etwa ein Dieb? Was möchten Sie überhaupt in meinem Reihenhaus – es ausrauben? Na – warten Sie – mit mir nicht. Ich mag vielleicht älter erscheinen, schwach oder senil bin ich jedoch nicht. Ich werde Sie in die Flucht schlagen, Sie, wer oder was Sie auch immer sein mögen."

(*Einen Besen holend, jenen gefährlich nah und äußerst zielorientiert auf die herbanisierte Anna richtend, überrascht*): „Nanu – warum rennen Sie jetzt nicht weg?"

Anna alias Herbanna (*Stakkatoartig ob der geraubten Gefühle sprechend*): „Da ich an Dingen wie diesen nun mal wirklich nicht interessiert bin. Meinetwegen – zur wiederholten Orientierung – H-E-R-B-A-N-N-A ist mein Name. Und nein – etwas zu entwenden, ist gänzlich nicht meine Absicht. Das müssten Sie doch am besten wissen. Sie kennen ihn noch immer überhaupt nicht. Augenscheinlich hatte er Recht. (*Während nun eine Träne zunächst theatralisch ihr Gesicht hinunterläuft, bevor sie auf dem viel zu pragmatischen Kehrer in aller Banalität landet, daraufhin in trauriger Einsamkeit bis in alle Ewigkeit zerplatzend.*) „Nicht, dass Sie denken, ich weinte etwa, da Sie einen popeligen, verdrießlichen Feger auf mich richteten. Ich habe keinerlei Angst vor Gefahren. Nicht mal richtig vor dem Tod, wenn ich ehrlich bin. Ich hingegen vergieße Tränen, da Sie meine nicht sahen. Sie sahen wieder mal nicht hin. Meine Tränen sind Ihnen nichts wert. Mit Ihnen kann man beklagenswerterweise überhaupt nicht sprechen. Er hatte Recht."

Bernadette: „Er? Wer zum Mudder Groizefix ist denn nun schon wieder er?"

Anna transformiert zum leibhaften Herbert: „Das müssten Sie doch seit Jahrzehnten nun wirklich besser wissen. Finden Sie nicht? Einen Tipp gebe ich Ihnen dennoch – Sie nannten gerade selber das Stichwort."

***

Wer schreibt, muss nicht so oft
verreisen.
Die Langeweile scheint
selbst in Deutschland wie
weggeblasen.

Kapitel 41) Reisen in die Phantasie

Herr Reisen-in-die Phantasie: „Wie heißen Sie, schöne Frau, wenn ich fragen darf?"

Anna: „Anna".

H R-i-d-P: „Hallo Anna! Wie geht es Ihnen?"

Anna: „Nicht so gut. Irgendwie fällt es mir schwer zu atmen. Ich leide an akuter Luftnot und Panikattacken."

H R-i-d-P: „Warum? Haben Sie Angst zu sterben? Das haben jetzt viele Menschen. Das ist die Normalität."

Anna: „Nein. Das ist es nicht. Mich plagt keine Furcht vor dem Tod."

H-R-i-d-P: „Was bedrückt Sie dann?"

Anna. „Ich spüre mich nicht. Ich weiß nicht mehr, wer ich bin. Ich habe Angst, eines Tages an Langeweile zu sterben. Die Aussicht, für immer nicht reisen zu können, erdrückt mich, beschwert mich. Nur in Deutschland von jetzt an bis in alle Ewigkeit."

H R-i-d-P: „Verstehe. Atmen Sie einmal tief durch. Versuchen Sie nicht, alles schwarz zu malen. Als immerhin gesund am Nicht-Verreisen könnte man den Schutz der Natur sehen. Nicht wahr? Weniger Flüge = geringere Verschmutzung. Was zogen Sie Positives aus dem einstigen Verreisen?"

Anna: „Der Austausch bereicherte mich. Der neugierige, teils abenteuerliche Blick in andere Welten. Das erfrischende und beruhigende Gefühl, vorübergehend kein Deutsch zu hören, wenngleich es vielleicht manchmal auch nur eine Ablenkung war."

H R-i-d-P: „Wo gefiel es Ihnen?"

Anna: „Mich berührte die fast an einen Mond erinnernde, wilde und radikale Landschaft in Island einst. Einsam geparkt wie in einer anderen Welt."

H R-i-d-P: „Was ging Ihnen durch den Kopf, als Sie diese erblickten?"

Anna: „Ich dachte, hier kann ich endlich denken, da es kaum nervige Menschen an diesem Ort gibt. Hier ziehe ich hin."

H R-i-d-P: „Interessant. Welche Reise mochten Sie noch?"

Anna: „Etwa eine nach Thailand."

H R-i-d-P: „Wieso?"

Anna: „Ich fand es spannend. Anders als zuhause. Die Strände reizvoll. Bildschön – von so einer Makellosigkeit, dass man nicht weiß, wohin mit so viel positiver Energie. Zumal Thailand ein Land ist, in welchem Transgender Menschen weniger Probleme haben, werden sie da doch besser toleriert. Sagen wir, ich fand es schön, bis Dieter aus Stuttgart sich ungefragt dazugesellte."

H R-i-d-P: „Wer ist nun Dieter aus Stuttgart?"

Anna: „Ein schnöder Tourist, der zuhause einen auf braven Spießer – verheiratet mit Eigenheim – macht. Hinterrücks aber dort klassisch – dem Klischee entsprechend – eine Beziehung mit einer Thailänderin führte."

H R-i-d-P: „Verstehe. Was hat Sie daran gestört – dass er fremdging?"

Anna: „Nein. Das eher nicht. So bodenständig und besitzergreifend bin ich nun nicht."

H R-i-d-P: „Sondern?"

Anna: „Dass er sich verbog und so tat, als wäre er ein super braver, bürgerlicher Mensch. Ferner, dass ich vor ihm weglaufen musste, weil ich nun mal nicht auch noch auf Deutsch in Thailand mit Dieter aus Stuttgart sprechen wollte. Und drittens deshalb, weil er mir immerhin einen gesamten Tag kostbarster Reise-Zeit gestohlen hat, ohne mich zu fragen. Zumal ich mich ständig vor ihm und seiner dämlichen pragmatischen Gore-Tex-Funktionsjacke verstecken musste."

H-R-i-d-P: „Das verstehe ich natürlich. Wo würden Sie nun in diesem Augenblick gerne in der Phantasie hinreisen? An welches Ziel möchten Sie sich hinträumen, werte Frau Novak?"

Anna: „Nach Thailand, aber bitteschön nur OHNE Dieter."

H R-i-d-P: „Okidoki – wird gemacht. Halten Sie sich gut fest."

Anna: „Ein bisschen fühlt es sich wie in der Unendlichen Geschichte oder Mary Poppins an..."

H R-i-d-P: „So ist es auch ein wenig. Achtung – jetzt kommt Wind aus der Kunst-Maschine. Sind Sie bereit dazu?

Gehen Sie Stück für Stück durch das durch Bild hindurch.

Fliegen Sie. Trauen Sie sich. Vertrauen Sie sich wieder. Schauen Sie nach links und rechts.

Fühlen Sie.

Tasten Sie.

Spüren Sie.

Erproben Sie die Welt neu, als

wäre es das allererste Mal.

Was waren Sie als kleines Kind?"

Anna: „Vermutlich unerschrocken. Genau weiß man es ja nie. Zumindest bis zu einem gewissen Zeitpunkt."

H R-i-d-P: „Lassen Sie den Sand mit urkindlichem Erstaunen von einst erneut durch Ihre älteren Hände von jetzt gleiten. Was sehen Sie?"

Anna: „Keinen Dieter."

H R-i-d-P (*lachend*): „Immerhin. Den habe ich Ihnen weggehext. Fixieren Sie sich nicht nur auf den nervigen Dieter. Schließlich ist er weg. Dieter ist bloß eine Randfigur. Fokussieren Sie sich lieber wieder auf sich selbst. Was empfinden Sie?"

Anna: „Erstmals Freiheit."

H R-i-d-P: „Sehen Sie. Vertrauen Sie Ihrer Phantasie. Ihre kindliche Einbildungskraft wird Sie retten. Vertrauen Sie mir."

Anna: „Das Seltsame ist, dass ich schon mein ganzes Leben lang phantasiere. Tut man dies jedoch tatsächlich, beschimpfen die Menschen einen schnell als Lügner. Verstehen Sie? Wie soll man sich denn nun verhalten?"

H-R-i-d-P: „In diesem Punkt gebe ich Ihnen recht. Es ist nicht immer leicht, den richtigen Weg einzuschlagen. Auf das eigene Gefühl zu hören, ist meist richtungsgebend. Viele können mit Fiktion offenbar gar nichts anfangen. Wenn diese Ihnen hilft, nutzen Sie sie weiter."

***

Kapitel 38) Teil VIII „Die Demaskierung des Vaters des Kindes"

Der Vater des Kindes (*die Augen verdrehend*): „Sie schon wieder. Was wollen Sie diesmal? Mich etwa wieder küssen? Mich provozieren mit Ihren glitzernden, strapsigen Klamotten? Meine vermeintliche schwule Identität wachrütteln? Ich hatte mich doch ganz klar ausgedrückt. Stattdessen wird es immer schlimmer. Du liebes bisschen – wie sehen Sie denn diesmal aus?"

Herbiane transformiert (*gefährlich nahe an ihn herantretend*): „Sagen Sie es – alberne Transe. Ich sah Ihre Gedanken durch Sie hindurchwandern. Ist der Studierte wieder im Zwiespalt? Was Sie von einem – wie Sie ihn arroganterweise – ‚Proletarier' nennen – unterscheidet – ist doch bloß ein blödes Studium. Ein simpler Schein. Ein lächerlicher Geburtsort. Die Herkunft. Mehr nicht. Wären Sie bei ‚denen da aufgewachsen', wie Sie sie bezeichnen, steckten Sie doch auch vielleicht im Bau. Anna berichtete bereits von Ihren cholerischen Wutanfällen."

Annas Vater: „Ich warne Sie!"

Herbiane: „Wovor? Greifen Sie doch in mein weggedrücktes männliches Organ. Zögern Sie nicht. Ich sehe Ihre Sehnsucht nach Ausbruch aus dem dümmlichen Alltag, dem Reihenhaus in der mittelgroßen Stadt. Der überschminkten, gut situierten, auf nett getrimmten Familie."

An ihn so dicht herantretend, dass seine Schminke nun das Sakko des Vaters berührt. Er kann den angstvollen Atem von jenem von Angesicht zu Angesicht spüren. „Ihre

Beklemmung sieht man Ihnen an. Greifen Sie zu oder küssen Sie mich doch. Machen Sie sich endlich frei von diesem ganzen Trara. Diesem allzu gepflegten Garten. Dieser Schein-Ehe mit einer Frau, die nur saugt. Sind Sie so glücklich? Ich sage auch nichts. Ich schweige wie ein Grab."

Als Herbert in diesem Moment nach unten schaut, ist die Hose von Annas Vater, dem Vater des Kindes, scheinbar gewölbt, bevor dieser Herbiane mitten in ihre Schminke wild hinein küsst.

Annas Vater: „Sagen Sie meiner Familie nichts. Bitte, bitte! Versprochen?"

Herbiane: „Transsexuellen-Ehrenwort. Beteuern Sie dafür, künftig netter zu Ihrer Tochter zu sein. Setzen Sie sie weniger unter Druck."

***

Off-Kommentar der Autorin 4)

Die Autorin – oder besser – eine ihrer vielen, sich abspaltenden, stets wechselnden, fiktiven Stimmen, welche stets die Gesellschaft anmaßend kritisiert und darauf hinweist, man solle besser hinsehen, möchte sich an dieser Stelle aus den Untiefen ihrer zerfetzten Schreibseele erneut entschuldigen. Sie hat, während sie sich in ihrem sturen, beinahe autistischen Schreibwahne – drinnen vermeintlich in Sicherheit – befand, nicht darauf geachtet, dass draußen in der Realität indessen ein Auto offenbar tatsächlich einen echten Menschen vor real anfuhr. Fast vor ihrem eigenen Fenster. Der flapsige Grund: Sie schrieb emsig, mit Musik beschwingt, vor sich hin.

Nicht mal das Quietschen der Reifen nahm jene wahr. Den Schrei, dessen Existenz sie nur noch im Nachhinein erahnen kann, den es wahrscheinlich gegeben hat, sie kann schließlich aktuell nur Vermutungen anstellen, offenbar ebenfalls nicht.

Erst das, sich sogar durch ihre robusten, massiven Kopfhörer durchbohrende, schrille Tatütata der Ambulanz rüttelte sie in ihrem fiktionalen Traum-Kokon wach. Das bläuliche geifernde Licht, das ihre Straße vor ihrer eigenen Haustüre in ein wildzuckendes Puzzle verwandelt. Kein Film – noch so ein guter – vermag so eine Szenerie nachzustellen. Nicht ein einziges Buch so etwas wirklich wiedergeben – nur zeitversetzt. Einmal bot sich die Realität ihr an, und sie sah nicht hin. Daneben die diskutierende Menge in Form einer Anhäufung echter Menschen. Darunter eine weinende

Person, sofern sie das aus ihrer autistischen Schutz-Warte überhaupt erkennen kann. Sie kann nur hoffen, dass niemand wirklich um das Leben oder stark zu Schaden gekommen ist, kein Fahrer binnen Sekunden zu einem tötenden Menschen geworden ist.

Zu diesem Zeitpunkt möchte sie, die Autorin, aus diesem sehr konkreten Grunde sich vorerst von ihrer eigenen – ihr in diesem Moment nichtig erscheinenden – Fiktion – ihrem Ramsch – zurückziehen, jenen sogar in diesem Moment massiv anzweifeln. Einmal hat die unschlagbare Realität gewonnen. Heute präferiert sie persönlich das Schweigen. Gleichzeitig zieht sie, die isolierte, teils fast vereinsamte und dennoch glückliche Autorin ihren Hut vor all denen, die dazu imstande sind, im Hier und Jetzt tatsächlich zu helfen, sich täglich in diesen Wirrwarr da draußen zu stürzen. Wo landet all das, was passiert mit diesen Erfahrungen? Wo werden Gefühle aufgesaugt? Wer fängt sie auf? Sie vermag das hingegen nicht – erst verspätet – im Nachhinein – subjektiv, wenn Madame aus ihrer steinigen Erstarrung erwacht, einen lächerlichen Satz aus der Distanz dazu schreibend.

Ich hoffe, Ihr verzeiht ihr das.

Forts. Kapitel 38) Teil IX weiteres Trans-Date Herb-Annas

Anna: „Hey – Herbilein – mein Schatzilein – stell dir vor – yeah – ich gehe heute als du/wir, Herbanna, auf ein Date. Beschreibe es aber vorher als ein völlig heterosexuelles, der Norm entsprechendes. Hahaha. Mal gucken, wie der eine perfekte, aufgehübschte, mit aufgespritzten Lippen und voll glattrasierter Vagina erwartende Glamour-Frau – Mann auf mich in verranzter Jogginghose und Dreitagebart reagiert? Mit tieferer Stimme sprechend: ‚Zu stoppelig – das Mädchen. Zumal dir eine ganze Pflanze wächst. Dein Mund ist zu schmal. Geh dich – los – Marsch – operieren. Oder soll ich mir besser so ein ausgelatschtes Sweatshirt von dir leihen? Eines der albernen Art mit peinlichem College-Emblem sowieso darauf? Vielleicht auch ein Poloshirt aus einem Urlaubsort? Nicht fehlen dürfen natürlich ebenfalls die klassischen Badelatschen. Kannst du mir bitte nochmal deine seltsame Frisur hinschmieren? Vielleicht nehme ich auch so einen garstigen AFDler oder so – das wäre natürlich extrem spaßig, nur um ihn zu ärgern. Das Rechts-Date. Bestimmt kippt ihm der patriarchische Ständer für die Ewigkeit in Gänze um. Was meinst du?“

Herbert: „Höre ich richtig? Seltsame Frisur hinschmieren? Danke. Albernes Sweatshirt mit peinlichem College-Emblem? Es wird ja immer schöner, Männlein Herbanna. In der Tat eine super Idee. Findest du nicht trotzdem, dass du etwas zu weit gehst? Ich meine, hast du gar keine Angst, dass es schiefgehen könnte? Was ist, wenn er explodiert? Oder Schlimmeres?"

Anna: „Ich habe null Furcht, glaube mir, Mausebär. Nun stoppel mir bitte, bitte das isolierte Kosebärtchen."

Herbert: „Du musst irre sein. Ruf mich an, wenn es mit seiner Karotte schiefläuft."

Anna (*lachend*): „Ruf-mich-an!"

Forts. Kapitel 38) IX „Möhrendurcheinander-Test": Date mit Volker, dem unbesteigbaren rechten Ständer

Herbanna mit borstigem Bart à la Herbert, vergilbtem Motiv-Polohemd, nicht mal angeblich maskulinem Parfüm, was auch immer das sein soll. Unverschämterweise mit überhaupt gar keinem. Getragenem Pyjama, Rippenhemd sowie den garstigsten Badeschlappen der Welt. Obendrauf funkelt eine umgehängte Fake-Goldkette.

Sich breitbeinig neben die Verabredung – verspätet – hinpflanzend, dabei jedoch auf diese draufknallend.

Herbanna: „Tach auch – du musst der Volker sein. So hießt du doch, oder? Oder habe ich mich vertan? Warte mal. Sorry – hatte leider null Zeit, mich irgendwie zurechtzuhübschen. Hoffe, das stört jetzt nicht so im Abchecker-Blickfeld. Musste auch kurz rennen – nee – unter meiner Achselhöhle müffelt es jetzt nach – ui – ja – nach ner ganzen Elefantenherde – sagen wir mal. (*Riecht ausgedehnt an ihrer/seiner Achsel, das Gesicht verziehend.*) Ich korrigiere – nach Pumakäfig... nee – warte – vielleicht auch nach Ameisenpipi. Oder – jetzt habe ich es – nach Plastik-Geruch von Barbie. Kennste noch diese Püppchen? Wenn man die als Kind so in der Hand fest zusammenquetschte, dann kam manchmal so eine merkwürdige Ausdünstung heraus. Die hatte so was von Verwesung. Aber angesichts der Tatsache, dass wir sowieso gleich die Hüllen fallen lassen, quasi blankziehen, ist das ja vielleicht nicht ganz so schlimm. Wollen wir vielleicht ein Bierchen zum Warmwerden trinken? Watt meinste? Welches magst du denn?"

Das Date, Volker: „Wer verflucht bist denn eigentlich du? ICH jedenfalls warte auf EINE Anna."

Herbanna: „Genau – die steht in ihrer prächtigsten Natur vor dir. Und was sachste? Wie viel Punkte würdest du mir geben? 100? Du scheinst aber ein Hübscher zu sein. (*Ihn anzwinkernd*): Mein lieber Scholli, du. Noch flotter als wie im Internet. Wollen wir nen Selfie machen? So kurz nen Aussehen-Checkup? Darf ich das später posten? Bitte, bitte! So'n Schnittchen ist mir lange nicht über den Badelatschenweg gelaufen, sach ich mal so."

Das Date, Volker: „Nein! Ich stehe nicht auf schlecht erzogene, grauenvoll angezogene, pubertäre Jungs mit Milchbärten – oder was auch immer du bist – da wird man ja blind, da ich hetero bin. Punkt. Zumal du stinkst."

Herbanna: „Schade – ich habe mir voll viel Mühe gegeben. Dachte, Naturaliengeruch wäre anziehend. Was macht dich da so sicher, Volki, oder wie heißte – Walter? Nee – warte, Stefan? In Deutschland heißen sie irgendwie alle Stefan. Als wäre das Pflicht. Alle die, wo nicht Stefan heißen, neigen teilweise dazu, irgendwann umgebracht zu werden. Oder sagen wir zumindest ausgegrenzt. Nee – die, wo immer meinen, sie wären voll normal – mir fällt gerade das Wort nicht ein – zu kniffelig – normatär – haben oft bloß nackte Angst, schwul zu sein. Klar – dann sagt das Ambiente – Schwulette und so – wer will das schon am Popo haben, nee? (*Ihn nun mit der von Herbie geliehenen, ausgelatschten Badelatsche erst unter dem Tisch ungefragt füßelnd, dann in Mit-Wippenschaft ziehend, schließlich zertrampelnd.*) Volker (*schreiend*): „Aua – Mensch! Was fällt dir eigentlich ein? Verflixt!"

Herbanna: „Tschuldi. War bloß son Reflex. Kam aus meiner Seelenverwandtschaft herausgepoltert. So von Fleischwurst zu Fleischwurst. Schade – weißte – meine Community wird getz bloß schwer enttäuscht sein – um nicht entsetzt zu sagen – wo ich die jetzt so voll angefüttert hab, nee. Ich treff den schönsten aller Hübschis und so. Wie komm ich aus der Nummer wieder raus? Shit. Mein Traum für heute war gewesen – wir könnten halt so unsere Karotte aneinander reiben – son Möhrendurcheinander-Test à la, wessen Rübe ist die fürstlichere, machen. Nee? Aber dann ist der wohl geplatzt – der Traum.

Schwups -

sach ich mal so.

Fürs Erste jedenfalls.

Über Nacht – nee -

aus der Traum.

Zack.

Boom.

Peng.

Irreversabel oder wie der Schrott heißt.

Schade. (*Krokodilstränen weinend.*)

Sehr bedauerlich (*schluchzend, ohne aufzuhören.*)

Also – kein gegenseitiges Ständer-Verwöhnen? (*Ihn mit seiner Latsche zwischen den Beinen berührend.*)

Manno."

Volker (*vor Schmerzen brüllend*): „Nein! Lassen Sie das! Meine Einstellung lässt das nicht zu. Schließlich warten zuhause meine vier Kinder."

Herbiane: „Vier Gören hast du am Hals?! Echt? Ist ja voll krass, Alter. Alle von der AFD wech? Haste die ganze Rechte durchgeheiratet, wie soll man sagen – durchgeschmust, oder was? Wie sagt man – durchgebohnert? Den ganzen Sackgesicht-Schwanz am Hals? Haha. Erzähl mal. Alle durchgeschwängert. Oder wie? Ich werd nicht mehr. Is ja krank."

Volker: „Wer hier angeschlagen ist, sind Sie. Kellnerin – halten Sie mir diesen aufdringlichen, mich frecherweise anspringenden Rüpel vom Hals!"

Statusmeldung Annas an Herbert
Anna: Check, Check – mein Selfie mit dem rechten Date. Mit dem AFDLer funkt es (nicht) besser.
Nen hübscher ultra Feger, oder? Zum Karottentausch reichte es nur leider nicht. Smiley nach unten. Er sagte, er stünde nun mal nicht auf pubertäre Jungs mit Milchbärten. Schade.

HERBANNA

***

Wenn Maschinen abstürzen, hängen sie sich auf. In der Regel werden sie dann repariert. Ein Experte kommt heraus. Es werden Ersatzteile für viel Geld kompliziert und fachmännisch eingesetzt.

Menschen hingegen soll das nicht vergönnt sein. Dennoch bleiben auch ihre nervlichen Systeme mehrfach hängen. Es gibt bloß keine Reparatur-Garantie. Was bleibt, sind Pillen und Medikamente, um weiter zu funktionieren.

Rücksprung zu Kapitel 34) Forts.
„Praktikum zum noch mehr Unwohlfühlen"
Teil II

Chef der Firma, die für einen privaten Sender eine vermeintliche Realitäts-Sendung produziert: „Anna, kommen Sie mal bitte kurz in mein Büro? Ihre Kollegin und im Übrigen Vorgesetzte (!) teilte mir mit, Sie wären etwas frecher als die üblichen Praktikantinnen gewesen auf dem Dreh. In Form dessen, dass Sie sich etwa geweigert haben sollen, eine Szene zu verändern, das Bild visuell umzuschreiben, in die Szenerie einzugreifen. Möchten Sie sich dazu äußern? Aus einer journalistischen Warte sehe ich darin sogar einen gewissen Reiz. Schließlich lassen sich dadurch auf clevere Weise bessere Fragen aus den Interviewpartnern herauskitzeln."

Anna: „Herausprügeln, bis diese sterben, meinen Sie wohl eher? Jene manipulieren? Welche denn, wenn es doch in Wahrheit nicht mal echte Schauspieler waren, sondern gecastete, x-beliebige Statisten, die nur einen albernen Text für wenig Geld aufsagen müssen? Was soll denn bitte an dieser verkorksten, geraubten Kunst-Realitäts-Kack-Show überhaupt echt sein? Bei meinem Eintrittsgespräch hieß es, es gehe bei diesem angeblich sehr begehrten Job darum, die Realität so, wie sie sei, darzustellen. Auch, wenn man das natürlich nie kann, wie ich weiß. Denn nichts hielte nun mal bessere Geschichten bereit als das wahre Leben selber. Wissen Sie noch? Die Regel war jedoch nicht, setzen Sie sie so unter Druck, dass diese spuren müssen. Und falls nicht – werden sie gewaltsam aus dem Weg geräumt. Zumal diese Stories doch etwas völlig anderes als spannend sind, wie ich zumindest finde. Die Realität wird doch auf diese Weise total verkappt. Dazu noch später Bilder im Schnitt nach Belieben herausstanzen, O-Töne stur durch vermeintlich emotionale, aber schreckliche Musik ersetzen. Grausam. Da ist ja jeder Zuschauer klüger."

Chef der für einen privaten Sender arbeitenden Firma: „Finden Sie nicht, dass Sie sich im Tonfall, Frau Anna, … (*versucht ihren Familiennamen nachzuschlagen, was ihm nicht gelingt*) – wie auch immer Ihr Nachname lautet – angesichts Ihrer sehr niedrigen Stellung als bloße, soeben angehende Hospitantin massiv vergreifen? Bei unserer Firma wird eben großen Wert daraufgelegt, dass Mitarbeiterinnen zunächst einmal in der Praxis die Grundkenntnisse von der Pike auf lernen, bis sie sie perfekt beherrschen, bevor sie sich wild bei erfahrenen Redakteurinnen einmischen, später gar bei ihrem Vorgesetzten beschweren."

Anna: „Das habe ich versucht. Aber, wenn es in diesem Laden offenbar lediglich darauf ankommt zu gehorchen und zu manipulieren, ist das möglicherweise schwierig."

Chef: „Lassen Sie sich eines gesagt sein. Auf Ihre Stelle, Frau Anna … (*kramt diesmal nicht mal nach ihrem Zunamen, weil es ihm an dieser Stelle einfach zu lästig erscheint*), bewerben sich sehr viele. Sie sind nichts mehr als austauschbar. Ein zu entsorgendes Objekt. Wenn es mit Ihnen hier nicht klappen sollte, weil Sie meinen, sich widersetzen zu müssen und den Fernsehbusiness, den bei uns erfahrene Redakteure seit Jahrzehnten mit geübtem Blick gekonnt untersuchen, ersetze ich Sie eben kurz und schmerzlos durch jemand anderen. So simpel und so unkompliziert ist das. Ein winziger Aktenumtrag. Es sei denn... wir finden einen anderen Weg. Schade, als ich Sie zu Beginn sah, dachte ich, was für eine aufgeweckte junge Dame mit so einem schönen und neugierigen, weltoffenen Gesicht. (*Ihre Hand nun völlig ungefragt in die seine nehmend*): Sie, und nur Sie haben es in der Hand. Überlegen Sie es sich gut."

***

„Ich staubsauge, also bin ich deprimiert."

Kapitel 42) „Staubsaug-SOS – das leibgewordene Loch"

Anna an Herbert: „SOS – Staubsauger-Commanderin 1 an Staubsauger–Commander 2! Bitte, bitte, bitte helfen Sie mir dringend aus meiner Krise!"

Herbert: „Zur Stelle! Bist du derzeit glücklich, Staubsaugi-Mausi I?"

Anna (*lachend*): „Mausi?! Nein! Überhaupt nicht, Staubsaug-Hase. "

Herbert: „Warum nicht, Maus? Und: Wie kann ich helfen, dein Trübsal zu überkommen?"

Anna: „Herr Verwalter klaute mir drei Jahre meines Lebens. Ich habe mitgezählt."

Herbert: „Wirklich? Hahaha, hast du nichts anderes zu tun? Aber äußerlich siehst du hübsch aus. Adrett. Immerhin glänzt nun deine Wohnung. Sieh es doch positiv."

Anna: „Innerlich koche ich jedoch vor Wut. Ich schäume förmlich nur so über. SOS – Staubsaug-SOS! Hilfe! In mir befindet sich nichts mehr. Gar nichts. Ich bin das leibgewordene Loch. Ich staubsaugte – also war ich. Jetzt, da ich meine mühselige und zutiefst einsame Beschäftigung verlor, bin ich wortwörtlich ausgesaugt. Diese Konzentration auf das Minimalistische, Haargenaue, Stubenreine, Stupide. Die deutsche Perfektion im ur-reinigenden simplen Mittelmaß-Komplex. Die strenge, maßstäblich geregelte Gore-Tex-Funktional-Jacke, an der man Touristen per se schon von weitem auf Mallorca erkennt.

Und – für was? Für den sorgenlosesten und banalsten Flachbildschirm aller Zeiten – das deutsche Fernsehen – hurra – lächerlich und grauenvoll ist das. Gewienerte Laminatböden ohne jegliche Flecken oder jedwede Spuren biedern sich in 3-D-Wannabe-Optik den daneben traurig abgesetzten und dahockenden Hunden und vulgär lädierten Katzen an. Der derangierte, benebelte Talkshow-Moderator namens Michael, Christian oder Jürgen – sie heißen alle gleich – schluckt womöglich zuvor haufenweise Pillen, um das Ganze überhaupt irgendwie durchziehen zu können, bevor er der dazu verdonnerten Besitzerin zu allem Übel verspricht, ihren Wauwau mit dem Namen Piefke oder Eberhard in diesem beklemmenden, aber immerhin geputzten Raum heldenhaft zu retten. Jene wurde bestimmt aufgepeitscht. Ihre Wohnung zuvor absichtlich verunreinigt, verwüstet, beschossen vom vermeintlichen Teamgeist. In den Medien nehmen doch alle Koks, nur um zu funktionieren. Kein Wunder aber auch. Unerträglich ist das."

Herbert (*lachend*): „Das stimmt allerdings. Es zwingt dich aber doch keiner dazu, deutsches albernes Langeweiler-TV zu sehen. Ich selber habe eine Zeit lang gar kein Fernsehen mehr gesehen, wie du weißt. Meiner ging kaputt, und ich habe es null bereut, mir keinen neuen anzuschaffen. Erst seit der Krise wieder. Mache es doch einfach aus, wenn es dich so sehr stört. Zumal ich den Zusammenhang mit dem Putzen nicht ganz verstehe."

Anna: „Na hör mal – die völkische Ur-Reinigung. Da läutet es bei mir nun mal."

Herbert: „Verstehe. Ich putze zugegeben auch nicht gern. Aber übertreibst du nicht ein wenig?"

Anna: „Keine Spur. Nicht zu vergessen – Eimer raus – wisch, wisch. Dieser elende, nimmersatte Zwang. Gehen Sie ja nicht in dieses Zimmer. Ich warne Sie – berühren Sie nichts. Wenn Sie nicht brav und stubenrein putzen, fliegen Sie sofort aus Ihrer Wohnung. Und schwups – im nächsten Moment alles wieder neu. Diese begrenzte, sich stets wiederholende Sinnlosigkeit in der Auslosigkeitsschleife. Zumal Frauen, die sich ausschließlich um den Haushalt kümmern, bewiesenermaßen eher die Traurigkeitskrankheit bekommen können. Ferner ist es hoch sexistisch, können doch Männer viel besser schleppen und irgendwelche Eimer durch die Gegend hieven. Es beginnt bereits bei der Wortwahl: Hock dich nieder! Knie. Beuge dich einseitig auf die Erde, eben diese frivol küssend. Wedel. Wenn der Feudel dich zufällig als Frau erschlagen sollte, nimm es nicht so schwer. Strahle. Lächele darüber hinweg. Steh wieder auf. Mein Fazit: Würde ich immer nur dieser einen simplen Tätigkeit nachgehen, bekäme ich vermutlich einen Zwang. Ich persönlich würde wahrscheinlich magersüchtig. "

Herbert: „Ich sehe auch eine gewisse körperliche Ungerechtigkeit. Als Mann missfallen mir Begriffe wie ‚Wedel' ebenfalls völlig. Es klingt fast wie ein schlechter, absurder, pornographischer Witz. Nicht wahr? Wie pseudo versaute Doktor- oder Putzspiele: Oh – neben Sie den Wedel, schleudern Sie ihn wild hin- und her. Später wischen Sie ihn ja ab. Widerlich. Keine Tätigkeit, die ich mit Leidenschaft beschreite. Nicht sonderlich kreativ. Zumal diese ewige Wiederholung. Ermüdend. Wie ‚Endgame‘ oder ‚Warten auf Godot‘."

Anna: „Lass uns doch absurderweise Beckett mit Staubsauger für die Ewigkeit nachspielen."

Herbert: „Au ja – meine illustre Staubsaug-Estragonia – spielen wir mit dem feuchten Bartwisch versaute Wedel–Spielchen!"

Anna: „Bartwisch – was für ein Wort. J'adore you, Wladorno! Oh Wladorno mine. Ich wartete den ganzen lustlosen, farblosen, stickigen Tag
umsonst auf nichts. Denn er ist nicht gekommen."

Herbert: „Wer?"

Estragonia: „Der Staubsaug-Gott. Offenbar hat er mich sitzen gelassen. Selbst der Bartwisch denkt nie an mich. Heitere mich nach Lust und Laune vulgär auf! Wirst du das tun, mein Wladimirchenlein?"

Herbert: „Wie hättest du es gerne, begehrenswerte Estragonia Absurdiana, mich nackt auf der Erde putzend?"

Anna: „Das ließe eventuell mein Herz höherschlagen, wobei ich ja deprimiert bin."

Herbert: „Wie kamst du vorhin ausgerechnet auf Anorexie?"

Anna: „Wegen der Perfektion. Immer, wenn ich dachte, ich hätte etwas Belangloses geschafft, ich wäre nahe meiner Vollständigkeit, die ich peinlicherweise offenbar anstrebte, würde wieder irgendein kleiner grämlicher Krümel es wagen, verdammt nochmal dazwischenzufunken. Auch, wenn es nur ein ganz winziger wäre. Deshalb. Zumal man sich teils körperlich übernimmt. Echte Arbeit zieht das Gewicht aus dem Körper."

Herbert: „Warst du schon mal magersüchtig?"

Anna: „Einmal als Jugendliche."

Herbert: „Warum?"

Anna: „Ganz genau kann ich das nicht beantworten. Vermutlich, weil ich etwas beherrschen wollte. Ich hatte das Gefühl, die Beherrschung meines Körpers komplett verloren zu haben, mich gar nicht mehr richtig zu kennen. Wenn ich mich im Spiegel sah, erkannte ich mich nicht, in der Pfütze konnte ich mein wahres Ich nicht finden."

Herbert: „Und dann hast du so komische Salatblätter streng abgewogen – echt? Krass. Eine Banane am Tag half bei deiner entglittenen Ich-Suche? Ich glaube, ich bin zu faul so etwas. Zumal ich viel zu gerne esse. Offenbar bist du perfektionistischer als ich."

Anna: „Nur an der Oberfläche. Nein. Es war keine schöne Zeit. Zwanghaft. Nicht frei. Abends war mir oft schwindelig. Vielleicht habe ich es auch nur aus Revolte gemacht, aus der Ablehnung gegenüber allem Konkreten heraus.

In letzter Zeit fühle ich in der Tat mit den Gegenständen."

Herbert: „Wie bitte? Wie das denn?"

Anna: „Z.B. bemitleide ich den Boden zutiefst, möchte ihm schon seit Ewigkeiten innig und von ganzem Herzen ein neues Leben jenseits seines traurigen, schmerzvollen, mit zahlreichen Schundflecken versehenem einhauchen. Stell dir vor – wie oft der Arme schon gesaugt, gewischt oder faktisch gemobbt wurde. Dann möchte ich dringend die ursprünglich coole, lässige Faulenzer-Couch von ihrem spießigen, haarigen und lästigen, da poltrigen und ungefragten Begleiter Besen

befreien, dem sie schließlich all ihre blauen Flecken zu verdanken hat. Bevor ich mir den Kehrer höchstpersönlich vorknöpfe, ihn von seiner reinen Funktionalität hin zu einem Objekt mit Charme bekehren möchte. Schließlich wage ich mich noch an die Zimmerecke heran, indem ich sie wutentbrannt und wild mit lauter faulen, miefigen Stinkbomben beschleudere. Solche, deren Gerüche für die Ewigkeit erhalten bleiben, die nach einer Kombination aus nicht funktionierendem Chemie-Versuch und explodierendem Bunsenbrenner riechen. Den Tisch zusätzlich mit Fake-Ratten eindecken. Ich erkundigte mich – es gibt da sogar eine neue Gruppe „Rette-deine-moebel-vor-zu viel-kleinbuergerlichkeit.de. Meinst du, ich soll ihr vielleicht beitreten? Daneben existiert noch eine andere Seite im Netz, auf welcher von Bodenständigkeit genervte Menschen Produkte bestellen können, die ihre Räumlichkeiten weniger bieder erscheinen lassen. Was hältst du davon?"
Herbert: „Skurril. In der Tat interessant. Aber gehst du jetzt nicht etwas zu weit?"
Anna: „Ich wundere mich wirklich, welcher Spießer du in letzter Zeit bist."

***

Kapitel 43) Antiklimax C) Teil II „Das Bonner Loch Teil II: Wenn die Natur die Scheidung einreicht"

Fernsehstimme: „Liebe Bürger der BRD! Heute wird Ihnen dringend geraten, besser zuhause zu bleiben. Der Grund: Offenbar ist ein starker Orkan – auch in Deutschland – im Anmarsch. Im Folgenden könnte es daher zu heftigen Niederfällen und gewaltigen Gewittern kommen. Schließen Sie bitte sorgfältig Ihre Fenster."

Herbie (*zusammen am nächsten Tag mit Anna auf den Bildschirm schauend, Bilder der Flut sehend*): „Oh – aber um den Klimawandel ging es ja nicht – laut der vermeintlichen Alternative und weltweiten Aussagen. Alles Schwindel. Natürlich. Zusätzlich noch eine Regierung in NRW, die nicht mal im eigenen Land Menschen wirklich helfen zu vermögen kann. Wie soll sich da auf dem gesamten Planeten etwas ändern?" Zusehend, wie ein älterer Mann sein gesamtes Haus im Strudel verliert, weinend.

Anna: „Ich habe nicht viel Mitleid mit den Menschen da. Nicht so richtig jedenfalls. Schließlich ging es ihnen doch davor lange Zeit gut. Sie können froh sein, ein Dach über dem Kopf gehabt zu haben. Ich meine, wer hat denn schon ein Haus? Davon abgesehen möchte ich gar kein Häusle besitzen. Ich dachte, du auch nicht. Wer ist denn an dieser Klimakrise schuldig? Wir Menschen. Das hast du mir selber erzählt, immerhin bist du doch auch ein Menschenfeind."

Herbie: „Das klingt wie Schopenhauer. Demontiere den Zerstörer, Anna Misanthropie-Schopie. Bloß, dass er von Fortpflanzungsstopp sprach, nicht aber von dem Ausmerzen der eigenen Gattung."

Anna: „Tu nicht so, als wäre ich ein Diktator, und es wäre der Zweite Weltkrieg.

Willst du mal meine Interpretation der Sachlage hören?"

Herbie: „Ich lausche. Mir bleibt ja nichts anderes übrig."

Anna: „Dieses Stück heißt die ‚Der Scheidungsantrag der Natur' – es ist also für deine heiratsresistenten Lauscherchen wie gemacht.

Der Wind macht grenzwertige Geräusche, als würde er regelrecht durchdrehen.

Wie ein kaputter Staubsauger, kurz vor dem Aufgeben. Es klirrt, ein Dach berstet auseinander. Später folgt ein Scheppern. Ein ganzes Haus stürzt zusammen. Regenflüsse. Später lässt ein Baum den Kopf hängen. Des Hauptes enthauptet, hängt er entwurzelt in der Gegend herum.

Millionen Tropfen haben sich angestaut. Nervös klopfen sie an, möchten hinein. Drängeln – sie bitten nicht. Wir haben Vorfahrt! Lassen Sie mich vorbei – Sie Mensch – da! Hier spricht einmal das postmoderne, tatsächlich offenbar verrückt gewordene, entgleiste Wasser höchstpersönlich in den durchgeknalltesten, schillerndsten aller Farben. Ich war mal ruhig. Lange Zeit musste ich alles ertragen. Zu allem schweigen. Für alles meinen theoretischen Kopf, den ich nicht habe, hinhalten, ohne je die menschliche Spezies heiraten zu wollen. Diese Hochzeit wurde mir aufgezwungen. Ich kann ja nicht denken. Ihr hingegen, die ihr die Welt vermeintlich regiert, stattdessen schon. Meint ihr, dass ihr einen guten Job darin macht? Jetzt drehe ich einmal durch – so wie ihr die ganze Zeit schon.

Plastik, Müll, Vergiftungen, tote Tiere. Eier zu Billigpreisen.

Legebatterien. Sie wollten ja nicht hören. Familien-Auto Nr. 3 – 7 -musste das wirklich sein? Müll im Fluss entladen, wirklich? Benzin? Verkehr in der Innenstadt? Pappschalen, ihr Deppen? Einwegflaschen? Insektensprays zum Töten einer vermeintlich ach so großen Gefahr, damit der Mensch rundherum stich- und sorglos als Gruppe hygienisch am Plastik-Planschbeckenrand mit giftiger Kunstente ungehemmt grillen kann? Habt ihr euch das so vorgestellt, dass man so jemanden heiratet und diese aufgezwungene grauenvolle Ehe für immer hält? So leid es mir natürlich tut, dass Menschen starben. Das ist tatsächlich grässlich."

Herbie: „Bei allem Verständnis – findest du das nicht sarkastisch, wenn Menschen verletzt werden, etwas verlieren oder gar sterben? Stelle dir mal vor, es wäre jemand, den du persönlich kanntest. Ist das nicht weit drüber? Ich sage ja nicht, dass man sie lieben muss. Nur respektieren. Wer keine Menschen bergen kann, tut sich erst recht schwer mit der Umwelt oder Tieren oder Kriegen."

Anna (*schlecht gelaunt*): „Du pampigste konservativste deutsche Ober-Kartoffel aller Erdäpfel, du – dein gesamtes Gesülze ist bloß reine Fassade! Du tust nur so – behauptest irgendetwas von heroischen Antinatalisten, bist angeblich gegen bodenständige Häusle, willst dich von deinen Eltern vermeintlich unterscheiden, aber wenn es drauf ankommt, ziehst du doch alles zurück und den Schwanz ein! Du bist bloß eine Kopie einer Kopie. (*Schreiend*): Ein alberner, langweiliger Statist! Mehr nicht. Muss wohl in deiner kümmerlichen Familie liegen!"

Herbert: „Danke für die herzliche Schmeichelei aus tiefster Zuneigung. Den ziehe ich jedoch aus anderen Gründen zurück, wie du weißt."

Aufgebracht und wütend marschiert Anna missmutig hinaus, die Türe so laut werfend, dass sie diesmal irreparabel bricht.

***

Kapitel 44) Der Club derjenigen, die lieber sterben möchten, als sich fortzupflanzen Teil I

Till: „Hey Herbert! Wie schön, dich live kennenzulernen! Willkommen im Club derjenigen, die den Selbstmord vor einer Fortpflanzung vorziehen. Mein Name ist Till. Fühle dich ganz fortpflanzungsbefreit. Eines nur: Hier ist so ziemlich alles erlaubt – außer natürlich der Reproduktion. Wir teilen grundsätzlich alles. Dennoch ist unser Club illegal und absolut geheim. Also bitte nichts von alldem, was hier je gesagt oder getan wird, nach außen dringen lassen. Ok?"

Herbert: „Das geht in Ordnung."

Till: „Das ist Herbert, von dem ich euch bereits erzählte. Seine Mutter wollte ihn frecherweise zum Nachwuchs nötigen. Er hat schon einen sehr langen Leidensweg hinter sich. Einmal landete er deshalb sogar in der Psychiatrie. Ein Hoch auf den bemitleidenswerten Herbert und darauf, dass er den Mut hatte, hierhin zu kommen." Es folgt Beifall. Die hoch gehobenen Weingläser, die lockere Atmosphäre, die Rauchschwaden, das Poster zu seiner Linken mit dem Titel „Gegen den albernen, ohnehin zu traditionellen, konservativen Muttertag" – der sonst eher menschenscheue Herbie empfindet erstmals das Gefühl, sich in einer Gruppe wohlzufühlen. Auch ist es für ihn Premiere, Applaus ertragen zu können.

Till: „Das da sind meine Freunde – Henrick, Mascha und Leni. Wir philosophieren und diskutieren hier. Teils schreiben wir auch Texte, um unseren geteilten Kummer auf Papier zu bringen und vorzutragen."

Henrick: „Kürzlich las ich, dass ein Jugendlicher seine eigenen Eltern für die Geburt seinesgleichen tatsächlich anklagte. Er warf seinen Lebensspendern vor, sie hätten ihn niemals gefragt, ob er überhaupt auf dieser Welt, die sich nicht nur schön, teils gar tragisch anfühlte, jemals hätte sein wollen. Anschuldigung: Die eigene Geburt. Endlich. Es scheint sich etwas zu tun auf dem Gebiet der Nachfahrenverweigerung. Vielleicht sollten wir ihn bei Gelegenheit einmal einladen."
Leni: „Krass. Das müssten mehr wagen."

Till: „Es folgt nun ein Vortrag zu dem Thema ‚Vermeintlicher Fortpflanzungszwang' durch unser Mitglied, Mascha."
Mascha: „Mein Stück heißt ‚Perversion meiner Selbst': Vor dieser Geschichte meinte ich, halbwegs in meiner Welt zufrieden sein. Schließlich hatte ich alles, was ich brauchte, um glücklich zu sein: Mich, meine Freiheit, meine Unabhängigkeit. Kinder gehörten nicht unbedingt in meinen Lebensplan. Ich war nicht einer der Menschen, die meinen, dies sei der einzige Lebensmittelpunkt. Ohne Nachwuchs würden sie an Langeweile vergehen. Das Gefühl der Monotonie kannte ich gar nicht. Mein ehemaliger Freund bestand darauf, Kinder zu bekommen. Er setzte mich damit völlig unter Druck, kontrollierte mich ständig. In dieser Beziehung bin ich zu einem hilflosen Etwas mutiert, das ich nie sein wollte. Zu einer zittrigen, nervösen Abartigkeit meiner Selbst. Ich fühlte mich nie gut genug, ungenügend funktionstüchtig. Nicht gesellschaftsfähig. Hatte das Gefühl, stets zu versagen. Dabei hatte ich nie

etwas wirklich Schlimmes getan. Er hingegen redete mir fortlaufend ein, zu einem erfüllten Leben gehörte nun mal eine vollständige Familie! Bei Feiern zählte er Pärchen und angehende Familien mit Kindern auf, setzte uns ständig einem Vergleich aus. Sagte, wir hinkten auffallend und linkisch hinterher. Wenn alle das hinbekämen, selbst sein allerdümmlichster Schulfreund, dann wir doch wohl auch. Das sei ja wohl die einfachste Aufgabe, die ein Paar zu beschreiten habe. Beobachtete mich beim Essen – behauptete, ich ernährte mich falsch.

Gab mir alleine die Schuld. Wir probierten es mehrfach, ohne dass ich wirklich jemals ja zu seinem Familienplan gesagt hatte. Denn es gab schon lange kein wir mehr. Das Wir war abgeschafft worden. Er weckte mich nachts zu unmöglichen Zeiten auf, weil seine wurmende Fruchtbarkeitsuhr aus jeder Ecke des Raumes piepste. Es sollte jedoch niemals gelingen. Stattdessen erlitt ich zwei Fehlgeburten. Das Blut strömte jeweils in Massen in die Toilette hinab. Ich sah den Lebenssaft fließen und weinte dennoch nicht. Womöglich saß mein Schmerz tiefer als das Blut.

Nach dem zweiten Abgang trennte er sich noch im Krankenhaus, in welches ich aufgrund von Komplikationen geliefert wurde, von mir. Zornig gab er an, zutiefst enttäuscht von mir zu sein. Ich sei eine komplette Niete. Er wollte nun eine Andere zur erfolgreichen Familiengründung kennenlernen."

***

Unterkapitel: **„Boykott das eigene Ich"**

Henrick: „Heute wollen wir uns in unserer völligen Ablehnung unserer Selbst – nihilistisch – dem wichtigen und vielschichtigen Thema Antinatilismus – widmen – der Name leitet sich aus dem Lateinischen ab und und bedeutet übersetzt ‚gegen die eigene Fortpflanzung'. Eine Bewegung, die sich aus moralischen Gründen dafür einsetzt, keine Nachkommen in diese Welt zu setzen. Ihre Geschichte und ihre Gründe sind mannigfaltig: Einer ist etwa die weltweite Überbevölkerung und das damit verbundene Absinken der Lebensqualität auf diesem Planeten, von dem es eben nur einen einzigen gibt. Warum naiv mehr Kinder blind und narzisstisch in diese Welt werfen, wenn es schon in der Überhäufung welche davon gibt? Die negativen Konsequenzen aus Bevölkerungszuwachs sind steigender CO_2-Ausstoß sowie Furcht vor der Klimakrise. Durchschnittlich belasteten Kinder das Klimakonto um 58, 6 Tonnen Kohlenstoffdioxid pro Jahr (Stand 2020). Täglich wird uns das Resultat präsentiert – Dürreperioden, Erderwärmung, Überflutungen, u. v. a. Daneben nicht zu vergessen – Armseligkeit und Hungersnöte. Man könnte nun argumentieren – Tiere täten dies schließlich auch. Freilich tun jene das ebenfalls. Im Gegensatz zu dieser vermeintlich unterworfenen Spezies, ohne dass sie diesbezüglich je gefragt wurde, ob sie diese Diktatur leben möchte, kann der Mensch aber nun mal denken, dachte man zumindest – eine Form der aktiven Entscheidung treffen.

Ein bekannter deutscher Philosoph, Arthur Schopenhauer, lieferte dazu einen metaphysischen und nihilistischen

Ansatz: Nur im Boykott gegen das humane Ich – in der strengen Askese – bestehe die Möglichkeit, den Kummer auf dieser Welt zu senken. Ausschließlich in der Ablehnung der eigenen Existenz könne erreicht werden, dass die Menschheit aussterbe. So sagte er: „All unser Übel kommt daher, dass wir nicht allein sein können. (…) Der Fortbestand der Menschheit beweist nur die Geilheit derselben." Herbie lächelt zufrieden und erlöst. „Es mag an der Oberfläche etwas negativ, gar menschenverachtend klingen, wurde der Denker doch gelegentlich auch als Kinderhasser bezeichnet." Leni: „So sehr ich Schopenhauer wirklich für seine Theorien zu schätzen weiß, aber hatte er nicht selber Nachfahren, um nicht zu sagen, eine ganze Horde – als Familie? Manchmal erscheint es mir, als lebten die, die Dinge ankreiden oder verbessern wollen, in ihrem persönlichen Leben völlig konträr zu dieser von ihnen in die Welt gesetzte Philosophie." Henrick: „Das stimmt natürlich. Andererseits – jemandem vorzuwerfen, er habe eigene Sprösslinge vor dem Wissen, dass es damals noch keine Verhütung in Form der Antibabypille, u. v. a. gab, ihm seine Umstände und die Zeit anzulasten, wirkt ebenfalls ein wenig vermessen.

Daneben gibt es noch eine ursprünglich aus den USA stammende Bewegung – genannt ‚The Voluntary Human Extinction Movement', die 1991 entstand – in Form etwa von Geburtstreiks und freiwilligem menschlichen Aussterben. Ihr Anführer – Les U. Knight – war bereits in den 70ern im Rahmen der amerikanischen umwelttechnischen Bewegung aktiv: Seine Gründe – eine sich verschlechternde Biosphäre und humanitäre

Katastrophen. Anführer der antinatalistischen Bewegung ist im französischsprachigen Raum der belgische Philosoph Théophile de Giraud. Auf ihn ist auch die Prägung des Begriffes zurückzuführen. Laut ihm, ist eine menschenleere Welt ohne Kinder besser. Auch setzt er sich dafür ein, dass die Möglichkeit, auf Fortpflanzung zu verzichten, erleichtert werde, sieht er doch noch immer Schwierigkeiten, sobald er öffentlich etwas dazu sagen möchte, und wird seine Auffassung noch immer nicht wirklich transparent gemacht. Niemand solle sich für Kinderlosigkeit rechtfertigen müssen. Ferner gibt es noch metaphysisch-religiös bedingte um Philipp Mainländer: Gemäß ihm, dient das Leben nur als Mittel zum Zweck. Tatsächlich ein radikaler Ansatz. Der Freitod sei die beste Möglichkeit, um dem eigentlichen Weltlauf gerecht zu werden. Sowie die des österreichisch-britischen Philosophen Karl Raimund Popper – Leid, Verlust und Trauer wögen mehr. Die Lösung sei deshalb die Ausrottung der eigenen Spezies. Natürlich gibt es noch wesentlich mehr. Wir sind eine offene Gruppe. Der Dialog ist erwünscht, auch angesichts der Komplexität des Themas. Gibt es bis dahin Fragen?"

Teilnehmer Benjamin: „Was ist mit diskriminierend bedingten? Mit den Stichworten Lösung und Vernichtung verbinde ich nun mal immer die schrecklichen Assoziationen der ‚Euthanasie' im Dritten Reich sowie die ebenfalls kritisch zu betrachtende ‚Ein-Kind-Politik' in China – in Form der Zwangsabtreibung mit dem gespenstischen Verschwinden der Mädchen. Wo liegen da die moralischen Grenzen? Wer entscheidet, welche Menschen überleben dürfen?"

Henrick: „Das stimmt. Es gibt natürlich auch schreckliche, grauenvolle Negativbeispiele in der Geschichte. Während die einen eine schaurige Selektion nicht nur zum Ziel nahmen, sondern in der Realität mit Hass in Form von Massenmord umsetzten, handelt es sich bei den anderen größtenteils um einen aus eigenem Antrieb herrührenden Ekel gegen sich selbst und nicht gegen eine bestimmte Gruppe oder ein anderes Geschlecht. Der Gegner ist am Ende die eigene Existenz. Das ist ein riesiger Unterschied."

Weitere Frage eines anderen Teilnehmers: „Wie sieht es mit dem Freischein zum Selbstmord aus? Mutet das nicht ein wenig wie eine Einladung zu jenem an? Nur, wer sich umbringt, dem geht es am Ende besser? Ist das nicht ein wenig gefährlich, so einen Tipp mit auf den Weg zu geben? In mir selber macht sich eine wachsende Diskrepanz bemerkbar. Einerseits verstehe ich diese Ansätze sehr gut, mir gefällt, dass diese Menschen sich für eine bessere Welt einsetzen und deshalb auf Nachfahren verzichten, um weniger egoistisch zu sein. Andererseits fordert Mainländer fast dazu auf, den Freitod zu wählen. Für mich hat das eigens verursachte Ableben sehr wohl aber auch etwas mit Selbstsucht zu tun, indem man Menschen brachial zurücklässt, abhaut, statt sich irgendwelchen Problemen zu stellen."

Henrick: „Mainländer ist sehr drastisch – das ist richtig. Natürlich hat der Suizid verschiedene Gesichter, nicht nur selbstlose oder schöne. Wir sagen ja nicht – spring!

Nur so kannst du glücklich werden. Alles, wozu wir raten, ist zu einer Nicht-Fortpflanzung, um weiteren Schmerz weltweit zu verhindern."

***

Kapitel 45) „Bye-bye Bonner Loch" – aus das lästige Loch

Anna: „Hey Merle! Ich denke, dass ich mein Studium, das sowieso nicht mehr funzt, hinschmeißen werde. Ein Grund ist, dass der rassistische Lehrkörper mit dem wunderschönen Namen „Bohrscheidt" abschätzige, krude Dinge sagte. Zumal er mir nun auch noch mitteilte, er untersagte mir, von ihm geprüft zu werden. Nur, da ich die Einzige bin, die es wagte, Kritik zu üben."

Merle: „Verständlich. Ich halte es auch kaum noch aus. Dieser rechte Zornbürger mit diesen super veralteten Einstellungen und diesem Blazer (*macht eine sich übergebende Bewegung*). Jedes Betreten seines Raumes kommt einer puren, quälenden Überwindung gleich."

Anna: „Die andere Sache hängt mit diesem Professor Sülzi-Popülzi für Marketing sowieso Quatschrolle Subdivision Schieß-mich-tot zusammen, der nur lächerliches, oberflächliches Zeug herumschwadroniert. Klopapier auf den Schultern des Leides der Menschen verkaufen? Das brauche ich nun auch nicht. Zu welchen Zwecken soll ich mir diesen Ramsch anhören? Er kann sich sein Klopapier in seine glattgebügelte, liberale Frisur hineinschmieren.

Merle: „Haha. Sehr gut, mein schönes Kind. Ich hoffe nur stark für dich, dass du es dir gründlich überlegt hast. Was willst du dann machen? Hast du einen Plan B)?"

Anna: „Nullkommanichts."

Merle: „In dir steckt der Wahnsinn."

Anna: „Was weiß ich – verreisen. Nie heiraten. Keine Kinder bekommen. Nicht staubsaugen. Möglich wäre auch, eine Anti-Mutter-Band zu gründen. Das war schon immer mein Traum. Es gibt viele Varianten. Noch mehr Sex mit noch mehr Menschen haben. Nur nicht in diesem jämmerlichen Loch bis in alle Ewigkeit – das verdrießlicher Weise auch noch verschlossen – versauern müssen. Ich halte es nicht mehr aus. Einmal möchte ich Schluss machen können."
Merle: „Hahaha – du bist der Brüller."

***

Frau Puffpaff (*Anna auflauernd*): „Donnerwetter. Was auch immer Sie hier betreiben. Ich hoffe, dass Sie keine Prostituierte sind, so viele Menschen wie Sie abschleppen und regelmäßig verschwinden lassen. Denn das ist in einer privaten Wohnung nicht erlaubt. Zumal Ihr Rauchgestank durch mein Zimmer zieht. Wie oft muss ich das noch anmerken? Bei der Trennung Ihres Mülls hinken Sie auch noch immer weit hinterher. Von den Streitigkeiten ganz abgesehen. Was sind Sie eigentlich – verrückt im Kopf? Haben Sie deshalb lauter Tattoos auf den Armen? Was verbirgt sich eigentlich darunter? (*Leise sprechend – bedrohlich auf sie zugehend*): Er hätte Unrat wie Sie vergast."

***

Kapitel 44) Forts. Teil II Der Club derjenigen, die sich lieber umbringen möchten, als sich je fortzupflanzen – „Fremdverkehr mit Puppen"

Leni: „Herbert, magst du mitkommen? Wir gehen eine Runde ‚spazieren' unter der Vokabel zum See ‚schwimmen'. Es ist so – wir teilen gelegentlich unsere Körper als Gruppe, da wir das als weniger spießig empfinden. Wenn du möchtest, kannst du das auch. Du bist jedenfalls dazu eingeladen."

So folgt Herbie mit einer großen, schweren Krise in sich den beiden anderen, die aussteigen wollen, an einen See.

Hier, an einem Ort, an dem Herbert sich das erste Mal nicht von seiner Mutter und ihrem Fortpflanzungswahnsinn verfolgt fühlt, lässt Herbert es gar zu dritt zu mit Leni und Henrick zu.

Henrick: „Hast du schon mal einen Mann geküsst?"

Herbert: „Noch nie."

Henrick: „Empfindest du das als ekelig?"

Herbert: „Gerade null."

Leni: „Neckisch lacht mich täglich die heimliche Flucht an, über mich spottend, auch wenn gerade alles halbwegs an der Oberfläche gut ist – außer Covid-19, die Klimakrise und die sämtlichen anderen, persönlichen. Von einem weiteren Krieg in baldiger Zukunft mal ganz abgesehen. Die tägliche Zerstörung der Welt, die wir mit ansehen. Wollen wir es zu dritt tun?" flüstert Leni in Hendricks Gesicht hinein, Herbert parallel dabei küssend.

„Was ist mit Verhütung?" ruft Herbert hysterisch dazwischen. „Wir wollen doch nicht etwa noch zu dritt gar ein Kind riskieren? Schließlich sind wir der Club derjenigen, die sich dann umbringen müssen." Henrick: „Hast du etwa Angst davor? Ich dachte, du wärest ebenfalls depressiv."

„Das brauchen wir nicht – schließlich ließ ich extra meine Gebärmutter vorsorglich entfernen", sagt Leni. „Ich lasse mir doch nicht von Mutter Natur vorschreiben, nur, weil ich das vermeintlich schwache Geschlecht, eine Frau bin und Nachfahren bekommen könnte, wann und wie ich Verkehr haben darf. Wenn ich Pech habe, geht es schief. Entspanne – lass dich gehen. Wer von euch hat den Mut, mein Gesicht in das Wasser hineinzudrücken? Als Test. Immerhin soll man dann gehen, wenn alles am Friedlichsten erscheint. Nicht erst, wenn nichts mehr geht, sich der Körper nicht mehr bewegen lässt", sagt sie, während eine Träne aus ihrem Auge in aller Schwere langsam ihr Gesicht hinunter tropft, auf Herberts Mund platzend landet, welcher sie mit Henrick gemeinsam auftrinkt. „Wie schmeckt mein Augenwasser, die Herrschaften?"

Henrick: „Unheimlich salzig und gleichzeitig faszinierend süß."

Herbert: „Wie ein kleines entzückendes, entsprungenes, zeitgleich sehr beschwerliches Geheimnis, das aus der tiefsten Mitte des Inneren zu kommen kommt, das sich veräußern möchte, aber an Tagen wie diesen nicht weiß, wohin."

Leni: „Eure Worte sind zermürbend ehrlich."

Herbert: „Warum bist du so traurig?"

Leni: „Ok. Tag der Wahrheit: Vielleicht, da die Umwelt vor meinen eigenen Augen zerschellt, und ich nichts dagegen tun kann. Ich stattdessen – gelähmt – als belanglose Statistin zusehen muss. Möglicherweise auch, da ich weiblich bin. Die Vergewaltigung seit meiner Geburt nur einen Zentimeter entfernt gespensterhaft direkt neben mir hockt, mich zwielichtig beobachtet, als hässliches Zweitgesicht täglich mir die theoretische Gefahr aufbürdet, die ich nie anzunehmen bereit war. Zumal mein Vater für immer fortging. An dem Tag, als er uns verließ, schien er vorher ausgelassen zu sein, er hatte noch einen Witz gemacht. Niemand ahnte es. Die Überraschung hinterließ wulstige, eitrige, nie mehr heilende Schürfwunden. Es durchschnitt – wie ein Messer – die Heiterkeit, das Vertrauen. Offenbar hatte er alles vorgespielt. Es scheint in der Familie zu liegen."

Herbert: „Und du?"

Henrick: „Meine Mutter verstarb, nachdem ich geboren wurde, an Komplikationen. Heute geschieht das selten. Seither denke ich, dass ich an allem schuld bin. Für manche ist der Lebensanfang der schönste Moment, für mich der schauderhafteste."

„Könnt ihr gemeinsam meine Traurigkeit aus mir heraus trinken?", fragt Leni, bevor sie verstummt und wortlos – einer Wasserleiche ähnelnd – an der glitzernden Oberfläche dem Sonnenuntergang entgegen schwimmt, halb darin verschwindet.

Herbert (*noch nie im Leben mit einer Leiche geschlafen habend, das Gefühl nicht loswerdend, mit einer erstarrten Puppe Fremd-Verkehr zu dritt zu haben*): „Ist sie nun tot?"

Henrick: „Beruhige dich – sie spielt nur. Zu testen ist des bedrückten Fräuleins Leidenschaft."

***

Kapitel 21 I) „Stolen diseases" – vorgetäuschter Höhepunkt

Via Sprachnachricht auf Herberts Mailbox:
„Hallo Herbert! Hier ist deine malade Anna. Ich bin mausekrank, sagt der Arzt. Im Gaumen steckt ein fieses, monsterhaftes Geschwür, das mich von innen auffrisst. Ach nein – das geht ja gar nicht. Mäuse sterben ja nur. Nein – auch falsch. Wie auch immer. Der Befund ist jedenfalls überhaupt gar nicht gut. Ich war ja nur zum Check-up. Jetzt bekam ich das Ergebnis. ... (*Weinend:*) Hilfe – kannst du mir bitte, bitte dringend helfen, Herbert? Ich weiß einfach nicht weiter. Bitte! Bitte! Dein Nicht-Mausi."

Herbert: „Gibt es bei Ihnen im Hause vielleicht eine Patientin namens Anna, die wegen Mundhöhlen-Krebs gestern eingeliefert wurde?"
Auskunft im Krankenhaus: „Anna – wie?"
Herbert: „Nowak. Sofern der Name stimmt..."
Auskunft: „Nicht, dass ich wüsste. Nein. Wir haben zwei andere dieses Namens in der Onkologie. Aber nicht der von Ihnen erwähnte Nachname. Ich gucke noch einmal in unserem System nach. Nein – ich kann rein gar nichts finden. Warten Sie – ich frage noch einmal zur Sicherheit bei einer Kollegin nach: Wurde eine Anna Novak eingeliefert"? Allgemeines irritiertes Kopfschütteln.
Herbert: „Du dumme Kuh, du. Bitte, bitte hilf mir, Herbert – ich bin ja soo mausekrank.".
Auskunft: „Meinen Sie etwa mich?"

Herbert: „Nur die eingebildete Patientin."
Herbert zu sich selbst: „Jetzt bist du zu weit gegangen,
Anna whatever your fucking real name is."
Auskunft: „Brauchen Sie möglicherweise Hilfe? Hören
Sie mehrere Stimmen?"
Herbert: „Nein. Keine medizinische jedenfalls."

„Annaskopisch"

Herbert: „Ich soll für eine gewisse Anna ein bestimmtes Ergebnis abholen. Sie fühlt sich einfach zu schlecht und gab mir stattdessen ihr Einverständnis dafür, dass ich ihr Resultat an Stelle ihrer abholen soll." Hinzufügend: „Wissen Sie, für sie ist das emotional einfach viel zu belastend. Dramatisierend: „Möglicherweise würde die Arme einen sehr starken akuten Angst-Anfall bekommen, mit den Armen wild unkontrolliert rudern, zucken, um später nicht mehr atmen zu können."

Seit wann spricht Herbert Annaskopisch?

Erwischt, möchte er sagen. Offenbar hat sie ihn real raubkopiert.

Mitarbeiterin Maren Meier: „Sorry – bei allem Verständnis für die schwierige Situation – aber so etwas dürfen wir generell nicht wegen des Datengeheimnisses. Das Testergebnis geht immer nur streng vertraulich als Kopie an den behandelnden Arzt."

Aus irgendeinem – ihm unerklärlichen – Grunde löst das Wort ‚Zweitschrift' bei Herbert schwere Trigger aus – das Gesicht der Mitarbeiterin doppelt – als Original und Fake – verzerrt nach oben und unten auf- und abtanzend, bevor es sich zu einer Mischung eines solchen der Mitarbeiterin, Frau Meier, und dem schönen des Kindes, vermengt. Beinahe scheinen die beiden nun Geschlechtsverkehr vor seinen eigenen Augen hier in diesem seltsam sachlich erscheinenden Raume zu haben. Komisch – dabei hätte er sonst im Leben überhaupt nichts dagegen. Warum nur plötzlich also in diesem, ihn im Panzergewand dieses

Klammeräffchen-Gängel-Alptraums festhaltenden, aus dem er nicht auszusteigen vermögen zu erscheint, so sehr auch an die Scheibe klopft?

Die ihm ins Gesicht geschriebene Folge – anlässlich der massiven Angst vor einem möglichen Diebstahl – Schweißperlen.

„Geh weg, Anna, du sitzt zu festkrallend auf meinem dafür nicht vorgesehenen, schmächtigen Schultern", spricht Herbert zu sich selbst in das luftleere Zimmer.

Herbert: „Oh nein – jetzt zwingt sie mich tatsächlich zum eigenen lästigen Krimi. Hilfe. Ich hasse das. Jetzt bin ich versehentlich doch in diese garstige Fernsehserie hineingestolpert, was ich nie vorhatte. Offenbar muss ich das blöde Dokument nun tatsächlich stehlen. Ich werde zum verfluchten wirklichen Diebe im Auftrag einer chronischen Entwenderin in einer deutschen Serie. Nur, dass die Qualität dieser in der Tat besser ist, als ich sie überhaupt jemals erspinnen könnte, wie ich zu meiner Ernüchterung feststellen muss. Glückwunsch. Meisterleistung, Herbert. Können Sie mich bitte endlich aus den grässlichen Schlingfängen jenergleichen befreien?"

Mitarbeiterin Frau Maren Meier (*mit verzerrter Stimme, nicht ihre eigene, neutral, dabei seine Anna jedoch in aller Leidenschaft küssend*): „Welche Fangbefestigung? Jegliche Tätlichkeit ist in diesen Räumen nicht erlaubt."

Herbert: „Ok – noch einmal ganz neu von Beginn an – this is a bloody Überfall, Frau Meier! Hands up or I'll shoot you!"

Mitarbeiterin Meier, zu Herberts Erstaunen nun ihren Mund zu einer runden Form feist und demonstrativ wölbend. Was nun aus dieser Person heraussprudelt, ist kein Angriff, nicht mal eine Defensive, sondern scheint nicht mehr als ein versöhnlich anmutendes Musical zu sein.

MMM: „One, two, three – come with me, Herbert, in ein Land nebliger Zauberwucht – in eben jenem gibt es keinen Ärger, niemals Eifersucht."

Herbert zu seiner eigenen Überraschung in jener kitschigen Sing-Show offenbar plötzlich ebenfalls lauthals herumkrakeelend: „Ich habe keinen Futterneid, Maren Meier. So – no need for your plastic candy papp sugar."

Mitarbeiterin MM: „Oh – Herbie – küss mich doch endlich beseelt mit Geist und Zunder. Du wirst sehen – es gleicht einem traumhaften Wunder. Bye-bye, Herbies Wut. Schöpfe deine Kraft stattdessen aus dem zuckrigen, nie endenden Hut. Greife doch zu – nur Mut."

Des Nachts wird sich Herbert heimlich anschleichen, das Gebäude erneut – diesmal nur im Stockdunkeln – in Besitz nehmend. Vampirisch wird er – von hinten – in die allerhinterste Ecke für seine Persönlichkeit zu engagiert, da zu forsch – hechten, das winzige Dokument in einem Satz entwendend.

***

Zwischensequenz Rückblick Henricks Geburt

„Ich erblicke seinen Kopf! Gleich ist es soweit. Na also! Endlich! Das wurde auch Zeit. Wollen Sie ein Foto schießen von diesem magischen Moment? „Zu gerne." „Willkommen auf der Welt, kleiner, junger Mann! Welch ausgesprochenes Wunder der Natur. Nicht wahr? Voilà! Da ist er ja. Er scheint es tatsächlich geschafft zu haben. Wunderbar! Wusste ich es doch. Ein Starker und noch dazu atemberaubend Wunderschöner. Schauen Sie sein Gesicht an. Perfekt. Winzig und doch alles auf wundersame Weise in Miniaturformat dran an diesem Menschlein." Man hört ein Schluchzen: „Ich kann es überhaupt nicht glauben. Die Schönheit hat er offenbar nicht von mir geerbt." Es folgt ein Lachen. „Herzlich willkommen auf der Welt! Kaum zu glauben, dass ich zu so etwas imstande sein soll. Das ist das Beste, was ich bislang je produzierte." „Halten Sie Ihren frisch gebackenen Sohn gut fest. Das erste Bonding ist enorm wichtig." „Ich werde ihn nie mehr loslassen – das verspreche ich hoch und heilig."

***

Eine Person scheint ihren Kopf zu schütteln, etwas zu negieren. Das Bild geht nun in eine Schärfenverlagerung über – als wäre die Realität zu grauenvoll, als müsste jenes erst verweichlicht werden, um geschluckt werden zu können.

Ein Anderer, ihm gegenüber, der etwas Diffuses auf seinem Arm trägt, das sich zu bewegen scheint, etwas Lebendiges, geht derweil in die Knie, ihn anflehend, weinend. Der andere, einen Kittel tragende Mensch scheint etwas zu sagen, bis das Bild wieder von Schärfe zu Unschärfe überwechselt.

Der Mann zur Linken trommelt seine geballte Wut in den Umhang jenes Mediziners. Eine Schwester nimmt den Säugling an sich.

Der Vater geht dazu über, jenen zu schlagen, zu treten und zu beißen. Dieser lässt dies, aus der Nase blutend, zu. Einem Scherenmuster ähnlich gleiten die beiden gemeinsam taumelnd hinab, der Ohnmacht der Trauer ein Gesicht verleihend. Das Neugeborene sieht mit trübem Blick nicht sehend in das Zimmer der verstorbenen Mutter, deren Bekanntschaft es nur sehr flüchtig machen konnte, bevor sich die Türe schließt.

Kapitel 44) Teil III „Stillleben"

Herbert zu Till: „Wo sind eigentlich Hendrick und Leni?
Wieder im See ‚schwimmen'? Was man so darunter
versteht. Haben sie wieder Verkehr? Ich habe sie län-
ger nicht gesehen."
Till (*friedlich lächelnd*): „Hm ...bist du eifersüchtig?
Möglicherweise für immer."
Herbert: „Auf ewig? Was bedeutet das?"
Till: „Nun – mich musst du nicht fragen. Schließlich
bin ich ja nicht dabei. Bist du etwa neidisch?"
Herbert: „Wollen Sie heute ohne mich in ein anderes
Land gehen?"
Till: „Und wenn es so wäre – du bist nicht ihre Mutter und trägst für sie keinerlei Verantwortung. Lies
doch den Namen unseres Clubs richtig. Das kannst
du doch. Immerhin bist du erwachsen. Was hast du
denn erwartet? Die freiwillige Möglichkeit besteht
zumindest. Also gewähre sie ihnen auch. Wer nicht
mehr hierbleiben möchte, der sollte gehen können.
Diese Freiheit musst du ihnen schon zugestehen. Du
hast es doch auch beinahe getan – schon verdrängt?"

Herbert (*paranoid zum See rennend*): Jener sieht heute
so außerordentlich besonnen friedlich aus, einem Still-
leben gleich, dass man nicht das Gefühl hat, irgendetwas Schlimmes könnte je wieder geschehen. Kein
Wind, keine Flut, kein Orkan im Anmarsch. Stattdessen – alles friedlich schweigend an der Oberfläche.
Kein Krieg. Es ist doch alles nicht so schlimm – Zustand – ok. Kein Grund zu gehen. Plea-ea-ea-se freeze

the picture. Später wird ein Fotograf die Natur ablichten – als wäre nichts gewesen. Dabei weiß jene wieder mehr als er Herbert, der Nichts-Versteher.

„Leni! Henrick!! Wo seid ihr denn? An welchem Ort befindet ihr euch – verflucht?

Wartet auf mich! Ihr habt doch versprochen, auszuharren!" schreit Herbert, als wäre er als einziger in einem Krieg.

Wo immer Herbert in seinem Wahnzustand hinsieht, scheint er die beiden jedoch nicht zu finden. Wer zu stark auf der Suche ist, der wird niemals fündig.

Als er jenem schließlich näherkommt, wird er von einem realen Wagen derb blockiert, während in der Distanz ein Kran etwas Monströs-Reales aus dem Gewässer zu hieven scheint. Es erweckt den Eindruck, sehr schwer zu sein.

So heftig, dass der Kran Probleme hat, es herauszufischen.

Dreimal muss dieser neu ansetzen, Geräusche der Maschinenauflösung von sich gebend. Mal pfeifend. Dann stockend.

Schließlich einen schlappen menschlichen, nassen Körper herausziehend,

dessen Gesicht nach unten baumelnd.

„Stopp! Wer sind Sie? Hier ist abgesperrtes Gebiet – gehen Sie nicht dadurch!

Das ist nicht erlaubt", unterbricht ihn ein Polizist. „Haben Sie davon etwa gewusst? Waren Sie in Kenntnis über den verbotenen Club der Menschen, die lieber sterben wollen, als sich jemals fortzupflanzen? Ich hoffe, Ihnen ist bewusst, dass auf Mitwissen von Suizid eine Strafe steht?"

„Von welchem Club sprechen Sie?" entgegnet Herbert. „Ich bin reiner Misanthrop und gehöre generell überhaupt gar keinem Verein an, da ich nun mal keine mag. Ich wollte bloß ganz alleine schwimmen – das ist alles. Keine Ahnung, was hier gerade vor sich geht. Ist jemand gestorben? fragt Herbert, still und heimlich weghüpfend.

„Nicht nur einer."

Wohin mit Emotionen in einer dösigen, gefühlsbeduselten Welt
schreitschweigt Herberts entgleistes, entrissenes Herz in den niemals antwortenden Wald hinein. Weinlos frisst sein Essen rückwärts krampfartig Blutmonster in das trotz Sommers gefroren zu sein scheinende Gras. „Warum seid ihr von dannen gegangen? Schließlich war es aktuell gar nicht so schlecht. Immerhin gibt es derzeit noch keinen Krieg. Zumal man heutzutage immerhin Vulvenkurse besuchen kann. Ich meine – Frauenwahlrecht, Gleichberechtigung. Was wollt ihr denn mehr? Das ist als ein Fortschritt zu betrachten. Seht es doch positiv", spuckt Herbert Lebenssaft wissentlich platitüdenhaft in den Schnee, wohlwissend, es klingt nach abgekupferter Werbung. Dinge, die er stets hasste.

Leni: „Wirfst du mir meine Traurigkeit vor? Bedrückter Stimmung bedarf es keinerlei konkreten Auslösers von außen. Depressionen kennen kein Pardon. Nach außen hin kann alles perfekt erscheinen. Dennoch möchte das leidende Wesen unbedingt hier und jetzt auf der Stelle aus keinem Grund aussteigen. Traurigkeit schert sich nicht um einen Weltfrauentag, um jedwede Fortschritte, dass man heute seine Gebärmutter provisorisch entfernen lassen, ob man zwei bis drei gute Freunde hat, mit denen man sprechen kann, ob die Sonne hinunter lacht. Vermeintlich leichten Herzens spaziert sie darüber hinweg. Arglos steigt sie morbide über Leichen. Am Ende ist man immer nur wieder eine lächerliche, gefangene Attrappe der Abschrift in einem abgekupferten Schein-Imitat. Es gibt absolut kein Entkommen."

Über Herbert taucht nun ein Wesen auf: „Warum spuckst du Blut?" fragt dieses lächelnd.

„Warum strahlst du? Immerhin verendeten hier Menschen, wie du siehst. Findest du nicht, dass Schmunzeln eine etwas inadäquate Geste ist? Wo bleibt dein Mitgefühl?" kontert Herbert.

Wesen: „Mein Körper lässt nichts anderes zu. Ich habe eine Beeinträchtigung, ein Downsyndrom, scheine auch zu lächeln, wenn es mir unten drunter schlecht geht. Mein Gesicht und meine Gene schreiben es so vor. Die Menschen denken, ich lache mich die ganze Zeit schlapp und kaputt oder über andere. Manche möchten Wesen wie mich wegen meiner Einschränkung gar nicht erst haben. Sie bringen sie reihenweise vorsorglich um, hörte ich. Vor der Geburt. Dabei kann ich sehr wohl denken und fühlen. Die Anderen z. T. auch. Ich habe viele meiner Art verloren, ohne sie zu kennen."

Herbert beginnt zu weinen.

Geschöpf: „Wer starb? Ich verstehe nicht ganz."

Herbert: „Menschen, die theoretisch alles haben hätten können. Es scheint kompliziert."

Wesen: „Hatten sie ebenfalls eine Behinderung und waren deswegen traurig?"

Herbert: „Nein. Keine körperliche oder geistige – eher eine der Seele. Für alles andere gibt es zumindest Hilfestellungen. Wenn die Psyche lodert, nimmt man einen Haufen Tabletten, und alle denken, dass es dadurch wieder in Ordnung sei. Sofern man es überhaupt sieht. Schließlich bleibt es oft unsichtbar."

Wesen: „Wolltest du dich auch schon einmal umbringen?"

Herbert nickt.

Kreatur: „Warum?"

Herbert: „Da meine Mutter unbedingt wollte, dass ich Kinder bekomme und heirate. Ich hingegen war dagegen."

Wesen: „Das ist ein komischer Grund. Die einen werden vorab bereits getötet. Sie haben überhaupt gar keine Chance, jemals das Leben zu erleben. Die anderen bekamen umsonst Eintritt in jenes bunte, magische für eine lange Zeit und wollen freiwillig aussteigen."

Herbert: „Das stimmt. Es ist seltsam – voller Widersprüche. Das Leben ist aber nicht nur magisch und bunt."

Wesen: „Diese Landschaft ist dann was? Hässlich? Eintönig? Grau? Schwarz? Ist diese Natur etwa nicht hinreißend? Sieh genau hin. Sie bietet sich dir in all ihrer Schönheit an, aber du nimmst sie gar nicht wahr."

Herbert: „Ich finde sie sehr wohl anmutig, und dennoch ist sie manchmal beinahe kitschig und deshalb kaum zu fassen. Sie erstickt mich gelegentlich. Gleichzeitig habe ich das Gefühl, dass sie mir etwas vorspielt."

**

Kapitel 46) Kompromisslos

Anna wachte auf, radikal wissend, dass sie ihre Studie genau an diesem einen Tag kompromisslos, eisern und bis in alle Zeiten beenden würde, stürmte forsch – wie in einem Kriege – in das Bürozimmer der Sekretärin, um erbarmungslos los zu bölken: „Exmatrikulations-Unterlagen her oder ich richte eine Waffe auf Sie!" Amüsiert feststellend, dass jene es ernst nahm – hält diese doch tatsächlich den Kopf unter dem Schreibtisch verborgen, die Arme nach oben gestreckt – daraufhin „kleiner Scherz!" der Entlastung halber hinzufügend. „Haben Sie sich das gut überlegt?" fragt die Sekretärin im Zurückkriechgang. „Manche Menschen machen das aus einer Übersprungshandlung heraus. Nicht, dass Sie es bereuen. Hätte ich zu Ende studiert, müsste ich heute nicht hier sitzen. Glauben Sie mir, meine Lieblingsjobs sind Aktenausfüllen und Kaffeekochen nicht." „Und – wie!" strahlt Anna über das ganze Gesicht. „Ich war mir nie bei etwas sicherer."
„Ja... (*herumwühlend*) es verhält sich so – Sie müssen noch mehrere dutzend Pfund Unterlagen nach oben mit Luft ausfüllen. Circa siebenundzwanzig Unterschriften. Dann warten Sie – ich kopiere schnell etwas. Ein Siegel. Fertig."
„Schluss gemacht", sagt Anna beglückt.

***

Zwischensequenz Gespräch mit seinem Nerd-Freund über Annas Lügenkonstrukt:

Herbert: „Sie tat es wieder. Griff erneut mit den borstigsten aller manipulativsten Lügengewänder, mich, Herbert, arbeits-, mittellos und obendrein schwer depressiv, von hinten an, mich kopfüber hineinziehend. Dabei wollte ich ihr nie etwas Böses. Stattdessen habe ich ihr alle Freiheiten, um welche sie bat, gegeben. War nie streng oder spießig. Im Gegenteil."

Ole: „Ich bin jetzt etwas confused – sprichst du jetzt von deiner eigenen abgespaltenen Persönlichkeit?"

Herbert: „Doofi. Von Anna."

Ole: „Anna, die Schöne. Was fabrizierte sie diesmal? Ist es wenigstens splendid? Spuck schon aus. Ich bin neugierig auf die heiße Story. Phantasie hat sie wenigstens. Neulich sah ich so ein freaky Video über Pseudologen. Das sind chronische Lügner. Dass die das machen, um Aufmerksamkeit zu erhaschen. Oft haben die natürlich auch keine schöne Kindheit. Das muss man hinzufügen."

Herbert weint.

Ole: „Oh – wenn Herbie No-Bräutigam-Ever Tränen vergießt, muss es ernst sein."

Herbert: „Eine schwere Krankheit."

Ole: „Welche? Lass mich raten – Corona?"

Herbheit: „Krebs."

Ole: „Alter Falter – krasse Montage – in der Tat. Damit finde ich, geht sie zu weit trampelnd über dein Leben hinaus. Wenn du so weitermachst, bekommst du eines Tages in der Wirklichkeit voll den deadly Tumor. Denk darüber nach, Bräuti. Ich würde jetzt Abstand nehmen von Madame Pinocchio. So attraktiv sie ist. Andererseits musst du natürlich auch in Betracht ziehen, dass du im Mittelalter wenig andere Chancen bei Frauen, die so tödlich terrific aussehen, haben wirst. Consider it."

Kapitel 21 J) „Abgenutzt"

Vergilbt,
verkommen
und abgenutzt
hänge ich
in der wissentlichen
Abfackelung
durch
nichts
Geringeres
als
meiner Selbst
oder einer möglichen
Vorstellung davon -
wer bin schon ich?
Bei welcher ich
zu aller Scham noch
selber Zeuge wurde,
versteinert
im luftleeren
Raum herum.
Zu taub meine Arme,
als dass ich imstande wäre,
sie zu benutzen.
Verstellt
probiere ich
erst gar nicht
zu laufen.
Denn Marionetten
vermögen schließlich nicht,

sich zu bewegen.
Stattdessen werden
sie angetrieben.
Bei meinem eigenen Leibe erfrierend,
während das Fräulein Jägerin beflissen
darüber hinweglächelte,
mich mit kruden Geschichten nährend.

Ausrangiert ahnt
mein längst überdehntes,
ausgelatschtes,
mehrfach
gezielt
gelöchertes Herz,
dass es nie mehr geben werden kann.
Das war alles, was es je zu schenken bereit war.
Du zieltest auf den Falschen.
Auf einen,
bei dem es nichts zu holen gab.
Die Luft war schneidedünn.
Nun ist sie
verglimmt.

***

Einmischung der Autorin 2)

„Ertappt. Wieder kann ich erneut in die Gedanken Ihrer Pappenheimer-Leserseelen – sogar tiefer als Sie zu denken vermeinen – hineinblicken. In Wahrheit sind Ihre durchsichtig. Wer denkt, diese Geschichte sei – hurra – zu Ihrer eigenen Erleichterung – doch eine dieser jämmerlichen, klischeebesetzten, schwarz-weißen mit klarem Feindes- und Freundesbilde, den muss ich abermals an dieser Stelle maßgeblich desillusionieren. Sah ich nicht eben auf Ihrer Stirn da draußen in dieser faul anmutenden, abgegrenzten Sicherheits-Wohlfühl-Oase, kuschelig in dieses Buch vertieft, eine Mimik der Entlastung, als Herbert die ach so böse und obendrein psychisch instabile Anna schließlich doch – vereinfacht ausgedrückt – endlich besiegte? Beklatschten Sie nicht vorhin das meisterliche Entlarven ihrer unanständigen Lügen? Waren Sie nicht heilfroh, ihrem grenzüberschreitenden Geschwätz endlich nicht mehr als Leser zuhören zu müssen? Wollten Sie nicht längst sagen, dass Sie ihrer Geschichten längst überdrüssig sind? Sie da, die Sie sonst immer daher schwadronieren, Sie wären viel klüger als die vermeintlich simple deutsche Banditenreihe on Television, ein belesenes Publikum von Welt. Ich habe es doch beobachtet – in Wahrheit verbirgt sich hinter Ihrer intellektuellen, kultivierten, postmodernen, bröckeligen Fassade doch nichts anderes als ein mickriger, hölzerner Abklatsch. Einer niedriger sogar als der der Protagonistin, denn schließlich haben Sie die freie Wahl. Zumindest manche von Ihnen. Eine, die Anna nicht wirklich immer hatte. Merken Sie sich das, sonst möchte ich Ihnen mitteilen, dass ich Ihr unempathisches Gesicht hier nicht mehr sehen möchte. Husch, husch – ab ins Nicker-Körbchen, aber nicht mehr in mein Buch."

Kapitel 47) Aufgezwungener Überraschungs-kommandobesuch

Der Vater des Kindes: „Du hast tatsächlich dein Studium abgebrochen, weil du allen Ernstes denkst, dass du etwas Besseres bist – wirklich? Was möchtest du denn jetzt bitte machen? Hast du vielleicht eine kluge Alternative? Nein – du nahmst frecherweise mein Geld, verschwendetest es, setztest dich dreisterweise über den Inhalt und die Lehrbeauftragten hinweg. In deiner Art bist du sehr großkotzig. Wer bist du denn schon?"

Anna: „Du schon wieder. Wer hätte gedacht, dass du mir jemals einen Überraschungsbesuch, ohne zu fragen, überstülpest? Und das ist bitte nicht übergriffig? Zumal einer der Lehrbeauftragten extrem diskriminierend war."

Der Vater des Kindes „Voreingenommen als Professor? Kann ich mir kaum vorstellen bei dem Bildungsgrad."

Anna: „'Schwarze sind bewiesenermaßen dümmer' soll etwa kein Ressentiment sein? Das stimmt – da lohnen sich die Studiengelder wirklich nicht."

Der Vater des Kindes: „Werde nicht frech! Ich warne dich."

Anna: „Sonst geschieht was? Dann befestigst du mich an Handschellen, oder wie? Zwingst mich, zu einem rassistischen Soziologie-Professor zu gehen? Welchen Sinn macht das? Ich fühle mich einfach nicht wohl an diesem Ort."

Der Vater des Kindes: „Hast du dich jemals irgendwo gut aufgehoben gefühlt? Wie viele Änderungen folgen denn noch bei deinem unsteten Gemüt?"

Das Kind: „Deines hingegen ist ganz leicht zu ertragen und völlig in sich ruhend, überhaupt nicht mit Wutanfällen gespickt. Ja? Da kenne ich andere Erfahrungen. Oder möchtest du mich möglicherweise schlagen?"
Der Vater des Kindes: „Deine Mutter sitzt immerhin zuhause und weint sich ihre Augen aus dem Kopf. Du alleine bist schuld daran. Sie zerbricht an dir und deiner irrsinnigen Verrücktheit."

***

Kapitel 48 A) Antiklimax Teil I „Geklaute Bizeps"

Herbert: „Warum erdachtest du eine so schwere Krankheit?"

Das Kind, Anna: „Ich lüge, weil ich als Frau in diesem bescheuerten, ultra-nervigen Power-Energiemüsliriegel-weiß-der-Geier-Glanz-und-Gloria-non-stop Wettbewerb nun mal einfach verdammt noch mal nicht mithalten konnte und wollte.

Zu sehr ermattete mich das affige Kunst-Gefühl, mich stets verbiegen zu müssen, und das auch noch für Männer. Ich erlitt Bauchweh ob des nerventötenden Konkurrenzkampfes. Auch diese kitschigen Slogans des vermeintlich gerechten Kapitalismus' konnten mich nicht wirklich überzeugen: Sporteln und Hormone sollen helfen – kläff, kläff – äff den Mann nach.

Auch das noch.

Baue brav Bizeps als FRAU auf.

Nun mach schon – stell dich doch nicht so an, Meeensch Määädchen!

Dann schaffst du es fast genauso WIE ER.

P.S.: Nur eben hundertund siebenunddreißigkommadreirei periodedreihochfünfmal tausend Punkte schlechter. Und P.P.S.: Hupsi – erst in 375 Milliarden Jahren. Habe ich wohl vergessen, hinzuzufügen. Tschuldigung. Aber das sagen sie dir erst viel später. Nämlich dann, wenn du fast schon verreckt bist.

Wie du stark wie ein MANN als FRAU wirst.

Diese ganzen irritierenden, hirnrissigen Tipps.

Biedere dich als schwaches Geschlecht dirnenhaft ausgerechnet dem starken an.

Mutiere im Nu zu seinem braven, knuffigen maskulinen Abbildchen

(so schwer kann das doch nicht sein!) – zur Billo-Kopie
eines ohnehin kostengünstigen Abklatsches

auf dem Abbildsternchen-Boulevard of broken female dreams –

those ones geparkt by the way around the
corner on Abstellgleis 13-19 D-G) Gang IV-VII, ff.

Wenn dir nichts Besseres einfällt, kupfere doch lässig von ihm ab.

Klaue.

Spiel Mann.

Oh, spiel endlich den Mann, Määädchen!

Es merkt sowieso niemand.

Das ist doch wirklich nicht zu verdauen.

Auf Teufel und tödliche Krankheit heraus.

So flüchtete ich mich in eine Scheinkrankheit.

Ich musste. Ich konnte gar nicht anders.

Jene klopfte – zugegeben schleimig – an meine Phan-
tasie-Tür, bot sich mir heuchlerisch an, ich prostituierte mich – ehrlich gesagt – übertrieben gierig – gemeinsam mit ihr.

Seither wälzen wir uns im berüchtigten, illustren, trium-
phalen Blutbad der Täuschungen. Wir haben besseren
Geschlechtsverkehr als alle anderen da draußen. Das
kannst du mir glauben. Nur zusammen sind wir stark."

Herbert: „Wir? Leidest du erneut an Schizophrenie?"

Anna: „Gelegentlich verrutscht meine Amygdala als
Fluchtort dorthin – ja."

Herbert: „Aber mit Krebs Scherze zu betreiben, ist nicht lustig, finde ich. Zumal du es einem Menschen sagtest, der dich mag oder zumindest mochte. Ich habe mir Sorgen gemacht. Immerhin hast du mich verletzt. Ein bisschen vertraut habe ich dir schon. Du hast meine Gefühle ohne Leihschein ausgeborgt und stark überdehnt mit Beule, ohne mich zu fragen. Das ist übergriffig.“

Anna: „Ich weiß, und es tut mir auch sehr leid.“

Herbert. „Ich weiß nicht, ob dir das so bewusst ist oder ob du es wirklich bereust. Wer bist du denn, Anna, sofern dies nicht ein Kunstname ist? Wer bist du wirklich? Wie viele täuschende Persönlichkeiten existieren denn von dir? 1000? 1 Million? 3 Millionen? Wie viele Lügen folgen noch? Ich meine – deine angebliche Schwester, der Affe. All das war ein Konstrukt. Das konnte ich noch verkraften. Aber das hier ist nicht mehr witzig. Gefühle lassen sich nun mal nicht einfach so reparieren. Blöd ist es auch für diejenigen, die wirklich so eine fiese Krankheit in echt haben. Findest du nicht? Sich ausgerechnet einer fiktiven Misere zu berauben, an der andere leiden und die der Grund für ihre tatsächlichen Schmerzen ist. Nur, um sich für eine Millisekunde ein kleines bisschen besser zu fühlen? Spinnst du eigentlich total? Und dabei tust du immer so, als wärest ausgerechnet du sozial. Alles nur gespieltes Affen-Theater.“

Anna: „Ja. Ich bin zu weit gegangen. Das ist mir bewusst. Machst du jetzt mir Schluss?“

Herbert: „Was war der gestrige ach so schlimme Auslöser?“

Anna: „Zunächst überrollte mich die Junkmail von hinten, sich an mir brachial rächend. Später erschwerte der Laptop-Discounter-Mann in Gang 4-7 Platz 193-205 B) bis C) und hinter D) mir mein Leben. Der Verwalter. Der Vergewaltiger.

Alles und nichts."

Herbert: „Schon wieder der böse, böse Herr Verwalter, sofern es ihn überhaupt gibt? Nanu, was wollte er denn diesmal wieder von der bemitleidenswerten, armen Anna?"

Anna: „Er hat mir die Wohnung gekündigt. Jetzt habe ich kein Dach mehr über dem Kopf."

Herbert: „Echt? Oder nur in deiner Spinner-Kunst-Welt? Welche Anna spricht denn jetzt? Anna Nr. 8 bis 10 – und auf welchem Gleis?"

Anna: „Wirklich."

Herbert: „Ach ja – wegen Nicht-Aufräumens oder Putzens fliegt man heutzutage aus seiner Wohnung, und das in Zeiten der Krise? In Deutschland? Das ist ja ganz neu. Ich glaube das nicht."

Anna: „Doch, weil ich mich geweigert habe."

Herbert. „Sagst du die Wahrheit? Weißt du was? Ich glaube dir gar nichts mehr. Nullkommanull bis minus 100. Diese Kündigung möchte ich erst sehen. Und stanze ja nicht wieder irgendwelche beknackten Augen rein oder fälsche dreist Unterschriften. Ich warne dich. Erzähle diese lausige, erbärmliche Geschichte jemand anderem. Einem anderen Trottel, der dir das ganze Geseier abkauft und Zeit und Nerven für dich aufbringt."

Anna (*sich auf die Erde werfend*): „Machst du mit mir Schluss? Machst du denn etwa mit mir Schluss? Bitte, bitte, bitte mach nicht mit mir Schluss! Verlass mich ja nicht! Ich kann nicht alleine sein!"

Herbert: „Lass mich rausgehen. Ich möchte gehen. LASS MICH GEHEN, ANNA."

Anna: „Aber du hast doch gesagt, dass du mich magst und mich sogar für immer nicht heiraten möchtest."

Herbert: „LASS MICH DURCH. LASS MICH GEHEN. ICH KANN NICHT MEHR ATMEN."

***

Kapitel 49) „Das malträtierende Hartz-IV-Gespräch"

Amt: „Name?"

Anna: „Anna."

Amt: „Alter?"

Anna: „29."

Amt: „Beruf?"

Anna: „Nun ja – noch keinen wirklich richtigen, um ehrlich zu sein."

Amt: „Wie?!"

Anna: „Ich studierte bis jetzt und brach mein ohnehin lästiges Kompromiss-Studium kompromisslos ab."

Amt: „Im Alter von 29. hm ... Mutig. Mutig. Was studierten Sie genau?"

Anna: „Soziologie, Medienwissenschaften und meinem Vater zuliebe affiges Marketing."

Amt: „Hm – *die Augen ob der Übelkeit verdrehend* – die Lehre von der Gesellschaft ... hm – nun ja. Wahrlich kein Fach zum Geld verdienen. Das hätten Sie auch gleich ganz lassen können. Finden Sie nicht?"

Anna: „Wie bitte?! Studiert man etwa nur, um reich zu werden?"

Amt: „Dann hätten wir beide uns dieses lästige Gespräch sparen können. Und Sie haben bis jetzt noch nie gearbeitet? Keinerlei praktische Erfahrungen gesammelt in stolzen 29 Jahren?"

Anna: „Nicht wirklich. Bis auf ein seltsames Praktikum bei einem privaten, mir irgendwie perfide erscheinenden, blöden, sinnbefreienden Fernsehsender. Sowie ein komischer Nebenjob so als seltsamer Kranich verkleidet, bei dem ich unter dem Kostüm mächtig geschwitzt habe."

Amt: „Als Kranich?! Hm... Muss man das verstehen? Na gut."

Anna: „Dann habe ich noch versucht zu kellnern, aber das lag mir nicht ganz, stellte ich fest. Nachdem ich ein paar mal Teller fallen ließ, wurde ich augenblicklich gefeuert. Zudem geriet ich in einen Streit mit einem Kunden, der so Scheinprobleme hatte – wie – mehr Milchschaum, bitteschön, Fräulein. Oder: Ich erträume mir aber obendrauf auf meinem Kaffee so eine wilde Deko als adrettes Lorbeerblatt geformt. Möglich wäre es auch via Mundbemalung. Wenn genau dieses Blatt nicht erscheint, sterbe ich. Es gab aber nun mal keins dieser Sorte. Ein anderer klopfte mir indessen gelegentlich auf den Popo."

Amt: „Was haben Sie bei dem Praktikum gelernt?"

Anna: „Wie die Protagonisten sich einen Streit erdenken mussten. Wenn diese nicht gehorchten, wurden sie erschossen."

Amt: „Wirklich?"

Anna: „Fast."

Amt: „Hören Sie – Sie sitzen hier auf einem Amt. Lügen und Übertreibungen sind hier nicht erlaubt. Bitte bleiben Sie sachlich. Noch einmal: Was lernten Sie da? S-A_C_H_L_ICH."

Anna: „Wie ein ehemaliger Dönerbudenbesitzer am nächsten Tag von derselben gestohlenen Waffe ebenfalls – bloß von einem Skinhead – umgebracht wurde."

Amt: „Ich verstehe diese Geschichte noch immer nicht. Ist das der Inhalt des Filmes, bei dem Sie mitmachten?

Oder sind Sie psychisch grenzlabil? Letzte Möglichkeit: Welche Fähigkeiten erlernten Sie da? BLEIBEN SIE SACHLICH."

Anna: „So einiges. Z.B. To-do-Listen zu erstellen, um sie später fein säuberlich abzuhaken. Die Realität zu verfälschen, sodass die inhaltslose Sendung echter wirkt. Drehorte, die vorher super ordentlich waren, wild zu beschmutzen. Dieser Teil gefiel mir eigentlich. Protagonisten mit Gewalt zu erpressen hingegen nicht. Einen tieferen Einblick in den ohnehin schon tiefen in ‚#Me too' zu erhalten."

Amt: „Das reicht. Lassen wir es besser dabei beruhen."

Anna: „Das ist die Wahrheit."

Amt: „Ihre in Ihrem Stübchen vielleicht."

Amt: „Welche Fähigkeiten besitzen Sie? Sind Sie flexibel?"

Anna: „Nullkommanull."

Amt: „Wie steht es um Ihre mathematischen Kenntnisse?"

Anna: „Miserabel."

Amt: „Stehen Sie morgens gerne früh auf?

Anna: „Nein! Um Himmels Willen. Wie kommen Sie darauf? Eine Frechheit ist das."

Amt: „Können Sie mehrere Dinge gleichzeitig?"

Anna: „Never ever."

Amt: „Sind Sie vielleicht belastbar?"

Anna: „Überhaupt nicht. Ich drehe sofort durch, sobald jeglicher Druck droht. Meine Seele verkraftet das nicht."

Amt: „Sind Sie ein Teamplayer?"

Anna: „Eher nicht."

Anna: „Wie steht es um Ihre Pünktlichkeit – kann man wenigstens auf Sie zählen?"

Anna: „Nie."

Amt: „Ja – wie soll ich Ihnen denn jemals einen Job vermitteln – wenn Sie zu nichts bereit sind? So geht das nicht. So findet unsere Arbeitssuchmaschine gar nichts."

Anna: „Ich bin schon imstande zu ein paar Dingen – immerhin spreche ich diverse Phantasiesprechen. Daneben kann ich fließend rückwärts sprechen und beherrsche Affmatik – die Sprache der Primaten."

Amt: „Wie Sie meinen. Alles, was ich Ihnen derzeit sagen kann, ist, dass es im Bereich der Soziologe rein gar nichts gibt. Moment – ich schaue. Zero. Bei den Medien – wenig – ebenfalls sehr mickrig. Diese Branche sieht seit Jahren düster aus. Ein einziges Praktikum bei einem Privatsender. Festanstellungen null. Marketing – ein Praktikum. Ein Volontariat bei einer Werbeagentur. Immerhin. Da können Sie sich bewerben. Mehr findet das System nicht. Was die Agentur für Arbeit Ihnen als dauerhaften Tipp geben kann – ist – machen Sie eine Umschulung zur Bürokauffrau. In diesem Bereich gibt es viele Stellen. Nur da."

Anna: „B-ü-r-o-kauf-frau?! Echt? So wie Sie? War das Ihr Traum?"

Amt: „Werden Sie nicht frech! Zumal ich keine Frau bin. Wenn Sie Hartz-IV beziehen möchten, ist das der einzige Weg. Die Bedingung: 30 Wochenstunden mindestens Anwesenheitspflicht. Zusätzlich bewerben Sie sich bitte dreimal die Woche aufsteigend. Wir prüfen das. Sonst werden die Leistungen umgehend gekürzt oder eingestellt."

Anna: „Bei was soll man sich denn bewerben, wenn es gar nichts gibt?"

Amt: „Na. Zur Bürokauffrau eben. Sie hören wohl nie richtig zu. Überdies kommt bald der nächste schwere Patient."

Anna: „Schwerer Patient? Leidet er an Übergewicht?"

Amt: „Nein. Ein Migrant. Nichts können, aber alles vom Staat für umsonst einfordern."

Anna: „Ich dachte, beim Amt soll man stets sachlich bleiben."

Amt: „R_A_U-S!"

***

Kapitel 48) Antiklimax Teil I B) „Klopapier-klotz"

Ole: „Herbie – No Bräutigam! Wie geht es?"

Herbie: „Not amazing."

Ole: „Willst du vielleicht mein neues Video anlooken? Da ist so voll die hippe Braut drin. Deren Augenfarbe ist so krass amazingly gelb mit so ner Melange an orangenen Funken ... wenn man bei der jetzt so den ultra Filter so rein spottet ... darein fetzt ... Herbert – wo bist du eigentlich? Hörst du mir überhaupt zu? Dass du dich für Vamps nicht so abfunkst, wusste ich ja schon."

„Wer ist das eigentlich auf diesem Foto da?" fragt Herbert.

Ole: „Das hat dich noch nie interessiert, da es auch ein Weib ist. Nun gut – wenn du es wissen willst – das ist meine groovy Tante. Auch ein heißer Feger. Nee? Das war kurz, bevor sie starb. Man kann sehen, wie sie dem Kriegsende entgegenlächelte. Nicht wahr? Voller hoffnungsvoller, lechzender, positiver Zuversicht und poetry."

Herbert: „So eine schöne Person hätte ich eurer Familie gar nicht zugetraut."

Ole: „Vielen Dank für das äußerst freundliche Kompliment, Anti-Bräuti."

Herbert: „Woran starb sie?"

Ole: „Zerbrochenheit."

Herbert: „Zerbrochenheit?"

Ole. „Sie freute sich ultra krass auf das Kriegsende – leider wurde sie ein paar Tage später – very spooky indeed – vergewaltigt. Das war halt nicht wirklich funky für ihre soul. Meine Mutter sagt – von da an gab sie nur noch völlig wirres Zeug von sich, bis sie schließlich gar nicht mehr sprach und in einer super darken Klapse landete. Damals gab es nicht so viele Psychologen. Man wusste nicht, wie man mit seelischen Zuständen umgehen sollte. Keiner sprach über Monster oder Traurigkeit. Sie wurden weggespült, verschlossen. Obwohl es Millionen von ihnen gab. Stell dir das mal vor: Die Menschen waren ultra traumatisiert. Ganz offiziell: staatlich, politisch und kriegstechnisch. Ich meine, generell hätte man die gesamte Gesellschaft einfach so – spotlight on – am Ghostschopf packen und ihr eine Therapie aufzwingen müssen. Jetzt bin ich abgeschwoffen. Eines Tages hing meine Aunt so ganz weird von der Decke in jenem einsam, verloren und geistesabwesend und dead hinab. Für meine Mutter war das emotionally natürlich der völlige Dämpfer."

Herbert:„Von wem wurde sie denn vergewaltigt? Einem Russen?"

Ole: „Nein. Nicht dem Klischee entsprechend. Es gibt auch andere Grapscher und nicht zu wenige."

Herbert: „Ja – leider."

Ole: „Herbie – du bist very crazy green um die Nase. Nerdi Ole macht sich Sorgen um dich."

Herbert: „Wie soll es einem bei so einer Geschichte gutgehen?"

Ole: „Auch wieder richtig."

Herbert: „Ich habe einen Fehler gemacht."

Ole: „Geht es wieder um PINOCCHIANNA? Och nö – ich dachte, sie sei eine elendige Lügnerin, und ihr hättet euch getrennt, und du seist krass froh darum.

Immerhin hat sie dir Krebs vorgespielt. Cancer, Baby.
Schon vergessen, Alter? Renn jetzt nicht zurück zu
den Pinocchio-green-yellow-grey whatever Eyes. Das
war nicht funny."

(Herbert, ihn unterbrechend):

„Ich muss wohin."

An Anna war nicht alles schlimm.

Immerhin konnte sie die Welt intensiver wahrnehmen.
Wer hat so etwa schon?

Im Guten wie im Schlechten.

Wenn sie sich liebten – konnte sie ganz eintauchen.
Dann war sie voll da für ihn. Wie eine bunte Zauber-
fee. Noch nie hatte jemand sich so intensiv ihm, Herbie Bräutigam, der eigentlich ein Niemand war, zu-
gewendet.

Das Desaströse wog jedoch zu hart auf ihren zerbrechlichen, schmalen Schultern.

Sie schienen zu klein. Es strangulierte sie, raubte ihr
den Atem.

Peinigte sie.

Peitschte sie aus.

Verpestete sie tagelang.

Hinterließ einen vergifteten Geschmack.

Entleerte sie bodenlos, ließ sie ohne offensichtlichen
Grund derb stolpern.

Zerriss sie, obwohl es niemals einen echten Boden gegeben hatte.

Im Positiven sah sie Dinge
jedoch stärker, greller, anmutiger,
war sie mir und allen überlegen.

Einer märchenhaften Zauberin ähnlich.

Vielleicht sterben die, die die Welt eindringlicher empfinden,

auch bunter, aufregender, leuchtender.

Keiner vermag das genau festzustellen.

Schließlich kann man noch immer den Tod nicht wirklich testen. Längst müsste es eine Sterbenstestmaschine geben. How it feels to be dead.

Sie braucht dringend eine Decke, ohne Umhang ist sie doch schutzlos in diesem Land mit dem Eiseswinde.

Nachbarin (*den Kopf schüttelnd, sich ihm in den Weg stellend*): „Tsss ... Sie schon wieder. Ich warne Sie – wenn es noch irgendeinen lauten Streit mit irgendwelchen fliegenden Gegenständen gibt, rufe ich die Polizei. Ich meine das. Bei Ihnen und Ihrer verrückten – was auch immer Sie sind – Liebschaft – tickt es wohl nicht richtig im Oberstübchen. Bei ... hätte es das nicht gegeben. Dann können Sie ihr auch gleich mitteilen, dass sie den Müll nicht richtig trennt. Hinzu kommt noch dieser tägliche nächtliche Rauchgestank, der jedes Mal in meine Wohnung zieht. Widerlich ist das. Stets muss ich die Wäsche ganz neu waschen."

Herbert: „Was sagten Sie da gerade? Bei wem hätte es das nicht gegeben? Ich kann Sie deshalb verklagen. Das wissen Sie hoffentlich als Deutsche. Gehen Sie mir aus dem Weg, Sie Scheiß-Nazi, oder ich erwürge Sie und Ihren bescheuerten Müllplan und Ihre gesamte Wäsche im Nu. Ratzfatz."

„Anna, mach doch bitte die Tür auf. Lass uns reden. Ich mag dich doch. Es tut mir leid, dass ich sagte, es sei Schluss. Ich weiß, wie sehr Abschiede dich schmerzen müssen – ich kenne mich damit nicht aus. Ich kann es nur erahnen. Ich mag deine zauberhafte Seite sehr. Kannst du bitte die Türe öffnen? Da liegst du, nun, du wunderschöne Anna, du, in deiner wortwörtlichen Zersplitterung – und keiner gab dir einen Umhang. Niemand sah hin. Auch ich nicht.

Dein Blut stürzt verkehrt herum – wild anmutend.

Ich bin nicht fähig, es zu bändigen. Offenbar bin ich zu schwach. Es ist zu wüst für mich spießigen Depri. Deine rassistische Nachbarin, Frau Puffpaff, meckert indessen dazwischen, faselt nebensächliche Dinge mit hölzerner Miene – du würdest den Müll nicht richtig trennen und dass du nachts rauchtest. Jetzt sagt sie: „Ich habe gleich gewusst, dass sie nicht ganz sauber tickt. In ihrem Stübchen ist doch etwas nicht in Ordnung." Dann: „Ihr Blut verschmutzt doch den Boden. Es wird sicherlich durchsickern. Die Reinigungskosten möchte ich nicht zahlen."

Ich schreie sie an, sie soll mir gefälligst helfen, dich verdammt noch mal zu retten. Sonst bringe ich sie persönlich mit meinen eigenen Händen um!

Sie gibt vor – sie kann aber nun mal nicht – im Fernsehen käme schließlich ein wichtiges Programm, das sie unbedingt sehen müsse. Für sie gäbe es ja sonst nichts in der Krise.

Ich schreie sie an, welches den Geist welk machendes Geseier sie sich anschauen möchte, um dann nicht zuzuhören.

Ich bin kurz davor, Mörder zu werden.

Aus der Entfernung sehe ich mich mit der Ambulanz sprechen, meine Stimme klingt wie die eines abstürzenden Computers.

Einer Micky Maus ähnlich.

Fremdgesteuert. Wie die Kassettenbänder aus den 90ern. Frau Puffpaff steckt wieder ihren Kopf zur Tür herein – dafür, dass ich über sie drüber gelaufen sei, würde sie mich später verklagen. Dass mir das klar sei. Schließlich sei das Körperverletzung. Ich erwidere, dann belange ich sie wegen unterlassener Hilfeleistung.

Ich nötige Frau Puffpaff dazu, dich, labil, wenigstens körperlich in eine stabile Seitenlage zu hieven.

Frau Puffpaff droht – jetzt gäbe es eine Rechnung für den Rücken obendrauf – eine gesalzene.

Immer wieder halte ich Unmengen an Klopapier über deine Arme. Ziehe sie straff. Ich bin jetzt Meister im Straffziehen. Wer hätte das gedacht. Du bist jetzt ein ausstaffierter Klopapierklotz. Immerhin. Das hat nicht jeder.

Man muss es positiv sehen. Ich schreie Frau Puffpaff an – sie soll mir – Marsch – mehr davon bringen. Dabei vermag ich gar nicht zu brüllen und hasse Ausrufezeichen.

Frau Puffpaff behauptet, in Krisenzeiten müsste Toilettenpapier dringend eingespart werden. Alles würde schließlich teurer. Sie, der Mittelstand in minimaler Rente, würde vom Staat mal wieder übersehen, ausgebeutet. Immerhin seien die Regale gähnend leer. Die Leute würden es horten.

Ich verspüre die Leidenschaft, Frau Puffpaffs Augen jetzt und hier an dieser Stelle in aller Vollständigkeit auszukratzen, bevor ich sie mit einer derben Backrolle niederwalze. Stell dir vor – ihre nicht mehr existenten, da zerfetzten, nicht mehr funktionstüchtigen

Sehorgane in spe wären für immer in einen Kuchen gepanscht. Später reichte ich deiner und meiner Mutter heimlich Teile ihres nachbarlichen Körpers – deine Mutter sagte bestimmt – sehr, sehr köstlich. Ob ich ihr das Rezept geben könne? Und: „Ist das auch ja bio?" Ich kann mir das in aller Lebendigkeit vorstellen. Stolz könnte ich antworten: „lupen-ökologisch-rein." Ich frage mich, wie viel Strafzeit man wohl verhängt bekommt für Mord im Affekt oder biologisch abbaubares Augen-Ausstechen. Geschweige denn für den Akt, Menschen, die partout nicht helfen wollen, in Süßspeisen zu verarbeiten. Ich habe mich mit solchen Fragen nicht auseinandergesetzt. Ich bin auf nichts vorbereitet. Auf das Leben nicht. Auf den Tod offenbar ebenfalls nicht.

Sie soll mir Handtücher bringen.

Lappen. Verbandszeug. Was sie so hat.

Dein Herz scheint indessen nur noch schwach zu pumpen.

Offenkundig war es zu viel.

Ungeschickt puste ich in einen geöffneten, wohlgeformten Mund, nicht wissend, wie das eigentlich geht. Ich weiß nicht, wohin mit mir. Mein Körper scheint mir nicht zu gehorchen.

Frau Puffpaffs Frisur funkt indessen dazwischen – ihre Strähnen vermischen sich mit dem roten Saft, tanzen an der Wand mit den Flecken.

***

Kapitel 50) „Dual gestorben"

Diesmal hat Anna es
nicht geschafft.
Ihr Blut floss hingegen bedrohlicher.
Querulanter.
Wenn man genau hinsah, verkehrt herum.
Gegen den Strom.
Vielleicht wollte das Blut nicht zurechtgerückt werden.
Möglicherweise war es systemimmanent.
Womöglich konnte man Anna wortwörtlich nicht ein-
saugen.
Auch ihren Körper nicht.
Die Schwester machte einen letzten Versuch, sie zu
retten,
bemühte sich, kniete sich in das tiefrote Bad.
Von unten nach oben spritzte das Blut über ihren Kittel,
bevor der finale mechanische Ton
für die Ewigkeit einsetzte,
ihrem Leben ein Ende nahm.
Nüchtern. Unprätentiös. „Dieses Geräusch müsste
für Anna aber anders klingen!", kritisiert Herbert die
Notschwester.
„Bunter, schräger, irgendwie sperriger. Aufregender.
Finden Sie nicht?"
Er ahnt, was sie ihm sagen möchte.
„Man müsste für jeden Patienten ein eigenes, auf die
Person abgestimmtes entwickeln. Stimmen Sie zu? Ein
individuelles. Das wäre doch das Mindeste!
Das ist eine Marktlücke." Hört sich Herbert wie die
eigenen Eltern im Schuhgeschäft quacksalbern.

Sag es mir nicht, denkt Herbert. *Wag es ja nicht. Komm bloß nicht auf die abartige Idee, es mir hier zwischen diesen schnöden, schnörkellosen Drähten in dieser schaurigen Wirklichkeit mit diesem lästigen Neonlicht ungefiltert an den Knopf zu knallen. Unmöglich. Wandel es bitte, bitte erst in ein freundliches Gedicht um,* denkt Herbert. *Dann können wir eventuell darüber nachdenken. Dann kommen wir eventuell gar in ein tödliches Geschäft.*

Herbert zu der Notschwester: „Freundliches Gedicht pro Tod!"

Schwester: „Wie bitte?!"

Herbert: „Ich meine – hat sie nicht einen etwas pompöseren Abschied verdient? Wohin ist die Seifenoper, der sie sich hin- und wieder entlieh? Wo wird sie denn jetzt überhaupt abgestellt? Sagen wir mal, zwischengeparkt? Hier unten etwa in diesen schaurigen, mickrigen, ja modrigen Gängen? Tuch drüber und gut? Habt ihr euch das so vorgestellt?", hört er wundersamerweise erneut seine Mutter anklagend sprechen im jämmerlichen Versuch, die Kosten zu senken. Was zum Kuckuck macht meine preisstabilisierende Mutter in diesem Krankenhaus?

„Wollen Sie sich von ihr verabschieden?" fragt die Notschwester.

„Nein. So geht es einfach nicht", antwortet Herbert.

Notschwester: „Wie?"

Herbert: „Wissen Sie – Sie müsste – sagen wir mal – mindestens geschminkt werden. Irgendwie zurechtgerückt. Versoapoperiert. Schließlich sieht man doch so ihre Narben in ganzer verletzlicher Vollständigkeit. Ich persönlich bräuchte mindestens Kokain oder Heroin.

Mir ist es zu verdammt unpoetisch. Unromantisch wie ganz Deutschland."

Notschwester (*nickend*): „Jetzt hätte ich beinahe über die Aussage mit Deutschland gelacht. Leider ist nur Ihre Maske verrutscht. Und: Könnten Sie vielleicht etwas mehr Abstand halten? Ich verstehe völlig, dass Sie durcheinander sind. Voll und ganz. Aber hier gelten diese Regeln. Ich trage nun mal Verantwortung. Seien Sie doch froh, dass Sie sie überhaupt sehen konnten. Viele Menschen vermögen das nicht in Zeiten wie diesen. So gesehen, hatten Sie Glück. Wissen Sie, wie schrecklich es ist, sich nicht verabschieden zu können?"

Herbert: „Verabschieden hat für mich etwas Trostloses, irgendwie Finales. Ich möchte gar nicht auf Wiedersehen sagen. Vielmehr möchte ich sie für immer in meinem Herzen behalten. Zudem brachte sich eine Person, die ich mochte, um, während ich mit ihr zusammen war. Ist das etwa kein Trauma?"

Notschwester: „Doch, doch. Gewiss. Der Tod ist nie schön. Ganz und gar nicht. Eher ist er schrecklich, grauenvoll. Teils ohne Vorwarnung entreißt er etwas, an dem wir hingen. Wenn wir auch oft tun, als kämen wir mit ihm klar. Beinahe scheint es mir, als machten manche gar Shakehands mit Mr. Tod. Dennoch – wagen Sie doch mal das Gegenteil. Lassen Sie ihre Narben zu. Alles andere wäre Fake. Das Getäuschte ist der schleichende Tod, an dem wir ebenfalls alle krepieren."

Herbert: „Hm."

Notschwester: „Einmal müssen Sie sie schon anschauen."

Schweigend schleichen die beiden schließlich auf das Dachgeschoss der dualen Notklinik. Seinen allerersten

Joint raucht Herbert mit sagenhaften 33 Jahren plus neben einer 60-jährigen blutbespritzten Kranken-Intensivschwester. „Sagen Sie es niemandem – ich arbeite hier seit dreißig Jahren und rauche nach jedem einem solchen Vorfall. Mein Chef darf das nicht wissen. Er denkt die ganze Zeit, ich sei Nichtraucher. Er ist Gesundheitsguru." „Bleibt ein Geheimnis", sagt Herbert. „Ehrenwort. Hätte ich Ihren Beruf, hätte ich mich längst umgebracht."

„Sie war ein besonderer Fall, hatte sie doch dieses Leuchten in den Augen, das ansteckend war. Diese Lebenskraft, von der manche nur träumen. Wenn man sie sah, ahnte man das nicht. Es muss sie viel Energie gekostet haben, davon abzulenken. Wissen Sie, die einen sind erkenntlich verrückt. Die anderen kaschieren ein Leben lang, um standzuhalten. Um nicht aufzufallen, aus dem Takt zu fliegen in diesem einheitlichen System. Was letzten Endes schwieriger ist, lässt sich nur schwer sagen. Denn die einen sind nicht mehr ansprechbar. Man muss eine gewisse Intelligenz haben, um der zweite Typ zu sein. Denn es ist eine enorme Anstrengung.

Ich kenne auch ein paar Personen, die so sind oder waren. Wissen Sie, jeder Mensch kämpft sich in seinem Leben sein klitzekleines Loch in der sperrigen Kampfzone frei. Die einen auf die Weise. Die anderen so. Aber egoistisch sind wir nun mal alle. Das Leuchten in ihren Augen war hingegen echt. Versuchen Sie, sie so in Erinnerung zu behalten. Ihr Strahlen war sehr schön. Überhaupt eine bezaubernde Person. Perfekt. Kein einziges Manko an der Oberfläche. Ihr Gesicht – wunderschön.

Oft sind es die angenehmen Antlitze, die von uns gehen. Nicht war? Was bleibt, sind die griesgrämigen, schaurigen, die uns an den müßigen Alltag erinnern. Aber ich verrate Ihnen etwas: Ein bisschen verrückt ist jeder von uns. Denn: Alles hinterlässt Spuren. Hin- und wieder rauche ich hier oben Gras nach Feierabend, um dem Druck standzuhalten. Was verursachte bei ihr den Zwang?"

„Unter anderem Missbrauch", antwortet Herbert. „Neben anderen Monstern. Während die Eltern sich stritten, floh sie als Kind zu einem Nachbarn. Jener verging sich an ihr. Ich wünschte, ich hätte ihr nur helfen können. Ich war aber nicht dabei. Beistehen konnte ich ihr nicht. Verstehen Sie? Ich konnte es einfach nicht verhindern. Ich würde dafür brennen, die Zeit herumdrehen zu können. Von vorne zu beginnen. Wie ein leeres Blatt im Poesiealbum."

Schwester: „Das möchte wohl jeder. Wobei das mit dem Poesiealbum nicht ganz zu Ihnen passt, wie ich finde."

Herbert: „Zeit ist ein irrsinniger Begleiter, ein armseliger Jammerlappen, ein kümmerliches Drecks-Arschloch. Warum sind die Dinge temporär nur völlig schief platziert?"

Notschwester: „Sie sind nicht schuld. Sie konnten es nicht verhindern. Sie sind doch nicht ihr lebenslanger Babysitter. Sie haben Ihr Bestes getan."

„Geht es immer nur um Schuld im Leben?" fragt Herbert. „Nein, natürlich nicht", sagt die Notschwester. „Wir sind ja nicht im Tatort."

Herbert: „Gott sei Dank."

Notschwester: „Glauben Sie an Gott?"

Herbert: „Nein. Ich bin Agnostiker."

Notschwester: „Am Ende kann sich jeder nur selber retten. Wir können vielleicht Hilfestellungen geben. Den Rest muss jeder selber beschreiten."

Notschwester: „Warum log sie eigentlich?"

Herbert: „Sie sagte, sie flunkere, da sie nun mal eine Frau war. Sie habe sich komplett neu erfinden müssen an dem Tag, als sie mit Grauen feststellte, welches kümmerliches, da schwaches Geschlecht sie hatte, um künstlich und verzweifelt irgendwie mitzuhalten in der dummerweise stur darwinistisch, am starken Geschlecht orientierten beschissenen Normwelt. Seither trotte sie hinterher, lechze sie kapitalistisch wie eine blasse Scheinkopie der Kopie billig und affig hinterher, sich dieser zu aller Groteske auch noch morbide und gleichzeitig vulgär anbiedernd."

Notschwester: „Was für eine überaus kluge Person. Sie hat diesen Widerspruch tatsächlich eins zu eins gelebt."

„Was war das Verrückteste, was Sie kürzlich erlebten?" fragt Herbert.

Notschwester: „Ich fuhr mit einer Freundin nach Amsterdam. Jene kaufte etwas Kurioses in einem Coffee-Shop. Irgendeinen touristischen Keks. Ihr Gesicht schwoll im Nu zu einem riesigen, furchteinflößenden Frosch an. Quietschend warf sie sich fortan auf die Erde und schrie: ‚Mein Gesicht, mein armes Antlitz! Mein Gesicht ist doch mein Vermögen!' Jemand fotografierte sie indessen. Am nächsten Tag erschien ein Bild von ihrem aufgedunsenen Ballon-Gesicht in einer niederländischen Zeitschrift. Das hat mich zum Lachen gebracht."

Der Joint lässt Herberts Tränen erstmals fließen.

Hier oben, im Dachstübchen der dualen Klinik Gagge-nau-Nord Etage 4 B)-C), weint-lacht er, vom Gras er-müdet, wie ein Kind in den Kittel der Not-Kranken-schwester hinein, die er überhaupt nicht kennt, aber der er dennoch so viel anvertraute.

Bevor er schließlich sagenhaft sein gesamtes Leben über den Balkon erbricht.

Es hagelt nicht nur tiefe Traurigkeit, Verzweiflung und Ohnmacht.

Daneben prasselt es unverdaute Monchhichis, Fertili-sierungspillen, alles Virulente dieser Welt. „Ich dachte, ich stünde über dem Tod, aber dem ist wohl nicht so. Ich bin offenbar doch nur ein Weichei", sagt Herbert. „Sie leben und lieben. Das ist alles."

***

Kommentar der Autorin 5)

„Stellen Sie sich den Text erneut, ohne das Geschwätz der ohnehin nervigen, penetranten Autorin vor. Halten Sie die Repeat-Taste bis in alle Ewigkeit gedrückt.
Gehen Sie wiederholt wortlos durch Annas Tod.
Schweigen Sie ihn leblos.
Wagen Sie sich vor.
Helfen Sie der offensichtlich überforderten Schriftstellerin
aus ihrer offenkundigen Hilfslosigkeit, einen, zum Scheitern verurteilten
Ausdruck für das Unsagbare zu finden.
Killen Sie allmählich die Worte.
Reduzieren Sie sie.
Stück
für Stück.
TRAUEN SIE SICH NAH HERAN an den Text.
So dicht, dass Sie die Buchstaben riechen können.
Streichen Sie.
Lesen Sie ihn
ganz
ohne
Musik.
Hauchen Sie ihm nun abermalig
mit anderer eine eigene Stimme ein.
Lassen Sie die Qual auf andere Weise zu.
Pinseln Sie den Exitus minimalistisch in
schwarz-weiß gehalten,
grau meliert
oder wesentlich bunter.

Was auch immer Ihnen gefällt.

Erfinden Sie eine weitere, noch nie da gewesene, dazu.

Malen Sie ihn nach Belieben gestreift,

getupft,

quadratisch.

3-D.

Alles gemischt.

Werden Sie erfinderisch.

Spüren Sie den Unterschied.

Stellen Sie sich die Sequenz als Film vor,

ehe Sie versuchen, sämtliche Bilder im Kopf zu löschen.

Deleten Sie ihn.

Gehen Sie ganz auf Anfang.

Pieps.

Überspringen Sie ihn.

Spulen Sie das unausweichliche Krepieren leidenschaftlich vor.

Schreiben Sie ihn rückwärts, bis er

wieder aufstehen muss!

BedrängenSieihn."

***

Kapitel 51) Herberts Traurigkeitsloch

Hier hockt Herbert – ungeduscht (Stadium sieben) – in schlabbriger Jogginghose – nach Annas Tod, zutiefst deprimiert, nicht imstande dazu, alltägliche Dinge wie einen simplen Kaffee zu brühen, zu erledigen. Zu greifbar erscheinen jene. Zu grotesk laut erklinge hämmernd die Maschinen-Wirklichkeit. Zu sehr nach einer pragmatischen Lösung suchend, die es für ihn – Herbie – über 33, Status völlig unglücklich -
nun mal gerade überhaupt nicht gibt.

Es fühlte sich wie eine Lüge an.

Zudem müsste er sich komplett verbiegen.

Fuck the machine.

Go away, Wecker.

Die out beschissener ever talking Computer. Will you? Stürze ab.

Das Schlimmste am Tod ist, dass alles andere weitergeht, alle Maschinen piepsen, der Laptop lacht wie ein Arschloch. Schließlich hat er gewonnen.

Lasse alles Normale draußen, fleht Herbert.

Wenigstens möchte er ganz alleine sein in seiner Traurigkeit und in seinem Schmerz.

Das kann man doch noch wohl als Trauender verlangen.

Das Telefon klingelt.

Herbert würde es gerne an die Wand knallen, wenn er könnte.

Hätte er Wut.

Doch alles, was er fühlt, ist blanke Traurigkeit.

Nicht mal zum Leiserschalten scheint es heute zu reichen.

Der Zustand seiner Wohnung hat indessen das Stadium totaler Verunreinigung, Verwesung erreicht – auf der Erde haufenweise verschimmelte Pizzakartons. Bierdosen. Schweißige Socken.

Kapitel 52) „Vergifteter Frosch"

Deutsche Telefonseelsorge: „Guten Tag! Hier ist die deutsche Telefonseelsorge. Mein Name ist Martina Etspüler-Gaggenau. Wie kann ich Ihnen helfen?"

Herbert (*zunächst sehr erschrocken, aus Reflex versuchend, unmittelbar aufzulegen, da er überhaupt nicht damit gerechnet hätte, dass bei einer deutschen Hotline jemals wirklich jemand drangehen würde. In der Folge fliegt der Hörer jedoch stattdessen krachend hinunter.*)

Hotline: „Hallo?! Haben Sie gerade zufällig einen Unfall? Es poltert und knirscht so seltsam in der Leitung. Springen Sie nicht! Wer ist denn da überhaupt?"

Herbert (*piepsend*): „Herbie. Mein Name ist Herbert Bräutigam. Ihren konnte ich mir gerade nicht merken, da er zu komplex erschien. Ich war nur überrascht, dass bei einer deutschen Anlaufstelle tatsächlich jemand drangeht. Ich dachte, ich sei falsch verbunden. Aus Reflex wollte ich auflegen."

Hotline (*lachend*): „Haha … Das ist in der Tat lustig. Doch das gibt es – sogar in Deutschland. Was ist denn los? Ist etwas passiert?"

Herbert (*weinend*): „Sie … ist … gestorben …"

Hotline: „Wer ist sie?"

Herbert: „Anna."

Hotline: „Das tut mir sehr leid für Sie, Herbert. Mein herzliches Beileid. Wer ist Anna, wenn ich fragen darf?"

Herbert: „Eine Person, die mir ans Herz gewachsen ist. Wir waren in einer offenen Beziehung. Heirateten für immer nicht."

Telefonseelsorge: „Hui ui ui... Das ist in der Tat sehr schlimm. Wie ist sie denn ums Leben gekommen?"

Herbert: „Sie hat es sich genommen. Die Pulsadern."

Telefonseelsorge: „Krass. Das fühlt sich sicherlich schrecklich an."

Herbert (*schluchzend*): „Ich weiß einfach nicht, wie ich jemals wieder von meiner Erde aufstehen, aus meiner Gelähmtheit erwachen, aus meiner ekeligen, dreckigen, versifften Jogginghose kommen soll. Wissen Sie – es gibt ja keine Nummer, bei der man anrufen kann, wo jemand so gebeamt kommt, um all das für einen zu übernehmen. Die Nummer gegen Ultraverranztsein. Zumal diese Dinge alle nun auf mich gleichzeitig einprasseln. Die abzuhakende To-do-Liste. Die anstehende Beerdigung. Überdies weiß ich überhaupt nicht, wie sie begraben werden soll, da ich keinerlei Ahnung davon habe. Das ganze Gedöns. Meine Wohnung mieft inzwischen nach purer Verwesung. Ich selber rieche wie ein vergifteter Frosch. Wie soll ich so jemals auf dieses Begräbnis gehen, wenn ich aktuell nicht mal imstande dazu bin, einen einzigen Kaffee zu kochen oder den welken Müll runterzubringen?"

Hotline: „Das verstehe ich natürlich sehr gut. Was ich Ihnen aus meiner Perspektive sagen kann, ist, dass das aber ganz normal ist. Sie stehen nun mal unter Schock, befinden sich in einer Extremsituation. Machen Sie sich nicht so viel Druck. Vielen ergeht das ähnlich. Auch wenn das Ihnen jetzt vermutlich aktuell nicht hilft. Sie müssen nicht funktionieren. Einmal nicht. Lassen Sie sich Zeit."

Herbert: „Bei mir ist es aber so, dass ich vorher schon kaum funzte. Wie soll ich also den Tod überstehen? Ich bin ein völliger Versager. Nicht mal eine Beerdigung bekomme ich hin. Eine totale Nulpe."

Hotline: „Eine Beerdigung bekommt niemand wirklich hin, weil es etwas ist, das nun mal nicht hinzukriegen ist. Verstehen Sie? Es ist ein zu schwerwiegendes, komplexes Problem. Haben Sie Freunde oder Verwandte, mit denen Sie über Ihre Lage sprechen können? Es ist wichtig, über den Tod zu reden. Das Tabu transparent zu machen. Manchmal kann das sehr hilfreich sein."

Herbert: „Jein. Meine Mutter nervt mich eher, weil sie zu pragmatisch orientiert ist. Sie schleppt dann etwa Produkte oder irgendwelche Geschenke an. Meint, meine seelische Schieflage mittels Gegenständen begradigen zu können. Mit ihr kann ich nicht wirklich sprechen. Ich möchte auch gar nicht so richtig, um ehrlich zu sein. Darüber hinaus ziehe ich es generell eher vor, alleine zu sein und habe kein riesiges freundschaftliches Umfeld. Außer einem guten Freund."

Hotline: „Verstehe. Es gibt Menschen, die brauchen das auch gar nicht. Manchmal hilft vielleicht auch eher Schweigen. Schließlich ist nicht zu reden hin- und wieder Gold. Jeder Mensch tickt anders. Wenn Sie das Gefühl entwickeln sollten, mit jemandem dringend sprechen zu müssen, rufen Sie diese Person an. Wenn es Ihre Mutter sein sollte, bitten Sie sie doch, diesmal bitte keine materielle Hilfestellung zu geben, sondern stattdessen einmal um ein echtes Gespräch. Jetzt haben Sie die Möglichkeit dazu. Sehen Sie es doch als Chance. Auch kann man die Tage vor der Trauerfeier damit verbringen, sich mit Gleichgesinnten, die sich in einer ähnlichen Situation befinden, auszutauschen – in Form einer Selbsthilfegruppe – oder aber schauen Sie sich doch z. B. ein Krematorium an, wenn Ihnen das hilft. Manchmal machen Ablenkungen es besser. So werden Sie informiert, und gleichzeitig vergeht die Zeit etwas schneller."

Herbert: „Möglicherweise – ja."

Notfall-Seelsorge: „Manchen helfen auch andere Dinge – etwa einen Brief zu schreiben, um die inneren undefinierbaren und traurigen Gedanken in Worte zu fassen. Musik oder Kunst. Finden Sie Ihren eigenen Weg. Bloß springen Sie nicht, mein lieber Herbert. Eines Tages werden Sie zurückschauen, dann wird etwas Zeit verstrichen sein, und dann wird es sich etwas besser anfühlen. Versprochen. Zeit heilt doch etwas Wunden. Jetzt – in diesem Zustand – fühlt sich natürlich alles schrecklich, unerträglich und klaustrophobisch an. Atmen Sie einmal durch. Oder machen Sie gar nichts. Auch gut."

Kapitel 53) „Geliehene Stifte" – Brief Annas und ihre postmortale To-do-Liste für den arbeitsresistenten Herbie

Lieber Herbert!

Entschuldigung – wenn du das hier liest, nehme ich an, dass es bereits geschehen ist, so merkwürdig dieser Satz klingt. Ich konnte es nicht mehr aushalten. Auch konnte ich lange Zeit kaum schreiben. Dinge, in Ruhe in Worte zu fassen, erscheint bei impulsiven Menschen manchmal beinahe unmöglich. Hätte ich die Möglichkeit, mit dir zu reden, würde ich wahrscheinlich in diesem Moment schreien oder weinen oder flüchten. Denn alles, was ich zu tun imstande zu sein scheine, ist Dinge zu zerstören und Mitmenschen in das Chaos zu reißen. Der Stift, den ich in der Hand halte, wirkt geliehen, als gehöre er mir nicht wirklich, als maße ich mir bloß an, ihn zu benutzen, irgendeine Quacksalberei daher zu erzählen, um mich und dich für den Moment zu beruhigen, abzulenken, so zu tun, als wären die Wogen geglättet. Dabei ahne ich, dass mein unstetes Gemüt niemals Frieden finden wird. Selbst, wenn alles gut erscheint, wird nichts jemals wirklich still. Zumal der Stift so wie meine Persönlichkeit wackelt. Am liebsten würde ihn mit einem Knall so wie mich an die Wand knallen, aber im Wissen darüber, dass er dann zerbrechen könnte, dachte ich, ich müsse dir wenigstens ein paar Sätze schreiben, weil ich es dir schuldig bin. Mein Geist wusste einfach nicht, wohin. Mein Körper schäumte nur so über.

Ich musste etwas tun, um mich zu spüren. Meine Situation erschien mir unerträglich, schier ausweglos. Alles spitzte sich immer mehr zu. Der Druck war so unermesslich groß, dass ich es nicht in Worte zu fassen vermag. Dennoch habe ich dich sehr gemocht. Das war nicht gelogen. Dafür, dass du mich akzeptiert hast – grenzwertig und launisch – wie ich war, möchte ich dir von ganzer zersplitterter Seele danken. Das meine ich so. Auf meine Weise habe ich dich schon geliebt. Auch, wenn viele behaupten, Psychos könnten keine Herzenswärme verspüren. Borderliner wären nur imstande zu stehlen und zu nehmen, nie aber zu geben. Das ist schließlich auch ein Klischee. Was ist schon normal? denke ich manchmal. Auch ist das wieder so eine Schablone, in die ich hineingequetscht werde. Ebenfalls scheint dieser psychische Grenzzustand eine Modeerscheinung dieser Zeit zu sein. Plötzlich sind das alle. Ich weiß gar nicht, ob ich da überhaupt hineinpasse. Zumal ich diese Krankheit nicht ganz verstehe. Vielleicht bin ich auch alles und nichts. Ist es eine Krankheit oder in Wahrheit eine Revolte? Was ist die Wahrheit?

Du hast mein Leben maßgeblich erweitert. Ich mochte deine Art, nicht immer zu fordern, etwas tun zu müssen. Bei dir konnte ich mich entspannen. Du hast mich beruhigt. Ich hoffe, dass du nicht so traurig wirst, wie ich es gerade bin.

Wahrscheinlich empfindest du es als egoistisch, dass ich abgehauen bin.

Ich bin auf meinen Abgang nicht stolz. Es ist eine Flucht, ein Abtauchen für diejenigen, die nicht fähig sind, das

Gute, das es ebenfalls gibt, anzunehmen, umzusetzen, zu erkennen, einfach zu leben. Das klingt so simpel, so banal. Alle scheinen es tun zu können, nur ich muss mir ein Bein dafür ausreißen. Es wird mir jeden Tag eine bunte Portion davon vorgehalten, aber ich sehe es wie gefiltert und beschränke alles auf die negative, aktuelle Krise – die Wohnung, das Studium – wie ein Tier im Käfig, bloß, dass ich freiwillig darin zu hocken scheine. Ich bin bescheuerte 29 und weiß noch immer nicht, wie die Klappe geöffnet werden muss. Also fliege ich weg im Wissen darüber, dass es sich nie ändern wird. Ich will einmal frei sein.

Ich möchte dich noch um einen postmortalen Gefallen bitten.
Ich habe eine kleine, aber feine To-do-Liste für den arbeitsunwilligen Herbie erstellt. Lachsmiley.
Nicht erschrecken:
Achtung! Könntest du

1.) meiner doofen Nachbarin postmortal einmal auf ihren dämlichen Balkon pupsen? Du musst es nicht wortwörtlich tun. Eine kleine feine, lustige Rache, dafür, dass sie ständig meckerte und mich beleidigte.

2.) Lade meinen Vater bitte dringend aus meiner Beerdigung aus, sofern es eine gibt. Lass ihn sich nicht einmischen. Halte ihn raus. Er hat mich wieder schwer gekränkt.

3.) Wenn du traurig bist, denke an unsere stinkende Anti-Hochzeit. Im Nu kippst du dann sowieso rein wegen des Geruchs um.

4.) Lache Witzen nach, die du einst nicht begriffst.
Dann geht es einem ad hoc besser.
5.) Gründe ein Museum für die Opfer des Kapitalismus'. ☺

Kapitel 54) „Was niemand weiß"

Was niemand weiß, ist, dass jedes
Bürstenreingen bei Anna einen Trigger auslöst.
Anna wurde ein anderes Mal nochmals vergewaltigt,
während ihre Mutter ausgiebig in aller Leidenschaft
vor sich hinputzte.
Sie sah ihr eigenes Kind nicht.
Stattdessen war sie versessen auf ihren Schrubber.
Anna verbindet seither Ekel mit jeglichem Sauber-
machen.
Bohnern löst einen Brechreiz bei ihr aus.
Nur ihren Körper – den wollte sie pedantisch sauber
halten.
Darauf ist sie regelrecht fixiert.
Ohne Dusche geht Anna niemals aus dem Haus.
Darin ist sie perfektioniert.
Manchmal nimmt sie bis zu drei ausgiebige.
Die einzige Lebensfreude scheint aus dem Wasser-
strahl zu stammen.
„Haben Sie vielleicht Depressionen?" fragt der Verwal-
ter sie, während er kritisch auf ein einziges Spinnwe-
ben in ihrer Wohnung zeigt. „Ich meine, Reinhalten
kann doch wirklich nicht so schwer sein?"
„Nein", sagt Anna. „Ich mag nur Insekten. Warum
soll ich sie denn totschlagen, wenn sie mir doch gar
nichts taten?"
Der Verwalter: „Eine Mieterin, die ihre Wohnung nicht
putzt, möchte ich nicht in dieser Wohnung haben."

Kapitel 55) „Mittelaltes Brustfüttern"

Bernadette: „Lass unsch schwätza."

Herbert: „Hallo Mama! Meinst du das im Ernst? Versprich mir ein einziges Mal, dass du nicht wieder irgendwelche lächerlichen Produkte hinzuziehst. Regel Nr. zwei: kein Schwäbisch. Versprochen?"

Muddi: „Versichert. (*Lachend*) Schwabenehrenwort. Ich meine es ernst. Wie geht es dir nun nach dem Tode Annas?"

Herbert: „Noch immer beschissen. Ich hatte das Gefühl, endlich jemanden zu kennen, der mich etwas besser versteht. Jetzt ist diese Person jedoch verstorben, für mich momentan unerreichbar. Nicht nur durch eine Krankheit, gegen die man oft machtlos ist, sondern durch Selbstmord. Durch eigenes Aussteigen aus dem Leben."

Bernadette: „Das verstehe ich natürlich gut, mein Kind. Das muss schrecklich sein. So plötzlich – der Schock. Das tut mir auch wirklich sehr leid für dich, dass du das hautnah erleben und nun dadurch musst."

Herbert: „Meinst du das von Herzen oder weil du denkst, dass man das so dahinsagen muss, Mama?"

Bernadette: „Das meine ich wahrhaftig. So sehr du es mir auch nicht zu glauben scheinst."

Herbert: „Ich erinnere mich an Zeiten zurück, als du sie als verrückt bezeichnetest. Weißt du noch? Zudem sagtest du, seit ich mit ihr zusammen sei, sei ich ja noch schlimmer, noch inaktiver."

Bernadette: „Das tat ich auch hin- und wieder. Jetzt – aus der Rückperspektive – tut es mir auch sehr leid. Könnte ich die Zeit zurückspulen, würde ich es ändern.

Glaube mir, Herbert. Ich dachte mir manchmal – hui – sie ist ein bisschen drüber in ihrem Verhalten. Wenngleich sie schön und nicht dumm war, manchmal gar lustig. Ich dachte nur, eines Tages wird sie dich möglicherweise gesamt aufessen. Verstehst du, was ich meine? Ihre Launen schwankten so. Ihre Worte waren manchmal irgendwie beinahe beleidigend. Einem Grenzgänger ähnlich. Dennoch wirkte sie mutig."

Herbert: „Das mag ja sein. Klar – war sie manchmal wankelmütig. Immerhin hatte sie aber auch mit einigen schweren Problemen zu kämpfen."

Herberts Mutter: „Nämlich?"

Herbert: „Zum einen Missbrauch."

Herberts Mutter: „Wirklich? Hui – die Arme! Das habe ich nicht ahnen können. Warum hast du denn nichts erwähnt? Du sprachst immer nur von Lügen."

Herbert: „Ich habe es wieder und wieder versucht, Mama, aber an dir ist alles andere wesentlich Unwesentlichere immer schon äußert schroff abgeschmettert. Also habe ich es bei diesem intimen Detail gleich gelassen. Wahrscheinlich hättest du sowieso wieder nur gesagt – auch das noch. Die Irre täte mir sowieso nicht gut. Jetzt noch das obendrauf. Ist ja Bombe. Kennengelernt in der Psychiatrie. Kann ja schließlich nichts werden. Da geht mein Herbert noch ganz unter. Er paddelt so schon tief. So produziert man nun mal schließlich keine Urkunden-Alpha-Kinder mit Garantie. Diesen ganzen Quark."

Bernadette: „Na hör mal – so oberflächlich bin ich nun auch wieder nicht. Bei so etwas nicht. Da kennst du mich offenbar wiederum nicht richtig. Warum log sie so viel?"

Herbert: „Ich denke, dass sie auf diese Weise die Tatsache überspielte, dass sie das Urvertrauen als Kind verlor. Eigentlich wusste ihre Psyche nie genau, wohin. Statt dies zuzugeben, war sie mal sehr fröhlich, um später sehr traurig zu sein. Es gab kein Thermostat der Gefühle. Die Emotionen schossen quer und wild heraus. Zusätzlich litt sie an einer Impuls-Kontrollstörung."

Bernadette: „Dein Vater hatte auch mal eine psychische Krise – eine schwere depressive Phase, in der er nicht mehr herausging. Wochenlang blieb er nur zuhause, saß nur herum, starrte die Wand an. Wie ein gestrandeter Statist. Auch wollte er sich einmal umbringen. Davor hatte er bereits zwei Nervenzusammenbrüche. Er landete in der Psychiatrie und bekam Antidepressiva verschrieben."

Herbert (*weinend*): „Davon wusste ich nichts. Warum hat mir niemand etwas davon berichtet? Wieso wird in dieser Familie nicht gesprochen, als wären alle taubstumm? Alles, was ich mir jemals von klein auf wünschte, war, dass irgendjemand mal etwas WIRKLICH SAGT."

Bernadette: „Das tut mir leid. Jetzt kannst du reden, Kind. Weißt du, was ich manchmal denke? (*Plötzlich in Schwäbisch überwechselnd*) I habe doi Schdiggr am Kiahlschränkele gfonda mid Milch Kiah ababba (= festgeklebt)."

Herbie: „Hochdeutsch."

Bernadette: „Als ich den Aufkleber sah – mit dem ‚nie wieder Milchkuh‛"

Herbert: „Lass mich raten, hast du einen Herzinfarkt bekommen?"

Bernadette (*weinend*): „Nein. Ich hatte ein schlechtes Gewissen."

HB: „Warum?"

Seine Mutter: „Ich denke, dass ich an allem schuld bin, da ich dich nicht an der Brust gefüttert habe. Damals hatte ich eine postnatale Depression, habe aber nichts davon durchblicken lassen. Nichts gelang generell nach außen. Schließlich hatten wir alles bestens vorbereitet. Wir waren so stolz. Ich wollte es einfach nicht wahrhaben, muss es wohl verdrängt haben. Wollen wir das jetzt nachholen?"

Herbert: „Brustfüttern – ist das nicht in meinem hohen Alter etwas pervers? Komisch – neulich habe ich das schon einmal gehört. Ich denke jedoch nicht, dass das der eigentliche Grund ist."

Bernadette: „Nein, mit einer Flasche meine ich natürlich."

Und so liegt Herbert im stolzen Alter von über 33 Jahren, von seiner eigenen Mutter Flaschen-nicht-Brust-nachgefüttert, in ihrem Schoße und weint seine Trauer und den Schmerz anderer stellvertretend in jenen hinein.

***

Kommentar der Autorin 6)

„Ich hätte gerne einen Aufkleber mit der Aufschrift –
‚nicht ansprechen' – ich schreibe ein Buch!"

Kapitel 48) Teil II A) „In Vulvus Mallorquinus Interruptus – die Rache Mallorcas – der gesamtgesellschaftliche, historisch längst fällige Anti-Klimax"

Hier sitzt Herbert also nun – gestrauchelt – auf geliehenem mallorquinischen Boden. Die Bodenhaftigkeit scheint er nicht verlieren zu können. Offenbar haftet sie an ihm. Wie eine zweite perverse Haut in Form der amerikanischen Flagge. Aber diese hier ist berauschend. Wenn er die Augen schließt, kann er sich vorstellen, illusionieren, an einem Sandstrand zu sein. Dank amerikanischem Alptraum werden die seltsam anmutenden Gegenstände aus dem villingschen-schwenningschen Jugendzimmer, an welchem nostalgische Erinnerungen haften, im Nu zu Plastikspielzeug. Der Monchhichi – im Handumdrehen – zur Plastikente.

Drehe es um, befiehlt seine innere inzwischen amerikanisierte Stimme.

Make it.

Be it.

Feel the sand.

Be Mallorca.

Steal it.

Fake it.

Dream it.

Sell it.

Believe in the Plastikente!

Don't believe in your desperate Monchhichi. Or turn the Monchhichi around. Make it happen!

Hier am, wenn auch geklautem mallorquinischen Strand fühlt sich Herbert erstmals auf seltsame Weise befreit. Denn: Er schien alleine zu sein, bis eine Gruppe deutscher Mallorca-Touristen ihn einholte. „Abstand, immer schön Abstand bewahren!" murmelt Herbert im mallorquinisch-amerikanischen Alptraum. „Sei doch nicht so deutsch", meckert seine neue aufgezwungene Bekanntschaft, „öffne dich doch mal! Mach dich locker!" Jene – Andreas – lässt alsbald – zu schnell – seine Hüllen fallen. Im Nu steckt Herbert, von der Gruppe dazu gezwungen, inzwischen schwer alkoholisiert, im Busen einer Person fest, die er nicht kennt. Fremde Fische ausgeschieden aus einem Haifischbecken. Emotionen ohne Kompass.

Scheiternd in dem billigen Abklatsch einer Kopie der geplatzten Visionen ihrer Träume gestrauchelt, auf, wenn auch geliehenem mallorquinischen Plastikboden. Gekonnt streift Nicole, wie jene zu heißen verrät, Herbert die Hüllen – seine rutschfeste Flagge – vom Leibe. Verzweifelt versucht Herbert, ihr zu entkommen, aber sie scheint ihn fest im Griff zu haben. Nicole möchte Herbert unbedingt stehlen, gesteht sie ihm nun.

Ihr Gesicht wirkt sehr nah, zu real, zu plastisch.

Auch der Versuch, ihr Gesicht zu ertasten, zu erfühlen, scheitert kläglich. Herbert kennt es einfach nicht. Jedenfalls kann er sich nicht erinnern.

Woher stammen diese Lippen?

Ist dies seine eigene Mutter?

Wurden sie gemalt?

Sind sie gebaut?

Ist es ein verdammtes Bäumle?

Ein nachgemachtes Sandpappspielhaus aus den USA? Übergroß directly from the big fake and fancy Veranda? Stolen from the Villa Kunterbunt?

Wie kam Herbert nach Mallorca?

Wer sind diese Menschen?

Was wollte er jemals hier? Wer ist er?

Und warum meint diese Frau, ihn entleihen zu dürfen? In der Unfähigkeit, weder eine Entscheidung zu treffen noch zu flüchten, lässt Herbert Nicole schließlich an sich heran. Gelähmt und benebelt beobachtet er aus der distanzierten Perspektive seines seltsam verrutscht anmutenden Jugendzimmers dem gestrandeten Herbert von heute dabei zu, wie Nicole ihn zunächst umarmt, sich auf ihn draufsetzt, um ihn schließlich hinterrücks zu erdrücken, bis sie ihn komplett niederstreckt.

Im Nu wird die Fiktion der schönen, neuen, freien Welt zur ungewollten völlig unfreien Ficktion.

Er könnte etwas sagen, aber er sieht nun mal nichts. Zu sehr versperrt ihr Körper ihm die Aussicht, klaut ihm die Seele, die Gedanken.

Er möchte etwas sagen, aber die Passivität hat ihn voll im Griff. Also lässt er es einfach zu. In seinem Kopf wird der Kalte Krieg zwischen Deutschland und den USA zum nunmehr heißen. Der neue Herbert lässt sich fürs Bild lasziv und räkelnd gehen.

Be fresh. Be unique. Be you. Be her.

Be everything at once. Be united.

Beduselt von den wabernden Nebelschleiern dieser Zeit, wackelt der blasse, verwaschene Monchhichi – die affenartige Kindheitspuppe – monströs, abstrus und wildzuckend vor seinem Auge hin- und her, sein Ich noch immer nicht findend. „Poch-Poch! Mon-ch-hi-chi möch-te aus-stei-gen."

Panisch versucht Herbie zu denken, anzuhalten, aber er findet den Knopf einfach nicht. Zu stark hat das Hamsterrad, das Karussell ihn offenbar ermattet.

Nicole legt sich indessen auf ihn hernieder. Im vibrierenden Stakkato des morbiden, traurig anmutenden, da total kaputten Monchhichis aus den 90ern vereinigen sich die beiden total entmutigt auf dem Kunststrand der Vereinigten Staaten, der nun auch ganz Spanien über Nacht eingenommen zu haben scheint. United. Versehentlich hat ihr riesiger Mund seine Gedanken geschluckt.

„Ich möchte lieber nachhause", röchelt Herbert fiebrig. Was bleibt, ist eine letzte hoffnungslose, post-apokalyptische Reise ins ohnehin zu späte postkoloniale Desaster.

„Take her but no real sex, Herbert!" wispert der biedere Kapitalismus ihm streng vertraulich – zu intim, um wahr zu sein – ins Ohr.

„We – the United States of America – want to warn you deeply, sincerely and strongly – no sex ever!
Have fun.
Take her.
Use her. Use her up.
Consume her. Eat her. Drink her.
Make her your product. Make her yours.
Frame her. Name her. Brand her.
But no real sexual intercourse ever!
And don't you ever smoke!

If you ever smoke in public we will shoot you.
Immediately. WE MEAN IT."
Ungefiltert gibt Herbert diese Sätze an die verdutzte
Nicole weiter: „I want to eat you.
I want to drink you.
I want to sell you.
You are my proud product.
You are such an outstanding person."

„Du bist wunderlich", sagt Nicole. Hier, halb-schief in
der nunmehr wackeligen Erdenkugel, auf dem mallorquinischen postgelagerten Matratzenstrand, vollzieht
Herbert schließlich einen geschichtlich längst fälligen,
nämlich gesamtgesellschaftlichen Interruptus Vulvus
Mallorquinus. Es liegt nicht etwa an Nicole. Vielmehr
an der, in seinem Traume erschienenen amerikanischen Polizei, die ihn wegen Sexes in der Öffentlich-
keit belangt. Was von diesem sonderbaren Schauspiel
zurückbleibt, ist die zerknüllte, lädierte Hülle in Form
der nun mehr traurigen amerikanischen Flagge, die
beim Liebesspiel einsam, splitternackt und völlig hässlich in Gänze in den Sand geplumpst ist, obwohl jene
stets behauptete, rutschfest zu sein. Erstmals in der
Historie ist sie liegengeblieben.

***

Kapitel 56) „Kaffeefahrt durch das Krematorium"

Der trotz Härte des Themas gut gelaunte Todes-Fahrten-Bus-Begleiter in das Mikrophon: „Mein Name ist Bram. Ich freue mich, dass Sie den Mut hatten, dabei zu sein. Heute machen wir einen Ausflug in ein Land, in welches sich nur wenige Menschen trauen: Das Unbekannte nach dem Lebensende. Der Tod ist und bleibt traurigerweise ein Tabuthema. Dabei sind alle Menschen bislang zumindest sterblich. Bisher gibt es keine Maschine, die ihn aufhält. Wir alle wissen von Beginn an, dass wir eines Tages sterben werden – unsere Existenz nur begrenzt ist. Doch die wenigsten beschäftigen sich mit dem Lebensende oder reden offen darüber. Ein trauriger Widerspruch. Oft wird sich nach einem Trauerfall auch noch in eisiges Schweigen gehüllt, was es nicht unbedingt besser macht. In Zeiten Coronas hat sich dieser Paradox noch mehr zugespitzt. Schließlich ist der Tod allgegenwärtiger denn je. Dennoch konnten sich viele nicht mal verabschieden. Nicht mal teilnehmen. Sind Sie vorbereitet? Darf ich mal fragen, was Ihre persönliche Motivation ist, in diesem Bus zu sitzen? Würden Sie mir Ihren Namen verraten?"

„Ich heiße Edith. Mein Mann verstarb sehr plötzlich. An einem Herzinfarkt."

Moderator: „Das tut mir sehr, sehr leid, Edith. Was vermissen Sie an ihm?"

Edith: „Am meisten seine Witze. Er brachte mich zum Lachen. Ich lernte ihn kennen und wusste – das ist mein fehlendes Puzzle-Stück, von dem ich niemals geglaubt hatte, dass es existiert. Wir waren fortan beste Kumpels. Jetzt muss ich alleine durch den ganzen Mist durch."

Moderator Bram: „Das verstehe ich nur sehr gut, Edith. Und haben Sie sich damit vorher beschäftigt?"

Edith: „Zugegeben – nicht wirklich. Wer redet schon gerne über den Tod? Schön ist er ja auch nicht gerade. Ich bin fünf vor zwölf dran. Das weiß ich selbst."

Moderator: „Für eine Auseinandersetzung mit dem Ableben ist es nie zu spät. Was versprechen Sie sich von dem heutigen Einblick?"

Edith: „Nun – mein Mann litt an Platzangst. Er brauchte sehr viel Freiheit. In einem Sarg würde er sich nicht wohlfühlen. So ist zumindest mein Gefühl. Auch, wenn er bereits tot ist. Ich weiß, das klingt albern und sinnlos, nicht wahr? Gewissermaßen dekadent. Ich hätte das Gefühl, er würde dann dagegen anklopfen."

Moderator Bram: „Hier – in diesem Bus – ist nichts peinlich. Niemand muss sich für irgendetwas schämen."

Edith: „Ich möchte herausfinden, ob eine Einäscherung möglicherweise für ihn mehr in Frage käme."

Moderator: „Applaus für Edith für diesen sehr persönlichen Einblick."

Die Businsassen klatschen Beifall.

Bram: „Warum sind Sie heute dabei?"

Teilnehmer: „Ich begleite meinen Vater. Wir wollen uns mit einem Thema beschäftigen, das wir bis jetzt zugebenerweise größtenteils ignoriert haben."

„Und Sie?" *auf Herbert deutend.* „Warum entschieden Sie sich dazu, in diesen Bus zu steigen?"

Herbert (*überrascht, erstmals sprechen zu wollen*): „Ich bin sehr überfällig. Meine Ex-Freundin, meine für immer nicht geheiratete Nicht–Frau, verstarb kürzlich – sie nahm sich das Leben, als ich mit ihr zusammen war. Ich dachte, ich wäre etwas besser vorbereitet, aber ich musste feststellen, dass ich es offenbar nicht war."

Moderator: „Uiuiui- mein allerherzlichstes Beileid. Das klingt in der Tat krass. Was mochten Sie an ihr?"

Herbert: „An Anna mochte ich ihre Schönheit. Sie war so umwerfend anziehend, dass man es kaum beschreiben konnte. Jene haute mich Depressiven beinahe um. Ihren Humor. Ihre entwaffnende Schlagfertigkeit. Ihre Kraft, immer wieder aufzustehen. Ihre Art, mich herauszufordern, Autoritäten in Frage zu stellen. Ihre Verrücktheit. Bis dahin dachte ich, dass es bei mir nicht geschehen konnte, mich überhaupt zu verlieben. Ich hatte mehrere Verabredungen, meine Mutter versuchte, mich wie irre in aller Dringlichkeit zu verkuppeln. Es gelang jedoch nie richtig. Beinahe dachte ich inzwischen, asexuell zu sein, was auch nicht schlimm gewesen wäre. Es geht mir auch nicht nur um Sex. Dann betrat sie an einem Tiefpunkt in einer Psychiatrie mein Leben, schüttelte es durcheinander. Es war nur eine kurze Exkursion. Ein Flirt. Ein wilder Spaziergang jenseits des üblichen, teils immer ähnlich getretenen Pfades meinerseits. Und manchmal denke ich, dass ich es mir vielleicht auch nur eingebildet habe, mich möglicherweise abgespaltet habe. Sie ließ mich in ihr buntes Leben. Ich hätte ihr gerne gedankt dafür, aber dazu sollte es nicht mehr kommen.

Eines Tages lag sie blutend da und sollte nie wieder aufwachen. Ich sehe ihre stets meckernde Nachbarin vor der Tür herumlungern, sich mir in den Weg stellend. Höre mich auf der Entfernung ‚weg da' schreien. Meine Stimme klingt verzerrt, als wäre sie nur von jemandem anderen geliehen. Wie auf einem Kassettenband aus den 80ern. Solchen, wo das Band manchmal ausleierte.

Wenn man vorspulte, wurde der Ton zur freaky Mickey Mouse, was mich als Kind erheiterte. Ich wurde zur irren kindhaften Comic-Figur meiner Selbst.

Die Frisur jener Nachbarin hat sich mir auf seltsame Weise eingeprägt.

Umgekehrt fließt Annas Blut über mich drüber.

Wieder zänken Teile der Frisur der rassistischen Nachbarin dazwischen.

Blitzen auf.

Es hat sich zu einem irrwitzigen Puzzle vermischt, das ich selber nicht verstehe. Ich denke, so klingt das Trauma eines Todes.

Das Piepsen in der Klinik.

Die Worte der Schwester: ‚Wollen Sie sich verabschieden? Einmal müssen Sie sie schon ansehen.'"

Im Bus ist es sehr still geworden. So leise, dass man die Ruhe hören kann.

Mitarbeiter des Krematoriums:

„Willkommen in unserem Krematorium in Venlo. Das Gefühl, in einen Hochofen zu blicken, ist zu Beginn möglicherweise etwas gewöhnungsbedürftig. Befremdlich.

Das ist völlig normal. Wenn Sie merken, dass es Ihnen nicht gut geht, können Sie die Tour jederzeit abbrechen oder herausgehen oder sich in eine Ecke setzen, eine Pause machen. Niemand wird bei uns zu etwas gezwungen.

Hier wird bei anfangs 900, später bis zu 1200 Grad der verstorbene Körper eines Menschen zu Asche verbrannt. Dieser Vorgang dauert zwischen 50 und 90 Minuten. Um die Person später auch wieder wirklich zu erkennen, um sicherzugehen, dass es die richtige Tote ist und keine peinlichen Verwechslungen vorkommen – stellen Sie sich vor – wie tragisch wäre das, erhalten die Verstorbenen bei uns zumindest zuvor eine Nummer. Die Überreste – Zähne und Knochen – werden dann – ebenso wie die Asche – zunächst gemahlen, um später gemeinsam mit den ebenfalls pulverisierten Verbrennungsresten in eine Urne gefüllt. Jene wiegt um die zwei bis drei Kilogramm.

Es gibt die Möglichkeit, sich vorher via Sarg zu verabschieden. Oder später in Form einer Urnenverabschiedung in einer Trauerhalle auf einem Friedhof durch den jeweiligen Bestatter. Die Kosten einer Feuerbestattung liegen bei uns im Schnitt bei rund 6.000 Euro.

Edith an Herbert: „Ich habe es eben in Ihren Augen gesehen. Was ging Ihnen durch den Kopf, als Sie in den Hochofen sahen?"

Herbert: „Nichts Negatives eigentlich. Schließlich sterben wir ja alle mal. Irgendwie muss man ja begraben werden. Schade eigentlich, dass man als Toter nicht einfach so liegen bleiben kann. Defensiv auf der Erde – deprimiert also in the aftermath to take away forever."

Edith lacht: „Sie erscheinen mir ulkig zu sein. Mir gefällt es jedoch besser als so ein spießiger Sarg mit so einem Standard-Spruch – ‚Ruhe in Frieden', den alle haben, mit so einem Kreuz drauf – rumms zu – stickig – völlig unpersönlich. Obendrein noch super teuer."
Herbert: „Sie scheinen auch Humor zu haben. Der Tod ist kostspielig – in der Tat. Das dicke Ende kommt offenbar am Schluss. Ein bisschen traurig ist, dass man noch draufzahlen muss als Trauernder. Als ich anfangs in den Hochofen blickte, dachte ich für einen Moment, wie blöd ich es finde, der ewige lästige Deutsche zu sein. Leider hatte ich – wie viele womöglich – für einen Augenblick die Assoziation mit dem Gasofen. So ist es nun mal, wenn man eine Kartoffel ist. Auch, wenn es natürlich etwas ganz anderes ist. Dann dachte ich, aber da kann ja der niederländische freundliche Krematoriums-Begleiter schließlich auch nichts für. Erst wollte ich Zweifel äußern, aber dann war mein Gedanke – nein, ein Deutscher, der im Ausland mal wieder den Moralapostel spielt, wie schrecklich. Andererseits finde ich es angenehmer, hier zu sein, als mich durch diese strikten Regeln in Deutschland zu wuseln."
Edith: „Allerdings. Stellen Sie sich vor – wie furchtbar. Und das möglicherweise noch mit durchgehend miesepetriger Laune. Diese ganze Paragraphenreiterei."
Herbert: „Scheußlich. Ein Graus."
„Wer möchte, kann sich nun im Anschluss im niederländischen Ort De Akker eine mögliche weitere Bestattung in einem wunderschönen Heißluftballon anschauen. Dieser herrliche und befreiende Flug für Verstorbene durch die Lüfte ist in Deutschland ebenfalls leider nicht

erlaubt. Dort scheint alles immer mit dem Waldboden verbunden zu sein. In der Tat sehr bodenständig. Als wäre es eine Pflicht, dort begraben werden zu müssen." Das Publikum fängt zu lachen an.

Herbert an Edith: „Was meinen Sie – fliegen wir eine Runde mit?"

Edith: „Warum eigentlich nicht? Einmal kann man die dämliche Bodenständigkeit ja auch hinter sich lassen."

Herbert: „Wobei – stopp! Die Umweltbelastung! Was ist damit? Diese Ballons sind doch super belastend für die Natur."

Edith: „Sie und Ihr ewiger grüner Daumen. Das ist richtig. Dennoch sind Sie schon eine deutsche Kartoffel."

Herbie: „Das hat sie mir auch vorgeworfen. Können wir die Fahrt eventuell vortäuschen – zwecks der Rettung des Klimas und meines möglichen aufkommenden Schwindels?"

Edith: „Haha – wie Ihr ökologischer Abdruck meint. Ihre Anna ist mehr als nett – schließlich ist das die Schwester von langweilig. Eine Wucht scheint sie zu sein. "

Und so schweben Herbert und Edith eine gestellte himmelschreiende Partie über den holländischen Dächern von De Akker dahin. „Auf niemalige Romantisierung", schreit Herbert hinunter.

Ab- und zu muss er von Edith gestützt werden, um nicht sein Gleichgewicht zu verlieren. Denn jene ist weit stärker.

***

Kapitel 57) „Recyclete Banane" – das nachhaltige Sterbe-Gespräch

Ökologischer postmortem Berater: „Guten Tag! Wie kann ich helfen?"

Herbert: „Nun – meine Lebensabschnittsgefährtin verstarb. Seither bin ich in einem großen Traurigkeitsloch gefangen."

Berater: „Was war sie für ein Typ?"

Herbert: „Phantasievoll. Kreativ, hoch hinauswollendes Gemüt. Ich möchte sie jedoch bodenständig begraben und gleichzeitig umweltschonend sowie günstig. Geht das als all-inklusive-Paket für deprimierte Trauernde?"

Ökologischer Berater: „Bei uns haben Sie die Möglichkeit, sich zu entscheiden – zwischen einer nachhaltigen Bestattung in Form einer recyclebaren Bananenschale, als Apfel oder via Recomposting in Form von wiedergeborenen Birnen. Alles drei schadet der Umwelt überhaupt nicht, es verbessert sie sogar. Ich sage mal, bei aller Schwere, die ein Tod mit sich bringt, ist der Abfall Verstorbener auch nur Müll. Diesen hingegen können Sie noch verwenden. Versehen ist alles selbstverständlich mit dem deutschen Qualitäts-Gütesiegel."

Herbert: „Hm. Gibt es auch ausländische? Sie mochte ihr Geburtsland nicht sonderlich."

Berater: „Nein. Das wurde mir nicht erlaubt. Daneben verfügt unser grünes Repertoire über eine friedliche Waldbestattung als wieder atmende Bäume oder schöne recyclete Blumen. Nelken, Röschen, Lilien."

Herbert: „Oh – nein. Sie würde mich sofort umbringen. Eine Romantikerin war sie ganz und gar nicht."

Recycle-Berater: „Ich dachte, sie wäre tot? Wieder dahinter – schräg rechts – tut sich noch ein ganzer Gemüsegarten auf. Gehen Sie hindurch – wittern Sie die verwesten Karöttchen. Riechen Sie die Radieschen. Stecken Sie Ihre Nase hinein. Spüren Sie die reusable Aubergine."

Herbert: „Die – wie? Nein. Die Form dieser erinnert mich zu sehr ausschließlich an männliche Geschlechtsteile. In diesem Fall würde sie mich niederdolchen."

Berater: „Als Kartoffelschale?"

Herbert (*schreiend*). „Nein. Bloß nicht.

Ich wähle, depressiv und einsilbig, wie ich bin, die wiederverwertbare Bananenschale. Punkt. Möglicherweise lächelte sie gar darin. Fragen kann man sie ja nicht mehr. Immerhin sind wir so ein cooles Paar. Sie Banane, ich wiedergeborene Samenbombe – macht sich doch ganz gut – als nachhaltige Sterbe-Koalitions-Fraktion."

Grüner Bestatter: „Das stimmt."

Herbert: „Wie teuer ist der Müll? Also, der Kompost?"

Der ökologische Sterbe-Coach redet fortan weiter. Doch Herbert hat Probleme zu folgen.

Bestatter: „Hören Sie noch zu?"

Herbert: „Nein. Augenscheinlich habe ich mich abgespalten – möglicherweise zum Trauer-Schutz.

Ich nehme es einfach so – Banane hin oder her. Koste der Kompost, was er wolle. Ihre Mutter zahlt den Abfall sowieso. Sie hat gespart. Ich hingegen nicht."

Bananen-Kompost-Berater: „Kein Mann der vielen Worte?"

H.: „Nein. Eher einsilbig."

Berater: „Tschüss."

Kapitel 58) „Bye-bye, BANANNA-to-fly: Anna recomposted mit dt. Gütesiegel"

Herbert: „Liebe Anna! Ich habe lange darüber nachgegrübelt, was ich heute sagen soll. Ergebnislos möchte ich dir an dieser Stelle mitteilen, dass ich zu keinem richtigen Fazit gekommen bin.

Vergeblich stehe ich jetzt da. Ungeduschter und verranzter denn je – mit dem Stadium einer mittelstarken Mundfäule – ob der schweren Depression der letzten Tage. Von solch einer Schwere, dass ich nicht mal einen dämlichen Kaffee zu kochen imstande war. Vornübergebeugt in meiner immer gleichen schmutzigen Jogginghose, andockend auf dem Billig-Schmalz-TV-Gerät aus meiner Jugend, gebeutelter denn je. Die letzte Zeit war die Hölle.

Ich wollte dir sagen, dass ich mich bedanken wollte, dafür, dass du mich in dein Leben, das nicht leicht war, ließt, mich akzeptiertest, so, wie ich bin in meiner completely unglamorous, unheißen, unsexy Imperfektion.

Mich nie korrigiertest.

Mir nach kurzer Zeit bereits offenbartest, du könntest dir gar vorstellen, mich für immer nicht zu heiraten. Dass ich mich nicht ändern müsste – niemals. Dass du mich so mochtest, wie ich war.

An diesem Tag war ich überglücklich.

An jenem unserer vergammelten Nicht-Rotz-Hochzeit mit fettiger Haarmatte ebenfalls.

Mit dir erschien nichts langwierig.

Ein bisschen so wie als Kind, wenn man die Welt das erste Mal mit Staunen erkundet.

Ohne Ängste, keinerlei Zweifel.

Du hast mir die Welt durch deine wackelige Perspektive erweitert, die ich bis dahin nicht kannte.

Du sagtest einst, alles, was du mir derzeit geben könntest, sei ein sehr persönlicher Einblick in deinen wankelmütigen Gemüts-Zustand. Das sei das allergrößte Geschenk, was du mir jemals machen könntest. Was ich damit anstellte, wie ich damit umging, liege in meiner Macht.

Ich habe mich nach reiflicher Überlegung dazu entschlossen, dich – recht unromantisch – als recyclebare Bananenschale – als Frucht-Abfall-Kompost-To-Go mit deutschem Gütesiegel zu begraben. Letzteres wird nicht nach deinem Geschmack sein. Offengestanden, habe ich deine Familie dazu überredet. Immerhin ist es jedoch umweltschonend.

Ich hoffe, du verzeihst mir das. Andererseits könnte ich mir vorstellen, dass es bei dir vielleicht ein klitzekleines bezauberndes Lächeln in deinem schönen Gesicht hervorrufen könnte. Wenn es nicht so sein sollte, hast du nun die Möglichkeit, ein No-Banana-ever-Veto-Plakat hochzuheben. (*Sein Gesicht in Richtung Bananenkompost beugend, hineinlauschend*): Ich interpretiere das als klassisches Jein."

Merle weint-kichert.

Im Folgenden gibt Herbert einen Auftritt einer minimalistischen und dysfunktionalen Interpretation des

Liedes, „The Banana Boat Song" von Harry Belafonte zum Besten, während Ole schräg und funky auf der Trommel herumhackt: „Day-o, day-o … Daylight come and we wan'go home – (*schmetternd*) … Come, Mister tally man, tally me banana – come, Mister tally man, tally me banana …"

Dazu führend, dass Merle in prustendes Gelächter ausbricht. Als kleiner Bananen-Kompost mit Qualitäts-Gütesiegel to fly (das wird sie ihm nie verzeihen!) wird Anna anschließend mit den Worten – „So gehe hin in Frieden, BANANNA, wir werden dich sehr vermissen. Rest in the Green BANANA peace. Find the peace you did not find so much so far, du aber verdient hättest. Von dem nachhaltigsten Samenkern aller Samenkerne in ewiger Untreue" – kompostiert.
Während seine Mutter im Anschluss kleine Bananenkuchen-Häppchen aus streng biologisch kontrolliertem, klinisch rein schwäbischen Anbau herumreicht und die Mutter des Kindes kompliziert hergestellte, ultra gesunde Bananen-Smoothies ohne Zusatzstoffe, die beiden anschließend ihre Rezepte austauschen, meint Herbie Herrn N. bei der Beerdigung Annas zu sehen: Im Schatten der Bananenbeerdigung Annas fühlt sich Herbert plötzlich unter starker Beobachtung. Als er den lange konsequent auf die Bananenschale gerichteten Blick von jener abwendet, spürt er etwas aufblitzen. Beinahe fühlt er sich davon magisch angezogen. Ist dies bloß das kopflose Gesicht – das Monstergeschwür seiner Trauer – oder sieht H. eine verschwommene, konturlose Person auf der anderen

Seite jenseits der billigen, mau dank Auflagen, aber immerhin umweltverträglichen Beerdigung des Kindes auf dem Friedhofe flüchtig, entfernt und scheinbar gesichtslos aufflackern – herumtanzen, um später wegzurennen? Wieso wurde ihr Antlitz herausgestanzt? Warum kann sie trotz fehlender Visage lächeln? Wie gelingt das?

„Ich muss kurz etwas erledigen", sagt Herbert entschlossen wie nie auf der Beerdigung seiner eigenen verstorbenen Freundin. Doch so etwas lässt sich nicht kurz abarbeiten.

Als Herbert dem Gespenst hinterherjagt, scheint es wieder und wieder im Zickzack tänzerisch zu flüchten. Einmal möchte er konkret sein.

Doch dieser Geist scheint unbesiegbar.

Schließlich hält das Phantom doch einmal inne, sich umdrehend, um stimmlos zu fragen: „Ist das Kind tot"? Zu Herberts Gesicht hinab, auf ihn unmittelbar zufliegend, so nah, dass er es fast greifen kann.

„Starb es?"

Herbert nickt.

„Waren Sie gut zu ihr?"

„Jein."

Um dann für immer wegzuschlängeln.

***

Lieber Herbert!

Ich hoffe, es geht dir wieder etwas besser. Ich habe da kürzlich etwas von einer Gemeinde der-sich-auf der-Suche-nach-Samenkörnern-befindenden-ausge-stoßenen-Seelen gehört. Möglicherweise könntest du die Oier arschgladd kadoolisch erdaschde lasse. (Übersetzung: Dein Eierproblem katholisch ertasten lassen, sodass deine Geschlechtsorgane für die Fort-pflanzung problemfrei wären.)

Deine Dich unterstützende
und liebende

Mutter Bernadette

Herbert: „Mensch, Mama! Letztes Mal teilte ich dir be-reits mit, dass du mich bitte mit diesem Nachwuchs-Hokuspokus komplett in Ruhe lassen sollst.
Du sagtest, du tätest es nie wieder. Da hieß es Ehren-schwabenwort.
Rumms – katholisches Ertasten? Nanu? Höre ich rich-tig? Soll das vielleicht ein Witz sein? Die, die selber bei jüngeren Mitgliedern mit anpacken? Ausgerechnet?"

Kapitel 59) „Last Order – katholisches Ertasten"

Last order, meine Damen und Herren!
Last order!
Fassen Sie sich ein Herz.
Möchten Sie vielleicht ein
klitzekleines,
winziges
Ei spenden?
Sie haben keins oder
Ihres ist zufällig verrutscht, gar zerquetscht?
Das macht gar nichts!
An diesem Ort muss sich niemand schämen.
Denn hier, und nur hier werden all Ihre Eiersünden
schnellst möglich bereinigt.
Lassen Sie
das kleine
zerplatzte Eilein
kopfüber, aber friedlich
in den Klingelbeutel hinabpurzeln.
Schließen Sie anschließend wohlwollend die Augen.
Sehen Sie nur ja nicht hin!
In diesen heiligen Hallen ist das Anstarren des Antlitzes Ihres Nachbarn strengstens verboten!
Sie haben sich bereits an einem jungen Ei vergangen?
Das ist ebenfalls überhaupt kein Problem.
Schämen Sie sich nur ja nicht!
Nehmen Sie sich ein Herz.
Greifen Sie beherzt zu im
Nest der unendlichen, potenziellen kirchlichen Eierverstrickungsmöglichkeiten,
bevor es zu spät ist.

Choralisch latinisiert religiös angehaucht singend:
„Ovum in maximum dei
ovum in maximum dei.
Sich kopfüber in die Bank hinabstürzend:
Oh Lord of the
Dinkel-Samenkorn
Dotter, Dotter, Dotter.
Will you buy me finally
an amazing egg?
Oh Lord of the
Dotter, Dotter, Dotter.
Denn meines scheint
bis in alle Ewigkeit verschmäht. Jetzt alle zusammen:
Oh Lord of the Samengut! *(Ins Lateinische abdriftend,
den Missbrauch deckelnd)*:
Sperminus Erektus
in annum dei
pueros adoluscensolum
ovolum imperfektum
in vulva
virgina maxima ejakulata.“
Liebe Gemeinde der sich-auf-der-Suche-nach-Samen-
körnern-befindenden-ausgestoßenen-Seelen! Wir sind
heute an diesem heiligen Ort zusammengekommen,
um uns gemeinsam auf die Suche nach ausschließlich katholischen Eiern zu machen. Auch, wenn kein
Ostern ist. *Nach Eiern riechenden Weihrauch hin- und
herschwingend. Unverständliche Worte von sich gebend.
Brabbelnd.* „Beweihräuchern Sie sich!
Atmen Sie den Duft des Trauma-Ejakulats in ganzer
Tiefe ein! Besudeln Sie sich!

Spritzen Sie es direkt in ihren Nachbarn zur Linken.

Legen Sie das Trauma heimlich unter sein Bankkissen.

Sehen Sie seinen Allerwertesten in den Schalen der letzten Lebenshoffnung krachend verschwinden. Rennen Sie dann ganz schnell weg!

Geben Sie die Eiersünde einfach per Handschlag weiter. Auch wenn sich Ihre Hände dabei vielleicht gelblich färben werden.

Hier, an diesem Ort wird niemand für sein Äußeres verschmäht.

Denn hier, und nur hier dürfen Sie sich auch in Zeiten der Krise sogar noch körperlich begrüßen. Schauen Sie nur ja Ihren Nachbarn dabei nicht an!

Tunken Sie ein!

Beduseln Sie sich.

Planschen Sie im Teich der gedeckelten Eier-Möglichkeiten.

Bekleckern Sie sich!

Denn hier, und nur hier werden alle Ihre Eier-Sünden schleunigst bereinigt. Dieser Weg ist zugegeben steinern. Die Reise dorthin erscheint schleppend.

Drum lassen Sie uns gemeinschaftlich den zerplatzten Eiersaft nun vollständig in ganzer Saate aus dem Kelche der Lebenswerdungsdecklung bis in alle Ewigkeit herausnippen, damit das verrutschte, entgleiste, nervöse Eichen endlich wieder ganz werde. *Singend*: Docken Sie an. Kleben Sie fest. Beißen Sie mit aller Kraft in Ihre kirchliche Vorbank. Greifen Sie an. Werden Sie zum leibhaften Dotter. Erleben Sie das Gefühl der gemeinsamen ausschließlich katholischen wahrhaftigen Keimbildungsreise. Denn nur in der Leibhaftwerdung des hiesigen breiigen Dotterschleims wird Ihre Seele im Nu von noch zähflüssigeren Sünden in spe bereinigt werden.

(*Singend*): Besamo ovitellus die incognito (…)

Der Counter Chor:

Durchlöchert, als puppenartige, gemeinsame Chor-Gruppe, Frauen, aber auch Knaben an Bord, blutend, nach unten – in Richtung Gemeinde, mit einem Eimer voller Lebenssaft, vor allem aber in die des plappperndern Geistlichen der Kirche des vermeintlichen Vertrauens – mit einer teils erwachsenen, dennoch aber starken Stimme durchdringend singend, zerhackt mit postmodernen Geräuschfetzen dazwischen: „Friss deine heiligen Worte von innen selbst auf, du da (*auf den sich beräuchernden Geistlichen, zur Zumutung nun auch noch Hostie speisenden, zufahrend, ihn als missbrauchter Counter-Chor über ihm als Gruppe schwebend, umkreisend, einkesselnd, als Menge nun gemeinsam bedrängend*): „Dieser Fake-Spirituelle da vorne drang in mich ein, mich meiner Kindheit beraubend, bevor meine Sexualität sich überhaupt entscheiden konnte, wohin sie gehen wollte.

Sie bestahlen mich meines noch viel zu jungen Lebens. Seither nehme ich meinen eigenen Körper als entfremdetes Kriegsgebiet wahr und lebe wie geliehen.

Mein junges Leben sprang direkt hin zu einem unzählbar alten, fror es erbarmungungslos ein.

Greisenhaft wurde jemand

in praesentia klirrender Kälte

quod spinas gedeckelt

– im Schein der ewigen Verdammnis, unsterblich zu sein, ohne je gelebt zu haben."

Kontrastiv dazu erklingt nun eine Knabenstimme (*sehr hoch, aber mit zarter, gespentisch anmutender Stimme singend*): „Dabei glaubte meine Mutter mich
an einem besonders beschützen Ort zu wissen.
Einem heiligen, dachte sie verheißungsvoll.
Einem, an dem niemals etwas geschehen konnte.
Naiv und dankbar brachte sie mich dorthin.
Das war so dreckig. Please – help me. Please – help me."

Counter-Chor (über diesen in diesem Moment einen Kübel voller Blut schüttend, sodass der Priester nun tiefrot dasteht.)
Counter Chor (*singend*): „Mich schlagend, engelssanft lächelnd wie ein Ruhe versprechender Baum.
Ich kann mich noch immer nicht richtig bewegen.
Er stahl mir etwas für die Ewigkeit.
Aber ich wusste nicht mal, was.
Ich wurde zum Opfer in seiner vermeintlich gutmütigen Gemeinde.
Mein Leben läuft seither als verkorkster, brüchiger Filmausschnitt ab, ständig unter-
brochen
werdend.
Quod spinas. Quod spinas.

Die konsumierte Hostie des Geistlichen färbt sich nun in tiefrot, in seinem Rachen steckenbleibend, bis sie ihn schließlich würgen lässt, den Spirituellen auf den Boden zerrend – vom Chor erneut umzingelt, zu Boden gehen
lassend.

440

Missbrauchtes Counter-Chor-Mitglied (*auf jenen zu-schwebend, sein Gesicht berührend/es hinunterdrückend, weiteren Lebenssaft über ihn schüttend*): „Wie fühlt es sich an, gedeckelt, auf dem Boden zu liegen?
Das Gefühl zu haben, im verkehrten Film zu stecken?
Sich nicht mehr bewegen zu können?
Er stahl mir etwas für die Ewigkeit.
Doch meine Blumen sind zurück gewachsen.
Wühlen Sie in Ihrem eigenen Dreck."

Kapitel 60) „Mörderische Halsketten, Pilze und der Traum von geschlossenen Vaginen". Der Club derjenigen, die Pilze nehmen, um über den Tod besser hinwegzukommen – der „Mighty-forevermore-Goodbye-Mushroom Dreamers"

Als Herbie an dieser Stelle zu den „Mighty-forever-Goodbye Mushroom-Dreamers" stößt, da sich sein Herz offenbar nicht von der Last des Suizids Annas befreien lässt, sich sein trauernder Zustand überhaupt nicht verbessert, spricht gerade ein Mitglied, namens Sigrun, die sich ihm als eine der Mighty-Forevermore-Goodbye-Mushroom-Dreamers vorstellt, über ihren verstorbenen Mann und ihre Erfahrungen bezüglich des Umganges mit dem Lebensende.

Sigrun: „Wir stellten fest, dass die Auseinandersetzung mit dem Tod in Deutschland uns nicht befreiend genug war. Alles ist hier so stark und kleinkariert reglementiert, dass ein Angehöriger neben der Abwesenheit, nach dem Ausscheiden einer geliebten Person aus dem Leben schwer depressiv werden muss. Er kann gar nicht anders. Ist ja auch klar – wenn man immer nur Gesetze in einer ohnehin schweren Phase des Trauerns um die Ohren gehauen bekommt, nicht mal den eigenen geliebten Wauwau im Garten begraben darf, ohne vom deutschen Amt unmittelbar verhaftet zu werden oder eine horrende Strafe zahlen muss."

Lily: „Ich stand nach dem Tod meines Lebensgefährten – verheiratet waren wir nie – schwer unter Schock. Alles lief von diesem Zeitpunkt in Zeitlupe in einer

Parallelwelt ab, zu der ich keinen Schlüssel finden konnte. Dabei war ich stets in dem Glauben, ich hätte mich einigermaßen auf jenen vorbereitet, wir hatten schon ansatzweise darüber gesprochen. Ich dachte, ich sei halbwegs stark, hätte keine so irrsinnige Angst. Das Schwierige war für mich persönlich die Phase, in der plötzlich alles sehr konkret wurde – ich gleichzeitig funktionieren musste – mich trotz großer persönlicher Krise entscheiden musste, wie begrabe ich ihn? Wie verflixt teuer wird es? Kann ich danach überhaupt noch weiterleben, oder werde ich selber alsbald verhungern? Ich entschied mich für ein Niederbrennen. Ich wollte meinen eingeäscherten Mann etwa in einer bunten, fetzigen Halskette an mir selber tragen – irgendwie empfand ich das als cool, weit weg und doch nahe und immer an mir klebend. Doch das Amt wollte mir das nicht erlauben, drohte mit zig Strafen, war mir auf den Fersen. Also tat ich das illegal. In dem Verbot lag ein gewisser Reiz für mich. Jetzt bin ich nicht nur trauernde Witwe, sondern Kriminelle. Immerhin. Im Leben sollte mir das nicht gelingen. Obwohl ich in Deutschland lebe. Komisch. Ein Widerspruch. Ganz verstehe ich das auch nicht. Ich könnte mir vorstellen, dass Kurt das ebenfalls attraktiv finden könnte. Was meinen Sie?"

Herbert: „Absolut. Er fände das sicherlich sehr sexy. Da bin ich mir sicher. Kann ich die Halskette einmal sehen, liebe Lily?"

Lily: „Sicherlich."

Herbert: „Wie irrsinnig schön und gleichzeitig urkomisch."

Lily: „Nehmen Sie doch auch ein Pilz. Und – wie fühlt sich das an? Wie verändert sich das dunkle Traurigkeitsloch?"

Herbert: „Ein Träumchen – es wird weniger Loch. Stattdessen – mehr zum ewigen Doppel-Quadrat tendierend. Also genau richtig für mich."

Lilly: „Wissen Sie was? Ich finde Sie liebenswert. Wollen Sie vielleicht mal ein Gitarrenstück von mir so gemütlich im kosmonautischen Pilzrausch hören? Dieses Lied, das ich einst spielte, hieß wahrhaftig – ob Sie es glauben oder nicht – „The Vagina free Motherfuckers."

Herbert: „Tatsächlich? (*Lachend*): Es gäbe nichts Belebenderes als das."

Also holt Lily ihre Gitarre hervor und schmettert das punkige – von ihr selbst komponierte – Stück, welches Herbie durch die Wirkung durch die Rauschmittel umso stärker wahrzunehmen scheint, hin.

Lauter.

Bunter.

Schriller.

Dröhnender.

Bis er später in ihrem Song

selber zu stecken scheint,

als Triangel wiedergeboren – „I am a bloody reborn triangle!" schreiend.

Die Wände im Folgenden lauthals mit eben jener schlagend,

gleichzeitig jedoch niemals herauswollend. Ein Frieden versprechendes Dasein.

Mal hat es den Anschein – als nehme er wohlige Blitze der Gebärmutter seiner eigenen Mutter wahr – jedoch

ohne ihr lästiges, nimmersattes postnatales Geschwätz –
stattdessen atypisch ruhig – der paradiesische Ur-Zustand, beseelt es ihn – dann wieder sieht er, während
er auf einen Tunnel zuzufliegen scheint und erst Hilfe
schreien möchte, innen aufpoppende, seinen Gefühlszustand jedoch alsbald beruhigende, da sich reihenweise vor ihm schließende, riesige Muscheln in fünffacher
Vergrößerung. Auf einer verweilt er kurz entspannt,
ohne – welches Glück – hinein zu müssen.

Bis schließlich im Inneren des gemächlichen Zupfinstrument-Gehäuses ihm Anna begegnet, diesmal in
guter Verfassung zu sein scheinend, auch innerlich.
Seite an Seite mit Lilys verstorbenem Kurt, beide zufrieden strahlend. Eine Ausgeglichenheit, wie er sie
ihr nicht mehr geben konnte, ihr selber nicht häufig
herbeizaubern konnte.

„Es geht ihnen gut", grinst Herbert glücksberauscht.
„Darf ich trotzdem für immer in Ihrem schönen Instrument drinnen bleiben? Es ist wohlig warm hier", sagt er
und fällt erschöpft in einen sehr langen, tiefen Schlaf.

***

Forts. Kapitel 48) Antiklimax Teil II Part B) „Zwischen Bier-Infernos und postgelagerten Matratzenstränden – der gesamtgesellschaftliche längst fällige in Vulvus Mallorquinus Coitus (gedenglischt) Interruptus und der Vollzug des Koitus' Interruptus

Hier – gestrauchelt im Bier-Inferno der geklauten Plastik-Schlappe – muss Herbie voller Pein mitansehen, wie Andreas und seine Gang sich den allerletzten hitzigen, ultra-lasziven Badeschlappen-Streit liefern, Pommes am verkappten Hangover-Ketchup-Strand der geklauten Hoffnungen mit Hopfentee auf Malle wild in sich hineinstopfend, um jene später als buntes Gebräugemisch in einem weiteren Wettbewerb mit Chris, einem neu dazu kennengelernten Briten, auszuspeien. Wo Herbies Blick in schierem Entsetzen Hilfe suchend hinblickt, nichts als nackte Körper, öffentliche Fleischbeschauung. Penetration zum unmittelbaren völkisch-nationalen Anfassen. Die pure unerträgliche Berauschung. Dazu das lästige, ihm aufgezwungene Geplapper Biggis, Andreas' Frau, seitlich von ihm hockend, die zwischendurch rassistische Dinge von sich gibt wie – manchmal sei das Boot aber auch mal voll. Ihrer Meinung nach kriege der mittelständische Deutsche nicht mehr viel ab vom Kuchen. Dann noch die Krise, vielleicht bald wieder ein Krieg – wo führe das Ganze irgendwann hin, wenn immer nur aufgenommen würde? überlegt jene besorgt. Herbie – im Begriff, sich einzumischen, sie, Biggi, anzuschreien, darüber aufzuklären, dass das Boot nicht der Flüchtling da hinten etwa gekentert habe, wie manche Biggis dieser Welt zu unterstellen wagen, sondern der Niedergang durch keine geringeren als Andi und Chrissy themselves verursacht wurde. Der angebliche Untergang des deutsch-britischen völkischen Ur-Alkohol-Reichs wird von einer absaufenden, Alkohol schwangeren Kunststoff-Plastik-Badeschlappe vollzogen. As simple as it sounds. Banaler Auslöser ist eine billige, geplatzte Konservenbüchse an Bier, die die Gefühle und Gedanken absterben zu lassen scheint.

Als Herbie ihr gerade diese bittere Wahrheit mitteilen möchte, nimmt er aus der unmittelbaren Entfernung die Worte „stehen bleiben – Hände hoch!" wahr, erfasst von einem Lichtkegel. Auf dieser einen geklauten, spezifischen Phantasie-Mallorca-Plastikinsel gilt neben – wie längst auch schon dem der deutschen Ur-Kartoffel – kürzlich auch das amerikanische Recht – in diesem Filmriss Herbies jedenfalls – und so steht Herbert Bräutigam – pappverschweißt im Lichtkegel der Postneurose gefangen – ängstlich mit gebeugten Schultern, müffelnden Adiletten, halb nackerd, schwitzend, vorher zu allem Übel öffentlich Geschlechtsverkehr gehabt habend, ohne dass es seinem Wunsch entsprach. Nicht nur das, sondern auch noch rauchend da, neben drinking and vomiting Andi, auf sein Strafurteil des deutsch-amerikanischen Bündnisses wartend. Bis die Hälse der Politiker/INNEN sich – erst jeweils einzeln – durch den Plastikmatratzenstrand, schließlich dual-koaliert als beharrliche Einheit forever, zu ihm hindurchbohren, suhlen, ihm mitteilend, dass der

Geheimrat der Parteien getagt habe und zu dem Ergebnis gekommen sei, dass Herbert Bräutigam – gemäß Paragraph § 757 des vereinigten Public Geschlechtsverkehrbuches Abs. 3-5-33 C) Unterpunkt … 37 D) für die Erzeugung öffentlichen Ärgernisses durch das nicht erlaubte Demonstrieren seines Geschlechtsteiles vor anderen zu einer Haftstrafe von bis zu zweieinhalb Jahren verurteilt worden sei. Rückzahlbar wäre es – gemäß Paragraph § 38500 Absatz 1-j) des Re-Investments- und Klorollen-Spar-Gesetzes 33 B Abschnitt D bis N würde er bis an das Ende seines Lebens diese in Form von Klorollen zurückzahlen. Während die intern verzankte, seit der Nichtmehr-DDR existierende, auferzwungene Müller-, Beton-, Föhn AG & Friends Corporation GmbH darüber streitet, ob es die billigen, steuerlich absetzbaren, dennoch immerhin umweltschützenden, recyclebaren sein sollen, die amerikanische hingegen stongly zu einem fancy Klopapier tendiert, in Form eines ultra soften, rosa-plüschigen, das sich nach einmaliger Benutzung im Klo im Handumdrehen auflöse und in die Ewigkeit die ganzen Weltenmeere per Automatik komplett verschmutze.

An dieser Stelle hält Herbert ein Schild mit der Aufschrift „Einspruch" hoch, schließlich habe er doch – angesichts der vulgär, sich vor seinem Auge abspielenden, rundherum schrecklichen Szenarien der Fleischlust neben abartigen Bier-Battles, angeekelt von weißen Bäuchen auf dem postgelagerten Matratzenstrand immerhin den gesamtgesellschaftlichen Interruptus ursprünglich selber vollziehen wollen, wispernd.

Welcher Tortur er sich hier hätte ausliefern müssen, und dass dieser Sexualakt wahrlich kein wirklich freiwilliger gewesen sei, eher übergestülpt.

Nach erneuter Besprechung der Sachlage wird ihm Recht gegeben und der gesamtgesellschaftliche K(e) Coitus Interruptus schließlich weltweit erstmals durchgesetzt, feiert er in der Geschichte dank keinem geringeren als Herbie Bräutigam Premiere. Dennoch solle er nie wieder rauchen! Dass das klar sei! schreit der amerikanische Teil der dual für immer halsstarrig geföhnten Stur-Union-Corporate Allianz. In der negierten Kontroverse, denn eine Auseinandersetzung ist nicht und wird nie erlaubt sein.
Einer Befreiung schaut man nun mal nicht ins Maul. Zwar möchte der deutsche Part etwas Kritisches bezüglich des Klimas anmerken, schließt jedoch den halb geöffneten Mund wieder. Zu viele Menschen verstarben in einem zutiefst blutrünstigen Krieg. Eine wahrhafte Amerika-Kritik Deutschlands wird per se nie erlaubt sein. In der bitteren und traurigen Erkenntnis dieser Wahrheit dies bestätigend und kopflos abnickend. Die Folge: Eine grenzenlose und ungezügelte Marktwirtschaft sei als Gesamtpaket für immer unkritisch hinnehmbar. Was der Kommunismus bringe, habe man am Beispiel der DDR gesehen. Dafür müsse Herbie jedoch bis an das Ende seiner Tage XXL–Sparmenüs-To-Go futtern, parallel von einem künstlichen Föhnwinde bis in alle Ewigkeit eingefroren werden – sowie eine Zwangsheirat mit Kindern eingehen. Es sei denn – er wähle die Möglichkeit, jetzt und hier nicht

zu denken, sondern stattdessen in einen Monchhichi verwandelt zu werden.

Herbie: „Ich wähle der Einfachheit halber und weil ich keine Kinder möchte, den Monchhichi."

Amerikanischer Koalitionspartner Föhn & Friends Corporation Stur United forever:

„We cannot hear you. Will you please speak up, sir?"

Herbie: „MON-CH-HI-CHI".

Schließlich wird Herbie seinen Eltern – verwandelt als nun bloße, komplett sexlose Monchhichi-Puppe – in das Jugendstübele überreicht. „Wo isch das Gschlächd?" wundert sich Bernadette. „Desch Gschäng werde i umdoische."

***

Kapitel 61) „Herberts Zehenschwaden-Rausch"/Annas postmortale Rache

„Oh mein Puffpaff – wuff,wuff, knuff – hier bellt Ihr verzauberter Herbert aus dem Märchenland – eines ohne vermeintlich böse Hexen aber. Nicht wie die im deutschen Hacker-Märchen.

Eher easy popeasy.

In diesem, meinen Parallel-Phantasie-Lande, fließt nämlich kein Blut.

Denn angenehmerweise

geht es um gar nichts.

Und ohne, dass Menschen laufend umgebracht werden oder ihre Füße monströs zur Strafe abgehackt werden. Stattdessen ganz angstfrei.

Das mag Ihnen nun merkwürdig vorkommen. Was, Frau Puff-Paff?

Kennen Sie mich überhaupt noch? Ich bin der Nicht-Gemahle Ihrer ehemaligen Nachbarin mit der lockeren Schraube, wie Sie es bezeichneten. Ex – weil sie nicht mehr existiert. Die, die Sie ‚die Irre da' nannten. Jener, der Sie nicht mal helfen wollten, weil wieder irgendein Quatsch in Ihrer schwachsinnigen Kack-TV-Dämmer-Schrottkiste kam.

Sie nahm sich das Leben. Dämmert es nun bei Ihnen? Ich hingegen mache gerade einen sehr interessanten und zudem befreienden Ausflug in ein anderes Land. Dieses ist sehr weit weg.

Alles scheint angenehm und gleichzeitig trüb erleuchtet hier.

Viel heimeliger als in Ihrer blöden heimischen Spar-Realität mit dem viel zu schroffen Licht. Sie nämlich verfügen ungeachtet der Krise über Energie, aber sehen offenbar trotzdem nichts. Nicht mal Ihre eigene Nachbarin.

Nur, dass ich den Weg nicht mehr finde.

Mein, vom Leben schlapp gewordener, Körper will die Richtung einfach nicht finden.

Doch meiner Seele ist das völlig Latte.

Glücklicherweise gehorchen meine, mir derzeit gar als miefend erscheinenden, Füße nicht. Abgetrennt, fliegen sie herrlich beflügelnd und beflügelt durch die Lüfte.

Sie erscheinen gerade an Ihrem spießig eingezäunten Grenz-Balkon, Frau Puffpaff – sehen Sie sie? Sollten durch Ihre Wohnung nun stinkende Zehenschwaden ziehen, so erwärmte das in der Tat mein von Pilzdrogen besiedeltes Herz.

Schnappen Sie meine Pfoten. Beißen Sie hinein!

Versuchen Sie es wenigstens.

Verflixt. Das geht nämlich nicht."

**

Kapitel 62) Annas postmortales Fazit – die Rache der Protagonistin

Frustriert
geht die säuselnde,
„romantisierende", die Gedanken dabei lediglich
zudröhnende, welke Chart-Musik aus.
Endlich ist auch das, den Zuschauer viel dümmer als
jener war oder jemals sein wollte, machende, peinliche Realitäts-TV für immer hoffnungsvoll erkaltet.
Über den schwarzen, inzwischen verkratzen Bildschirm
kreucht ein letztes Mal eine sich pelzig anfühlende
Hand, in dem letzten, sich aufbäumenden, angestrengten Versuch, aus dem billigen Plastik-Fernseher, ergattert in den 90ern, und seiner beknackten deutschen
Dusselrealität zu entkommen, dringend zu entfliehen,
tief und bitter in die echte stürzend. Wo genau kann
denn Protagonistin Erna eigentlich ihren Antrag auf
Asyl stellen? Steht nicht auf der Liste. Eines Tages wird
die erschossene und verblutete, unfreiwillige „Darstellerin" sich an der Redakteurin mit dem pflichtgemäßen Saubermann-Tattoo, ohne welches Fernsehmacher
nicht ins Geschäft zu kommen scheinen, für den dämlichen Privatsender – Astrid – rächen: Erhaben wird
sich der Arm eben jener Erna durch die eiserne Fernsehrealität trotz angeblich zu hohen Alters sehr wohl
hindurchbohren, Astrid hart am Genick packen, jene
massiv durch die Gegend schleudern. Astrid wird von
nun an alleine am Kreisel in Sachsen-Anhalt festhaften, dahinfaulen. Gierig und hungrig wird die echte
Realität die geklaute alsbald in aller Vollständigkeit bis

ins tiefste Mark verspeisen. Das germanische Volks-TV wird seinen irreführenden, primitiven, blitzsauberen Wisch-Blitz-Krieg bis in alle Ewigkeit nicht gewinnen. P.S. Pixeln wird nicht mehr als Methode in Frage kommen. Denn: „No blurring allowed". Ebenfalls wird es verboten sein, eine weichmachende, die Realität vermeintlich schöner gestaltende Schärfenverlagerung zu benutzen.

***

Kapitel 63) Fazit Herberts „Psychobetten für die Donner-Ewigkeit"

Liebe Mama!

Anfangs dachte ich, durch den Lock-Down würde die Welt sich vielleicht im besten Falle optimieren, aber nicht im Sinne von einem ungerechten Wettbewerb. Eher anhalten.

Stattdessen in Form einer längst ersehnten, heißen Revolution

dem lästigen, jämmerlichen Postkapitalismus endlich den Kopf abhacken.

Aber niente – kaum dreht sich das emsige Hamsterrad wieder weiter, ackern alle fleißig vor sich hin wie die Irren.

Schanzen sich ein. Sind versessen auf ihren Job. Erstellen manisch To-do-Listen. Bereiten sich akribisch vor, nach.

Kaufen nach Feierabend wie blöde ein.

Dann stehen sie wieder überall wie Bolle im Supermarkt Schlange für nichts: Das vermeintlich zu trinkende, schusselige Feierabendbier, das ganz schnell heruntergestürzt werden muss.

Nee – Muddr.

Es wird wieder freimütig gerempelt und geschupst um jeden Preis – für einen lächerlichen billigen Plastik-Joghurtbecher.

Hühnchen reihenweise verpackt im Preissturz gekauft.

Dann gehen wieder der alberne Karneval und das ultra nervige Oktobersauffest los, um sich wieder mal einen mutmaßlich wild hinter die Bimse zu kippen.

Eine Freizone zur Kopulation und Vergewaltigung freigegeben.

Anschließend kippen alle erneut um, brauchen dringend und sofort Therapien, belegen irreparabel Psycho-Betten für die Donner-Ewigkeit.

Ich sage dir was, Mama – in tiefster Enttäuschung: Das war leider keine Revolution.

Eher war es eine traurige, erbärmliche Illusion.

***

Kapitel 64) „Anna resurrected by the reader" – das Wiederauferstehen Annas durch den Leser

Sie mögen jetzt – möglicherweise gar zurecht – denken – oh – welch scheußlich, zutiefst deprimierendes, unbefriedigendes Ende.

Hätte – bei aller Härte des Lebens -

und der Tortur des gesamten Buches – der Schwere der Themen – es nicht wenigstens einen halbwegs friedlichen Kompromiss am Ende geben können?

Wieso musste das Kind denn schließlich sterben?

Die beiden müssten ja nicht kitschig heiraten – das tun sie schließlich sowieso nie – das und nur das kann Ihnen die/der Autor(in) schon jetzt versprechen.

Überhaupt geht mir der gesamte Text schon lange in seinem radikalen Pessimismus grässlich auf die Nerven.

Hat der/die Autor(in) – oder die verschiedenen, zerfetzten, zerhackten Bildstücke ihrer-/seinerseits – schließlich ist die Künstlerin nicht gleichzusetzen mit dem Buch – nicht das wissen Sie wahrscheinlich selber längst, denken Sie nun genervt -

ebenfalls an starker

Niedergeschlagenheit?

Das mag auch durchaus sein. Schließlich schreibt sie ein Buch. Da ist man schon grenzlabil.

Welch tägliche belastende Verantwortung, was wird, wie geschrieben? Ein grausiges Entscheidungs-Wirrwarr. Die Schreiberin fasste angesichts der Schwere der Inhalte nach reiflicher Überlegung den Entschluss – am Ende einmal nicht dem, sich bei ihr einschleimenden

Kompromiss – in Form des Kapitalismus' – klein beizugeben, sondern schwierige, komplexe Inhalte – wie Selbsttötung und psychische Krisen – aus dem traurigen Schweigen – herauszulösen, ihnen Gesichter und Worte einzuflüstern, es zumindest zu versuchen. Wenn Sie es besser können, mischen Sie sich demokratisch ein, lassen Sie Anna meinetwegen wie bei „Pulp Fiction" wieder auferstehen. Auch das ist möglich. Wenn das gelingt, wunderbar. Immerhin leben wir in einem gleichberechtigten System und nicht mehr in einer Diktatur. Werfen Sie Ihr alternatives Ende in eine Wahlurne, aber nicht in Form einer abweichenden Partei.

Die Autorin bedankt sich.

**

Die Frau öffnete das Fenster.
Zwei Jahre blieb die Welt draußen.

**

65) Nachwort:

Wenn Ihnen das Buch nicht gefallen hat, versuchen Sie es nicht gleich zu zerreißen, zu zerhackstückeln oder zu bewerten. Denken Sie daran: Es wurde in Zeiten der Krise von einer Statistin verfasst.

P.P.S.: Die Reihenfolge der Themen wurde demokratisch gewürfelt.

66) Das Nachwort nach dem Nachwort:

Für die schwäbische Übersetzung wird keine Haftung übernommen.
Sie wurde von einer nedd Schwäbisch schwätzenden Laiendarstellerin via einem Internet-Giganten zammabäschdla.

– Ende –

Die Autorin

Rebecca Ramlow wurde 1978 in Essen geboren.
Von 1998 bis 2005 widmete sie sich dem Studium
der Amerikanischen Sprache und Literatur,
Geschichte und Soziologie in Bonn und im
Rahmen eines ERASMUS-Jahres in Cork in Irland.
Nach ersten praktischen Erfahrungen, die sie
bei einem Kulturmagazin in Budapest sowie bei
einer Filmproduktionsfirma sammelte, ist Rebecca
Ramlow seit 2011 als freischaffende Autorin und
Regisseurin in Köln tätig. Ihre Steckenpferde sind
skurrile Randthemen im Zuge der Subkultur sowie
solche, die sich um Rassismus und Sexismus drehen.
Neben der Realisation von TV-Beiträgen verfasst
sie Glossen und Fiktion. Ihr Theaterstück aus der
Perspektive einer verstaubten Topfpflanze ist eine
Kritik an unserer Arbeitswelt. Mittels einer Doku
über marginalisierte Menschen wollte sie jenen,
häufig gesellschaftlich übersehen, eine Stimme
verleihen. Für ihren Erstlingsroman erhielt sie ein
Stipendium durch die Kulturförderung NRW.